京極夏彥

姑獲鳥之夏

うぶめのなつ

KYOGOKU NATSUHIKO 作品集 01

目錄

總導讀

獨力揭起妖怪推理大旗的當代名家——京極夏彥

／凌徹

日本推理文壇傳奇

在一九九〇年代的日本推理界，京極夏彥的出現，為推理文壇帶來了相當大的衝擊。

書中大量且廣泛的知識、怪異事件的詭譎真相、小說的巨篇與執筆的快速，這些特色都讓他一出道就受到眾人的激賞，至今不墜。

此外，京極夏彥對妖怪文化的造詣之深，也讓他不同於一般的推理作家。除了小說以日本古來的妖怪為名，故事中不時出現的妖怪知識，也說明了他對於妖怪的熱愛。

身為日本現代最重要的妖怪繪師水木茂的熱烈支持者，更自稱為水木茂的弟子，京極夏彥在妖怪的領域也具有無比的影響力。京極夏彥對於妖怪文化的大力推廣，也絕對是造成日本近年來妖怪熱潮的重要因素之一。

而這一切，或許都是京極夏彥當初在撰寫出道作《姑獲鳥之夏》時，所始料未及的吧。畢竟他以小說家之姿踏入推理界，進而在妖怪與推理的領域都占有一席之地，其實可說是無心插柳的結果。他出道的過程，早已成為讀者之間津津樂道的傳奇故事了。

京極夏彥是平面設計出身，就讀設計學校，並曾在設計公司與廣告代理店就職，之後與友人合開工作室。但由於遇上泡沫經濟崩壞，工作量大減，為了打發時間，他寫下了《姑獲鳥之夏》這本小說，內容則是來自於十年前原本打算畫成漫畫的故事。而在《姑獲鳥之夏》之前，他不但沒寫過小說，甚至連「寫小說」這樣的念頭都不曾有過。

《姑獲鳥之夏》完成後，因為篇幅超過像是江戶川亂步獎與橫溝正史獎這些新人獎的限制，所以他開始刪減篇幅，但隨後便放棄修改而沒有投稿。之後他決定直接與出版社聯絡，詢問是否願意閱讀小說原稿。會撥電話給講談社其實也是巧合，他當時只是翻閱手邊的小說（據說是竹本健治的《匣中的失樂》），查詢版權頁的電話，之後便撥給出版這本小說的講談社。儘管當時正值黃金週（日本五月初法定的長假），出版社可能沒有人在，但他仍然試著撥了電話。

沒想到在連續假期中，講談社裡正好有編輯在。編輯得知京極夏彥有小說原稿，儘管是新人，但仍請他寄到出版社來。京極夏彥原本以為千頁稿紙的小說，編輯會花上許多時間閱讀，之後還有評估的過程，得到回音應該會是半年之後的事，於是小說寄出之後便不再理會。結果回應來得出乎意料地快，在原稿寄出後的第三天，講談社編輯便回電，希望能夠出版這本小說。

推理史上的不朽名著《姑獲鳥之夏》，就這樣在一九九四年出版了。京極夏彥的作家生涯，也就此展開。

相較於過去以得獎為出道契機的推理作家，京極夏彥並沒有得獎光環的加持，只是憑藉著小說的傑出表現才有出道的機會。但他的才能不但受到讀者的支持，推理文壇也很快給予肯定的回應。一九九五年的《魍魎之匣》才只是他的第二部小說，就能夠在翌年拿下第四十九屆日本推理作家協會獎。一出道就聚集了眾人的目光，第二部作品更拿下重要的獎項，京極夏彥的實力，由此展露無疑。

而他初出道時奇快無比的寫作速度，則是除了小說內容外更令人瞠目結舌的。《姑獲鳥之夏》出版於一九九四年，接下來是一九九五年的《魍魎之匣》與《狂骨之夢》，一九九六年的《鐵鼠之檻》與《絡新婦之理》。表面上每年兩本的出版速度或許不算驚人，但如果考慮到小說的篇幅與內容的艱深，應當就能瞭解他的執筆速度之快了。除了《姑獲鳥之夏》不滿五百頁，之後每一本的篇幅都超過五百頁，後兩本甚至超過八百頁。如此的快筆，反映出的是他過去蓄積的雄厚知識與構築故事的才能。

兩大系列與多元發展

雖然京極夏彥在日後的執筆速度已不再像初出道時那麼快速，但他發展的方向卻更為多元。在小說的領域，京極夏彥筆下有兩大系列作品，分別為京極堂系列與巷說百物語系列，此外還有一些非系列的小說。在小說之外，則包括妖怪研究、妖怪圖的繪畫、漫畫創作、動畫的原作腳本與配音、戲劇的客串演出、作品朗讀會、各種訪談、書籍的裝幀設計等等，在許多領域都可以見到他的活躍，更讓人驚訝於他多樣的才能。

京極夏彥的成功，影響了日後許多的推理作家。講談社由此開始思考新人出道的另一種方式，不需要擠破頭與大多數無名作家競逐新人獎項，只要自認有實力，且經過編輯部的認可，作家就可以出道。一九九六年講談社梅菲斯特獎的出現，也正是將這種想法落實的結果。

倘若比較同時期的作家，從一九九四年的京極夏彥開始，出道於一九九五年的西澤保彥，與一九九六年的森博嗣，推理小說界在此時出現了不小的變動。當許多新本格作家的作品產量開始

減少之際，前述的三位作家表現出截然不同的風格。他們出書速度快，短短數年內便累積了許多作品，而且又不會因為作品的量產而降低水準，反而都能維持著一定的口碑。此外，更吸引了許多過去不讀推理小說的讀者，將讀者層拓展得更為寬廣。

京極堂系列

在大致描述京極夏彥的作家生涯與特色之後，以下就來介紹他筆下最重要的兩大系列。

京極夏彥的主要作品，是以《姑獲鳥之夏》為首的京極堂系列。到二〇〇七年為止，這個系列總共出版了八部長篇與四本中短篇集，是京極夏彥創作生涯的主軸，也仍在持續執筆中。由於京極堂系列是他從出道開始就傾力發展的作品，配合上寫作前幾部作品時的快筆，因此作品數很快地累積，而其精彩的內容，也使得京極夏彥建立起妖怪推理的名聲。

京極夏彥的作品特色，首推他將妖怪與推理的結合。或許也可以這麼說，他是在寫作妖怪小說時，採用了推理小說的形式，而這正表現在京極堂系列上。京極堂系列的核心在於「驅除附身妖怪」，原文為「憑物落とし」。所謂的「憑物」，指的是附身在人身上的靈。在民俗社會中，人的異常行為與現象，常會被認為是惡靈憑附在人身上的關係。因為有惡靈的附身，才使人們變得異常，而要使其恢復正常，就必須由祈禱師來驅除惡靈。

京極堂系列的概念類似於此。每個人都有著不同的心靈與想法，有些人的心中可能因為自己的出身或見聞而存在著惡意。扭曲人心的惡意憑附在人類身上，導致他們犯下罪行或是招致怪異舉止，真相也從而隱藏在不可思議的表象中。京極夏彥讓憑附的惡靈以妖怪的形象具體化，結果正如同妖怪的出現使得事件變得不可思議。陰陽師中禪寺秋彥藉由豐富的知識與無礙的辯才，解開事件的謎團，讓真相水落石出。由於不可思議的怪事可以合理解釋，也就形同異常狀態已經回復正常。既然如此，那麼造成怪異現象的妖怪，自然也就在真相解明的同時被陰陽師所驅除。

這樣的過程，正符合推理小說中「謎與解謎」的形式。京極夏彥曾在訪談中提及，推理小說被稱為是「秩序回復」的故事，而他想寫的也是這種秩序回復的故事。在這樣的概念下，妖怪與推理，這兩項看似沒有任何關聯的類型，在京極夏彥的筆下精彩的結合，也成為他最大的特色。

而京極堂以豐富的知識驅除妖怪及解釋真相，也讓京極夏彥的小說裡總是滿載著大量的資訊。《姑獲鳥之夏》中，京極堂所言「這世上沒有不有趣的書，不管什麼書都有趣。」，事實上也正是京極夏彥本人的想法。對於書的愛好，讓他的閱讀量相當可觀，因而得以累積豐富的知識，也隨處表現在故事之中。

另一個特點，則在於人物的形塑。身兼古書店「京極堂」的店主、神社武藏晴明社的神主、以及陰陽師這三重身分的中禪寺秋彥，擔負起驅除妖怪與解釋謎團的重任。玫瑰十字偵探社的偵探榎木津禮二郎，可以看見別人的記憶。此外包括刑警木場修太郎，小說家關口巽，「稀譚月報」的記者同時也是京極堂妹妹的中禪寺敦子等等，小說中的人物有著各自獨特的個性，不但獲得讀者的支持，更成為許多人閱讀故事時的關注對象。

介紹過京極堂系列的特色之後，以下針對各部作品做簡單的敘述。

一、《姑獲鳥之夏》（一九九四年九月），女子懷孕了二十個月卻尚未生產，她的丈夫更消失在密室之中。同時，久遠寺醫院也傳出嬰兒連續失蹤的傳聞。

二、《魍魎之匣》（一九九五年一月），因被電車撞擊而身受重傷的少女，被送往醫學研究所後，在眾人環視之下從病床上消失。此外，武藏野也發生了連續分屍殺人事件。

三、《狂骨之夢》（一九九五年五月），女子的前夫在數年前死亡，如今居然活著出現在她的面前，雖然驚恐的她最終殺死了對方，卻沒想到前夫竟然再次死而復生，於是她又再度殺害復活的死者。

四、《鐵鼠之檻》（一九九六年一月），在箱根的老旅館仙石樓的庭院裡，憑空出現一具僧侶的屍體。之後，在箱根山的明慧寺中，發生了僧侶連續遭到殺害的事件。

五、《絡新婦之理》（一九九六年十一月），驚動社會的潰眼魔，已經連續殺害四個人，每個被害者的眼睛都被鑿子搗爛。而在女子學院的校園內，也發生了絞殺魔連續殺人的事件。

六、《塗佛之宴》（一九九八年三月、九月），分為兩冊「宴之序幕」與「宴之尾聲」。「宴之序幕」中收錄了六個中篇，「宴之尾聲」解明隱藏於其中的最終謎團。關口聽說伊豆山中村莊消失的怪事，前往當地取材。數日後，有名女子遭到殺害，關口竟被視為是嫌疑犯而遭到逮捕。

七、《陰摩羅鬼之瑕》（二〇〇三年八月），由良伯爵過去的四次婚禮，新娘都在初夜遭到殺害，兇手至今仍未落網。如今，伯爵即將舉行第五次的婚禮，歷史是否會重演？

八、《邪魅之雫》（二〇〇六年九月），描述在大磯與平塚發生的連續毒殺事件。

京極堂系列除了長篇之外，還包括了四部短篇集，都是在雜誌上刊載後集結成冊，有時也會在成書時加入未曾發表過的新作。這四本短篇集各有不同的主題，皆以妖怪為篇名。

一、《百鬼夜行——陰》（一九九九年七月）收錄了十篇妖怪故事，每篇故事的主角皆為系列長篇中的配角。藉由這十部怪譚，讀者可以看見在系列長篇中所未曾描述的另一個世界。

二、《百器徒然袋——雨》（一九九九年十

一月)、《百器徒然袋——風》(二〇〇四年七月)各收錄三篇,主角是偵探榎木津禮二郎,故事中可以見到他驚天動地的大活躍。

三、《今昔續百鬼——雲》(二〇〇一年十一月),共收錄四篇,本作的主角是妖怪研究家多多良勝五郎,描述他與同伴在傳說蒐集旅行中所遭遇到的怪事。

巷說百物語系列

京極夏彥的另一個系列作品是《巷說百物語》,這個系列開始發表於一九九七年,一九九九年出版第一本,到二〇〇七年為止共出了四本。本系列的第三本《後巷說百物語》更讓京極夏彥拿下了第一三〇屆的直木獎,成為他作家生涯的重要里程碑。

《巷說百物語》刊載於妖怪專門雜誌《怪》上,是這本雜誌的創刊企畫,一直持續至今。在試刊號的第〇期,京極夏彥發表了《巷說百物語》的第一個故事〈洗豆妖〉,之後除了兩期之外,其餘每一期都可以看見《巷說百物語》系列的小說。京極夏彥總是提及,只要《怪》繼續出刊,《巷說百物語》就不會停止,由此可見他重視這本雜誌的程度。

刊載於雜誌上的巷說系列,每期都是一個完整的中篇故事,目前為止尚無長篇連載。而在匯整出版單行本時,京極夏彥會再新寫一篇未發表在《怪》上的作品,做為每本小說的最後一則故事。本系列至今已出版了四本,從一九九九年八月的《巷說百物語》,二〇〇一年五月的《續巷說百物語》,二〇〇三年十二月的《後巷說百物語》,到二〇〇七年四月的《前巷說百物語》,除了《巷說百物語》收錄了七篇作品之外,之後的三本都收錄六篇作品。

巷說系列的背景設定於江戶時期,從一八二〇年代後半開始。在那個時代,妖怪的存在依舊深植人心,人們深信妖怪會作祟,怪事的發生也可以歸因於妖怪而不必尋求合理的解釋。系列的靈魂人物是又市，以言語欺瞞人們的詐術師。在《巷說百物語》中，詭異的怪事不斷發生，而這一切怪事，其實都是又市在幕後設計的。他接受委託，並與伙伴們刻意製造出妖怪奇聞，藉由這些怪事的發生，使得他能夠達成真正的目的，並且能夠被隱藏在怪異之下而不為人知。

《續巷說百物語》與前作略有不同，著眼點較偏重於角色，固定班底的描寫在本作中被突顯，他們的過去也藉由不同的故事被一一呈現。《後巷說百物語》發生於江戶時代之後的明治時期，四名年輕人每逢遭遇怪異，便來請教一位隱居在藥研堀的老翁。老翁由這些怪事，回想起年輕時與又市一行人所遇到的事件，並在故事最後會同時解決現在與過去的事件。

《前巷說百物語》的設定再度轉變，描寫的是又市的年輕時期。在前三作中，又市已經是成熟的詐欺師，但他並非生來就是如此，《前巷說百物語》中的又市還年輕，他的技巧也還不純熟，因此故事又再次表現出和前三作不同的風格。

巷說系列目前共包含上述四本，但還有另外兩本小說與其相關，那就是《嗤笑伊右衛門》與《偷窺者小平次》。這兩本其實是京極夏彥改寫日本家喻戶曉的怪談，使其呈現新貌的作品。但是由於巷說系列的重要人物又市與治平也出現在其中，而且對他們兩人的生平有著較多的描述，因此雖然小說本身的重點在於固有怪談的重新詮釋，但由於人物的重疊，其實也等同於巷說系列的外傳作品。而在京極夏彥的得獎史上，這兩部作品同時都有得獎的表現，《嗤笑伊右衛門》拿下第二十五屆泉鏡花文學獎，《偷窺者小平次》則是獲得第十六屆山本周五郎獎。

開創推理小說新紀元

京極夏彥的過人才華，發揮在許多的領域

上，也讓他有著非凡的成就。過去台灣曾經出版過京極夏彥的數本小說，讀者們也已經對他有著一些認識。可惜的是，過去都未曾以作品集的型態來全面地引薦與介紹，因而對讀者而言，期待度極高的京極夏彥作品，也始終都是傳說中的名作，無緣一見。

如今，京極夏彥的小說再度引進台灣，而且是他筆下最主軸的京極堂系列作品全集，讀者們可以從完整的小說集中一睹這位作家的驚人實力。足以在日本推理史上留名的京極堂系列，其精彩的故事必然會讓人留下深刻的印象。妖怪推理的代名詞，開創妖怪小說與推理小說新紀元的當代知名小說家京極夏彥，現在，就在眼前。

二〇〇七年五月九日

作者介紹

凌徹，一九七三年生，嗜讀各類推理與評論，特別偏愛本格。

推薦序

姑獲鳥在夏日裡，唱著陰森的戲碼

／臥斧

很多人會把「京極夏彥」的名字和「妖怪」聯想在一塊兒。

所謂「很多人」指的當然不是某些還沒讀過京極夏彥的讀者，而是已經讀過京極作品的、要評論京極作品的，以及要出版京極作品的出版公司。想到京極夏彥就想到妖怪自然沒有什麼不對，畢竟無論是許多年前在台出版的《姑獲鳥的夏天》、《魍魎之匣》，或者前幾年出版的《巷說百物語》、《嗤笑伊右衛門》，無論發生的時空是今是古，其內容都同一個或多個妖魅傳說有關；如此這般，當《姑獲鳥的夏天》在多年後終於以《姑獲鳥之夏》為書名重新出版、而我有機會來同大家聊聊京極夏彥時，怎麼可能不提妖怪？

但我真的不大想提妖怪。

倒不是我對妖怪這個話題有什麼意見，只是比我有資格談妖道鬼的飽學之士多得是，我還來湊趣兒，豈不自曝其短？再說，我私心認為，京極夏彥每則與妖魅有關的故事，其中的妖異傳奇，不但是故事發展的主軸，也是包裹整個敘事主題的糖衣，但卻不是這些故事真正探究的主題；那麼，提供一些閱讀京極故事的不同面向，或許可以在有「京極小說只是合理化的怪譚」印象的讀者心中，勾出一些不一樣的好奇。

先看看《姑獲鳥之夏》的故事大概。

第一人稱的主述者關口巽，是個靠在三流雜誌上頭寫怪聞的作家，與本身是神社主人、又經營著舊書店的中禪寺秋彥是多年好友——中禪寺的舊書肆名為「京極堂」，後來大家都把店名當成他的綽號，幾乎不叫他的真實名字。某日，關口到舊書店去，同京極堂聊起一則「丈夫在密室當中失蹤，而妻子懷胎二十個月仍未生產」的八卦傳聞，京極堂一如往昔地把關口當呆子般地說了一大席話，但聊著聊著卻發現，原來那個失蹤的丈夫是兩人學生時期矢志從醫的學長藤野牧朗。京極堂於是叮囑關口去找從事偵探工作的另一位學長榎木津禮二郎，正好傳聞中產婦的姊姊久遠寺涼子也上門找榎木津確認妹夫的行蹤，於是一行人便開始探究這宗看似超自然異象的事件內幕……

閱讀京極故事的樂趣，來自其中的幾個特色。

第一個是人物的設定。博學得像座活動圖書館的京極堂、具有看透他人記憶超能力的榎木津、老是迷糊狼狽的主述者關口、長相讓人下意識想稱為「大爺」的木場刑警等等主要角色，根本就是搞笑突梯的怪人大集合，有的無禮、有的冒失，老是被京極堂和榎木津當蠢貨一樣唸叨的關口，總是利用主述者的優勢對我們暗暗地發表酸溜溜的牢騷，讀著他們之間的對話，很容易就會噗地一聲笑將出來；而與事件相關的配角（甚至是只出來串個場的次要配角）們，每個都是個性鮮明，讀來讓人興味盎然。

這種近乎惡搞的趣味的確是有必要的——這得提到京極故事的其他特點。

第二個特色是京極堂的對白。京極堂非常喜歡長篇大論地闡述道理，內容從古籍軼事民間傳說文化背景到近代物理，幾乎無所不包；在《姑獲鳥之夏》的開場、關口向他提及傳聞時，就被京極堂滔滔不絕的言語攻擊得體無完膚。但，京極堂並非漫無目的地賣弄學識，相反的，從傳聞當中發展出來的所有言論，都同傳聞主題有關，更與整個故事解謎的關鍵緊緊相扣；京極堂的立論絕大多數都不是空穴來風，但聽演講畢竟還是可能讓人吃不消，角色們的幽默個性，就正好讓我們在閱讀京極堂講演時能夠得到暫停，喘口氣，好消化一下這些奇妙的資訊。

接著是第三個特點：悲傷，以及恐怖。

《姑獲鳥之夏》的故事與「姑獲鳥」、「產女」等等妖怪傳說有關，而這些傳說則因懷胎、生產、失子之類事件而起，充滿了傷悲以及駭人的情緒。當關口遭遇各種匪夷所思的景況時，京極夏彥的文字會紮實地讓人感受到一種混著恐懼與詭異美感的哀傷，所幸角色們全都具備了古怪有趣的個性，才得以讓故事的基調，維持在一種與尋常懸疑故事大相逕庭的位置上。

是的，京極夏彥的故事包裹著妖異的恐懼，但這卻不是故事的主題。

剝開妖魅的外皮，《姑獲鳥之夏》的故事裡最顯眼的主題，也許是「記憶」。我們都因為記憶才能確立自己在世界當中的位置，但記憶的元素來自五官接收的刺激、記憶的外貌來自個人大腦的型塑，當我們可能對某些不存在的事物人云亦云地言之鑿鑿、對存在的事物卻視而不見時，「記憶是否可信？」便成了一大問題。這個主題貫串全書，不僅讓主述者關口迷惑，也讓我們跟著情節發展而生的揣測進退失據。

另一個主題，則是《陰陽師》裡時常提及的名實辯證。

因為中禪寺秋彥的舊書肆店名為「京極堂」，所以大家就這麼稱呼他，但事實上，這個店名原來是中禪寺之妻千鶴子娘家的糕餅店屋號，在中禪寺開書店時擅自挪用；而西洋中古時代傳聞中的「玫瑰十字會」，則在京極堂的建議之下變成榎木津的偵探社名。這些設定剛知道時覺得有一種胡搞的趣味，但事實上則與事件最後的謎底相關，而在名實錯置的剎那，《陰陽師》當中所謂的「咒」於焉產生，將閱讀文字的我們，也罩在蠱惑之下。

於是我們終於明白，《姑獲鳥之夏》真正的主題，是幽微的人心。

無論是市井之間因某種現實而杜撰的傳聞、在不同文化當中流傳而逐漸形變的怪譚、家族當中不幸的血緣傳承、對事實視若無睹的眾人、分明真心想愛卻無法相互理解的戀人、潛在過去陰影裡造成所有偏差的兇手……所有的魅惑與驚駭，皆因人心當中的各種情緒而起。這個存在我們內裡的神祕核心，塞滿了熱切、渴望、猥瑣、墮落等種種慾求，我們無法好好地同他人訴說，有很多時候，連我們自己都無法明白。

「世界上沒有什麼不可思議的事哪。」京極堂老是這麼說。

唯有人心清朗，我們才能看出現世當中所有不可思議物事當中的真相；也只有如此，所有的妖怪傳說終於不再只是恐怖故事，而成為種種憂傷現實的偽裝樣貌——因為它們無奈哀愁得令人難以負荷，所以只得扭曲化妝，才能在我們的心中上戲登臺；但卻要在我們替它們抹去粉墨妝扮之後，才能得到真正的救贖與解放。

姑獲鳥在夏日裡，唱著陰森的戲碼。

請深吸一口氣，一同感受其中尖酸的溫柔，以及疲憊的悲傷。

作者介紹

臥斧，雄性。想做的事情很多。能睡覺的時間很少。工作時數很長。錢包很薄。覺得書店唱片行電影院很可怕。隻身犯險的次數很頻繁。出了六本書。喜歡說故事。討厭自我介紹。

願本書讀者諸君
得受到玫瑰十字之祝福——

姑獲鳥

摹畫自《畫圖百鬼夜行》前篇・陽

姑獲鳥——

（前略）姑獲鳥，又名夜行遊女、天帝少女、鬼鳥，或名夜鷺。其所居處必有燐火，即所謂小雨闇夜裡之夜鷺光也。又曰，龍燈松上者亦此鳥也。

——七七四九三／未詳

姑獲鳥——

藏器曰：姑獲能收人魂魄。《玄中記》云：姑獲鳥，鬼神類也。衣毛為飛鳥，脫毛為女人。雲是產婦死後化作，故胸前有兩乳，喜取人子養為己子。凡有小兒家，不可夜露衣物。此鳥夜飛，以血點之為誌。兒輒病驚癇及疳疾，謂之無辜疳也。荊州多有之，亦謂之鬼鳥。《周禮》庭氏「以救日之弓，救月之矢，射禾鳥」，即此也。時珍曰：此鳥純雌無雄，七八月夜飛，害人尤毒也。

——本草綱目／李時珍・明代

產女由來——

（前略）懷孕不產而死者，若棄屍於野，胎內子不死而生於野者，母之魂魄多化為人形，抱子行於夜路。此赤子之泣聲，即所謂產女之泣是也。其形貌乃腰際沾血之弱女子也。

——奇異雜談集／編著者不詳・貞享四年（1687）

產女之事——

世所傳聞之妖怪產女，吾人略有心得。據聞，其原形乃懷胎有子而身殞之女，以其執念變成。其形，腰下染血。其聲，似「惡巴流、惡巴流（註）」。若依此理，人死之後還能便作他物，則地獄之事亦叫人不得不疑，不知各位看官同意否？

——百物語評判／山岡元恕・貞享三年（1686）

註：為「をばれう」之音譯。

我

大概是剛剛才醒的吧。

這裡是哪裡，
而我又在做什麼呢？

我浸泡在暖和的液體裡。

我的眼睛是閉著的，
還是張開的呢？
好暗，
也好靜。

我蜷曲著身體，浸泡在液體裡。

聽見了聲音。

似乎有人在生氣。
不，又好像在悲傷。

我現在感到非常祥和。

我緊握拇指。
我的臟腑向外開放。
我的臟腑好像連接到別處，

總覺得
有點冷。

我

真的是醒著嗎？

「母親。」

位於這條不太陡的無窮盡漫長坡道頂上的，就是我的目的地……京極堂。

梅雨時節即將過去的夏日陽光實在稱不上清爽宜人。坡道上連樹木之類的遮蔽物也沒有，只見整排淺褐色油土牆連綿不絕。我並不清楚牆壁背後的究竟是民家還是寺院、療養院之類的，搞不好是公園或庭園也說不定。冷靜一想，牆內的占地面積未免也太廣闊了，比較可能的應該是庭園吧。

這條坡道沒有名字。

不，說「或許有但我不知道」才正確。我每個月前往京極堂一次，不，經常到兩、三次。總之自從有這習慣以來已經快要兩年了，我不知走過這條坡道多少次。

但奇怪的是，由我家到這條坡道途中的市鎮景觀與林林總總的事物，在我的記憶中總是模糊不清。別說是坡道的名字，就連這一帶的地名住址我也完全不清楚。更別說這片牆壁背後究竟為何，我壓根兒沒有興趣。

天色驟然轉陰，氣溫倒是沒變。

約來到坡道十分之七處，我稍作喘息。

快到坡道頂上時，兩旁出現小路，油土牆在此朝左右兩方拐彎。挾著小路，兩側是一片竹林與幾戶老房子。再往前走，即可見到零星分布的雜貨店與五金行。若再繼續前行便進入了鄰町的鬧區。

這麼說來，京極堂應該算是位於兩町交界處附近吧，搞不好其實住址是隸屬鄰町也說不定。我曾擔心這裡位置太偏僻，沒有客人上門，這麼看來或許對鄰町的居民而言反而很近。

京極堂是家舊書店。

京極堂的店主是我的老朋友，也不知他是否真有心經營，店內老是擺著一些一看就知道賣不掉的書。如前所述，這家店座落的位置也實在稱不上良好。雖然店主自稱常客多，不勞我費心，這話是真是假我倒是頗懷疑。

據他所言，京極堂專進專門書、漢籍等這類其他舊書店唯恐避之不及的書籍，同業者若是不小心收購到這類書籍便往這裡送，結果這類書籍反而變得只能在此買到。因此學者、研究者之輩便成了這裡的常客，當中還有人是迢迢遠路專程跑來這兒購買。但這些都只是店主的片面之辭，真相為何則不得而知。

依我個人猜想，他的副業收入可能還比較穩定吧，但他本人對此不願表示任何意見。

京極堂位於一片稀疏竹林圍繞的蕎麥麵店旁，再往前是片小樹林，樹林裡有間小小的神社。京極堂的店主原本是那間神社的神主（註一）雖然這麼說，至今仍然也是。聽說每逢節慶時他都會出來唱誦一、兩篇祝詞（註二），不過我倒是從未看過他的神主打扮。

我抬頭望了望由店主親筆寫的，不知該說字跡神妙還是拙劣的「京極堂」三個大字的匾額後，走進門戶大開的正門，立刻見到店主一如往常擺著一張如喪考妣的臭臉看著一本以和綴（註三）方式裝訂的古書。

「唷。」我發出稱不上打招呼的怪聲並坐上櫃臺旁的椅子，同時掃視椅子旁堆積如山未整理的書籍。

當然，我是在新進的書中尋找珍本。

「你這傢伙真靜不下來。要打招呼就專心打，要坐就專心坐，要看書就專心看書。看你這樣害我也分心了。」京極堂目不轉睛地看著書說。

但我完全不在意他的話，繼續專心瀏覽那些沾滿灰塵的書的封底。「喂，有沒有什麼有趣的新貨啊？」

「沒。」京極堂間不容髮地接著說：「所以我才在看這個。不過我說你哪……，雖說所謂有趣不有趣確實會受到個人標準影響，但大體說來這世上沒有不有趣的書，不管什麼書都有趣。所以沒看過的書很有趣，若想從曾看過的書中獲得同等以上的樂趣就得多花一點時間，就只是如此罷了。這麼一來，對你而言有趣的書就不僅限於那堆未整理的，也可能隱藏在那邊書架上堆放了好幾年生灰塵的書籍裡。那邊的書比較好找，快快選一選就買了吧，要我算你便宜一點點也成。」

一口氣說完這一大串話後，怪脾氣的舊書店店主略抬起頭來露齒一笑。

「可是我只看能觸動我心弦的書啊。當然啦，只要肯認真讀或許什麼書都有趣，但我追求的讀書之樂跟你可不同呀。」我則是一如往常東飄西晃地迴避對方的話鋒。

因為不管我是否願意，他老像個偏執狂般把話題愈扯愈大，不論談話開端是多麼無聊的小事，最後他總能說到國家天下大事這類誇張的話題上去。或許是看我也樂在其中，有時他還會故意轉移話題，說出一些古怪的回答。

店主老樣子地以瞧不起人的眼神看著我，接著更以不屑的口氣說：「我從沒看過像你這樣不熱心的讀書人。會來我這兒的客人個個都對書本有非凡的熱情。可是沒想到像你這種讀書欲勝於常人數倍以上的人，居然對書本毫無執著之心。別的不說，光提你老是一一賣掉看過的書這點就很不應該。」

確實，我看過的書有八成會賣掉，每次都被這個怪脾氣的朋友嘮叨責難。但囉唆歸囉唆，最

註一：原本專指神社中的神職者之長，今日已用來泛指神職者。

註二：於慶典時由神職者唱誦的禱文，內容多為讚頌神明、祈求上天賜福等。其文章的構成有固定的形式。

註三：一種書籍裝幀形式，源自中國唐、宋時期的縫績裝。在書籍離背處打出四個孔，以針線在不同孔中反覆穿梭，並越過書背在同一孔中穿連而成。

後買下書的還不是我眼前這男人。

「沒我這種人你的生意怎麼做？沒人賣書的話，舊書店就像抓不到魚的漁夫。書櫃上擺著的大量魚獲，還不都是從我們這些不遜之輩手中釣來的。」

「哪有人把書跟魚混為一談的。」

京極堂說完，一時似乎不知該接著說什麼。

在這種你來我往的辯論中我大多會敗在他的手下，所以見到朋友一時想不出話來回答，心情頗是愉快。平時的話早就被他反駁了，為了不錯失好時機我趕緊開口：

「不，書跟魚都一樣。歸根究柢，你就是把要拿來賣的魚在上架前全都嘗過，可說是最沒有天良的商人了。想想看，書店的老闆不好好看店居然看起書來，這還像話嗎？如果剛好有客人想買這本書又該怎麼辦？」

「哼，舊書店的書是店主的所有物，既不是出版社寄放在這的，也不是幫人代售的。這家店裡所有的書都是我自己買來的，我想拿來看還是當枕頭，都輪不到別人插嘴吧。客人前來是想分享我的收藏，而我則是能體諒客人的心情才會大方出售。更何況，我現在在看的也不是要賣的書哪。」

京極堂似乎很愉快地說著，揚起手中的日式裝訂古書，把封面朝向我這邊。

他讀的是江戶時代一個叫做鳥山石燕的畫家所寫的《畫圖百器徒然袋》。確實，這本並非要拿來賣的，而是他個人的收藏。只不過，就算現在在讀的剛好不是，他把店內的書幾乎全部讀過了也仍是事實。當然這沒什麼不好，只是我老會拿這件事來揶揄他。

因為，我一直都很懷疑京極堂是否真的有心經營買賣。就我所知，他批進來的書主要都是他自己想看的。但剛好他的興趣廣泛得令人咋舌，所以店內的貨色反而顯得齊全。

京極堂的表情似乎更添一層悅色地說：

「哎，上來坐吧。」

我終於獲得准許，得以入廳堂了。

「老婆不在就不請你喝咖啡了，反正你這條鈍舌頭連咖啡跟紅茶的差別也分不出來，請你喝杯淡茶充充數就好。」

主人伸手到津輕漆器（註）的桌子上，拿起肯定在我來之前就已擺放很久的茶壺，一如往常說出很失禮的話。

「說什麼笑話，別看我這樣，我可是光靠聞香就能分辨咖啡種類呢。」

「哼哼哼，我看在開玩笑的才是你吧。之前去咖啡廳你點了杯哥倫比亞，結果女服務生弄錯了給你端來摩卡，在不知情下你大言不慚地說什麼你其實比較喜歡摩卡的酸味，還講了一堆。像你這種三流文士有機會就想賣弄知識的心情我也不是不能理解，但那次實在太糗，害我這個同行者都覺得丟臉死了。」

京極堂邊說著我的糗事，還真的端出一杯淡得不能再淡的淡茶給我。

幸虧登上坡道途中流了不少汗，就算是淡茶也依然美味。

五坪大的客廳裡有一整面牆壁全是書櫃，感覺起來跟在店裡沒什麼兩樣，不過主人的房間比這還要更誇張。常聽他的夫人抱怨家裡容易積灰塵，我完全能理解她的心情。只是，這並不是店裡的書太多了才堆進房子裡，而是相反，如同先前店主自己所言，說藏書太滿了不得不擺到店裡賣才是正確的。

每次只要我來拜訪，書店就形同開店歇業，

註一：津輕為青森縣西半部之習稱。此地所產漆器的塗法特別，在凹凸不平的器物表面上分數回塗上不同顏色的漆，再磨成平滑表面便會產生獨特的斑紋。

兩人經常會聊到連晚飯都忘了。

我原本靠拿大學的研究費研究黏菌為生，但只靠微薄的資金實在難以過活，所以現在則是靠寫寫雜文來餬口。這類工作在時間上比較有彈性，除了截稿前夕外，就算像現在這樣浪費整個白天也完全沒問題。只是京極堂好說歹說也是做生意的，一開始還擔心會不會妨礙到他。但就如前面不知說過多少次一般，我看他根本無心經營，於是久而久之我也變得不再在意。

只不過我眼前的這位朋友雖然願意陪我殺殺時間，對我寫的文章卻絲毫不能諒解。我自認是寫文學的作家，但為了生活，有時也不得不匿名在給青少年閱讀的科學冒險雜誌上或在荒誕不經的糟粕雜誌（註）上寫文章，因此被他笑作是三流文士我也百口莫辯。

「言歸正傳吧，今天又是為了什麼事而來了？關口大師。」

京極堂說完，叼起香菸。

與京極堂的交往可溯及學生時代，說來也有十五、六年了吧。學生時代的他像個肺癆患者，氣色極不健康。一天二十四小時總是繃著一張臭臉看著一些又硬又臭的書籍。

當時的我患有輕微的憂鬱症，性格上實在學不來硬派作風，但也無法徹底當個軟弱的文學青年，只好耍起自閉。那時與孤僻的我特別親近的，就只有這名怪脾氣的朋友。

但是本質上他與我完全不同。

比起沉默寡言又憂鬱的我，他實在是非常能言善道，而且交遊的範圍也意外地廣闊，害得我經常得陪著他與原本不想打交道的人來往，實在是苦不堪言。

憂鬱的我不願與這些人來往是理所當然的，可是拉著我到處跑的老兄他卻也常露骨地顯出不愉快的神情，這實在令人難以費解。既然討厭，別做不就得了，但這個奇怪的朋友卻老是邊罵著傻子笨蛋還繼續跟這些傻子笨蛋們交談，然後每次都會搞得自己怒不可遏。

我想，京極堂那時其實是在享受著憤怒行為本身吧。結果連我也得一直配合他的步調，不知不覺間連憂鬱症都治好了。現在想來，對於情感起伏消失、不斷鑽牛角尖的憂鬱症患者而言，像這樣到處與人來往意外地很有療效也說不定。

另外，京極堂在與日常生活無關的知識上也驚人地博學。

尤其從佛教、基督教、回教、儒教、道教，到陰陽道、修驗道等等各國各地的宗教習俗、口傳故事等類的知識上特別豐富，令我很感興趣。而我在接受憂鬱症治療時累積的神經醫學或精神病學、心理學等等的知識則成了他求知的對象。

因此我們之間經常討論或議論。我想我們的議論與當時學生們喜好的議論在內容上有很大不同，在我們之間，不管是政治還是金魚的養殖方法、或者哪個冰果室的招牌姑娘比較可愛等等，都能以同樣認真的態度來討論。如今，這些青春歲月的回憶均已成了往事。

那之後又過了十幾年。

兩年前結了婚，讓我下定決心辭去自大學畢業以來持續進行的黏菌研究，專心靠原本長期當作副業的寫作來討生活，並搬來現在的住處。而京極堂也在同一時期辭去任教了有一段時間的高中講師工作。原以為他會專心於當個神主，沒想到卻改建房子，開起舊書店來了。

爾來，每當我小說題材枯竭或者有什麼有趣事件時，總會來此叨擾，像回到學生時代般長篇

註：日本戰後一時蔚為風潮的三流雜誌類型，內容多以腥羶八卦的不實報導為主。由於雜誌社經常遭取締而倒閉，如同用糟粕釀造的劣酒般，幾杯下肚即倒，故而名之。

大論地閒聊起來。說來這算是寫作工作的一環，但這麼一想，或許也是為了回想起在煩勞生活壓力下逐漸淡忘的學生時代心情才來拜訪的。學生時代瘦過頭的京極堂，在大學畢業的同時結了婚後稍微變胖了點，但他那張不健康又不高興的臭臉倒是與過去毫無兩樣。

「你覺得，人真有可能懷胎超過二十個月嗎？」

我緩緩地開口問道。

咚、咚、不知由何處傳來了鼓聲。

我想應是夏日慶典的練習吧。

京極堂一點也不覺得訝異，似乎也毫無興趣，只悠悠地吐出煙霧來。

「你特別跑這一趟，為的就是來問既不是接生婆也不是婦產科醫生的我這種問題？這就表示，你認為我這個人應該會知道接生婆跟醫生都想不到的奇妙解答了？」

「唔，你這樣反問我也沒辦法回答什麼。我只是在想，假設有個懷胎二十月的女子，其隆起的腹部較普通孕婦大上一倍，卻一直未生產。如果這是事實，那果然是件很不尋常的事吧？你不覺得這很不可思議嗎？」

「這世上沒有什麼不可思議的事哪，關口。」

京極堂說。

這句話是京極堂的口頭禪。

不，說是座右銘也無妨。

只看話語的表面，彷彿就像是近代理性主義的具體化身一般，但他想表達的似乎不是這種意義。

京極堂深深吸了一口只剩菸屁股的香菸，裝出味道很糟的表情後，繼續接著說：「說真的，這個世上只會存在著應該存在的事物，只發生應該發生的事情。世人錯以為僅憑著自己所知的一點點常識與經驗的範疇就能瞭解宇宙的一切，所以才會一遇到稍微超乎常識與經驗的事件時，就異口同聲地喊著不可思議、千奇百怪，而騷動起來。說實在的，這些連自己的本質與來源都沒思考過的傢伙，又能瞭解這世上的什麼呢？」

「你這些話是衝著我說的？確實我不可能瞭解世上的一切事物，但我至少知道我自己是『不瞭解的』。正因為不瞭解所以才會覺得不可思議，難道不是嗎？」

「我這番話也不是針對你講的……」

京極堂態度隨便地說著，拿起放置在菸灰缸旁的壺狀物，擺到自己手邊。

「……這只是一般論。」

「那就算了……」

我沒好氣地回答。

「……的確，就如你所言，我只能在陳腐的常識範圍內理解事物，所以現在才會來聽你的高見啊。」

「被你這麼一說，彷彿我就只知道一些不合常理的事情，我可是比你有常識得多了。也希望你別搞錯，擁有常識與文化是很重要的。只不過這些常識與文化只能在有限的範圍內產生作用而已，若誤以為能放諸四海皆準那就是種傲慢的想法。」

「所以說，你到底又在不滿什麼了？」

看來京極堂在我剛剛所說的短短一兩句話裡發現了他討厭的要素。如果真是如此，今天要找他聊這話題恐怕是不可能了。京極堂只要一有興趣，要他一整天聊廁所裡的木屐都行，若遇上討厭的話題，則老是習慣強行用別的話題帶過去。既然如此，看他今天會把話題帶往什麼方向倒也有趣。

「哼，就當你說的那個異常狀態的孕婦存在好了，這種情形通常會請醫生治療吧。如果是罕見的症狀，治療完畢自然會找適當場合發表，那麼我就有機會聽到這件事情，但不巧的是我不知道。那麼或許是正在治療中的醫生在某種因緣際會下只讓你知道這件事，可是醫生不可能讓毫無相關的旁人知道患者的個人資料，再者找連醫學的醫字也不認識的你商量這件事又未免太沒常識。就算萬一真是如此，你也不可能來找我談這件事情。因此這就表示，你的資訊來源不可能是醫生本人。」

京極堂話說到此暫且停頓一下，揚起單邊眉毛看著我。

「那麼情況就有可能是那個孕婦或她的家人直接來找你商量。果真如此，就表示她們有什麼苦衷而無法去找醫生，或者目前就診的醫生不值得信任。可能的情況雖有很多種，但她們都沒道理來找一介寫雜文的作家商量，而依你的性格也不可能去主動刺探他人隱私。故推論此事並非只有你知情，而應該說是被不特定多數所知的消息比較妥當。我敢肯定這是傳聞，而且還是沒有任何醫學根據的下流傳聞吧。這種情況下包括你，知道這個傳聞的人肯定都會拿說書家講的什麼冤冤相報、怪力亂神之類的故事來加油添醋。或說是鬼魂作祟，或說是因果報應，不，有些大笨蛋還會拿科學來這愚昧的分野裡穿鑿附會，最近不是流行什麼心靈科學嘛？真是可笑之至。姑且不論這些問題，你來這裡找我聊這番話，還不就是想要我幫這類下流的道聽途說貢獻些像樣的解釋？八成是想拿去糟粕雜誌寫你最擅長的加了一堆怪異風格的報導吧？但我可不會上鉤的。」

京極堂說畢，大大呼了一口氣後，啜飲一口涼掉的淡茶。

「你說得太過分了吧。」

我姑且做出抗議的態度，但其實他所說的雖不中亦不遠矣，故我也不敢多說些什麼。

「你明明知道我最討厭這些愚昧的穿鑿附會，居然還想來利用我，所以才說你過分。我的話到你筆下老是會變成什麼幽靈怨念之類的鬼故事。」

「可是你自己不也很喜歡這類鬼故事嘛？」

「我並非說討厭，作為創作的鬼故事我當然喜歡。況且要談論過去人類累積而來的文化跟精神生活時，所謂的神怪故事是絕對不可或缺的。但是長年累月中，我們忘記了這些故事的本質。江戶時代山村裡口耳相傳的妖怪故事與現代都市裡流傳的幽靈故事，在意義上是不同的。對於現代人而言，神怪就只是一種不可理解的現象。不理解老實承認自己不理解也就罷了，偏偏現代人又愛用無聊的解釋來將之曲解成自己容易理解的概念，於是這些神怪就全被扭曲得很可笑。不管什麼都當成是鬼魂作祟根本是大大錯誤，我說討厭的就是指那些會助長這類風氣的愚蠢行為。」

「可是你的副業不是專門幫人收妖嗎？我聽人說生意還蠻不錯耶。」

京極堂的副業是專門幫人除鬼驅魔的祈禱師。若把神主當作正業的話，此份工作或可算是在其延長線上。不過他的驅魔方法與神道教的方式不同，會隨著客戶的信仰改變宗派，十分特別，因此風評相當好。不過他對於他這個特殊職業一向不願意多談。

瞬間的沉默。

京極堂露出厭惡的表情，不，或許該說是驚訝的表情。我的好奇心蠢動了起來。長期以來我一直打算找個時間詳細問出他那個特殊職業的真相，這次就算得冒著惹他生氣的風險，也要逼他說出實話來。

於是我以更挑釁的口吻說：

「我沒說錯吧？你另一個工作不就是幫那些被狐仙附身嬰靈作祟的民眾驅魔淨身嘛。既然如此，在立場上不該看不起相信鬼怪幽靈的人吧？」

果其不然，他臉上顯露出極端不愉快的表情。若有作不悅表情的比賽，這人肯定是天下第一。

一。

「關口，宗教跟你寫的那堆狗屁文章不同，其實是非常講究邏輯的。只不過宗教只裁取奇蹟幻視之類的精華部分來宣傳，才會變得有些神秘詭異。現代人只重視自然科學式的整合性，所以在這些打從骨子裡強調理性的人眼裡，宗教就顯得很虛妄。話雖如此，把這些非理性的部分全當成是一種譬喻故事或教訓同樣也不正確。畢竟如果只想以譬喻故事來教誨人，有更多更好理解的故事，沒必要採用這些看起來很虛妄的故事。」

「我不懂，那又代表什麼了？你根本沒回答到我的問題。」

「哎，別急，耐心聽我講……」

京極堂出口制止我繼續說下去。

「……世人或者斥之為天馬行空、謊話連篇，或者將之代換為為道德教訓，依舊無損於世上存在著宗教此一事實，到最後無信仰者還是嘲笑信者愚昧，信者同樣譴責不信者之罪惡。我的工作不過是擔任兩者之間的橋樑。驅魔人人都會，宗教家卻不這麼認為，而科學家也覺得此不屬於其範疇。所以兩者之間永遠沒有交集，彼此都不願意正視已存在的事物，以為不看就能當作不存在。」

「為什麼被你一說總是那麼抽象？簡單說就是以科學的方式解開過往被視為非科學領域之謎，將之應用在傳統所謂的妖怪附身、鬼作崇症狀的治療上面而已嘛。囉哩叭嗦地說一堆理論，結果你還不是跟剛剛大加撻伐的心靈科學沒兩樣？」

「當然不同。所謂的科學必須具有普遍性，在同樣的條件下實驗得到的結果必須相同才行。但是所謂的心、靈、魂、神佛之類的可就不同。就算宗派相同，在不同人的心中就是不同。所以這不是科學能探究的分野。今日連腦的作用都無法以物理理論來解釋了，自然更不可能瞭解心靈的奧秘。心靈是科學唯一無法探索的領域，故所謂的心靈科學在名稱上就已經出現矛盾。」

「可是你剛剛不是說你是科學與宗教的橋樑嗎？」

「所以才是橋樑。讓科學家也能在白天見到幽靈，讓宗教家不唱誦咒語也能除去幽靈。因為這類事物其實都只是大腦試圖進行自我正當化時產生的。」

不懂。

「這跟主張幽靈不存在不是一樣的嗎？」

「不，確實有幽靈。看得見，摸得著，也聽得到聲音，但不存在，所以科學才無法研究。但是只因為科學無法研究就說他們是天馬行空、是不存在的話便大錯特錯了。因為實際上就是有。」

我感到非常混亂。京極堂則是以父母守望沒用小孩般的慈愛眼神望著我，撫摸著剛剛拿過去的光滑壺蓋。

「所以說你寫的報導會對我的工作產生不好影響，因為你會在裡頭胡扯什麼幽靈怨靈真的存在。把科學不可能理解的事物當成奧秘已經解開似地描寫，不然就說不久的將來會解開，再不然就是寫沒想到這世上居然有科學無法解明的恐怖東西，我看上面兩者你都會寫吧。可是畢竟這是科學永遠無法解析的，總有一天科學主義的信奉者會把這些視作非科學而加以撻伐，而神秘主義者也會變得更封閉，專找像昔日貴族般的對象賣沒效的符咒法術來賺錢……」

京極堂說到此，露出真的很厭惡的表情，如此作結：

「……最後連心靈科學這種貓生蛋般的胡扯東西都跑出來。」

他的比喻總是很特別。

「原來如此，我是還沒有很理解，但大概懂你的意思了。可是如果照你的論點來看，我學過的心理學跟神經精神學又是如何？」

我從胸前口袋取出紙菸與火柴。

點火的那一瞬會傳出一股刺鼻的味道，我十分喜歡這味道。

「既然科學無法研究心靈，那麼這些學問不就算是騙人把戲了？」

「神經的構造大家都一樣，要治神經病症當然還是得靠神經學，這跟治療痔瘡是一樣道理。神經連結腦部，腦部的構造也具有普遍性。雖然目前研究尚未有所重大斬獲，但我想不久之後應該就會跟痔瘡一樣治得了了吧。」

「口口聲聲痔瘡痔瘡的，痔瘡可也不是那麼容易治療的耶。」

「別老是注意這些小細節來打斷我的話。」

京極堂說完似乎覺得很可笑似地笑了。

「也就是說，把腦或神經這類身體的器官當成是靈魂**本身**是錯誤的。連那位井上博士也犯了這個毛病，不管什麼都想將之歸於神經的影響，結果害得自己也必須否定原本非常喜歡的妖怪之存在。」

這豈不有點可憐嘛……京極堂說。

他所說的井上博士，似乎是指明治時代的哲學博士井上圓了（註一）。

「可是實際上就是有人神經出問題而看到神怪啊。這樣看來，井上圓了雖然是明治時代人，其見識不是很進步嗎？沒必要把他說得那麼不堪吧。」

「我沒說他不好吧？我只說他可憐。誠如你所言，腦和神經與心的關係確實有緊密關連。但這並不代表兩者是為同一物。」

京極堂在此稍作停頓，眼裡閃爍著愉悅的光芒。與他交往不深的人大概看不出這人的心情吧，因為他不悅的表情總是沒變過。我也是在與他長年累月相處後才稍微判斷得出來。一旦高興起來，這位朋友會變得更加饒舌。

「心與腦之間相互扶持，要比喻的話，就像流氓與特種行業的關係一樣，任一方出了問題都會造成大麻煩，但只要彼此都獲得滿足便能相安無事。腦與神經能接受物理的治療，這也間接證明了心不等於這些器官。因為縱使這些器官恢復正常，心仍可能會產生問題。此時宗教便是有效的，因為宗教就是腦為了控制心所創造出的神聖詭辯。」

「最後的部分我聽不怎麼明白。總之你的意思是神經醫學算是有效的，對吧？」

我原以為他會責罵這是無用的學問，幸好沒有，稍感安心。

「可是心理學的情形又是如何？」

「那是屬於文學的領域，只對能產生認同的人有效，是從科學裡誕生的文學。」

京極堂愉快地笑著。

「比較心理學與民俗學會發現一件很有趣的事。心理學是從一個個的患者身上採取樣本，試圖導出普遍性的法則對吧？民俗學則是試圖由村落等共同體採取樣本探究之間的法則性。但這兩者最後都會還原到個人身上，所以才說它們是文學性的。你看柳田翁（註二）的論文多麼像文學啊，文筆過於優美，反而一點也不像論文了。我看心理學乾脆找文學家來翻譯，當作小說來賣或許還好些。對了，就由你來翻譯吧。」

京極堂說罷……更愉快地笑了。

原想惹他生氣，看來造成反效果了。

「對了關口，記得你年輕時不是很熱中於西格孟德先生的理論嘛？」

他說的西格孟德先生就是佛洛伊德。我在患有憂鬱症時接觸到這位異端學者，曾瘋狂也似地

註一：學者，西元一八五八～一九一九年。重視哲學，設立哲學館（東洋大學之前身）作育英才。曾為了破除迷信而進行妖怪研究，撰成《妖怪學講義》。

註二：即柳田國男。民俗學家，西元一八七五～一九六二年。代表作有重新整理東北地方民間故事而成的《遠野物語》、考究桃太郎故事的《桃太郎的誕生》等。

讀遍他的論文。當時佛洛伊德的學說在國內幾乎沒人介紹，如今已變得十分有名。

可是學生時代的京極堂對佛洛伊德的評價並不高。應該不算被他影響，但不知為何，後來連我的興趣也轉移到佛洛伊德的弟子榮格身上。而如今這兩位大師的著作我都早已不再舒卷。

「姑且算給你點面子，佛洛伊德的潛意識概念要說偉大倒也是蠻偉大的。」

京極堂彷彿獨白似地喃喃自語。

我也不是什麼佛洛伊德信徒呀……我開口為自己辯護。

「……但方才你在談話中提到的『心』與心理學中的意識、潛意識之間又有所不同了嗎？」

「意識非常重要。你能讀無聊小說，能看見這個罐子，或能看到不存在的幽靈，全是有意識才辦得到的。」

「又在說些聽不懂的話。心與腦不同以外，連意識也是另外存在的？」

「世界可分為兩種。」

「什麼意思？」

每當京極堂興致一來，就變得像個新興宗教的教祖一般。他過去有幾次在外面發表起演說來，害同行的我感到很無言。只不過對他自己來說也算是非常少有的。

「亦即分為人內在的與外在的兩種世界。外在的世界完全依照自然界的物理法則而行，內在的世界則完全忽視其法則。人要活下去就必須要巧妙地調和這兩個世界才行。只要活著，就會由眼耳、手足、以及身體其他部位不斷傳入大量的訊息。整理這些訊息的交通便是大腦的工作，腦負責把整理好的訊息簡單易懂地上奏給心知道。另一方面，內在世界也會發生種種事情，也必須一一處理。但由於這邊並非道理通達的世界，要由心處理並不簡單，所以這邊也會委託腦來負責處理，腦雖不太情願，但心是主子，它的命令不聽也不成。這個腦與心的交易場所便是意識。內在世界的心在與腦交易時才能形成意識這種外在世界也能理解的形式。外在世界所發生的事情也必須透過腦形成意識後才能進入內在世界。簡言之，意識的功能與鎖國時代的出島（註）很類似。」

「雖然最後的比喻不太能接受，總之我懂你的意思了。先前也曾聽說我一個教授朋友的家裡展開了一場意識究竟是腦與神經的機能還是心靈的範圍的爭論，這麼聽來，你的說法作為假說還算蠻能讓人信服的。」

不知不覺間，我的香菸沒抽到幾口便已在菸灰缸上化成灰燼，我重新取出另一根香菸點上火。

「嗯……你要說是假說也算是假說吧。」

說著的同時，京極堂也學我點起香菸。他今天的心情真的很好吧，意外地老實。

令我興起一股反擊的欲望。

「那潛意識在你的假說中又該如何解釋？」

京極堂在我的反擊完全說完前便不假思索地回答：

「腦子分作好幾層，就像有好幾層酥皮的豆沙餡餅一樣。越往下，形成的時間就越古老。餡料的部分是最古老的，這就是所謂的動物性腦，主要司掌本能的部分。人們常以為本能是與生俱來的，但把它想作是胎兒從父母那裡掠奪來的，也就是學習來的訊息比較合理。胎兒也有腦子，也會作夢，當然會從父母的腦子那裡以某種方式取得生活必須的訊息。動物的情形便是帶著這種最低限度的腦子過一生。當然，就算是這種最低限度的腦子也還是能一手擔當起即時處理訊息的職責。說誇張點，就算是這種腦，基本上也跟偉大人類的腦子沒兩樣。亦即，動物腦也有其交易

註：長崎市地名。原是西元一六三四年建設來收容葡萄牙商人的人工島。江戶時代日本實行鎖國政策，以此為唯一貿易地。

對象──心，也就是自我的存在。動物的自我與人類的其實並無多大差別，其決定性的差異只在於是否有語言罷了。因此牠們腦與自我的交流場所──意識也無法像人類那般明瞭，沒有過去未來的時間概念，所有的只是現在，因此是一團亂，但對生存並不會產生障礙。這種部分在人的頭腦之中，就像是餡料一般被包在最底層。」

「原來如此，這種古老腦子與心的交易便是潛意識對吧。雖無法明瞭地認識事情，但至少知道事物存在。」

「所以說動物很幸福。」

京極堂緩緩地轉頭望向簷廊。

在西曬日的強烈照射下，一隻住在這裡的貓窩在簷廊上呼呼地睡著。

「那傢伙最近老是在睡覺。我猜你以為這隻貓是日本貓吧，其實你錯了，這是在中國的金華山上抓到的大陸貨。之前聽說金華貓會作怪才想盡辦法弄到手，沒想到卻只會睡覺，真無聊。」

這人只要跟主題無關的話題總是信口開河，大體上都是想騙人上當的故事，因此貓的事究竟有多少成分是真的我也猜不著。但就算知道那是玩笑話，我常常也還是陪他聊起來。

「想要妖怪貓，去鍋島（註）找不就得了。」

「說得也是。」

京極堂笑著回答。

此時我突然瞭解了他的真正目的。

京極堂果然還是不想多講關於自己工作的事。

他老早就看穿我想套他話，所以才故意把話題一點一點地轉往到別的方向去。

而我卻沒發現此一事實，被他牽著鼻子跑。話題越扯越遠，難怪他的心情也跟著越來越好。結果關於京極堂的副業一點具體的內容也沒套出來。我決心今天非把他的工作內容逼問出來不可，於是便強行把話題又拉了回去。

「對了京極堂，關於你的論點我姑且算是懂

了，那在此前提下，你的工作又該如何解釋？」

「什麼如何解釋？」

「原本我們不是在聊關於你祈禱師工作的事嗎？」

「你在說什麼，原本不是從你提到孕婦的事情開始的？」

他說的確實沒錯，京極堂帶著很困惑的表情看著我。而在他眼裡，我大概就是一臉呆相地猛抽著菸吧。

「這麼說……倒也沒錯啦。不過你說幽靈、那個、總之說什麼有幽靈但不存在這點，能不能更清楚地解說一下？」

每當這種時刻，我總會覺得自己好像做錯什麼事，問起話變得顛三倒四的。看到我動搖的樣子，心情似乎又變得愉快起來的朋友徹底維持著他那張臭臉，覺得很可惜地說：

「怎了，我還以為你已經懂了哪。」

「若說是腦與心與意識之間的關係我倒是懂了。」

「那不就是懂了？你現在的所見所聞觸覺嗅覺，不管任何一切的知覺全都是由腦這個大盤商所供應，而且還是專賣。」

「這我已經懂了。」

「那麼你要檢查買來的商品時又該怎麼做？例如說你要怎麼判斷我就是京極堂的主人？」

「我認識你所以能判斷。」

「也就是對照記憶來判斷是吧。」

「嗯嗯，靠記憶，不然就靠經驗。」

「經驗也是屬於記憶的一種。總之萬一你失去記憶的話，你就再也不認識一切。只要忘了走路的方法，連挪動腿都做不到。」

註：即佐賀藩，今日佐賀、長崎縣的一部分。江戶時代藩主是鍋島氏，故又名鍋島藩。江戶初期曾發生內亂，民間故事中將之與貓妖作怪扯上關係。

「這麼說是沒錯……」

我想他說的沒錯。

京極堂這次帶著挑釁的口吻繼續說：

「至於記憶是用何種方式收納在何處，以今日醫學的水準仍舊無法明確地解答這個問題。」

「沒這回事吧……」

至少我的常識告訴我沒這回事。

「……記憶不是就儲存在腦裡嗎？腦不就是記憶的倉庫嗎？」

我不知此外還能有何種可能。京極堂搔了搔下巴。

「話可不能說太早。目前確定的是，腦的職責是擔任類似海關的工作。從眼睛耳朵接收來的資訊，都會透過腦這個海關進行徹底地檢驗。當中就只有**大腦能認同的資訊才能通過**，只有通過檢驗的訊息才能登上意識的舞台……」

「通不過的會怎樣？」

「就不會登上舞台，直接送往記憶的倉庫裡。再來，這個檢驗的標準，所憑藉的也還是記憶。檢驗時由記憶倉庫裡挑出適宜的項目來作比對，檢驗結束後新舊記憶又一起送回倉庫裡。」

「原來如此，這次的比喻就比較好理解了。」

「重點來了。當這個完美無瑕的海關，做出不法之事，輸入**假貨**時你猜會怎樣？你認為觀賞意識舞台的觀眾能立刻判別出那是假貨嗎？」

「我想判斷不出來吧。可是腦又何必違法呢？沒好處啊。」

不，當然是有的……京極堂說。

「有什麼好處？」

「說好處或許不大對，該說是想彌補自己犯下的錯誤吧。舉例來說好了，例如，當腦在記憶倉庫裡找不到適當的樣本時，檢驗便無法順利進行。若只有小小差錯還能修正，但總會有進貨與樣本差異過大的時候。這時就會產生信用問題，畢竟客戶對自己抱著極大的信賴。如同剛剛所說，一旦記憶倉庫空空如也，或心對腦不再信賴時，人便會完全無法生存下去。所以絕對不能破壞信用，腦會不惜說謊來安撫客人。另一種情形就是客戶對進貨不滿意時，客戶有時會很任性，此時腦便會由記憶倉庫裡挑選適當的存貨，當作剛剛輸入的來欺騙客戶，因為客人無法辨別貨品新鮮與否。但即使如此，仍舊會感到不合理，因為明明沒有進貨卻出貨了，與帳簿上的記載不合。」

「客人……心會在什麼時候耍起任性？」

「例如說，想見已故之人時。」

「原來如此。」

我總算懂了。

「這就是幽靈啊。」

「當然不只如此，不過大體說來就是這麼一回事。這些事物，由人心的……或者說，由內在世界的觀點看來，絕對無法與現實的事物區別，故稱為**假想現實**亦可。不，對個人而言，那毫無疑問地正是現實。因為現實的一切一樣得經過腦的把關才能進入。我們之中沒有任何一人能直接看到、聽到世界，只能靠經過腦挑選的少許訊息來認識世界而已。」

「可是，並不存在的事物卻存在了，豈不會引起更大的困惑嗎？而且真的可能這麼簡單地……只因為心的期望，就能看到、聽到所謂的假想現實？我可是一次也沒瞧見過這些鬼玩意啊。」

「當然不是想看就看得到。『想看』的瞬間這股心情便已浮現於意識表面，換句話說已經被腦所察覺。既然被察覺了，腦當然會選擇更簡單的方法來應對。只要從倉庫裡搬來證據證明這種事不可能發生，不就不需要說謊了？」

「也就是說，必須是在潛意識裡期望才行了？」

「沒錯。而腦不得已說了謊之後，為了合理化便會竄改起帳簿，因為其自尊不容許自己出錯。但腦畢竟是存在於自然科學通用的世界裡，於是這世上便誕生了名為『神怪』的藉口與名為『宗教』的自我辯護。」

「原來如此，雖然還沒辦法確實體會，但總算是懂了。也就是說，宗教乃修補腦心關係的和事佬，是吧？」

「哈，沒想到你也能說出這麼巧妙的比喻。腦有時會誤會，會不小心弄錯。這時和事佬便能發揮功效。而且腦有種性質，當與心之間發生衝突時，習慣分泌麻醉劑出來逃避面對。動物這麼做還無妨，但在不斷進化的人類身上，麻醉劑的影響可就變得難以收拾了。」

「腦還會分泌麻醉劑啊？」

「沒錯。我們會覺得心情愉悅快樂都是腦內麻醉劑的效果。你看，對活著有正面幫助的行為不都會伴隨著快樂嗎？這跟鴉片中毒的人渴望鴉片一樣。其實僅僅『活著』就能帶給動物陶醉感，但當社會誕生，言語被創造出來後，只靠腦內麻醉劑已不足以使人感到幸福，於是人獲得了『神怪』，同時為了追尋已逝的幸福，『宗教』也誕生了。這些可說是麻醉劑的替代品。至於鴉片嗎啡之類的，就更是替代品的替代品了。記得有個共產主義者曾說宗教是麻醉劑，真是高見……」

京極堂總算結束了他漫長的解說。

我感到些許亢奮。不知為何，我有種自己安心搭上的船，其實是喀喀山狸貓（註）搭乘的泥船的感覺。這令我焦躁不安……

這時，京極堂凝視著我困惑的表情，唐突地問：

「對了，你曾祖父身體還硬朗嗎？」

我大惑不解，

「突然問這做什麼？想逃避話題是吧。」

「誰在逃避話題啊。總之，他過得好嗎？」

我猜不著他的用意，只能乖乖回答：

「我連看都沒看過。你不是知道嗎，連我的

祖父在我五歲時就過世了。曾祖父應該在我出生很久以前就已經入了鬼籍吧？」

「也就是說，他存在與否，你並不知道，對吧。」

「沒道理不存在吧，既然他的曾孫也就是我都存在的話。」

「好，那你的祖父呢？是否存在？」

「剛不是說了？我的祖父在五歲左右去世。關於這點，我再怎麼愚蠢也還是記得，所以當然存在了。」

「萬一這個記憶是你與生俱來的話呢？簡單說，假設『你』是剛剛才誕生到這個世界，包括來這裡的前一刻，你一出生便具有這之前的一切記憶的話，不就跟『現在的你』沒有差別了？沒錯吧。」

京極堂說完，沉默了半晌。

叮的一聲，風鈴響了。

射入簷廊的斜陽早已黯淡，外頭景色變得朦朧。

連原本在那裡睡覺的貓兒也在不知不覺間離開了。

我突然覺得好像被拋入海裡的嬰兒一樣，開始感到恐怖。不，說是恐怖更像是寂寥或虛無感，彷彿搭乘的泥船在海中溶解了一般。

「怎麼可能……不，不可能有這種事情發生，我就是我啊。」

「你怎麼能知道？你無從判斷吧？說不定你

註：日本童話。有個地方住著一對老夫婦，老婆婆被性格惡劣的狸貓害死。兔子看到傷心的老公公，便決心報復。首先邀狸貓出外撿拾柴火，兔子在他背後打起燧石。狸貓聽到，問是何事。兔子便答「那是喀喀山的喀喀鳥在叫。」，狸信之不疑，結果因而被火燙傷。接著兔子又來探病，拿芥末謊稱傷藥，狸貓不疑，塗在傷口上，結果痛不欲生。最後兔子以美食誘惑狸貓到湖裡，自己搭木船，讓他搭上泥船。一入水，泥船溶解，兔子拿起木槳敲打死命掙扎的狸貓，終於為老婆婆報了仇。

的記憶，你的現在，全都是腦在前一刻才隨便編造出來的，就像上演當天才趕忙隨手寫寫的劇作家的腳本一樣。對你這個客人而言，什麼時候寫成的……根本分不出來啊。」

「怎麼可能、怎麼可能這麼虛幻、我……」

客廳突然變暗。

「關口，單憑自己是絕對無法區分假想現實與現實的。不，甚至無法保證你就是關口。圍繞在你身旁的一切世界，有如幽靈一般**虛妄**的可能性與非可能性的機率其實是完全相等的。」

那麼一來……

「那麼一來，我本身不就跟幽靈沒兩樣嗎！」

我像是被全世界拋棄了一般，壓倒性的不安感向我侵襲而來。與之相比，憂鬱症所帶來的孤獨感還令人感覺比較有救。連坐在我眼前的究竟是我的朋友還是別人，我也變得無從判斷。

不知過了幾分鐘。

眼前的男子忽然放聲大笑起來，我隨之恢復了知覺。

「啊哈哈哈。喂關口，你放心吧。哎，沒想到會這麼有效。你就饒了我吧……」

但我卻仍還在發呆，確認眼前愉快大笑的就是京極堂本人這點已是我所能做的一切。

「好了、好了、關口，夠了。你確實是關口巽本人，這我可以保證。」

京極堂捧著肚子繼續大笑。

我總算逐漸理解了眼前狀況，同時一股怒火也油然而生。

「到底是怎麼一回事，剛剛你對我施了什麼妖術？」

「我哪會用什麼妖術，又不是忍者。既然你那麼想知道我的生意是怎麼做的，就牛刀小試了一下。沒想到對你居然這麼有用……」

抱歉抱歉……京極堂說。

這個朋友完全看穿了我的想法。

而我就像是孫悟空，怎麼掙扎也逃不出如來佛手掌心。

「那……剛剛所說的一切，全都是為了騙我而編造出來的謊言了？」

「不，當然不是。全都是真的，貨真價實的真的。」

京極堂由和服襟口伸出手來搔下巴。

這是他覺得困擾時常做出的小動作。

「給我好好解釋一下吧，我還像被狐狸精作弄了一樣，搞不清楚狀況哪。」

「記得你家是信仰日蓮宗的吧？」

「這又怎了？該不會又想對我施妖術了吧？」

「就說那不是妖術了。總之，我是在說虧你還受過折伏（註一），居然毫無信仰。」

「髭題目（註二）還供在我家的佛壇上呢。」

「那有啥用，我看你一個月連一次都懶得清理吧。算了，反正你本來就不是會信仰宗教的人，但也不是科學的信奉者。」

「嗯，確實如此。」

「對這種人像剛剛那樣以真實的情況來說明最有效了。」

「原來如此……啊，記得你會隨著要驅魔的對象的宗派來改變作法嘛……」

我總算想起這點，也逐漸瞭解他想表達的意義了。

註一：即「破折屈伏」之簡稱，為佛教教化法之一種。不迎合對方的錯誤思想，確實地指出正確之道來教誨。為「攝受」之反義詞。日蓮上人於其著作中指出此乃最適合於當時日本的傳教方式，後來廣為法華宗各派所採納。

註二：日蓮宗裡，將「南無妙法蓮華經」中除了「法」以外的六字，用一種尾端拉長像是鬍鬚般的獨特字體寫成之物。用來表示受到「法」之光輝照耀，萬物均如植物般成長茁壯之意。

但同時也怕他仍在話裡暗藏玄機而無法安心，我可不想再重現一次剛剛的心境。

笨拙的我明顯地提高警戒心。

「哎，別露出那麼恐怖的表情嘛。如你所言，我的驅魔方式若不先知道對手所處環境與該人物的性質是沒辦法進行的。道理就如剛才所說的，而方法就是剛才對你所做的。我剛剛對你說的便是你最能理解的話語。而隨著對象不同，有時會改成經文、改成祝詞，再不然就用科學用語。總之我會先拆散一次對象的腦心間的聯繫，待正常接合後，大體的症狀都能解決。」

「為什麼會用科學用語？」

「所謂的科學信奉者，表面上看來思考方式是科學的。但以腦心關係來說，其實是信仰科學，說穿了不過是拿科學來代替宗教。對其本人的心靈而言，比宗教信仰還麻煩。沒有比科學更不適合用來說明神怪的方法了，腦會因此喪失自信。」

「我的腦剛剛也被你害得喪失自信了，我的心剛剛有一瞬間對我的腦產生了不信任感，你實在太過分了。」

「但是你不也因而增長了點見識嘛，要感謝我啊。」

「是嗎？那麼我以後就不會被腦所騙了？」

「不，還是一樣。只要你還活著，永遠會被腦所欺騙，只是已經能偶爾生出一點懷疑了。」

「這一點也算不上治療嘛！」

「因為你本來就很正常啊。」

京極堂說畢，又再次大笑。

不久又恢復嚴肅表情，開口說道：

「話說回來，關於你曾祖父。」

「你的把戲我已經知道了，不會再上這招的當了。」

「不，不是要耍你。你剛剛說你從未見過曾祖父是吧。」

「沒錯。不過曾祖父不可能是我腦中創造出

來的產物，因為有我這個真實的證據存在。」

我那時大概是露出「再也不想被騙」的表情。

「沒必要忙著結束話題吧。你的曾祖父確實存在過，這點沒人懷疑。曾祖父名字叫作？」

「那幹嘛又那麼執著於他呀？名字好像是叫做半次郎吧？聽說是某個漁村的大戶人家，權勢很大。祖父則自恃家財萬貫而把財產揮霍殆盡。結果就如你所知，落得我老爸得去鄉下當個窮苦老師的下場。」

「就是這點。」

京極堂啪地一聲拍了桌子。

「這點又怎了？」

「你為什麼知道這麼多？既然你並非生長於那個時代，這些事情你應該不可能知道吧？」

「愚蠢至極。你又不是不知道，我當然可以去問那些先我而生的人吧。故鄉的寺廟裡也還留下一些紀錄。戶籍或許在戰爭時燒毀了，不過記得老家好像也還留有一兩張照片。」

「我要說的就是這個。」

京極堂這次啪地拍了一下膝蓋。

「你之所以能知道實際體驗以外的事情，是因為這世上有語言、紀錄保留下來。你透過這些語言紀錄來吸收這些資訊。」

「沒錯。」

「重點來了。雖然你的曾祖父有你這個活證人而不得不承認其存在……但德川家康呢？其存在值得信任嗎？」

京極堂上身前傾過來，我隨之後仰。

「這不是理所當然的嗎？你怎麼一句接一句地扯這些鬼話。首先，這座東京都不就是證據了？沒有家康說不定就不會出現江戶城了。在日本會去懷疑德川家康之存在的，恐怕只有你一個吧。」

「所以說，為何你能這麼有自信？」

「可是明明就是會去懷疑的人才奇怪啊，況

且家康的子孫不也滿天下？跟我一樣，他們都是活證據。」

「但你的情形不過只過了三代，認識活著的半次郎先生的人或許現在還活著。可是家康得追溯到十五、六代以前哪。目睹過家康的人一個也不在了，連子孫自己也無法確信其存在的真偽吧？」

「所以說不是有紀錄可查嘛。關於家康的紀錄可不是我曾祖能比的。其量之多，汗牛充棟哪。而且都是正式記載，連我這個不知曾祖死因的人也聽說過家康的死因哪。」

「你是說鯛魚天婦羅嘛。可是為什麼你相信這說法？此外不也還存在著種種異說？況且吃鯛魚天婦羅食物中毒而死這件事可沒出現在官方文書上哦。」

「這麼說是沒錯啦，總之我是因為這個說法比較膾炙人口才採用的。不過只因為眾說紛紜便懷疑其存在，豈不是太不合理了？」

「嘿嘿嘿。」

京極堂暗藏玄機似地笑了起來。

「幹什麼，笑得這麼噁心。」

「關口，這表示你也承認大太法師（註一）的存在是吧。」

「你的腦袋終於壞了嗎？大太法師不是古代故事中的巨人？那種東西怎麼可能存在。」

「為何？條件跟家康不都相同？」

「完全不同吧。一方是歷史上的人物，另一方卻是童話故事裡的妖怪。」

「可是大太法師也留有紀錄，雙方都出現於無法直接確認的古代。況且大太法師也跟那種『好久好久以前，某地有個……』的童話故事不同，是傳說。」

「不同嗎？」

「當然不同。其開頭像是『上古之時，常陸國那賀郡有個……』……這樣，場所明確，痕跡鮮明。而且還不只一處，全國各地都有傳說，各地傳說之間還沒有矛盾。比起有好幾個死因的家康，豈不更有真實感？」

不知京極堂是又想誆騙我，還只是想說些結局無聊透頂的故事，實在無從判斷。

「既然你因為有紀錄留下而相信德川家康的存在，那麼不相信大太法師的存在就說不過去了。不，不只大太法師而已。」

京極堂說著，把堆放在榻榻米上的那堆古書全搬上桌子，隨手翻了幾頁給我看。

「就連這些異形之物，也有留下紀錄。而且紀錄的數量也跟家康一樣眾多……」

他翻給我看的是名為《畫圖百鬼夜行》、《今昔續百鬼》的書。這一系列書籍與方才京極堂閱讀的《畫圖百器徒然袋》相同，為石燕所繪製的江戶時代的娛樂書。書中將當時街頭巷尾流傳的狐狸妖怪、魑魅魍魎之類的怪物匯聚一堂，可說是妖怪版的名人錄。共出版了十二冊，其受歡迎程度可見一斑。只是畫風較為平淡，不似後來的芳年（註二）或應舉（註三）的圖看了會令人心生膽顫。

「這種說法太極端了吧？又不是隨隨便便有個紀錄就好。」

「不，有紀錄正是要點。」

京極堂用像是剛惡作劇完的小鬼般的眼神看了我，繼續說下去：

「實際上沒接觸過對象，只憑著紀錄來認識。在這兩點上，你的曾祖父與德川家康，以及大太法師之類的異形妖怪的立場可說毫無二致。」

註一：日本古代傳說中的巨人。高聳入天，走過留下的足跡變成湖泊或沼澤。以山為凳，以川濯足。

註二：月岡芳年，幕末至明治初年的浮世繪畫家。常以歷史、美人、歌舞伎演員為作畫題材。當中特別擅長描繪淒慘景象，故又被稱為「狂畫家」、「血腥芳年」等。

註三：圓山應舉，江戶時代中期的畫家。畫風重視寫生，以作精密描寫的客觀態度挑戰舊有日本繪畫的各種題材。

因此對你而言，既然條件相同，是否相信便聽憑你的判斷。但你認同前兩者的存在，卻判斷後者不可信。」

「沒錯，因為我有許多可供判斷的材料。」

「是嗎？」

京極堂帶著不懷好意的神情打斷我的話。

「我看不是有許多判斷材料，只不過是你缺乏解讀後者紀錄真意的邏輯吧？」

「你想說我相信德川家康但不相信巨人，並非有什麼了不起的根據，只不過是因為我個人的見識狹隘而已？」

「不，你有你的常識，也有主義主張，只要那合乎現今社會，便不會產生什麼問題。但並非任何時代、任何狀況下這些常識都是絕對正確的。」

「這麼說倒也沒錯……但我無法完全同意啊。不管是哪個時代，不存在的事物還是不存在吧？」

不存在的就是不存在。

「關口，你剛剛不是瞭解了幽靈出現的道理了嘛，同樣道理下也能看見巨人吧。一旦看過，你也會變得相信了。畢竟對本人而言，現實與假想現實之間是完全無法區別的。這你剛剛不也親身體驗過了？」

「這麼說倒也……」

這麼說倒也沒錯啦……

「……好吧，就算讓個一百步，我親身體驗過大太法師好了。相信我會囫圇吞棗地完全接受其存在。但在客觀而言，這仍是虛妄的吧？別人不會相信啊。」

「沒錯……」

京極堂奸笑了起來。

「……只有你看過的話，確實如此。可是一旦體驗化作言語，情況便又有所不同。言語，不，就算是圖畫也無妨。不管是哪一種，體驗一旦經過抽象化、符號化之後，變得任誰也能理解了。」

「原來如此。可是就算他人理解了，也只會認為那是妄想吧？」

我盡可能裝出頑固表情，盡可能裝態度高傲地還擊。

「沒錯，如你所言，這些神怪是只屬於個人的事物，只要他人一直無法理解，那便只是妄想。但，這時如果出現了能理解這些妄想的人呢？假想現實便能共有，形成所謂的共同幻想。就以大太法師為例，既然現存這麼多紀錄傳承，就表示絕非僅有一人兩人擁有這個共同幻想而已。就算是……這些異形也相同。」

京極堂啪啦啪啦地翻動《百鬼夜行》。

「這些妖怪背後，都存在著某些理由才會以這種形式流傳下來。若是如你所言，人們都喜歡採用膾炙人口的說法的話，我看在人類的口語傳承中，沒有比妖怪盤據得更久的事物了吧。但包括你，現代人的常識與這些異形無法切合。閱讀這些紀錄時即使能瞭解字面意思，也無法讀出箇中真意。而德川家康比較合乎常識，因此才能在某種程度上作出比較正確的理解，所以才會相信。我們在決定是否值得信任時，依據的其實只是這麼一點理由罷了。」

「那……不就意味著……紀錄的客觀性或真實性並非絕對的，而是相對的了？」

……這傢伙。

究竟要奪走多少我信賴的事物才肯罷休？

「沒錯。對江戶時代完全沒受過歷史教育的山村村民而言，山姥（註）還比家康更具現實感。就算你對他說家康的故事，多半也只會回答你『誰管這老頭那麼多』吧。」

註：日本傳說中的妖怪，類似西歐的巫婆，有各種類型。多說形似老婦，會吃人，全國各地山區均有傳說。

結果我只能接受他的說法，並保持沉默。與其說是被駁倒，更像是佩服，真糟糕。

「話說回來，言語實在很奇妙。假設產生了剛說的共同幻想好了，這個共同幻想嚴格說來雖是共同，卻非同一之物，這點很有趣。假想現實徹底是個人所有，無法在真正的意義下與他人共有。」

「那不就奇怪了？你剛剛不是說無法共有共同幻想，假想現實就只是妄想而已？」

「所以才說這點有趣，這跟宗教之間也有相通之處。你知道沒有半個信徒的宗教家會被叫做什麼？很可惜的，在今天這種人會被叫做狂人。有信徒才有宗教，只有當妄想化作體系，產生共同幻想時，才得以形成宗教。就算是同一宗派的人之間，也無法獲得完全相同的假想現實體驗。只不過宗教在此處設計得很巧妙，其機制能讓信徒們以為個別體驗到的事情其實是相同的。因此才能以相同道理，讓多數人的腦與心不再衝突，進而獲得**救贖**。而言語便是在這層機制裡起了重要的作用。」

「太初有道，先有言語……是吧？」

「說得妙。」

京極堂只有在這種時候才會褒獎我。

「正是如此。實際存在的家康，並不等同於你所相信的家康的存在。連結這兩者的，是家康的紀錄……亦即，語言。」

此時，京極堂咳了一下。

「腦頂多只是個體的一個器官。自己的腦只要能說服自己的心便成了，但是記憶卻會藉著語言的力量跨越出個人的掌控範圍。語言不只能讓意識覺醒，還能向外發展，創造出名為共通認識的怪物。記憶一旦變換成語言，便再也不是個人所屬之物。當開始受到眾人討論時，已成為所謂的共同幻想。如同剛剛你所體驗到的，當事者自己無法判斷個人的認識……即所謂的假想現實是否為事實。那麼當其離開意識化作語言時又如何呢？表面上看來，語言受到多數人的檢閱，似乎比較能放心，但其實這是錯誤的。縱使記憶暫時變化成語言這種共通的抽象物，當回到個人內部時又會再次置換成具體事物。而在這階段中受到正確的轉換與否，已是個人無法判斷的事了。」

「我懂了。」

很難得地，我在京極堂話說到一半時便瞭解他想說的意思。

「例如說，隻言片語裡仍包含著大量的訊息。當我要向別人提及你的事情，若沒有『京極堂主人』此一詞語的話，那就得花費一番唇舌才能傳達。但只要是略微聽說過你的事蹟的人，用短短的『京極堂』三個字便足以說明。聽到『京極堂』三字的人自然會在其心中描繪起你的形象來。但我所描繪的『京極堂』與對方所描繪的『京極堂』之間恐怕會有微妙的不同，不，隨著情況搞不好還會全然不同。但兩人之間還是可以透過『京極堂』這個共通認識來溝通，雖不知彼此腦中在想什麼，但透過這個共通認識自然會認為是相同的而感到安心。」

「看來剛剛的治療很有效果嘛。正是如此。言語這種東西其實是咒術的基本。你受到『關口巽』這個咒語，我則是受到『京極堂』這個咒語的影響。我們都在不知不覺中使用著咒術。德川家康確實存在過，但我們所知道的是『過去曾有個德川家康』的這個紀錄，絕非真正認識德川家康本人。這正是禪宗所言之『不立文字』的真諦。縱使家康的存在是事實，對我們而言『家康』卻不是現實。但我們有時卻會誤以為自己認識家康，這是由於收納『家康』這個詞的記憶倉庫與收納我們實際體驗的記憶倉庫是相同的所引起的錯誤。當憑藉語言傳遞的訊息與實際體驗都成了記憶之後，兩者之間便失去差異了。也就是說，就算是看都沒看過家康的我們，也可能見到東照神君家康大權現

「既然敢自稱文學家，就該有這種程度的幻視吧。你身為文士，居然沒半點想像力。更何況文士本來就是得靠語言來討生活的。」

「竟敢三番兩次說這些失禮的話，我可是想像力多如泉湧哪。」

「那敢問文學大師，可知佛舍利共有多少？」

這次的問題大概是開玩笑的吧。他平時除了把我當傻子耍以外，從不會稱呼我為大師。

「佛舍利是指釋迦遺骨的那個嘛。全國都設有佛舍利塔，不，應該不只日本有，我估算不出來。」

「聽說這些遺骨集合起來，恰好有一頭大象的分量，敢問大師聽了有何感想？」

「有何感想？這有什麼好說的？肯定是寺院想增添自己威光，再不然就是分骨時有人摻水而已嘛……」

京極堂搖搖頭，打斷我的話。

「所以說你沒有想像力。怎麼不想成是『哎（註）顯靈。』」

「原來如此，這算是補充說明先前那番話對吧。為了掩飾，腦這混蛋拿出來的假貨中也有可能混入這類由知識而來的事物。」

沒必要罵腦混蛋吧……京極堂說。

「……看來腦在你心目中的評價下降了不少。哎，總之在這層意義下大太法師也是相同的。當你有所需要時，便會彷彿真正存在似地顯現。」

京極堂愉快地撫摸著膝上的罐子。

我也覺得心情愉悅。

「不不，再怎麼說我也不可能看見坐在富士頂峰，以琵琶湖水洗濯雙手這麼不得了的怪物吧。豐富的生物學知識會妨礙我，好說歹說我也算是個理科出身的文學家……」

說完，我覺得總算回復平日的自我，高興地笑了起來。

可是京極堂那張刀子嘴又殺了過來。

呀，沒想到釋迦是這麼巨大的人啊』呢？」

京極堂覺得很可笑似地笑了，而我果不其然地被他給耍了，像個傻子一樣。不過一想有如巨象的佛祖向螻蟻般的弟子們說法的情景，不由得感到滑稽，結果我也笑了起來。

「話說，你從剛剛便一直摸來摸去的那個東西到底是什麼？」

我對他手上的那個罐子感到好奇。

「這是骨灰罐，裡面放了佛舍利。」

「笑話，你怎麼可能會有釋迦骨頭。你是開書店的，而且還是個神主不是？」

「還騙你不成？」

京極堂打開壺蓋，從中取出一顆白色粒狀物。

「你要不要也來一顆？」

說完，拋入口中吃掉。

「你瘋了嗎！」

我嚇到了。

「為什麼你這傢伙總是那麼容易上當？注意力太散漫了吧。瞧，這是甘月庵的點心哪。」

「你才為什麼老愛騙人，我再也不相信你說的話了，比腦子還惡劣。再說哪有人會把點心收在這種罐裡。」

「老婆也嫌這很低級趣味，不過最近濕氣重沒辦法，看來看去還是這個罐子最恰當。」

京極堂說完，又拿出一顆拋入嘴裡，喀哩喀哩地嚼了起來。

「不過，在我打開蓋子前，這個點心也有可能是骨頭喔。」

「這次又想說什麼了？不管你說什麼我都不會驚訝了。」

我現在的心情真的是如此。

註：為家康死後受封之神號。

「哎，剛剛說的是腦心之類人類內在世界的事情所以難懂了點，這次要講的是物理學。你聽說過量子力學這門學問嗎？」

「很遺憾，沒聽說過。你是指去年還前年……得到諾貝爾獎的湯川博士（註）的論文嗎？」

那是介子論吧……京極堂平淡地回道：

「……量子力學是近二、三十年前才出現的理論，原本是討論原子中的電子如何運動的學問。」

「這跟罐裡裝的東西有什麼關係？」

「關係可大了，因為這個理論是由測不準原理這個麻煩的理論所導出的。」

「測不準是指『確定不了』的意思？」

「對。也就是『在被觀測前無法確定』的意思。量子這個小東西啊，要觀測其運動量時，位置就會變得無法確定，反之亦然。」

「沒辦法同時都觀測到嗎？」

「聽說就是沒辦法。一旦決定位置，運動量就會變得無限大而不正確。測量運動量時，這次則變成不知道在哪裡。換句話說，即『在觀測並決定前不具正確的形狀』之意。這就表示只有在觀測者觀測的瞬間，其觀測對象的形狀與性質才能確定。在確定之前，只能以**機率方式**來表現對象的存在，可說是一點也不像自然物理學的結論。根據這個道理，罐內的東西直到我打開的瞬間才具有點心的性質。」

「那真的是學者得出的結論嗎？如果真是如此，我們日常生活的一切不就充滿不確定因素了。沒看到的部分究竟是什麼完全無法確定，這世界豈不是用洋菜構成的？」

「呵呵呵，的確反對的聲浪很高，但就我所知，反對者似乎也還無法推翻這個說法。連那個有名的愛因斯坦博士也覺得無法接受，不過相信這個理論將來應該會發展成重要的領域。」

「既然連愛因斯坦都反對，肯定是錯了，那我就安心了。如果不只腦子不能相信，連這個自然科學通用的世界都無法相信的話，真的沒有任何能依靠的事物了呀。」

「愛因斯坦博士並非否定，而是說無法接受。大概是因為這個理論違反了他的美學所以才覺得很困擾。總之量子力學讓我們不得不懷疑起笛卡兒以來提倡的本體論（主體與客體可以完全分割），因為測不準理論告訴我們觀測行為本身會帶給對象影響這點，而且這麼一思考，還覺得理所當然。也就是真正正確的觀測結果只能在不進行觀測的狀態中獲得。另外，量子力學也提示了我們一個極端的可能性……這個世界包含過去，是在觀測者觀測的瞬間才溯及既往創造而成的……」

「喂喂，你現在討論的真的是科學嗎？」

我怎麼覺得他還在延續著剛剛的討論。

這，不是該歸為知識論或宗教類的話題嗎？

當然是科學……京極堂回答。

「……我們透過科學所得知的宇宙，其恰恰適合人類生存的程度實在令人讚嘆。只要太陽與地球再靠近一點我們便成了黑炭，只要月亮再靠近一點就會撞上地球，遠離一點便會脫離，這未免太巧合了點。」

「沒辦法，事實就是如此啊。」

「事實在觀測之前也只是機率問題。」

「是沒錯。」

「至於為何能形成得這麼剛好，理由只有一個，那就是……觀測者是人類。如果這世界沒有任何人類存在，那麼就算永遠不知道地球的壽命有多久、太陽與地球的距離有多遠都無妨啊。我們內在的世界憑藉言語這個咒術而覺醒，而外在的世界也因科學這個咒術覺醒了。沒有人類，世

註：湯川秀樹，西元一九〇七～一九八一年。物理學者。西元一九四九年以介子理論獲得諾貝爾物理學獎，為日本第一位獲頒諾貝爾獎者。

界就只是一團混沌。諷刺的是，這個觀點如今也已逐漸為科學所證明。」

京極堂稍微慵懶地呼了一口氣。

「量子力學所推測出的結論在要『將人類視為宇宙的一部分』，還是要『將宇宙視為人類的一部分』上產生分歧。我想……在極微小的世界裡，內在世界與外在世界的界線將會變得曖昧不明吧。」

京極堂說完，喀地一聲蓋上蓋子。

我想像著在罐裡點心變成白骨的情況。

「你是說，那個什麼量子力學……將會跨越科學的藩籬……是嗎？」

說什麼傻話……朋友說。

「……跨越藩籬的話，其科學性崩毀，不就再也不是科學了？連觀測者本身、觀測對象兩者都無法信賴的話，就再也算不上科學了……」

叮的一聲，風鈴又響了。

我的心境越來越複雜。

果然因果報應、佛之懲罰這類胡扯下流的主題只有在「絕對可以放心」、「肯定不是真的」之類的大前提下才能通用。我原本細心呵護的世界觀與價值觀如今已像棉花糖一般脆弱不堪。

撰寫這類老套報導的心情，早已不知飛往何方。

但是無視於我內心的靦腆羞愧，造成這股心境的朋友其心情卻是愉快至極。或許對他而言，現實本來就是這麼一回事，所以根本就覺得沒什麼吧。

「沒想到時間這麼晚了，你肚子也餓了吧？我去關上店門，順便到隔壁叫外賣。你就吃狸貓蕎麥好了，我點狐狸烏龍（註）。」

京極堂擅自決定後，便快步走進書店。每遇這種情形，他總是隨便幫我作主。我的性格優柔寡斷，他則一向很強勢。

只剩我一個。

剛才全然沒注意到，原來客廳裡已經點上電燈。

津輕漆器的桌子上擺著丟了四五根香菸的菸灰缸，以及裝了量子力學點心的白色骨灰罐。此外還隨意亂放著數本我讀不出真意的妖怪紀錄。

茶壺裡的淡茶已全部喝光。

我忽然覺得莫名口渴，便起身泡茶。在剛剛京極堂坐的坐墊旁找到茶盆與茶壺，但卻找不到必要的茶葉罐與熱水。

就在此時。

我的視線恰巧停在桌上翻開的書上。

上頭繪著一張下半身或許是因血而染紅的半裸女子，懷裡抱著同樣染著血的嬰兒。

周遭乃是荒野。

傾盆大雨下個不停。

女子一手遮著額前，另一手似乎不甚在意似地摟著嬰兒。

彷彿待會兒便要將其送人。

女子的表情陰沉，但倒也不像是痛苦、悲傷或怨恨。

而像是……困惑。

如果她表情充滿怨恨，或許會令人覺得相當恐怖。但她的表情卻是那樣地困惑，與其說恐怖，更讓人覺得……

非常不祥。

圖畫上頭寫著「姑獲鳥」。

註：關東地方的人習慣將放有油渣的蕎麥麵叫做狸貓蕎麥，把豆皮烏龍麵叫做狐狸烏龍，因此簡稱「狸貓」「狐狸」，便可知道要點的是蕎麥還是烏龍。不過各地的作法並不統一，如在關西地方，狸貓蕎麥實指豆皮蕎麥麵。

不久，京極堂提著箱子回來了。

身穿簡便和服、面無血色的男子提外賣箱子的樣子意外地可笑。

「真討厭，隔壁的老爺子說什麼『馬上就好，看你肚子很餓的樣子，稍等一下』。表面上很親切，其實還不是嫌外送麻煩。聽了雖不爽，不過還是自己提過來了。這是你的狸貓蕎麥。」

什麼「你的」，還不是京極堂擅自決定的。我只是隨便都好，所以才沒多說什麼。

「雖說麵店有自由販賣權（註一），不過這鬼地方真的會有客人來嗎？連價錢也敢跟一樣收二十圓哩。」

「要說地點不好，你的書店還不是一樣。記得隔壁好像從戰前就開始營業了嘛？」

我想起學生時代，來這裡玩要回去時曾到隔壁麵店吃過竹簍涼麵。記得那時一份是十五錢。

「隔壁是家在大地震（註二）時燒掉了才搬過來的。這一帶沒受到什麼震災，很多災戶搬來這裡。」

京極堂吃著炸豆腐皮，看了桌上的書一眼。

「對了，我回來時，瞧你盯著這本書看，怎麼回事？」

「其實沒什麼。這個念作『kokakuchou』嗎？沒聽過這種妖怪。」

「不，那念作『ubume』。」

京極堂邊吃烏龍麵邊回答。

「喔，原來是『ubume』，那我有聽過，抱孩子送人的妖怪對吧。原來『姑獲鳥』要念作『ubume』啊。」

「當然不這麼念。所謂的姑獲鳥原本是中國的惡鬼，別名夜行遊女或天帝少女，披上羽毛便化作鳥，脫下羽毛就成女妖，典出於《本草綱目》等書。沒記錯的話，《和漢三才圖會》中的記載也把她與產女混同了，石燕想必是根據這個而畫的吧。但我所不能理解的是，在中國，原本的姑獲鳥具有抓走他人女兒當養女之特性，但這與產女的特性相差甚遠，應不至於混淆才是。而且『ubume』通常會寫作『產女』。」

京極堂嫻熟地邊吃著烏龍麵邊侃侃而談，而我只要一開口便會停下筷子，害蕎麥麵都泡軟了。

「我記得產女是難產而死的女人化成的幽靈嘛。」

「錯了，不是幽靈。這其實是難產而死的女性，其遺憾具體化而成的形象。不管是鄉下地方山田先生家的女兒，還是貴族家的大小姐，只要因難產而死便會以這種形式出現來表現遺憾。反過來說即表示只要產女出現，就是有孕婦因難產而死。說她不是幽靈的證據就是她不會對人作怪，且你看她的表情，一點也不怨恨，對吧？」

的確，我也這麼覺得。

「現在的我們已經失去正確理解這形象的能力了。例如說，嘴上說這是難產而死女人的遺憾，但若問及其具體形象為何，恐怕答不出來吧？」

「因為那本來就沒具體形象，當然沒辦法回答啊。」

「但我們卻能用心形記號來表達『心』。不管其起源是心臟還是杯子，總之我們一看便知道那代表**心**的概念。心不也沒有具體形象嗎？」

「這麼講是沒錯啦……」

「產女也是相同道理，只不過在現代無法通用罷了。除了生產時的風險已經降低，現代人對妖怪的感覺也消失了。神怪不斷被剔除出社會的共通認識項目，轉而成為單屬個人的事物。不管是幽靈還是怨靈，原本還不都是人類，其怨恨的

註一：聯合國軍占領時期曾實施食品買賣管制，要到西元一九五〇年後才開放米以外的主食自由販賣。
註二：指西元一九二三年發生的關東大地震。

對象也是限於個人。現代人的產女已經轉變為因醫療過失而死的山田花子，每天半夜站在主治醫師什麼野某某兵衛的枕邊哭泣這種程度的無聊東西了。」

「說得倒是，古代人生產像是在拼命一樣，難產死了誰也不能怪誰吧。就算會覺得遺憾，確實也與怨恨痛苦不同。」

現在的我，聊起這類話題已經變得自然而然能接受了。

京極堂喝完麵湯後，隨口回應著我的話，起身去廚房倒了兩杯冰涼麥茶回來請我喝。

接著喃喃自語道：

「但是，為什麼會把姑獲鳥跟產女混在一起，抓走小孩跟送人小孩不是完全相反嗎？」

我總算吃完蕎麥麵，為了撫慰從剛才一直口渴到現在的喉嚨，一口氣喝光麥茶。真甘潤。

「產女把小孩送人之後會怎樣？」

「完全不怎樣。有人說送來的孩子會變重，也有人說會害人生病，但這些都是為了加強怪奇性，後來穿鑿附會的說法。也有人說產女會授與人怪力，這大概是與豪傑譚結合，變成恐怖故事類的結構了。所以產女對今日的我們而言一點也不可怕。」

「只是啊。」

京極堂側著頭，看他身後的書架一眼。

但似乎沒有他要的書，於是又立刻轉回面對我。

「石燕的時代是安永年間（西元一七七二～一七八〇年），在其百年前的時代，產女還能帶給世人恐怖。記得是貞享三年（西元一六八六年），幾乎恰是石燕卒年的一百年前，這年發行的《百物語評判》裡有段記載很有意思。」

說著，他盯著眼前三寸高的虛空，開始念起不存在於那裡的《百物語評判》內容：

「……其原形乃懷胎有子而身殞之女，以其執念變成。其形，腰下染血。其聲，似『惡巴流、惡巴流』……如何？比直接看圖還可怕吧？雖說《百物語評判》這本書採取的是反對怪力亂神的立場就是了。」

「你居然還一一背誦這種記載啊，真受不了你。」

京極堂從桌上拿起書晃了幾下。

「況且在民間傳說裡，某些地方則是把產女念作『ugume』，而其造型有些像剛剛念的一樣，下半身染血，有些則說已經腐爛，總之比這個還要更恐怖一點。這張圖看起來，簡直就像去玩水的途中碰上下雨而已，不知石燕是否故意這麼畫的。」

「咦？」

我覺得很奇妙。

「這張圖不也是下半身被血染紅嗎？」

記得剛剛……

記得剛剛看的時候確實如此。

「你還沒睡醒嗎？這是單色印刷的書哪。」

京極堂把書遞給我。

遞過來的圖畫確實與剛剛所見的相同，但女子腰上纏著布。

嬰兒仔細看也頗肥胖，似乎很健康。

到處都沒有染血。

只是……女子困擾的表情，仍然令我覺得很不祥。

京極堂瞇起眼睛。

「關口，或許你還擁有如今已經失去的，用來解讀產女的邏輯吧。」

風鈴又響了。

京極堂收拾完大碗，打開蓋子請我吃點心。

「來顆佛舍利怎樣？」

「淨說些遭天譴的話，你肯定會受到佛祖懲罰下地獄。」

說完，我也抓了一顆點心。

那股奇妙感已經淡化，剛剛大概是因為光線的問題才會看錯了吧。

京極堂也抓了顆點心送進嘴裡，說：

「呵呵呵，豈會遭懲，吃這個還能積功德呢。」

他接著說：

「聽說這個點心生前，也就是悉達多太子是在異常的生產下誕生的。」

我花了一點時間才理解到他在說什麼。

「拿釋迦佛祖來做例子似乎不太好……那個情況有點不同。對了，就先從平將門（註一）說起好了？根據《法華經直談鈔》的記載，他在母親體內的時間長達三十又三個月。」

彷彿奇蹟一般，話題居然又繞回來了。

京極堂總算開始談起我原本的來訪原因——過久的懷孕。

「還有其他著名例子。《義經記》裡說武藏坊弁慶（註二）是十八個月，《弁慶物語》則驚人地記載說是三年三個月，換算起來便是懷胎三十九個月才生下。據說生下的是長齊頭髮牙齒的鬼子（註三）。而《慶長見聞錄》裡也提到一個名叫大鳥一兵衛的粗暴漢子被關入獄時，曾大喊自己是懷胎十八個月才出生的。只不過這是自己講的，比較可疑。」

「怎麼除了釋迦以外全是壞人啊？」

「弁慶法師不算壞人吧？不過是喜歡大鬧一番罷了。不過你提到壞人，觀察力倒是不錯。將門新皇在不久前還被當作天下第一大惡人（註四）呢。」

當然是壞人吧……我不甚了了地應和。

「對了，說到壞人，伊吹山的酒呑童子（註五）也很不得了。」

「酒呑童子是大江山的吧？」

「那只是那邊比較有名罷了。算了，哪邊都一樣，總之是個鬼將軍。御伽草子中的《伊吹童子》說他三十三個月才出生，而《前太平記》則說他十六個月才出生。」

「喂，京極堂，十六、十八、三十三、三年三個月，這麼一排起來一點可信度也沒有嘛。怎麼看都像後人加上的數字。」

「當然是後來加上的。在他們成為暴虐無道的鬼、成為大惡人或大豪傑的時候，才**溯及既往形成過去**的。」

「這不就跟量子力學一樣了？」

「沒錯。因為過去人具有『鬼是在異常的出生下誕生的』這種民俗社會裡的強烈共通認識，這個共通認識在我們這個日本國裡滲透得非常徹底。反過來講，這個共通認識也就等於『在異常的情況下誕生者會**成為**鬼』。因此實際上的鬼或大惡人必須是在異常出生下誕生，才會具有說服力。這算是因果關係的顛倒，當觀測到他是鬼的瞬間，便形成了異常出生的過去。但是真正異常出生的小孩並無任何證據顯示他們一定會成為鬼或惡人。」

「難道沒有異常出生，卻能過著普通人生的例子嗎？」

「沒有。因為異常出生的鬼子，其將來已經被決定了。他們的下場肯定會被殺死。」

「可是酒吞童子不是活下來了？如果確實會被殺死，這世上不就沒有鬼跟惡人了？」

「我不是說了，酒吞童子的出生是在被烙印

註一：平安時代的武將，曾自立新皇，占領關東一帶與朝廷抗爭。於九四〇年遭朝廷平定，斬首而死。傳說死後冤魂不散，棄於京都的首級作怪，最後飛回關東落下。所落之地即著名的將門首塚。

註二：平安時代末期的僧兵。據說力大無匹，英勇過人。為武將源義經的手下愛將。

註三：剛生下便已長牙的嬰兒。

註四：平將門長期被視為亂黨，直到江戶時代第三代將軍德川家光上奏才免除污名。但從明治到二次大戰期間，由於將門的反天皇家的性質，再度被官方視作大叛黨。

註五：又稱酒顛童子，為民間故事裡於京都附近大江山（或說是滋賀縣附近的伊吹山）結黨搶劫的盜賊頭目，亦說是鬼。日本人所謂的「鬼（おに）」非指人死後變成的幽靈，而是一種高大壯碩、力大無比的妖怪。

上鬼之印記後才溯及既往決定過去的。那時自然會補充為何當初只被拋棄沒被殺死的理由。就算真的鬼子有能存活下來並過著普通人生好了，這時就會溯及既往抹消掉異常生產的過去。」

我總算理解到為何京極堂要發表那麼長的演說來破壞我的常識。現在的我已經能清楚理解這個異常生產的特殊結構。如果是剛來此的我聽到這番話會如何？恐怕不只不能理解，還會妄加解釋說……懷胎二十個月的孕婦，會生下鬼與惡人，接著加以平庸的科學知識與可笑至極的鄙俗揣測作裝飾，寫成一篇煞有其事的報導吧。而且想都沒想過這種報導，甚至可能會破壞異常出生，原本能過著平凡生活的小孩之一生。

「看來大師已經能認同我的觀點了。今日的我們無法理解民俗社會裡的共同幻想。但就算無法理解，也不該隨意曲解，裝出一副已經完全瞭解的樣子。現在的社會並不理解鬼子的概念，單不能理解也就罷了，鬼子在現代卻被誤解成別種意義。我就是無法接受這種情況。要寫報導是你的自由，但寫成報導後這些妄語便會脫離你的控制，開始在別處作怪起來了。希望你能有點責任感，盡量別害那些毫無罪過的嬰兒在將來被人當作鬼怪。」

京極堂彷彿看穿我的心思般地說完這些話後，喝了一口麥茶。

「唉，我早就失去寫這篇報導的興趣了。誠如你所言，這比這個點心罐還低級。」

我是真心這麼認為。見到我羞愧的模樣，朋友或許是覺得下藥太重了，也搔著下巴，感到不好意思起來了。接著他問我：

「這件事，你是從哪聽來的？」

「不是別人，就是你妹啊。」

我沒作多想便隨口回答，沒想到京極堂聞言，立即露出彷彿吃了苦瓜似的苦悶表情，罵說……這個瘋婆子，真拿她沒輒。想到妹妹也同樣是說他瘋子，我不由得笑了出來。

「這一點也不好笑啊……」

說完，京極堂顯得更失意。這令我這個作哥哥的很擔心……他嘴裡嘟囔著，而表情也變得更複雜了。我這位凡事說理的朋友，一提到妹妹總是欠缺冷靜。

京極堂的妹妹名叫敦子。與不健康的哥哥大不相同，是位健康好動的女孩。相貌也與貌似死神的哥哥毫不相像，英氣煥發，十分美麗。不知內情的人十之八九會以為她是京極堂夫人的妹妹。她與京極堂的年紀差了有十歲之多，所以今年約是二十出頭吧。女子高中畢業後便宣布要離家靠自己過活，靠著自己賺取學費，無師自通地考上大學，後來又說無趣立刻主動退學。由這個部分看來，她確實繼承了老哥的血統。如今在位於神田的出版社工作，已是個能獨當一面的記者。事實上，我現在的工作也是請她幫我介紹得來的。當然我絕非因受過她照顧才幫忙說好話，不過敦子實在是個近來少見的能幹女孩。

「不不，為了敦子的名譽我必須澄清一下，你妹妹想採訪的不是孕婦，而是她的丈夫。你妹妹不會寫這種怪奇又低級趣味的報導。」

我連忙辯解。

相信這個怪脾氣的哥哥也是以自己的方式來關心妹妹，到時候肯定會對妹妹說些什麼，要是害他們兄妹吵架總讓人心裡不舒服。

「她丈夫怎了？」

京極堂訝異地問。

「聽說他在一年半前消失了。」

「這種事在今天一點也不稀奇吧？為什麼她會特別想去採訪？」

「別急，你先聽我把話說完……」

我故作神秘地回答。

「聽說她丈夫啊，居然**從密室裡如煙一般地**

消失得無影無蹤了。這簡直是推理小說的劇情，很值得採訪吧？」

「哼！」

京極堂揚起單邊眉毛，作出完全瞧不起人的表情看著我。

接著罵了句……愚蠢至極。

「……還以為有什麼了不起的，原來是三流偵探小說的劇情。又是些說什麼有密道，或說用細繩作機關溜出去的故事吧。」

「不不，縱使這些事小說裡常有，現實中卻從未聽說呀。所以不管是多麼無聊的詭計，只要現實中真的有人用了，照樣能當作報導的好題材。總之大概因為我曾寫過類似偵探小說的報導，所以令妹才會來徵詢我的意見吧。但等聽完詳情，我反而覺得妻子更奇怪，所以我才好奇地拿這件事去問兩三個朋友，沒想到早就廣為流傳……」

「因為愛這種低級趣味觸動了你的心弦了吧，不必辯解。只是敦子居然會向你徵詢意見，肯定是狗急跳牆了，我看去問淺草（註）變戲法的意見還比較有用哪。不過這樣一來我就懂了，丈夫失蹤一年半以上的話，沒懷孕二十個月也說不通。」

京極堂喝了一口已經冷掉的麥茶，擺出很難喝的表情，接著說：

「只是鬪口啊，假設這個老婆在丈夫失蹤後偷漢子，不小心懷孕了才扯謊來隱瞞的話，豈不更合理？」

「不，是在丈夫……他是入贅的，在他失蹤後不久立刻發現懷孕，那時已經有三個月了。」

「原來如此，難怪是二十個月。不過怎麼聽怎麼奇怪哪。」

京極堂暫不答腔，看著簷廊。

我略感困惑，不過還是把聽來的小道消息全部說給他聽。

「確實如你所想像，傳聞全是些很扯的故事，這些有的沒的傳聞真的流傳很廣。」

「越扯的故事大眾越喜歡。算了，也算是增長點知識，就請大師為我開示大眾的想像力到什麼地步吧。」

沒想到京極堂也會有興趣，或許是提到妹妹產生效果了。

「大部分都是你討厭的因果報應故事。說什麼好幾代前的祖先殺嬰搾油，現在得到報應了。不然就說是幾代前的媳婦因不能生育慘遭虐待而死，鬼魂出來作祟。另外實際上也有你剛剛提到的老婆偷漢子的說法，說丈夫失蹤的原因正是在此。說什麼丈夫其實不是失蹤，而是被姦夫殺死，其怨念作祟而使得孩子遲遲生不下來，此說法下的孩子父親則不是丈夫而是姦夫。另外也有人說不對，丈夫其實還活著，只是因某些理由而不得不躲起來。此說法下孩子是妻子被人強姦而懷下的，妻子希望不知情的丈夫早日歸來，但又害怕孩子生下的話，父親的身分會公諸於世，所以才……」

「忍著不生下來？分娩還能忍啊？又不是在放屁！」

「傳聞啊，道聽途說而已嘛，本來就沒有任何道理可言了。還有更可笑的呢，說什麼孩子的父親是猴子，萬一生出毛茸茸的孩子來可不得了，所以……」

「才會忍著不生下來？到這種地步，已經超過常識範圍了，完全是個狗屁流言。原以為沒那麼糟，沒想到低級到這個地步。這連拿去當喜劇電影的題材也沒人想看。沒品沒格，一點教養也沒有。」

「不過當中也有個傳聞還挺有意思的喔。失

註：自江戶時代以來，淺草一向是東京庶民的娛樂中心。明治時代以後更常見許多新奇魔術表演在此演出。

蹤的丈夫戰時曾於德國納粹的研究所開發秘密藥品，戰後帶回國內，拿自己妻子的身體來作人體實驗……」

「作什麼鬼實驗？延後生產能有什麼好處？一點也不有趣嘛。」

「你對我生氣也沒用吧，聽說不是讓生產延緩的實驗，而是培養人的細胞創造複製人的實驗。這個就有可能了吧。」

「理論上是有可能，但現在的技術做不到吧，我看得等個百年才能達成。」

「先說，這不是事實，是愚蠢的愚民的玩笑話。玩笑話曰：在妻子胎中日漸茁壯的……就是那位阿道夫・希特勒總統閣下。」

京極堂翻起白眼，抬頭仰望天花板後，大大嘆了一口氣，接著以覺得非常可恥的表情無力地笑了。

「若是我打一開始就聽你說這些話，我現在早就關起店門蒙頭大睡了吧。一想到街上往來的民眾原來心裡都想著這些無聊事，還不如早點死了算了。」

這些由自己口中轉述出來的流言蜚語，現在聽來確實無可救藥地鄙俗下流，完全是毫無根據的傳聞，不，說是中傷亦無妨。但自己一開始聽到這些傳聞時，甚至還覺得很有趣。突然覺得有這種感受的自己有點可恥。

「對了，那個被人中傷的可憐婦人究竟是誰啊？」

這位朋友似乎也忍不住好奇。

「如你一開始推理的，是個想看名醫也辦不到的可憐婦人，因為她自己家就是開婦產科醫院的，而且還是江戶時代以來的老字號。」

「喂，江戶時代可沒婦產科吧？況且說醫院是老字號也很奇怪。」

「不，據說該家族在江戶時代是四國諸侯的專任醫師，也就是所謂的御殿醫。明治維新時跟著諸侯上東京來，趁著世局混亂開起大醫院，所以才說是老字號。昭和初期以前好像是以內科還外科聞名，求診病人絡繹不絕。但到了中日戰爭時不知為何變得景氣不好，如今只剩婦產科還有開業。看來不是什麼了不起的名醫，大概只會過去那套把脈或什麼乎符咒式的診療方式，才會跟不上時代進步吧，這些技術今日已經行不通了。如你所言，醫學日新月異。其實只要聘請有才能的新醫師即可，但這點似乎也有困難。同時為了不能讓御殿醫的家系斷絕，於是便找來一個大學出身的菁英作為女婿入贅。」

「然後他失蹤了？」

「沒錯。而且女兒也患了原因不明的怪病生不出孩子。何況流言四起，有權威的老字號也不可能帶女兒去別的醫院看病，這畢竟關係到信用問題。福無雙至，禍不單行，前山有狼後山有虎，就是指這種情形吧……」

沒有回應。

京極堂噤口不語。

看來我太多話了點。

喉嚨也乾渴得難受。但麥茶已經一乾而盡，眼前的杯子早就空了。一番思索，決定懇請再賜一杯的時候。

京極堂開口了。

「關口，這家醫院，該不會是……雜司谷的久遠寺醫院吧？而失蹤的女婿名字叫牧朗……」

正是如此。

「什麼，原來你早就知道啦？性格真惡劣，虧我還講得那麼起勁呢，這下我不就像個傻瓜一樣了……」

此時，我感覺到一道討厭的視線。

京極堂又以他經常瞧不起人的目光看著我。

朋友瞪著我。

「你……真的什麼也沒感覺地說這些事、聽這些話嗎？如果真是如此，你還是別相信你腦袋所說的一切比較好，你的腦似乎完全記不得一切事情……」

我完全不懂他為何如此說。

「怎麼了？什麼意思？你生什麼氣啊？」

「久遠寺牧朗，舊姓藤野牧朗，綽號藤牧。你不記得了？」

「啊……」

頭腦的角落裡朦朧地映出一個模糊形象，轉眼間變得清晰起來。

那是個戴著厚厚眼鏡，看起來像個好好先生，同時性格又非常優柔寡斷，總是令旁人著急的人。是我那個矢志從醫的學長。

「……原來是那個藤牧學長啊。不對，不是聽說他後來去德國了？記得他……」

「你以為他戰時戰後都一直安居在德國嗎？你想想我們的世代裡，有人沒從過軍的嗎？連你這個理科的，原本能憑『在學徵召延期臨時特例辦理』緩徵，卻因程序出問題結果還不是上戰場去了？」

「話雖如此，京極堂，你不是就沒去嗎？」

「現在不是在討論我吧？」

京極堂嘴型抿成「ㄟ」字，喝乾杯子裡僅存的麥茶。

「藤牧去德國是事實，他怎麼去的，又為什麼選德國我不知道。但根據我的記憶，他在開戰的隔年便已回國……開戰是年末的事，所以該說開戰不久才對。之後進入原本該進的帝大醫學部就讀。只是隨著戰局的惡化，三年後還是被徵召了。只不過幸運的是，在被送往西伯利亞戰線的前夕，戰爭接近尾聲，奇蹟似地得以復員，並且復學順利修得原本擱置的學位，取得醫師執照……」

「之後入贅到久遠寺家……嗎？這樣啊，原來是這麼一回事。」

「納粹的那個傳聞大概是基於他的經歷而來的吧。才想說這陣子怎麼沒聽到他的消息，沒想到卻失蹤了……」

京極堂說完這句便又噤口不語。

藤野牧朗是舊制高中時代比我們大一年級的學長。記得他是個以醫學為志，有點膽小，總是很安靜的人。我一直到剛剛全然沒注意到傳聞中心人物原來是朋友。雖說這是因為我在戰後已經沒聽過他的消息，但叫慣了的藤牧這個綽號與久遠寺牧朗結合不起來也是原因。

我的腦海裡逐漸浮現關於他的記憶。

「不是記得很清楚，藤牧在學生時代好像有個傾慕的對象嘛？記得她也是醫院的……呃，想不太起來……好像也是醫生的女兒……」

「沒錯。昭和十四年的夏天，鬼子母神節慶那天大家相邀出外的時候，他對久遠寺家的女兒一見鍾情。大家不是一起取笑純情的他嗎，但他一點也不死心，看來他復員之後學位與戀愛都雙雙入手了。」

由先前他背誦古書也看得出來，京極堂擁有超乎常人的記憶力。

我因事情意想不到的發展而變得啞口無言。

京極堂一開始是搔著下巴，後來逐漸手往上摸，最後開始搔起那頭長髮來了。

「你為什麼要告訴我這件事情？我就是討厭這類事情才隱居起來的。」

說完，他又再次以手托著下巴，俯視下方，看起來就跟照片裡的芥川龍之介沒兩樣。他暫時維持這個姿勢，突然，

「要是知道熟人……」

小聲說了這句，抬頭看了我一眼，這樣看起來就更像芥川了。

「……要是知道熟人捲入事件中心的話，不就沒辦法裝作毫不知情地不管了……」

說完，京極堂又再次低頭，

「但，這件事……輪不到我出馬。」

接著以芥川的模樣思索了一番後，說：

「關口，反正你明天閒著也是閒著，去跑一趟神保町找偵探商量商量吧。他比我們大一歲，跟藤牧同一年級，與藤牧的交情也應該比我們

深，或許會知道一些內情。既然得知這件事了，不能放著不管。」

然後，以令人難以費解的表情，如此作結，

「你要負起責任。」

結果我離開京極堂時已是晚上十點左右。外頭一片漆黑，氣溫倒是沒什麼變。

京極堂看時候晚了，說我肯定會在坡上跌倒，執意要我提燈籠回去。我說都什麼時代了要我拿手電筒還可以，提燈籠已經落伍了，而且月光明亮，不勞費心……回絕他的好意。於是他說：

「那麼盡量看著腳邊，小心走。」

這條不太陡的無窮盡漫長坡道一到晚上真的什麼也沒有，連路燈也無。

只見連綿不絕的油土牆白晃晃地反射著月光。

前方……什麼也看不清。

感覺變得很奇妙。

我回想今日的對話內容。想依序回想出來，卻覺模糊不明。最早聊的是我們無法判別現在所體驗的世界，究竟是現實還是假想現實的話題？還是先講保存在記錄中的過去只是相對性的存在？

不對，那是結論吧？

似乎提到量子力學這個學問。

似乎是說在看不到的地方，世界是什麼樣子我們無法判別。

那麼，這道牆壁背後又如何？或許什麼也沒有吧？不，道路前方又如何呢。

我忽然產生錯覺，腳踩的地面似乎變得柔軟。

腳步踉蹌，腳邊的空氣似乎帶著黏性，與地面的界線變得曖昧不清。

沒錯，太黑暗了，腳邊一帶模糊難辨。

……看不到，所以也無法知道實際情形如何。

……不管變得怎樣都不奇怪。

我背後的那片黑暗裡，就算站了個下半身染血的產女……

也沒什麼好奇怪的。

該不會真的有吧？

瞬間，全身雞皮疙瘩不斷冒出來。

只要回頭看就沒事了。只要確認什麼都沒有，沒半個人就沒事了。但，

……觀測的當下便會決定性質。

京極堂的話語片段地甦醒過來。

那麼現在的情況如何？沒進行觀測所以也有存在的可能性嗎？

……觀測前只能以機率方式來表現世界。

這麼說來產女存在的機率也不是零。

我加快腳步。

越急腳步越踉蹌。

……圍繞在你身旁的一切世界，有如幽靈一般**虛妄**的可能性與非可能性的機率其實是完全相等的

剛才以來不知趕了多少路，風景卻一點也改變。這道牆究竟會延伸到哪裡，牆裡究竟又有什麼，我現在所見的世界是否真是**虛妄**的？

汗如雨下，喉頭乾渴。

這世界不管發生什麼不可思議的事情也沒什麼好不可思議的。

……這世上沒有什麼不可思議的事哪，關口。

是嗎，原來是這個意思啊。

我背後大概真的站了個表情困惑的產女吧。

而她手上抱著的嬰兒的臉是，

藤牧學長……

我在坡道約十分之七處，感到強烈的暈眩。

在耀眼無比的陽光中醒來，時針所指已過了十一點。

腦中彷彿灌了鉛般沉重地醒來。

寢室悶熱不已，簡直成了三溫暖。

室內明亮得叫人睜不開眼。過了一晚，昨日與京極堂的一席話彷彿夢幻般不真實。

東摸西摸地換好衣服離開寢室，見到我的妻子雪繪紮起和服袖子正在做湯圓。

雪繪抱怨昨晚悶熱難受而我又夢話不斷，害她幾乎睡不著，仔細一瞧確實有幾分憔悴。

「千鶴子姐最近還好嗎？」

妻子看也不看我一眼，邊忙著她的事邊問。

千鶴子是京極堂夫人的名字。兩人開始是因丈夫之間的朋友關係而相識，但個性似乎非常合的來，私下也常有往來。聽我說京極堂夫人一直沒回來後，回了句「啊，果然是去參加慶典了」，不知是什麼意思。

吃過中飯，等陽光比較沒那麼強烈了，我便離開家門。

步行到最近的車站——舊甲午鐵路，也就是現在的國鐵中央本線中野站約需二十分鐘。

中野地近這陣子發展顯著的新宿，或許受其影響，去年開始以站前為中心，各項設施急速整備起來。戰前這裡的街景多為陸軍的學校與設施，原本不甚起眼。現在商店街逐漸繁榮起來，與其說是復興，印象上更接近脫胎換骨。

抵達車站時我已是滿身大汗。在這種日子搭電車，對容易流汗的我而言，實在很辛苦。

在神田下車，先走一趟稀譚舍拜訪京極堂的妹妹。稀譚舍的公司大樓由燒毀的公寓改建而成，外觀上實在令人難以恭維，但總歸是公司自己擁有的大樓，說了不起倒也是了不起。

終戰之後過了七年——出版業界也已經恢復了活力。盟軍占領下實行檢閱、用紙分配等等制度，持續了一段對出版業界不算好過的日子。但就好像要與之對抗似地，書籍雜誌的銷路卻也非常好。除了推出戰前書籍的復刻版，全集、辭典也一一出版。最近連翻譯作品、血淋淋描寫戰爭傷痛的作品也堂堂擺在書店裡，這些都是戰前無法想像的景況。

於戰後立刻登場，俗稱糟粕雜誌的粗俗大眾娛樂雜誌不斷反覆著創刊、被禁、休刊、又復刊的過程，至今仍改變名字、改變外型，頑強地殘存著。

稀譚舍自戰前便已持續發行雜誌，與那些乘著戰後解放浪潮出現的新興出版社基本上有所不同。縱然稱不上一流，目前每個月好歹也發行了三本雜誌，算是中堅出版社。

京極堂妹妹的任職所在是位於三樓的《稀譚月報》編輯室。如名所示，為稀譚舍之創社雜誌，現在也仍是該社的重點雜誌，每個月的發行量持續小幅成長。

《稀譚月報》的主旨在於嘗試以理性思維來解開古今東西怪奇事件之謎。僅聽雜誌名或許覺得與以蒐羅色情驚悚事件為主的風俗雜誌無甚差異。但《稀譚月報》在內容上十分嚴謹，從不刊載所謂糟粕雜誌喜好的報導。其擅長的領域在於歷史、社會、科學等嚴肅主題，偶爾也會刊載京極堂最討厭的關於心靈科學或鬼神作祟類的報導，不過就算是這類報導也堅持不隨便迎合流俗的慎重立場。當然，《稀譚月報》在本質上確實算是本通俗娛樂雜誌，但由於其一貫的正統派編輯方針與新興的糟粕雜誌之間的界線分明，才得以不受到檢舉，持續至今。

我在兩年前靠著「編者兄長的朋友」這種可有可無的關係，承蒙介紹到二樓的《近代文藝》編輯部後，於該誌連載小說至今。

但我來稀譚舍並非只來拜訪《近代文藝》編輯部。

當然，要是辦得到我也希望能專心致力於文藝創作上，但為了討生活有時還是得不情願地幹些零活，也就是在糟粕雜誌上匿名寫些詭異的報導。三流的風俗雜誌有如雨後春筍大量冒出，因此總是處於慢性缺乏作者的狀況。只要不挑，工作機會其實很多。

但就算再怎麼不挑，我還是完全寫不來近來流行的秘密故事或性愛告白之類的文章。因此我專寫些有點退流行的怪奇驚悚事件類報導來矇混過關。但困擾的是，這類題材已經被寫得差不多了，難以有所創新。所以我才會來到這個三樓的編輯室討教點新題材，加以潤色之後寫成報導。目前可說是靠撿人剩下的東西來勉強餬口，所以就算被京極堂冷嘲熱諷我也無可辯解。

因此，即使沒有直接在此工作，我也常常到《稀譚月報》的編輯室報到。

進入編輯室，只見中村誠這位主筆兼總編輯一個人在房間裡寫稿。

「中禪寺小姐在嗎？」

我簡單打過招呼後開口問道。

中禪寺是京極堂妹妹的姓。

當然京極堂本人也有「中禪寺秋彥」這麼個響亮的本名。

只是如今這個名字已很少被人稱呼，他身邊的人幾乎全都以其屋號「京極堂」來稱呼。但其實京極堂這個屋號原本是夫人京都娘家經營的糕餅店的店名，他開起舊書店時擅自借用來的。這麼看來，真的是個非常胡來的稱號。

中村總編抬起頭來笑著回應。

他是位非常和藹可親的人。

「哎呀，這不是關口老師嘛，臨時來訪有事嗎？外頭熱得很，總之先進來坐吧。」

渾厚響亮的聲音引我入內，我來到接待用的椅子上坐下。

中村總編也邊翻著原稿用稿紙，走到我的對

面坐下。

「很忙嗎？若是打擾到您工作我這就離開。」

「哪裡，一點也不忙，在考慮下個月的企畫。沒什麼靈感，正想去逛逛舊書店街轉換轉換心情呢。」

他出身關西，說話帶著些許的腔調。

「對了，記得老師您之前從事過黏菌的研究，應該聽說過南方熊楠（註）這位學者吧。其實是這樣的，配合明年熊楠先生的十三週年忌，想作個黏菌特集，不知您是否方便為我們寫點文章？譬如說，結合動植物的神秘生命體之類的主題如何？」

「唔，寫文章當然是沒問題，但是總編，記得熊楠先生去世是在昭和十六（西元一九四一年）年，十三週年忌應該還早吧？」

老實說，我並不算很喜歡黏菌，當初只是因為在很照顧我的教授的建議下才繼續留在研究室作研究，如今實在提不起勁再來寫關於這類的文章。

「是嗎，那就是後年了。」

總編小聲地喃喃自語說。

「話說回來，總編，中禪寺小姐去採訪的那件密室消失事件後來怎樣了？」

「對對，原來老師您對這件事也有興趣啊？我原本覺得作為報導題材應該蠻有趣的，但現在似乎碰上了點問題。」

我原想不著痕跡地刺探一下，總編的反應卻意外地激烈，由原本一副失落的樣子突然轉為興奮的神色，令我吃了一驚。

「有點問題……那事件果然只是空穴來風？」

「不，不是這樣的。那個年輕醫生是真的從密室裡消失了，但中禪寺認為關於這事件已經有太多不好的傳聞，不適合在本誌刊載，就算寫了也只會流於中傷……總之是如此。」

「原來是中禪寺小姐自己放棄採訪啊。」

我感到有點意外。

中村露出不好意思的表情，搔了搔頭。

「是啊。那女孩看似乖巧，對某些事情可頑固得很。說什麼『那位醫師的夫人已經懷孕一年半以上，關於這點的流言蜚語不斷。我們主旨雖擺在丈夫的失蹤上也一定會提及這個話題，這時就算不管我們報導寫得多客觀，總免不了會助長奇怪的流言』……」

這時總編露出可怕的表情。

「……『本社的雜誌不是賣了就溜的糟粕雜誌，所以不能刊出這麼不負責任的事！』……總之就是這麼一回事。」

「原來這件事背後有這麼深的意涵啊。」

我裝作一切不知情的樣子地回答。

連二十歲的姑娘都這麼識大體，而我卻在被京極堂訓誡前連考慮都沒考慮過……

「嗯，我一開始也對她說『這樣反而有趣，從沒聽過患有這種症狀的孕婦，乾脆加上科學考察一起附上去也不錯。我猜大概是丈夫失蹤，孕婦精神上受到打擊對身體造成了影響。只要我們確實調查，應該就不會造成什麼奇怪的流言』……總之我一開始是這麼認為的。」

「這麼說也有道理啊，那她怎麼說呢？」

「她說：『不，我們也該為了將來出生的孩子著想』……」

不愧是兄妹，顧慮的事情都相同。

「中禪寺說：『父親失蹤應該有其苦衷，而傳聞會產生就表示其理由甚為複雜。縱使採訪的主旨是密室消失事件或精神對肉體的影響，也無法避開提到這些苦衷。將來出生的孩子並無罪過，報導一旦化為文字，卻會永久留存』。唉，我生意作久了，思考方式也變得有點商業化。不

註：西元一八六七～一九四一年，和歌山縣人。民俗學者、生物學者，以博學強記聞名。除菌類研究外，對日本民俗學亦有重大貢獻。著有《十二支考》、《南方閒話》等。

是雜誌能賣就好，但也不是只要嚴肅面對就什麼事件都能寫。不管多小的報導都不可能不對社會或個人造成影響。唉，這女孩真是叫我清醒過來了，教人者反受教是也……」

中村總編大概很想把這件事說給人聽吧，在不知不覺間態度也越來越熱切。而我也是同樣心境，因此聽得有點羞愧，加上失蹤者又是舊識，不得不暗自感謝京極堂妹妹的明智決定。

「沒想到她對總編也是如此直言不諱，真不知道她哥哥聽到此事會說什麼呢。」

事實上真的想聽看看。

「唉，真的沒見過這麼貫徹己志的女孩，最近的年輕小伙子跟她相比就軟弱不中用多了。不瞞您說，一開始看她長得一副女學生般的可愛臉蛋，還很懷疑她真的能做得來這份辛苦的工作嗎？結果，唉呀呀，十足能勝任啊。現在的年輕人只會做人教過的事，有的還連教過的也做不來。可是這女孩聞一知十，已經能獨當一面了。唉，真是個意想不到的優秀人才。也麻煩您幫我跟她哥哥問聲好。」

「沒想到總編這麼看得起她呢，這些話要對她保密是吧？」

「當然當然，我也得維護一下總編的威嚴哪。」

說完，好好先生的總編豪爽地笑了。

我判斷繼續待下去也無法獲得久遠寺醫院的消息，便打算就此告退。正當我站起身來準備告辭之際，總編突然向我招手。

「關口老師，只不過啊，」

小聲地說：

「其實這件事情雖因上述原因取消企畫，但後來我又在其他地方聽到奇怪的消息……」

他每次都以這種方式放給我一些在自家雜誌上無法刊載的怪異消息。他表面上雖裝作不知情，私底下其實對我幹的零活清楚得很。

「發生失蹤事件的那間醫院，其實還有別的

傳聞。聽說在失蹤事件發生前不久，曾發生過幾樁剛出生嬰兒消失的事件。當然醫院正式否認這項傳聞，堅稱是流產或死胎。可是有人說曾傳出嬰兒的呱呱哭聲，也有人說知道內情的護士失蹤了，總之不好的傳聞不絕於耳，一時之間警察還派人來搜查過。恰好這時年輕醫師的失蹤事件又接踵而來，且聽說失蹤事件其實也還沒報案……」

看我一臉狐疑的樣子，總編縮起脖子連忙辯解。

「不不，這是我獨自調查而來的，您可別跟中禪寺說哪。總之，那家醫院有問題。只是正當我想展開更進一步調查時，被她狠狠訓了一頓，便只好放棄了。啊，這句話也請您別跟她說哪。」

總編再次搔了搔頭，

「畢竟我也是要維護總編的威嚴啊。」

再次重複了剛剛說過的話，又一次豪爽地笑了。

離開稀譚舍，我遵照京極堂昨天的指示，朝神保町的偵探事務所出發。

偵探並非這個人的綽號，他——榎木津禮二郎是真的以偵探為職。恕我孤陋寡聞，還活著的私家偵探我只認識他一人。

我在神保町的舊書店街上走走停停，邊逛書店邊前進。

夏日太陽毫不留情地照射在身上。或許梅雨季節已在昨日離去。倒不是因為我過去曾從事過黏菌研究的緣故，相對於晴空萬里的日子，我還是比較喜歡小雨不停的梅雨季節。還曾因此被人拿隱花植物這個實在不怎麼好聽的外號來取笑過，而命名者就是榎木津。

榎木津是比我和京極堂舊制高中時代高一年級的學長。

他是個——相當奇怪的人。

當時，

榎木津有如帝王一般君臨校內。學問、武道、藝術不用說，就連打架泡妞也樣樣在行，做起事來永遠比別人還要高竿一截。加上他家世好又眉清目秀，男同學們的羡慕，隔壁女校學生們的熱情憧憬，甚至連雅好男色的高年級學長的好色眼神都集中在他一人身上。不論是軟派硬派，校內無人能與之匹敵。簡單說，就是距離我這個憂鬱症在身，連日常會話都不能自如應對的人最遙遠的存在。為我與這麼傑出的他搭上線的，不是別人，正是京極堂——雖說當時還不是用這個名號來稱呼——本人。我還沒問過他們是怎麼認識的，不過就連當時所向無敵的帝王榎木津，不知為何也對京極堂敬重三分。

而雖不知他是抱持著何種心態，榎木津似乎也對我產生興趣。在三人同進同出之際，不知不覺間我們的交情也親密了起來。

或許萬人欽羡的立場，反過來說就是最孤獨的場所吧。

榎木津第一次見到我時，他口中說出的第一句話，

——你真像隻猴子。

失禮到這種地步，竟叫人生不起氣來。

京極堂聽他這麼說，便跳出來說：「這傢伙有憂鬱症，欺負他會併發失語症。反正學長也有躁鬱症，剛好可以順便向他學習學習。」之類更莫名其妙的話。

實際上，榎木津有躁鬱症的傾向。他總是非常樂觀、非常愉快的樣子，最喜歡在崇拜他的女學生團團簇擁下呵呵地傻笑。其性格相較於當時的學生作風可說是荒謬絕倫，不知該說是渾然天成還是天真爛漫。總之榎木津的性格上有許多部分與小孩子很相似，對我而言也是這些部分最吸引人。與他相處時常會忘記學長學弟的關係，他自己似乎也從沒把我們當成學弟看待。當時舊

制高中的風潮重視的是硬派作風，不把軟弱的學生當人看待，因此學長學弟的上下關係也是非常嚴格。在這之中榎木津居然能絲毫不受約束，真是一大謎團。如此看來，榎木津這個人可說是在任何層面下均不受既有框架約束的人吧。

無論如何，他是個怪人。如果說京極堂是怪人界的東之橫綱（註一）的話，榎木津便是西之橫綱。我常這麼說，但他們卻堅決否認，並異口同聲說我才是最怪的一個。

無論什麼時代都存在超乎常規的人，我們應該就是屬於這類的人吧。

不管是榎木津或京極堂或我，在當時的學生社會中都是局外人。

由舊書店櫛次鱗比的大道上拐入小巷，穿過紛亂的商店街後就會見到一棟堅固的三樓建築。四周的建築物全是平房或二層樓，令這棟建築顯得更引人注目。那裡就是榎木津的事務所兼住家。一樓租給西服店，地下室則開了家不知叫什麼的酒吧。二樓記得是租給雜貨盤商開公司，另外有間律師還是會計師經營的事務所。三樓則全部是他的偵探事務所。這麼看來，他的生活在這個時代裡算是過得挺優雅的，但事實上這整棟樓都是在他名下，豈止是優雅能形容而已。只需向樓下的商家收取房租，就能悠然度日。所以才能幹起偵探這種荒唐的行業。

榎木津家原是昔日的華族（註二）門第，名門之後。他天真爛漫的性格與他出身於上流家庭不無關係。但聽說其父性格之怪異，比起榎木津有過之而無不及，相信父親也對他造成很大影響。

註一：昭和初期日本大相撲界在力士排名上分東西兩邊，稱東西制。

註二：明治以後，將舊有的武士階級重編成華族、士族、卒族。華族為舊有公卿、大名之階層。於西元一九四七年新憲法實行的同時廢止。

他的父親，也就是榎木津子爵為了研究興趣之一的博物學，曾在昭和剛開始不久時前往爪哇。沒想到在那裡隨手經營的物資進口業上了軌道，賺了一大筆財富。聽說子爵本人在那裡每天只是過著釣釣魚抓抓珍貴昆蟲的生活而已，可見能成功，靠的是其先見之明。與近來流行的斜陽族（註一）大不相同，榎木津家如今已是難以撼動的大財閥了。在這個華族士族之流均已沒落的世道裡，榎木津家卻益發顯得安泰。

只是若問榎木津是否就此靠著父親庇蔭過著揮霍無度的奢華生活，這倒也不見得。子爵等孩子長大成人後，便以沒有義務繼續養育為由，早早就把財產分給他們。更甚者，子爵也絲毫沒有意願讓孩子們繼承自己公司。在這個世襲制深入人心的國家裡，雖令人難以置信，但都是個明智決定。

因此榎木津雖得到財產，不見得今後就能安穩度日。

榎木津有個名叫總一郎的哥哥。他以獲得的財產開起專以駐美軍為客源的爵士俱樂部與休閒旅館，都獲得極大成功，看來是繼承了父親的商業才能。

可是弟弟卻只繼承了父親的古怪性格的部分，在賺錢方面完全沒有頭腦。從軍時身為能幹的青年將校還能不斷升遷，在復員之後卻不管做什麼都不行，白白浪費了他的學歷與經歷。

只是本人對此似乎也絲毫不在意。

榎木津手指極為靈活，復員後曾在雜誌廣告上從事插畫的工作，可惜為時不久。後來他在兄長的爵士俱樂部靠彈吉他討生活，但過了不久便傳出不好的流言——說他是戰後派（註二）的年輕人，八成有嗑藥云云。平常毫不在意他人目光的榎木津，聽到這個傳聞也啞口無言了。於是他把剩下的財產全部拿來蓋這棟出租大樓。這些已是半年前的事。

只是，在這種情況下幹起的居然是偵探這

行，實在真叫人不知該說什麼才好。

穿過西服店的櫥窗來到入口前。名牌上刻著「榎木津大廈」幾個宏偉的大字。屋內涼爽，石砌階梯的寬扶手摸起來冰涼舒服，上到三樓心境也清爽了起來。樓梯上只開了一道採光用的小窗戶，所以陽光也射不進來。

毛玻璃的大門上以金色文字寫著：

「玫瑰十字偵探社」

這裡就是榎木津的偵探事務所。不過我覺得玫瑰十字偵探社這名字很胡來，這裡當然與曾在歐洲中古時代轟動一時的神秘組織玫瑰十字會（註三）沒有任何關聯。當榎木津下定決心當起偵探時，從恰恰好在現場的京極堂手上恰恰好正在讀的關於歐洲魔術的翻譯書裡看到，就拿此名字來命名而已。不過榎木津似乎對此名感到很滿意。

打開門，鐘匡噹地響了起來。

只見安和寅吉獨自坐在入口旁接待用的椅子上喝著咖啡。

「啊，先生您來啦。」

這位叫做寅吉的和善青年原本是服務於榎木津家的僕人之子。聽說子爵原有意栽培寅吉而送他上學，但他不愛唸書，只讀到中學便中途退學。後來到裝修房門的師傅那裡當徒弟，卻也做

註一：小說家太宰治於西元一九四七年寫成長篇小說《斜陽》，內容描述原為華族的家庭沒落的情景。因切中當時日本人的心情而大受好評，用來形容沒落的高級階層之「斜陽族」一詞不脛而走。

註二：由法文「apr／es-guerre」而來，原指法國於一次大戰後勃興之在文學藝術層面上不受舊有規範拘束的創作風潮。在日本特指二次戰後無視舊有社會道德，成群結黨進行犯罪的年輕人。

註三：中古歐洲傳說中的神秘組織，據說隱藏在社會背後秘密策劃著各種計畫。以流行於十七世紀，作者署名為羅森克羅伊茨（Christian Rosenkreuz）的幾本小冊子為宗旨。也有人認為這個組織根本沒存在過，是真是假今日已不可考。但可以肯定的是，近代的玫瑰十字會與十七世紀傳說中的組織並無直接關聯。

不來而放棄。最後住進這裡，專門負責照顧榎木津的生活起居。脾氣很好，可惜缺點就是有些愛湊熱鬧。

「偵探先生不在嗎？」

「先生在寢室裡。昨天木場修大爺來訪，待到天亮才走，整晚這個……」

寅吉舉起右手作出喝酒的動作，看來是開起酒宴了。

「原來木場大爺來過啊，那肯定很熱鬧了。」

木場修就是榎木津的童年好友，木場修太郎。

木場是東京警視廳的刑警，也是與我同部隊生死與共的戰友。

他是個大酒豪，而榎木津也十分能喝，這兩人喝起酒來總是不知節制。我平時頂多喝點小酒助興，與他們同席時從未能陪到最後，因此我也沒親眼見識過究竟有多厲害。

我坐在寅吉身邊，拿手帕擦拭額頭上的汗水。

「對啊先生，昨晚真的熱鬧極了，我們家先生太過興奮還一腳踩在電風扇上，你看。」

房間角落擺著電風扇的殘骸。

「這幾天天氣又這麼熱，真傷腦筋。」

「說什麼傻話，有電風扇就算很奢侈了，像我光悶在家裡冒汗就瘦了兩公斤呢。對了，他起床了嗎？」

「剛剛聽到聲音，應該是已經起床了，只不過還沒出來而已。唉，明明客人就快來了，真傷腦筋。我去叫他會被罵，剛好您來，就勞煩先生去叫他起床吧。」

榎木津真的很愛賴床。不過真稀奇，這事務所居然會有客人來。開業半年多來，至少我是第一次聽到。

「客人是指委託人嗎？還是來修理風扇的？」

「電風扇已經成佛囉。客人當然是指委託人，而且還是位女士。剛剛打了電話過來，要不了一個小時就會到了吧。唉，這是第四位委託人，可不能搞砸了。可是我們家的先生卻又很沒時間概念……」

寅吉的口吻簡直像個監護人。

我則是……有點訝異。

這麼隨隨便便的偵探，居然也有人來委託辦案。而且由寅吉的話聽來，過去已經有過三個委託人。這完全是第一次聽到，如果是事實的話，過去榎木津究竟接過什麼樣的委託，我真的非常有興趣——總之先去叫偵探起來吧。

賓客接待區旁有張大桌子，桌上放了一個寫著「偵探」的三角錐。既然是榎木津放的，肯定不是在開玩笑，但我每次看到總會失聲大笑。

輕輕敲了寢室門兩聲，從裡面傳出說不上是嬰兒還是野獸呻吟般的回應，總之先進入房間再說。榎木津盤腿坐在床上，瞪著眼前堆積如山的衣服。

「榎兄，原來你醒啦？」

「早就醒了！」

榎木津一直盯著衣服的小山回答。

仔細一瞧，他除了肩上披著一件女用的紅色長袍與內褲外不著一物，彷彿像個終日在酒家放蕩的旗本（註）家次男。

「既然醒了，怎麼還穿著這麼不像樣的衣服啊？客人就快來了，和寅傷腦筋得很呢。昨晚喝酒喝過頭了嗎？又不是迷上妓女的小少爺，真沒用。」

「突然闖進來還罵人沒用，小關你真過分啊。」

榎木津老是省略關口的口而叫我小關，這是學生時代，榎木津那年級流行的稱呼法，我把藤野牧朗記作藤牧也是這個原因。我與京極堂的學

註：原為武士階層中負責守護主君的禁衛武士。江戶時代指奉祿未滿萬石，得以列席重要儀式之上級武士。

年並無這種風氣，但不知為何卻只有我被這麼稱呼。一開始是被人叫做關巽，但我覺得聽起來像個江戶時代的消防員，很不喜歡。後來連巽都被省略，變成小關。直到現在，榎木津還是老愛叫我小關。只不過他連不是同學的安和寅吉或木場修太郎都叫成和寅跟木場修，看來他真的很喜歡這種稱呼法吧。但稱呼木場修甚至比單稱姓的木場還長，一點也沒簡稱到就是了。

「總之榎兄，我有事找你，能不能麻煩你整理整理這副沉迷酒家的大石內藏助（註）模樣啊？」

只不過我也習慣叫他榎兄，所以同樣沒立場說別人。

「小關，這你就不懂了。要不是因為每天要決定穿什麼很困難，我也不會辭去工作了。」

「也就是說榎兄你現在不曉得該穿什麼？」

「我已經思考兩小時了，就是一直決定不了。像你這種小說家只要穿起開襟和服或浴衣，好歹也會有個小說家派頭。可是我是偵探，要讓人一眼便知就得付出常人無法想像的辛勞。」

這人真叫人受不了，但他肯定是認真的。我解除原本的緊張，頓時覺得很愚蠢。

「偵探要是被人一看便知，那不就當不成偵探了嗎？我不懂，既然你想打扮成偵探，只要學夏洛克．福爾摩斯戴起獵帽叼起菸斗不就得了？」

「啊，好主意。」

榎木津似乎打從心底贊成，開始在衣服的小山中找起獵帽。

「真可惜呀，沒訂作好的。」

榎木津連看也沒看我一眼。

「既然榎兄沒空管我，就隨我講囉。」

我不得已只好站著把事情交代一遍。榎木津的房間裡散亂著各式各樣的東西，隨便坐下難保不會出大事。

在我講話的途中，榎木津仍然繼續在小山中搜尋，陷入虛脫狀態，露出忘我的表情。只有在提到藤牧名字時瞟了我一眼，除此之外連一句應答也無。我看他完全沒注意我說什麼，於是，

「喂——榎兄，你能不能注意聽我說一下？即使是我，也想生氣了。」

「我在聽啊。」

榎木津總算正面向著我。

端正的臉龐，驚人的大眼，褐色的瞳孔。皙白的皮膚難以相信是東方人所有。陽光照耀下，頭髮還會顯出比褐色更淡的茶色來。

淺色的男子。

啊啊，我覺得，他就像個西洋的瓷器娃娃。

「幹嘛一臉發呆相啊，我看你比我還沒用。倘若是個楚楚可憐少女發呆，那會讓人想上前搭訕。但如果是個滿臉鬍碴的猴臉男呆呆站在我房間裡，我可是會想用拳頭揍他的喔。」

看到榎木津在我面前揮舞拳頭，連忙回過神來。認識他這麼久了，我居然還會對這個人造般的臉龐看得入迷。

「因為榎兄都不專心聽我說話的關係嘛。」

「那跟你發呆又有什麼關係了？」

「不不，那只是因為你突然回頭才會嚇了一跳，我才沒發呆啊。」

不知自己為什麼急著辯解，總算勉強將他安撫下來。榎木津，不，我看京極堂也一樣，我想他們大概會釋放出一種魔力還是毒氣之類的東西，剛剛就是中了他的邪吧。釋放毒氣的人自己渾然不覺，所以我在他們眼中才會像個傻子。實

註：原為元祿年間（西元一六八八〜一七〇三年）赤穗藩的首席武士。藩主淺野長矩曾以個人怨恨為由，殺傷幕府的旗本吉良義央。幕府震怒，下令淺野切腹並收回赤穗藩領地。大石於主君亡後，裝瘋賣傻，鎮日沉迷於酒家。但私下召集了四十七名志士，最後終於殺死吉良，為主報仇。後來此事改編成著名戲碼「忠臣藏」。

際上只要離開這股毒氣範圍，我就不是個傻子而是個正常至極的社會人。但在他們毒氣的釋放範圍內，我的能力就會顯著低落，害得我每每得說出不得已的辯解才行。

「因為你的話老是在事實關係上曖昧不明，也不依時間先後順序排列，顛三倒四不得要領。要是一一詢問就太花時間了，所以我才打算先全部聽完自己作個整理後再來開口發問。又不是不向著你就表示沒在聽話。耳朵閉不起來，你又在旁邊囉哩八嗦地一直講，我想不聽也難吧。」

榎木津說著，總算選到滿意的襯衫穿上。

「這事很複雜，所以才不知從哪裡講起好嘛，而且會回應的才是好聽眾啊。」

「哪裡複雜了，你真的是猴子耶。聽好了，藤牧入贅後不久在密室裡消失了，那時老婆已經有三個月身孕，失蹤後一年半肚裡的孩子還生不下來，因此流言四起。小敦去採訪並問你意見，你答不出來就去找京極堂商量，然後他叫你來找我。只要這麼講不就得了？不用三十秒呢。」

「可是要得到這個結論中間可是經過種種細節啊。」

「細節等我理解事情梗概之後再說不就得了，我覺得有問題的地方自己會發問。」

被他這麼一說我真是無地自容。

榎木津打著領帶瞇起眼來看著我，繼續說：

「那家醫院叫什麼來著？伊集院還是熊本？」

榎木津老是記不住名字，但這也錯得太離譜了。

「叫久遠寺。看，你根本沒在聽。」

聽我這麼一說，榎木津冷不防笑了出來，而且還是高聲大笑。邊笑邊愉快地喊著「和寅、和寅」，呼喚寅吉過來。

我覺得莫名其妙，和寅慌忙開門。

「先生，請問有什麼吩咐？」

「沒什麼，只是想問你待會兒要過來的客人叫什麼名字？好像叫什麼九能還是藥師寺的

——」

寅吉嘆著氣皺起濃眉，一臉很傷腦筋的表情，以似乎想訴說什麼的不安視線望著我後，回頭看著榎木津說：

「先生，是久遠寺啊。請您千萬別在客人面前出錯呀。」

我不禁再次愕然。

「小關，就是這麼一回事。你這趟來得太好了，我正煩惱這個怪名字的醫生不知想來找我商量什麼呢。說是失蹤事件想請我調查，可是我對找人一點興趣也沒有。這下謎底總算揭曉了，待會來訪的女士肯定是來請求我幫忙尋找藤牧的下落！」

榎木津重新打著失敗的領帶，以興奮的語氣對我說，

「所以呢，小關，既然對這事你比我熟悉，怎樣？願不願意當個一回偵探啊？」

「你說什麼傻話啊！我是文士，你才是偵探吧？」

「這些都無關緊要吧，小關。對事件大致有底的人去聽話，講的人也會比較起勁嘛。」

「來商量要事的人怎麼可能講得起勁，而且你只要先仔細聽我說不就……」

「小關，沒那麼多時間了。這位女士就快到了，可是我連褲子都還沒穿上。況且你倒也有幾分偵探樣，衣著也整整齊齊不至於見不得人，雖然臉有點像猴子但這不成問題，加上你對對方委託的事件又很熟悉。這種情況下，連狗也覺得叫你上場是最佳選擇。」

榎木津說著說著，又把打好的領帶解了下來。雖然他的理由亂七八糟，這倒是難得能與事件當事人直接接觸的好機會，老實說我也有點難以抗拒誘惑。

「可是我不會當偵探啊，我連搜查的搜字都

不認得呢。」

「搜查是警察幹的事，至少我可不幹。」

榎木津確實從不搜查，他選擇偵探為職的真正理由就只是因為直覺很強這點而已。

記得是去年的事，他還在兄長的俱樂部裡靠彈吉他過活時，榎木津準確說中客人的失物所在與欲尋之人的去向，而且無須問話便能準確命中，其準確度恐怕與占卜師、靈媒之類的人不相上下……

或許因為有這段經驗才會想到要當偵探吧。所以他這個偵探從來不管什麼搜查推理，真的很隨便，但話說回來……

榎木津愉快地說：

「總之，等事情談入佳境，我自會瀟灑登場來解決事件的，你只要負責在那之前仔細聽委託人說話就好。這就夠了，用不著擔心。對了，就說你是能幹的偵探助手關先生吧。和寅，那位女士來時你就這樣介紹。」

榎木津輕快地說，又把打好的領帶解開了，看來他很不擅長打領帶。

寅吉與我啞口無言地呆立，不久就雙雙被趕出房間。理由是換衣服時被兩個大男人盯著瞧還不如去死比較好。

於是，在莫名其妙的情況下，我被賦予擔當偵探助手的重責大任。所謂天有不測風雲就是這麼一回事吧。

事到如今，我也只好乖乖聽命，坐在接待處等著客人光臨。

「我家先生最討厭聽客人唧唧喳喳說個老半天了。」

寅吉端來一杯紅茶給我，又以監護人的口氣這麼說。

「這樣沒辦法幹偵探吧？哪有偵探不聽人說話就能破案的。」

「怪的是，他就是辦得到。第一個客人來的

時候，什麼話都還沒交代，他就先說出答案了。解決了雖是好事，可是客人卻覺得心裡很不舒服，還以為我們是不是事前對他作了什麼調查。」

「這是當然的吧。」

「所以第二次就決定先聽客人說些什麼，但這次聽到中途，又聽不下去了。」

「先說出口了？」

「對啊，先說出口了。一件說得莫名其妙最後勉強敷衍過去，但另一件就很準地命中了。」

「這也不錯啊，光坐著就能當偵探。」

「一點也不好，事件是解決了，可是誰也不知道的事情他居然知道，客人懷疑他是不是有涉案，還找警察來調查呢。」

寅吉嘆氣說：

「要不是木場大爺居中協調，後果可不堪設想囉。他對警察也是那副態度，差點就吵起來呢。只是我家先生究竟為什麼能那麼準確地猜中啊？有學過什麼降靈卜卦的技術嗎？」

沒錯。

關於這點我也經常覺得很不可思議。

京極堂似乎知道箇中緣由。但畢竟是京極堂，就算要他說明，恐怕所提出的理論我也無法理解。只是，當榎木津說想做偵探這行時，受到周圍的人反對，認為他去當占卜師還比較好，只有京極堂一人獨排眾議：

——榎木津會的根本不是什麼占卜，可別搞錯了。

而建議他當偵探，最後榎木津也接受了他的建議。總之他似乎只能瞭解過去的事，且只知道事實間的關係，無法看穿人心與預知未來。

十五分鐘過去了。

我有點緊張，所以連這麼短的時間也覺得很漫長。

在我心中，希望早點與久遠寺醫院來的女士

見面的好奇心跟祈求榎木津早點從房間出來的不安感，隨著時間同等地增幅相抗。

只要訪問者或榎木津當中任何一方出現，就能打破這種難受的僵局，但頂多聽到從房間偶爾傳來榎木津發出的奇聲，聲音主人卻一點也無現身之意。

匡噹，鐘響了。

我嚇了一跳，從椅子上彈起，約有三吋之高。抬頭，視線所及之處，出現一張白皙的女性臉龐。

那是個纖細、美麗的女子。

一身有如喪服般黑紫色的小紋和服（註），白色洋傘。

宛如相紙上沖洗出來的黑白美女。

彷彿稍碰即斷的纖細頸部，與京都人偶般的秀麗臉龐，纖纖細眉。

不知是不搽脂粉，還是身穿黑衣之故，她的臉一點也不像活人所有，沒錯——就像屍體一樣——蒼白。

一瞬，女子皺起眉頭，露出痛苦的表情。她視線飄忽不定，不安地低頭行禮。抬起頭時，一綹綁好的頭髮掉下來。

動作和緩。

「請問，這裡是榎木津先生的事務所嗎？」

我與寅吉一時之間看呆了而忘了回應。女子似乎以為自己走錯地方，帶著困擾的表情傾著頭，再次詢問：

「我想找偵探榎木津先生，請問這裡是……」

「沒錯，就是這裡。啊，您就是久遠寺夫人吧。來，這邊請。」

寅吉以像是機關木偶般不自然的動作由椅子上站起，急忙招待客人進入房內。而我則是還沒能瞭解狀況，只好沒用地保持沉默。

女子在寅吉的引導下來到我對面椅子上坐下，坐下時又行了個禮。但我因為一直凝視著女子臉部而沒能立刻察覺到她是在對我行禮。之所以如此，是因為我害怕看到女子胸部以下的部位。說得更明白點，我沒有勇氣確認她的腹部是否真的膨脹得異乎尋常。

我戰戰兢兢地逐漸將視線往下挪動，朝向那不該注視的地方，朝向不祥傳聞的核心。

但，現實卻完全違背了我的期待，眼前女子的體型是那麼端整，絲毫沒有一點畸形的部分。不，仔細一想便知本來就不可能，縱使真有個懷孕二十個月的孕婦存在，要辦事也不可能特意自己出門才對。不，就算想出門也辦不到吧。

「偵探剛好有急事，現在正緊急處理中。這位是偵探的能幹助手關先生，由他來負責瞭解事情經過。有什麼問題請別客氣，全部都可以跟這位關先生商量。」

寅吉快速說完，端了杯茶給客人後在我身邊坐下。

被寅吉用榎木津愛稱呼我的綽號鄭重地這麼一介紹，我不得已只好配合著說：

「敝姓關。」

女子幽幽一笑，輕輕地行了第三次禮。

「我是久遠寺涼子，感謝您願意接受這麼麻煩的委託，我想今後可能會花上您許多寶貴時間，到時候還得請您多多費心。」

說完，又再次深深一鞠躬。

我總算向她回禮。剛剛被人行過這麼多次禮卻沒反應，雖然我是太入神了才會忘記，但恐怕會被當成傲慢的人吧。

想到此，心情又沉重起來。

註：一種全體織有細緻花紋的和服。

近距離下仔細端詳，久遠寺涼子顯得更楚楚可憐了。不管是緊緻的肌膚還是帶點困惑的表情，都使她給人一種彷彿蘊含了危險緊張感的美麗印象。如果她天真地笑了，或許還是一樣美麗吧，但這種如履薄冰般的美感卻會因而失去平衡而消失得無影無蹤。

「那麼，請夫人先交代一下來意吧。」

我又再次對她的臉看得入迷，被寅吉頂了一下側腹，連忙開口詢問。

「我想您可能已經聽說了，我家是在豐島雜司谷開醫院的。」

「雖然沒直接聽說，不過，確實是聽過一點、呃、傳聞。」

我原本就不擅長與人溝通，同時又感覺到一股巨大的壓力，使我講起話來變得結結巴巴的。既然不會講話乖乖閉嘴也就罷了，卻又覺得不扮好偵探不行，在這股莫名的義務感下終於開了口。

「啊，請問……那是、不好的傳聞嗎？」

久遠寺涼子以惶惶不安的眼神盯著我瞧，寅吉則好像在說「說這些幹什麼」似地瞪著我，暗中又頂了我一下。

「是……是壞傳聞。可是夫人，見到您我已經確信那是不值得一提的閒言閒語。雖然現在關於您先生失蹤的事件還沒半點頭緒，但至少在見到夫人您的瞬間，我就瞭解到所謂的傳聞、啊不、說中傷更恰當，總之這些流言一點根據也沒有，完全是惡質的誹謗。」

我已經盡力了。不敢相信自己會對初次見面，且是帶著苦衷的女士面前，說出這麼不得體的話。

片刻之間，現場為沉默所籠罩。久遠寺涼子垂下眼簾，露出像是強忍著痛苦的表情。不久，緩緩開口說：

「原來，傳聞已經流傳得這麼廣了。聽方才所言，相信關先生也已經對事情的梗概有所瞭解……」

「可、可是，如我剛剛所說的……我、我並不相信這些。在見到夫人您之後，要我相信這些中傷根本是辦不到的。」

「關先生您似乎誤會了。我雖不清楚世間的傳聞到底說了些什麼……但我想，應該是正確的。」

「咦？」

這位女性在說什麼？

連寫入報導都嫌可怕的那些傳聞，全都是真的？

「我妹妹，久遠寺梗子現在真的已經懷孕二十個月，且也還沒有臨盆的跡象。我想方才關先生您難以啟齒的應該就是指這件事吧？而梗子的丈夫牧朗也如傳聞所言真的失蹤了……」

我的臉整個從耳根子後面紅熱了起來，我想現在應該變得像是喝過酒一樣地紅吧。社交恐懼症、臉紅症、失語症，我的本質就是這麼糟糕的人。

委託人不見得是當事人，這根本是理所當然的道理。不，反而由非當事者的家人來委託才是自然的。此時我不知有多麼期待榎木津能早點現身，趕緊出來瀟灑地解決事件。

只是，偵探絲毫沒有打算現身的跡象。

早就超過穿條褲子的時間了吧。

「……久遠寺家一直是母系家族，祖父與父親都是入贅的。父親也沒生下兒子，這一代就只有我們姊妹倆。」

久遠寺涼子那原本像從遠處傳來般的說話聲逐漸清晰了起來。

注視著桌子表面的我，戰戰兢兢地抬起頭來。

「說來很不好意思，我自小健康欠佳……而且，」

她說到這裡停頓了一下。

她的樣子是那麼地痛苦，彷彿隨時都會倒下。

「……而且我的身體無法生育孩子。所以為了繼承，才會讓妹妹招贅。」

「那、那我剛才說的話真、真的是太失禮了……」

「您快別介意了，我已經二十八歲，相信任誰也想不到我這個年紀還未婚吧。」

我是多麼殘酷的人啊，居然會引起這種誤會。對女性而言，自己無法生育是多麼難以啟齒啊，不僅如此，我竟然還害她說出自己的年齡。

「啊——」

久遠寺涼子短短地發出一聲。接著忽然以更寂寞的表情說，我的事無關緊要。

「說了這些無聊事，真是抱歉。」

久遠寺涼子緊握放在膝上的雙手，手指宛如小枝枒般纖細。一般人要是這麼瘦，通常會顯得眼眶凹陷臉頰消瘦吧，但在她眉頭深鎖的臉龐上卻看不到任何一絲這類要素。甚至令人覺得像是途中停止成長的少女，帶著一抹稚嫩的色彩，完全看不出是二十八歲。放下瀏海的話，說是十七、八歲我也相信。

「不不，胡亂猜想的我才不好，真的很抱歉。但是真的看不出您有這般年紀了，說是十幾歲也不會有人懷疑的。」

我不小心將心裡的話說出口，說出來的瞬間立刻感到極度的羞恥與後悔。久遠寺涼子一直低著頭，而寅吉則是對著遲遲不進入正題的我投以不只輕視更接近侮蔑的視光。

我當下有股衝動，想把現場拋下一逃了之。

但……

意外地，原來久遠寺涼子低頭是在忍住笑意。

抬起頭來，她的眼裡閃爍著意想不到的開朗神色。

「不好意思，不小心笑了出來，在這樣的場合下發笑真是很不莊重呢。但是……先生您真的是很不可思議的人呀。來到這兒的途中，我一直困擾著不知該如何把家庭的醜事傳達給外人知道，這下子緊張感全都消除了。」

久遠寺涼子說完，雖然臉上還帶著一絲悲傷，但嘴角再度露出微笑。而我到這個節骨眼，卻只能在輕微耳鳴中等待這股惱人的羞恥感消退。

她交代的事情經過大致如先前聽來的一樣。不過也得知了一項新事實，聽說藤牧夫妻之間的關係在當時並不是很好，失蹤當晚還發生過激烈的口角。

以我對藤牧這人的印象看來，他實在不像是會與妻子爭吵的人，因此覺得有些意外。但我畢竟與他的交情不算深，且夫婦之間的事也不是外人能瞭解的，故對此應該沒有必要抱持懷疑的態度。

更何況我也沒說明她失蹤的妹夫其實是我的舊識。雖然這是純粹偶然的結果，但說出來或許會令她生疑，且也沒適當時機說明。

「請問有什麼事讓他們夫婦間感情不和的嗎？」

「這件事……我不確定是否為事實，聽說牧朗對梗子有所懷疑。」

「懷疑？」

「懷疑梗子跟那個、其他男性……」

「外遇嗎？」

一直保持沉默的寅吉像是聽到拿手話題，中途插話進來。

「這是事實嗎？」

我開口詢問以牽制他，防止話題落入鄙俗的方向。我擔心那會使得好不容易總算想吐露事實的久遠寺涼子又將心房封閉起來。

「應該不是……至少妹妹親口說過，這不是

事實。」

欲言又止的回答方式。

「那麼牧朗先生便是毫無根據地懷疑令妹了？」

「若說根據的話嘛，的確是有可疑之處。」

久遠寺涼子的視線在虛空中游移一番後，猶豫不決地繼續說：

「醫院裡有個寄居家中的實習醫生叫做內藤，母親自年輕時就很照顧他，相關人士大部分都以為內藤會入贅繼承久遠寺的家業……」

「哈哈，結果牧朗登場，像老鷹一樣叼走內藤快到口的炸豆皮。然後這次老鷹的目標又換成烤麻糬……」

我踩了寅吉的腳要他收斂。

「也就是說，牧朗先生懷疑內藤醫師與令妹之間的關係。」

「是的。事實上內藤經常有意無意表現出不滿這場婚姻的樣子，但就算他與妹妹私通也無法改變自己的立場。相反的，如果被發現有此事，他恐怕也沒辦法繼續待在醫院了，所以……」

「應該沒有這個可能嗎？」

「我是這麼認為的。」

「頭腦好、性格又認真的人最愛嫉妒了，令妹被懷疑真倒楣呢。」

寅吉又想來湊熱鬧，我斜眼瞪了一下要他節制。

「接下來我想更詳細地請教一下，關於牧朗失蹤當天的狀況——您還記得當天的事嗎？」

「我那天剛好不在，所以這些都是聽來的。據說前一晚兩人吵得很激烈，後來快天亮時，牧朗鎖上門，把自己關在房間裡。」

「每個房間都有裝鎖嗎？」

寅吉越來越裝熟起來，久遠寺涼子沒回答，接著說：

「然後……因為到了早上他也沒出來，妹妹也開始擔心起來，跑去找我父親商量，父親要她等到中午再說，於是暫時不管他。過了中午，到了下午，妹妹越來越不安，用力敲門呼喊，卻沒有任何回應……」

「難道沒有可以窺視的，像是窗戶之類……」

「沒有。那間房間原本是手術室，也就是醫院設施的一部分。戰爭時主屋遭到空襲，燒毀了大半。於是戰後便把這房間改裝成書庫。出入口有兩道，都是由內部上鎖的。」

「那，令妹後來怎麼辦？」

「後來有人說，他會不會在房間裡上吊了。於是妹妹終於忍耐不下去，拜託傭人跟內藤合力破壞門的合葉，才總算打開。」

「裡面沒人？」

「裡面沒人。」

「沒辦法偷偷離開嗎？例如趁大家都睡著時……」

「被破壞的門通往妹妹的寢室，而妹妹氣得整晚睡不著，所以不可能由這邊離開。而另一邊的門則通往另一個——很狹小，沒有窗戶，像是暗房的——小房間。況且門必須由內部才能上鎖，就算他趁機離開了，門又是誰上鎖的呢？不，就算真的做得到，又為何要刻意上鎖呢？」

久遠寺涼子皺著眉頭，非常痛苦似地望著我。而老實講，我也沒半點頭緒，一時為之語塞。

「總之，妹婿自從那天以來就失去聯繫。而妹妹也因丈夫消失受到打擊而病倒，不久發現她已懷有身孕。後來就如您所知的，這一年半以來成天只能躺著，無法離開病床。不好的流言也與日遽增，患者一一離去，護士也紛紛請辭。」

「真是不幸。」

我只能作出沒大腦的回答。

「不，這些都只是小事，我來這裡的真正理由是，我有預感久遠寺家族，不，應該說我的家庭會就此瓦解。」

她一臉彷彿在向人求救的表情，但並沒有哭

泣。

在我看來，她像是在全力忍耐著痛苦。

「俗話說，流言傳不過七十五天。我認為，不管世人說什麼話來毀謗我們，只要家人相互信賴，就能度過難關。可是一旦連家人之間也開始彼此懷疑的話，恐怕就……沒有救了。」

「請問這話是什麼意思？」

「我父親在懷疑妹妹跟內藤，他認為兩人共謀犯罪——也就是懷疑她們謀殺了牧朗。母親則懷疑牧朗還活著，躲在某處以咒術詛咒妹妹。而妹妹則是氣憤得抗拒父母，不願意接受治療，因此一天比一天消瘦……」

「我懂了。看來，繼續問下去對您實在太殘酷了，剩下的就等到府上拜訪時，直接向您家人詢問吧。」

看著她痛苦的表情，我真的再也無法忍耐了。

榎木津似乎仍不打算現身，以我的本事撐到這裡已是極限。

總之我認為先在此告一段落，與榎木津研討對策後才能打開通往這個怪奇事件真相的道路。而且如果再繼續下去，好像就不是詢問，而是在對她進行拷問了。

「……那麼明天我將與偵探一起到府上拜訪，請問是否方便？」

我沒徵詢偵探本人的意見就決定先結束面談再說。

不進行調查推理的榎木津偵探會怎麼反應還是未知數，但這是委託人都到了卻還遲遲不肯從房間出來的榎木津不好。

「也就是說您願意接受這件委託了？」

「只要找出牧朗的去向即可嗎？」

「不。與其說找到，只要知道他是生是死，如果還活著為何失蹤了就好。不管他現在在哪，想做什麼都沒關係。不過，為了填補我家人之間的嫌隙，我需要明確的——證據來證明他現在的狀況。」

「就算那會使妳家人的嫌隙變得更大，也還是想要那個證據嗎？」

聲音突然由頭後方傳出，我嚇得縮起頭來。

榎木津站在屏風後面。

榎木津難得一臉正經，嘴唇抿成一字型注視著久遠寺涼子。

宛如希臘雕像。

久遠寺涼子也對偵探突然出現毫不訝異，神情毅然，同時以有如面具般難以捉摸的眼神回看榎木津。

夾在兩人之間，有種好像置身於蠟像館般的奇妙感覺。

「請問，我該如何理解您這句話才好？」

「就是單從字面上的意思即可。」

蠟像們以他們自己才聽得懂的語言交談著。

「我信賴我的家人。」

「難道牧朗就不是妳的家人嗎？」

久遠寺涼子不知為何，瞬間那個困惑的表情消失，然後微微一笑。

「至少，現在不是。」

蠟像們又再度恢復成無機物。

「這是怎麼一回事？榎兄，你什麼時候出房間的？」

榎木津不理會我的問題，還是持續凝視著久遠寺涼子——正確來說，是凝視著她頭上兩、三寸高的位置。

「我有兩個問題。」

偵探唐突地發言。與剛才從房間發出沒大腦的叫聲大不相同，語氣沉著嚴厲。

「是誰提出建議來找我委託調查的？」

「是我。我有朋友在進駐軍裡當通事，從他那裡聽說過您的事蹟。」

「喔……」

榎木津皺起眉頭，似乎很意外。

「那麼第二個問題，妳沒說謊嗎？」

「你怎麼這麼失禮，她是委託人耶，為什麼有必要要說謊啊！願意開誠布公地說出複雜的家庭內情，不就是一心一意想解決事情的證明嗎？」

「這個人一句想解決事情也沒說過吧。小關，她是說『想要證據』。」

「這有什麼不一樣！」

我氣得與榎木津怒目相向。但回頭想徵求同意時，卻發現久遠寺涼子似乎不覺得受辱，甚至對偵探的攻擊毫不否定，反而看起來很冷靜。久遠寺涼子以沉著的聲音回答：

「我剛剛的話中，有什麼可疑之處嗎？」

「沒，我只是在想，妳**應該早就認識眼前的這個男人**才對。」

榎木津到底在說什麼！我跟她怎麼可能早就相識啊。

「榎兄你瘋了嗎？怎麼會說出這麼胡來的話，我跟這位小姐是初次見面，還是說你連我也想懷疑了！」

「你很健忘，本來就不值得信賴。怎樣？妳應該早就認識這位關先生吧。」

久遠寺涼子這次很乾脆地否定：

「很遺憾的，我並不認識，您是否誤會了？」

「是嗎，好吧。」

榎木津說完這句話，便不作聲地關門回房。

我放著在一旁張大嘴的寅吉不管，鄭重地向久遠寺涼子道歉。解釋偵探的奇特行動花了我一番功夫。但不管如何解釋，榎木津剛剛的態度都令人難以原諒，而他為何有這種行為我也無法理解。

久遠寺涼子伸出雙手制止了不斷道歉的我，並以困惑中帶著溫柔的表情說：

「請您別放在心上，我早就從熟人那兒聽說

過榎木津偵探的作法很獨特。我想他會這麼做，一定是他偵探術裡的一個重要步驟吧。剛剛雖然的確小小吃了一驚，不過我能諒解的。」

騙人！不知為何，我覺得她明明一點驚訝的樣子也沒有。

後來我對她承諾，明日下午一點會到久遠寺家拜訪。

久遠寺涼子簡單說明住址與走法之後，鄭重地道謝：

「期待各位的大駕光臨，今天真是謝謝各位了。」

緩緩地、深深地又行一次鞠躬禮後離去。

匡噹一聲，鐘響起。

久遠寺涼子帶來的哀愁氛圍，在她離開後仍一時瀰漫在她坐過的沙發與站立過的門口處空間。

在她留下的夢幻殘影逐漸褪去之際，自榎木津登場以來一直邋遢地半張著嘴的寅吉，總算活過來似地發言：

「哎呀，第一次看見這麼美麗的人啊，我原本以為自己已經看慣美人了呢，像舊書商先生的夫人或先生您的夫人也都很美。」

舊書商先生是指京極堂。寅吉口中不管是誰都稱先生，所以經常分不清他指的是哪個。

「這種場合沒必要拍馬屁吧，京極堂家的夫人姑且不論，我家那個哪能相提並論啊。」

「這不是拍馬屁喔，不過剛剛那位女士的美又有點不太一樣，有點像是不屬於這世間的美。這麼炎熱的天氣裡穿著和服，卻完全不流一滴汗，難道說光靠教養就能止汗嗎？」

「這麼說確實很奇妙。」

我沒注意到這點。

「而且明明那麼瘦，體態卻又很豐滿，穿和服真的太浪費了。」

也沒注意到這點。

不知為何，我沒採取過**寅吉的觀點**來看她。

不，甚至覺得不該以這種觀點來看她。

「寅吉啊，你看女性都只注意這些部分而已嗎？真失禮耶。不過說到失禮，偵探又是怎麼了。登場是很瀟灑沒錯，可是事情不但沒解決，還作出那麼失禮的行動來。」

我不想再多談她的事情，於是把矛頭指向榎木津。我沒理會似乎還在叨叨絮絮著什麼的寅吉，走到榎木津房間前大聲呼叫：

「榎兄，剛剛的行為是什麼意思！請你解釋清楚。」

沒有回應。

我逕自打開門。

榎木津站在窗邊望著外頭的景色。狂躁的他難得呈現陰沉的氣氛，或許是在反省吧。我靠近偵探，小聲對他說：

「麻煩你明天要正常一點啊。」

「什麼事？」

「去調查啊，剛剛你的行為實在太糟糕了。」

「……你真的沒看過那個女人？」

「咦？」

「……話又說回來，**那個**看起來肯定是死了吧，嗯，**那樣子看起來**已經死了。」

榎木津半自言自語地說。

「你說誰死了？」

「藤牧啊，那個女人應該也知道才對……」

「你還在懷疑她嗎？我確實不是偵探，但也多少累積了一點人生經驗。經驗上看來，我認為她並沒有說謊。」

「或許是如此沒錯——那大概就是忘記了吧。」

榎木津說完這句後便不再多說。

我不知該如何面對這個怪人，所以直接離開了房間。對歪著頭的寅吉再三叮嚀，要他一定得讓榎木津赴約，之後帶著難以釋懷的心情離開了偵探事務所。

思考無法統整，心情無法平靜。

我決定去向京極堂報告今日之事，順便聽聽他的意見。

況且本來就是他叫我來偵探這裡的。

下電車時太陽早已西斜，氣溫似乎涼爽了些。與昨晚不同，微風徐徐吹來。

我帶著複雜的心境登上要斜不斜的坡道。

店門早已關上，呼喊好幾次都沒人回應我便直接走向母屋的玄關，感覺有人在內，於是我直接打開大門，見到主人的木屐旁還擺了一雙女用的鞋子，大概是夫人回來了吧。客廳傳來陣陣京極堂的說話聲，看來主人也在。我想應該無妨，便逕自進入。

「喂，京極堂，是我，進去囉……」

我打開紙門，回頭望我的不是夫人，而是主人的妹妹中禪寺敦子。

「唉呀，嚇了我一跳，原來是關口老師。」

中禪寺敦子原本水汪汪的大眼睛因驚訝而顯得更大，接著以貓靈巧般的動作咕嚕地轉過身來正面朝我。與幾乎不動的哥哥不同，妹妹一直很活潑，總是精神抖擻地活動著。少女時代留的一頭市松人偶（註）般整齊的瀏海，就職時毫不猶豫地剪掉，加上她又很少穿裙子，看起來活像個少年。

「原來是敦子來啦，我以為是千鶴子夫人回來了。」

「喂，你可別把這匹悍馬跟千鶴子搞混，怎麼看也不可能看錯吧。」

京極堂還是老樣子，一臉生氣貌。

敦子小姑娘滴溜溜地轉著眼，揚起單邊眉毛

註：一種人偶。大小約二〇到八〇公分不等。多為木製，全身可動。女性的人偶多為清湯掛麵式的髮型。

瞪著哥哥。臉雖完全不像，習慣倒都相同。

「大哥還真敢說呢。為了大嫂不在就連壺茶都不會泡的沒用哥哥，對我這個特意前來幫忙煮晚飯的可愛妹妹說這種話不嫌過分嗎？」

「我什麼時候拜託過妳了，妳以為誰會喜歡吃妳煮的東西啊。何況茶我自己也會泡，昨天我就泡了一壺請那位文學大師喝過了。」

「沒錯，昨天我確實有喝到有如白開水親戚的淡茶。」

中禪寺敦子咯咯笑了起來。

「不過話說回來，千鶴子是怎了？不會真的忍受不了書癡老公，離家出走了吧？」

「連你家的雪繪都能忍耐了，為什麼千鶴子會離家？我在舊書買賣業界中可是以愛妻聞名的哪。」

「業界我是不熟，但至少在這一帶你只是個愛書家吧。」

我邊說著譏諷的話，在與昨天完全相同的位置上坐下，這是我的老位置。

敦子笑著回答：

「大嫂回京都老家了。老師應該也知道吧，現在是祇園祭（註一）啊。」

「啊，對喔。」

妻子早上說的慶典就是指祇園祭吧，我總算恍然大悟。

「雖然戰時規模縮小了不少，最近又開始熱鬧起來了。各町還競相推出山車（註二），人手缺乏得很。」

說完，京極堂與妹妹同樣地揚起單邊眉毛訝異地望著我。

「那你又是為什麼在這時間過來？看你好像是急急忙忙爬上坡道，還在喘呢。」

「沒錯，讓你給說中了，我今天整個下午都在偵探那裡。」

「為了久遠寺醫院的事嗎？」

我說出口後才想到中禪寺敦子也在現場，我

完全忘了她基於良心停止採訪的事了。想到連中村總編都被說教，我便支支吾吾了起來。真是的，今天一天要失語幾次才行啊。

「關口，沒關係，剛剛我們也在談這件事，而且這原本就是這個三八婆先跟你提的，雖然她後來也停止採訪了就是。這些先不管，那個怪偵探說了什麼？」

難得京極堂出面為我護航，才免得陷入失語狀態。我向他們兩個依序說明今天發生的事情，不久，兄長聽著聽著變得如地藏石像般沉默，還好能幹的妹妹很熱心地聽著，我才免於陷入白天對榎木津說話時那種莫名其妙的疏離感，順利地把事情交代完畢。

只是這兩天我幾乎都在對人講關於這事件的事情，說到一半，我甚至產生了我並非局外人，而是置身事中的相關人士之錯覺。

「嗯，你對這名女性有什麼特別情感嗎？」

京極堂突然插嘴。

「為什麼這麼說？她確實是個美麗的女士，但你以為我暗戀她嗎？」

「不，我想你還不至於那麼不知好歹。只是一講到那位久遠寺涼子，你的言詞就會變得很抽象，彷彿文學的描寫，令人感覺有點蹊蹺。甚至像是在朗讀差勁的情書一樣——令聽的人都覺得害臊。」

哥哥又在譏諷人了——中禪寺敦子說。

「因為關口老師是文學家嘛，描寫起美麗事物自然會講得像詩一樣。對吧老師……」

此時，不知為何白天我面對久遠寺涼子時的

註一：京都地方代表性的慶典。於七月舉行，經常長達一整個月。據說原是為了平息猖獗的瘧疾而舉行，自西元九七〇年以來每年持續舉辦，除中途曾因戰爭停辦過外，祇園祭已有千年以上的歷史。

註二：日本慶典時會抬出來巡行的花車。型似轎子，佐以豪華裝飾，種類非常多樣。

那股惱人羞恥心又再度復甦，使得我無法回應為我辯解的中禪寺敦子的話。

「算了。那榎木津那傢伙最後說了什麼？」

京極堂的發問恰好轉移了久遠寺涼子的話題，令我稍感安心。

「他是說**那個**——似乎是指藤牧學長——大概已經死了，另外就是說我應該跟久遠寺不是第一次見面，還說了好多次。」

京極堂作出擅長的芥川龍之介姿勢，搔著下巴說：

「那就表示久遠寺應該看過**藤牧的屍體**或看**起來像是已經死了的藤牧**才對。但若信任你的人生經驗，則表示她對這些毫無印象——加上她以前應該看過你，卻不記得……」

彷彿自言自語。

「這是怎麼一回事？我真的搞不懂，為什麼能這麼確定？我真的不認識她，況且看過屍體的人為什麼要來找偵探啊！連理性的你也相信榎木津隨口亂講的直覺了嗎？」

「為什麼你一提到那個女人就會變得那麼感情用事？也是有可能彼此見過卻忘記了吧。而屍體也可能是誤認為近似屍體的東西，那當然就不可能認定那是屍體，甚至也可能就忘記了。何況如果所見到的，不覺得是近似屍體的東西，那也不會認為這是失蹤事件了。」

「所以說，我想問的是，憑什麼榎木津就會知道這些連我們當事人都忘記的事情。能夠辦到這點，除直覺以外，就是你最討厭的降靈術之類的而已了吧……」

我發現自己不知不覺變得好戰。平日的我如今躲在背後冷眼看著正在生氣的自己。

或許真如京極堂所說的，我對久遠寺涼子有著特別的情感。但……至少這與男女間的戀愛或性的情感明顯不同。反而……沒錯，我心中反而產生了不能對她有這類情感的強烈禁忌。

「哥，我對這點也有興趣……」

中禪寺敦子又再次站在我這邊。

「……為什麼榎木津先生就會知道這些呢？」

「這要怪他的眼睛不好，他看得到別人的記憶。」

「你說什麼？」

我跟中禪寺敦子幾乎同時發出疑問的叫聲。

「喂，京極堂，拜託用我也聽得懂的說法解釋一下吧。這是指讀心術或降靈術還是透視之類的嗎？這跟眼睛不好有什麼關係？」

「關口，昨天的話你忘了嗎？」

「怎麼會忘，當然還記得。」

京極堂嘆了一口氣，拿開座墊鄭重地重新坐好。

「如果真的記得，就不會從你口中聽到什麼讀心術之類的笨話了。昨天為了讓你好理解，故意不使用專門難懂的術語，經過大幅省略刪減，有時還加以大幅度的跳躍與誇張表現，接著更夾雜一點玩笑與閒談，在大量的比喻下說明。我都努力到這種地步了，結果你卻只挑**你想聽的**結論聽進去。如果你不能跳脫靈異、超能力這類思維的話，我的話不管聽過多少都沒用的。」

的確如此。昨天——在返家的坡道上，與京極堂的對話我一點也無法清晰地回想起來。但是，我明天得跟榎木津一起調查，如果榎木津他乍看之下支離破碎的言行背後有其根據的話，當然是先知道會比較好。

「我看你雖然裝得很了不起，其實一點根據也沒有吧。被我跟敦子一質疑就不知如何是好了。所以才會說這些有的沒的來逃避吧。」

當然我知道這是不可能的。這個人不管是推論還是假設，只要有可能被人指摘出矛盾點就不會說出口。在與他交往那麼久的過程中，我從未見過京極堂在辯論中失敗或在中途理論發生破綻的情形。

但我還是採取了挑釁的態度。躲在背後平日的我如今覺得有點後悔，變得更退縮了。

京極堂搔了搔眉毛，嘆了一口大氣後，以細微的聲音說：

「總之先把降靈術、讀心術之類的觀念捨棄再說。」

「為什麼你那麼討厭靈異？你認為這世上沒有靈魂嗎？那麼該怎麼說才好？超常現象？超自然現象？」

「那更糟。」

京極堂像是吃了難吃料理似地皺起臉來。

「首先，討論有沒有靈啦魂啦的議題本身就是毫無意義的。」

「是嗎……」

中禪寺敦子以做壞事小孩的淘氣笑容緊咬住這個問題不放。

「不管哥哥怎麼說，這世間確實產生過很多在物理上不可能的事情啊。事實上肯定靈魂存在的人也很多。他們提出例如動物的預感、轉世、流淚的石像，或靈視、念力拍照之類的證據來主張奇蹟的存在。這些在現今的科學裡雖是不可能成立的現象，若是有朝一日被證明在物理上能成立的話就是否定論者的勝利，若無論如何都無法證明的話，否定論者不就得承認有種力量是物理學無法理解的？我不認為這種討論是無意義的啊。」

但就是無意義——京極堂說。

「這樣好了，我們姑且承認剛剛妳所說的，所謂的現在科學理論無法說明的事例——有這種事例存在好了，靈魂肯定派的人會怎麼說明這種現象？」

「就是奇蹟之類的。」

對吧——京極堂繼續說：

「他們大概會很興奮地喊著這是奇蹟、不可思議吧，但這對說明一點幫助也沒有。把奇蹟當作奇蹟來看的話，相反地不就承認了奇蹟是**通常情況下不可能發生的**——這種世界觀了嘛。所以這種說法值得商榷。另一方面，否定派的傢伙們認為這違反了他們那如蟻背般狹隘的常識所以打從心底予以忽視，這樣的態度也有問題。這不是很愚昧嗎？不管是奇蹟還是怪異，都如同昨天對關口所說的一樣，只是剛好不合乎現在的常識，不在今日科學所知範圍內而已。基本上不可能發生的事情就是不會發生，這就是我的基本論點。既然發生了，就再也不能說這是不可能發生的事情。將這些現象稱之為超常還是超自然，雖然是外國話的翻譯，但在日語看來完全是意義不明，又不是反自然或脫離常識的意思。」

「你的意思我懂，但這並不代表討論本身沒有意義吧？」

「靈，其實是為了更容易理解難以理解事物時使用的記號，跟數字可以說是相同的東西。這世上並不存在著『一』這種東西，但因此說沒有數字就是亂來，是錯誤的。可是若說『一』雖然眼睛看不到但卻實際存在來作為反對，豈不更可笑？靈魂這種東西啊，並不是能用有或沒有的概念來討論的。你只要把它想成是——嗯，想像成為了表現存在於宇宙間的萬物所具有的某種**屬性**而思考出來的代稱即可。」

「等等，哥，你說靈魂是萬物的一種屬性，那不就表示靈魂不只生物有，連石、木，甚至連這個桌子、座墊也有？這種說法不就跟鄉下寺廟裡的和尚的講法一樣了。」

「京極堂，小敦說的沒錯。如果說萬物皆有靈的話，對了——例如說我敲這個桌子，難道桌子也會痛嗎？老一輩的人經常會以這種觀念來教人要愛惜東西，在道德上立意或許是很好，但這不像是會從你口中說出來的理論吧。」

好講理的人狂皺起眉頭。

「為什麼你們總會說這麼愚昧的話，為什麼有必要把桌子擬人化？痛覺不過只是神經與腦造成的一種信號，是生物的腦為了迴避對生存有害的外在刺激而作出的一種感覺性的選項而已。我所說的並非這種意義。我想想——若要解釋可以先從時間談起。」

我對剛剛似乎說出非常粗淺的想法而感到丟臉。而中禪寺敦子似乎也是同樣的心情而有點洩氣，顯得溫順許多。

「時間是什麼，你能解釋嗎？」

京極堂不懷好意地問我。

「時間只能用時間之流來說明——是吧？」

「也只能如此吧。令人吃驚地，我們對於時間幾乎無法進行客觀的說明。且今日的物理學也完全無法逆向討論時間，只能盲從。所以測不準原理一出來才會讓人感到如此困惑。我們常用時刻表來表現時間，那雖然對理解時間非常有幫助，卻完全無法表現時間**本身**，這與對靈魂的理解方式也很相似。那麼關口，接下來我問你，記憶是什麼？」

「為了不忘記過去發生的事情，將之保存下來的行為吧。」

「簡直像國語辭典的回答，但是我們也沒辦法正確定義過去與事情的概念，所以這種解釋便顯得曖昧不明。且不忘記而保存，這根本只是把記憶兩字換句話說而已吧？」

「哥，你欺負老師也沒有用吧，記憶確實也一樣難以說明，那你說這些又是為了什麼？」

「有幾種解釋，例如我們假定記憶是物質的『時間經過』**本身**如何？」

「什麼意思？」

「有個詞叫做『宇宙』，宇是天地四方的空間，宙是古今之意，也就是時間。宇宙如同字面所表現的，即宇與宙，表示由空間與時間所組成……」

「那又如何？」

「物質在空間中以質量的形式呈現。那麼在時間中又是如何？很可惜的，現在的我們**沒辦法**表現，沒辦法理解這個概念。我們只覺得相對於存在，時間只是無條件地一刻刻流逝而已。但——果真如此，難道我們不能說時間經過本身就是物質的時間性質量嗎？那麼，這不就能視為記憶的原型了？反過來說，我們就能據此假定存在於宇宙中的萬物具有所謂的物質性記憶。」

「喂喂，京極堂，照你那個說法，那不就表示森羅萬象、一草一木均具有記憶了嗎？」

「算是一種說法吧，把這當成比喻來聽就好。這個物質性的記憶，也就是記憶的原型，我認為就是被稱作靈魂的東西。只是當靈魂作為物質而存在時，它們就只是單單地存在，什麼變化也沒有。但是後來在這種狀況下誕生了生物這種破壞自然規律的東西，於是事情便有所不同了。你們認為生物跟非生物之間決定性的差異為何？」

「在於是否有生命？」

我為了徵求同意朝敦子望了一眼。

而她也偷偷看了我一下，補充我不太有自信的回答。

「如果比較構成的物質，其實生物與非生物之間幾乎沒有差異——原始的微生物與單純的氨基酸之間的最大差異應該就是生命——吧？」

敦子比我能言善道得多了。

哥哥彷彿想說「盡會耍小聰明」似地看著妹妹，接著說：

「那麼那個『生命』又是什麼？關於這點仍然無人能明確回答。那麼假設剛才所說的物質性的記憶會因某種原因產生連帶性，產生活性化，我們把這種狀況叫做**活著**如何？亦即，生命就是靈魂的集合體。但是這種活著的狀態在自然界中算是非常不自然的，因此無法長久持續下去，所以生物很快就會**死去**。於是為了保存活性化的記憶，生物便發展出創造自身複製品的技術。」

「為什麼？」

「因為生命的真相就是記憶本身——這麼回答你覺得如何？可惜因為生物的記憶在相互交錯下會變得更複雜，總有一天會產生破綻。但在偶然的情況下，基因這種能**很有效率**地把記憶流傳到後世的機制誕生了。可是這麼一來應該流傳的記憶卻又變得更複雜了。就像一種本末顛倒的捉迷藏一樣。於是生物如此這般反覆進行著非常反自然的進化，最後終於生出腦這種系統，同時也產生了意識。昨天我所說的心與現在所說的生命是相同的，心等於命，而這兩者與腦的相接點便是意識……」

我不知該回答什麼。

但朋友的聰明妹妹立刻有所反應。

「假設靈魂，也就是物質性記憶的集合體是生命，同時也是心的真面目的話——那麼哥哥認為手、腳乃至內臟也都有生命——也就是心靈了？」

「沒錯。」

「難道我的手、耳、甚至頭髮都有思想嗎？」

「思考的是頭腦，令其思考的才是心。所以心與生命遍佈於全身，而不單只存在於身體的某個部位裡。如果說生命集中在心臟和頭腦上的話，腿不就是死的了？」

這麼說倒也是，快被說服的我看了一下中禪寺敦子。

「可是手被砍下也不會死，但失去頭部或心臟卻會死啊。」

這麼說也沒錯。不想被看出我在迷惘，趕緊開口。

「說得沒錯，說生命與心遍布全身實在令人難以想像。」

聽到我久違的發言，京極堂露出毫無所懼的笑容。

「把肉體想像成容器，靈魂依附其中的概念確實很容易讓人理解，這與把時間想像成時刻表一樣方便。但是肉體本身就是生命，兩者是不可分的。不信的話我們可以思考看看，假設現在有個人心臟被人射穿，他是否是死的呢？」

「當然是死的，又不是拉斯普廷（註一）或小幡小平次（註二），就算暫時不死也很快就會失血而亡啊。」

「你所說的死亡，當然是以作為人類而言吧。但是若以部位而言的話又如何？其實還活著對吧？生魚片失去了心臟與內臟仍然會繼續抽動，表示肌肉還活著。人也一樣。就算心臟先停止了，其他部位也還活著，心臟只是個讓血液循環的器官而已。只是不巧的是，只要血液一停，無法供應氧氣時腦就會立刻死亡。緊接著各器官間便無法進行複雜的記憶交換，而失去作為高等生物的**形式**。之後器官作為下等生物雖還能勉強活著，但其設計也是需要彼此間的合作才能生存，故不久也會逐漸死去。也就是說，最原始的物質性記憶的活性化本身將會變得無法進行。這麼一來，作為靈魂集合的生命失去了集合性，逐漸還原為普通的物質。換句話說就是死亡。所以說有所謂的意識停止的瞬間，卻沒有所謂的死亡瞬間，人的各部位是逐漸死去的。」

「聽起來有點噁心呢，死去的人的某些部位還活著。」

「聽說肝臟就能存活很久，骨頭與皮膚也一樣。至於毛髮，只要繼續供給氧氣就能存活。所以屍體的毛髮還會繼續成長就是這個道理。」

「這麼說來也有人偶的毛髮會變長——我還曾經寫過相關報導呢。」

「反正你肯定是胡謅些什麼有小孩的怨念在作祟的吧。」

被說中了。

「這麼一來，若說死後靈魂便會咻地一聲脫離軀體——這種想法豈不是有點可笑？離開後還

註一：全名格里高利・葉菲莫維奇・拉斯普廷（Grigori Efimovich Rasputin，西元一八六九～一九一六年。俄國神秘主義者。據說死前遭人暗殺時被毒殺、槍殺多次仍不死，最後總算死於溺水，在冰水中仍存活八分鐘以上。

註二：山東京傳所作怪談故事《復讎奇談安積沼》之主角，被妻子的姦夫殺死後亡靈現身報仇的故事。

活著的軀體難道變成別人了？再不然說什麼靈魂會逐漸脫離、心與身體是分開的、身體的生死與之無關等等，這些聽起來全都像是謬論了。況且如果把靈魂視為物質本身，則輪迴轉生的思想也能說得通。所有物質都是透過食物鏈等生態系統進行各式各樣的循環，生物靠著攝取其他物質使之與自己同化來生存，所以同時也會攝取進物質性記憶。而生物本身總有一天也會還原為物質而被其他生物攝取進去……」

京極堂在此停頓一下，看著我的臉開玩笑地說：

「這些我雖說得頭頭是道，不過其實也只是代表了一種可能性而已，因此要信不信隨你們。」

我像是被人愚弄了一般。

「搞什麼嘛，你這傢伙真愛騙人。」

「哪裡是騙人，我出生到現在就只有兩件事沒做過——沒說過謊與沒綁過島田髻（註）。」

京極堂不改臉色地扯著大謊。

「跟你們說這些只是因為以這種思想來理解榎木津的性質比較容易而已。」

我差點忘記還有這事。

「等我一下。」

中禪寺敦子說著，離席到廚房送茶過來。然後有點見外地說：

「不好意思，請慢用。」

我經常看到她工作上充滿男子氣概的身影，因此每見到她少女般的動作時，不知為何總會禁不住莞爾一笑。而且這與昨天的淡茶大大不同，是杯香氣怡人的玉露茶，喝完神清氣爽，彷彿又重新活了過來。京極堂則是每喝一口便發出嗯或唔的聲音，肯定是在強忍著說出「好喝」兩字吧。

「那麼，將剛才的話當作前提來思考的話，腦就不是記憶的倉庫，或許把腦想像成進行記憶的播放與編輯的地方會比較好。」

「你昨天是以海關來比喻嘛。」

「但是哥，聽說最近的大腦生理學已經大致瞭解大腦的哪個部分具有哪些功能了喔。或許，在某些部分真能以某種方式儲存記憶也說不定啊。」

妹妹十分頑強。

「確實沒錯，只是在討論到如何記憶時尚未能解開奧秘。人類活著所需的記憶量，在儲存上不管多有效率也還是過於龐大，實在不像是這種容器所能容納的。」

說完，朋友指著自己的腦袋。

「因此，我認為我們會把重複的訊息捨去。例如，我見到你時並不會以『啊，這是動物，是靈長類，是猴子嗎？不，是人類，是日本人，是男性，是熟人，是關口』的方式來認識你，前半重複的部分會割捨。」

「當然的吧。」

「而這次見到這傢伙，到中途為止都相同。雖然乍看之下好像男的，其實我知道她是女的，所以跟你一樣，相同的部分會割捨。」

「有一句太多餘了，哥哥。」

「現在又回到你的身上。昨天穿的襯衫皺巴巴的，今天則燙得整整齊齊。另外昨天是八點起床，今天則是十一點過後才起來。」

「你、你怎麼會知道？」

這是事實。

「算命算出來的？」

「當然不是，是從鬍碴看出來的。即，要分別昨天與今天的你只需看下巴附近很像骯髒霉菌般的鬍碴與襯衫縐折的數量便可。此外即使全部

註：日本傳統女性髮髻中最普遍的一種，通常為未婚女性或花柳界女性所紮。另外此句原文中，說謊的「說」與綁髮的「綁」同音，京極堂刻意這麼講來俏皮一下。

捨去也能建立起『今日的關口』之記憶。」

「原來如此，因為其他部分已經都記憶下來了對吧。」

「沒錯，實際上比這更詳細。映入眼簾的所有訊息以形狀、顏色、角度等等方式分解成許多部分，重複的部分全部割捨，與過去的記憶相對照後重新組合而成。這就是我們現在所見到的現實。即便是不經意看到的風景，也非直接見到風景的原貌，而是我們的腦經取捨組合後拼命重組成的映象。眼球不是玻璃窗，我們並不直接把這世界的風景攝入，肯定會**經過一番取捨選擇**。不如此作我們就無法認識事物……」

京極堂在此處停頓一下，繼續接著說：

「不只限於視覺，就算是聽覺、觸覺、味覺也是相同。你們想想，如果要把自己周遭無數的事物進行詳細分解分類的話，恐怕種類會多到難以估計吧。雖說這比完全直接保存下來的記憶方式還要有效率，可是這麼多的量究竟如何儲存的問題一直困擾著大腦生理學者。但如果採用我剛剛說的方式的話，就不用擔心容量會太多了。」

「嗯，如果你所說的物質性記憶是真的，這麼看來確實是相當合理。但是這樣一來不就不需要腦了？只要有記憶就夠了吧。」

「你真笨啊，那些片段有如暗號般毫無意義的記憶，就算看了也沒用吧？沒經過腦的重組根本是空有寶山而已。」

京極堂在**笨**字上說得特別用力。

「我們的腦無時無刻都在奮力工作著，以迅雷不及掩耳的速度取出各種記憶的樣本，將現實重新組合起來，並生出意識。但是腦除此之外還有別的工作，那就是把現在體驗到的現實——即不斷接受進來的新訊息分解，使之轉化成物質性記憶。此外在與意識無關之處，也得擔任統合聯絡身體各個部位的職責。例如促進腎上腺皮質活性化或提高心跳數等等，一刻也不得休息。要它同時處理這麼多事情是不是很過分？」

「可是腦就只有一個，就算過分也不能叫它停下來吧。」

「所以動物才需要睡眠啊。」

京極堂休息一下喝了口茶。

「為了整理每一天器官接收到的訊息與心之活動，需要一段時間讓肉體與心雙方的活動暫時停止以利作業，這就是睡眠。如果只是要讓肉體休息而已的話，採取睡眠這種身體活動只停止一半的方式實在很不自然。睡眠期間內臟與肌肉的活動其實與醒著的時候無甚差異，這表示睡眠並非純粹為了讓身體休息，主要是讓腦能有時間進行整理與編輯的工作。不過心在這段期間也並非完全停止機能，所以有時候在睡眠中也會發生意識。」

「那就是夢——嗎？」

「就是夢。腦在白天有許多記憶沒登上意識舞台，而在整理的途中也有可能拉出過去的記憶來。因此夢中常會出現沒看過的狀況毫無脈絡，但同時卻又很自然地登場。」

這個說法與我對夢的認知差異非常大。但是我覺得這個說法比較具有整合性，而我的認知較不合理。只是，如果他對夢的解釋是正確的，那麼夢所具有的神秘性也會隨著消失不少。

「這麼說來，所謂的夢之占卜不就是騙人的了？」

「不，夢之解析只要縝密地進行，大致上都正確。但如果你說的是指預測未來的夢占卜的話，那就全是胡扯，除了一部分占星術在限定條件下或許會正確以外。對了，你們知道為什麼大部分的動物睡眠時都會瞇起眼睛？」

「我猜是因為從眼睛進入的資訊量比起其他器官多太多，且在處理上也比較複雜的緣故吧？」

「沒錯。回想一下剛剛提到的死亡過程，就知道我們其實能把器官視為一種獨立生物。不管是眼球還是視神經都相同。因此不予以遮蔽的話就會不斷傳送資訊進來，會造成許多困擾。但反過來說，就算遮蔽也還是會繼續運作……」

「因為會看到夢吧。」

「正是如此。夢中當然也有聲音與氣味，不過主要還是以視覺為中心。那是因為鼻、耳、皮膚在睡眠中仍維持同樣的機能所致，因為**耳朵閉不起來**。」

這句話似乎在哪聽過。

我產生奇妙的熟悉感，不過很快就回想起之前聽榎木津說過。

「而這些感覺相對地都是比較古老的，因此要處理這些資訊也不需花太多時間。」

「你是指發生得比較早嗎？」

「對。那麼，當我們作夢時，眼睛突然打開的話你們想會怎樣？」

「會產生混亂吧。」

「是如此沒錯，總之就像在觀賞電影時突然劇場消失了的話——的這種感覺吧。」

「那有什麼好說的，當然是變得看不到囉，就跟明亮處看不到電影一樣嘛。」

「沒錯，因為實像比虛像更強烈。這也跟白天看不到星星相同道理，所以動物才會選擇在光量較少的夜間睡覺，就算眼睛不小心張開也看不到東西。但是關口，你知道與作夢在構造上很相近的狀況是什麼嗎？」

「你是指，那個——假想現實嗎？」

「沒錯。夢與假想現實，除了某個部分外實在非常相似。實際上不可能發生的事情或實際上不存在的事物，都能以與現實毫無差異的形式在意識上登場。這些都是從記憶產生的訊息，但是無法在記憶上與現實有所區別。夢與假想現實的差異只有一點，那就是能否透過由睡夢覺醒的行為來與現實接軌這點而已。」

「所以妖怪也才會大部分都在夜裡登場吧？」

在經歷昨天的慘痛教訓後，如今我已能輕鬆

理解這些道理。只是我是早就聽過所以沒問題，但不知中禪寺敦子能理解多少。

「要接著講下面的事情前，希望你們能先牢牢地記住這個夢的構造。」

京極堂說完，默不作聲地向妹妹要了一杯茶。

「這有什麼意義嗎？」

「**假設**記憶並非儲存在腦中，而是物質本身的屬性的話，不難想像我們的記憶可能會透過空氣地面與其他種種物質洩漏出去。」

「意思就是我所思考的事情會洩漏給你或敦子知道了？可是我完全不懂你們心裡在想什麼啊！」

「怎麼可能知道。」

「可是京極堂，那不就跟你剛剛說的話矛盾了嗎？而且你不是也斥責讀心術很愚蠢？」

「是很愚蠢啊。我們通常稱之為心的其實是意識，意識只在心與腦的接觸下產生。我說會洩漏的是記憶而非意識，他人的腦與他人的心所構成的意識豈是第三者所能理解的。」

「所以說讀心術不可能成立嘛？」

「哥，那麼記憶洩漏是在什麼情況下產生的？」

「我們的腦接收了這些洩漏出來的記憶，當然會使之在意識上重新構成。但是這與先前所說的夢，也就是電影的道理一樣……」

「啊，原來如此，看不到。」

「通常我們會把這叫做氣息，例如即使在伸手不見五指的地方，我們有時也能感覺到似乎有什麼事物存在。這種感覺在物理上恐怕無法證明，但每個人或多或少都有過經驗。那麼，假設有個人由眼睛進入的訊息極少，只要周遭夠暗的話，螢幕上會映出什麼呢？」

「那……榎木津不就……」

「沒錯。榎木津他能重新構築別人的記憶，並且看得見，實在是個很麻煩的傢伙。」

多麼超乎常理的結論啊——

一時之間實在難以相信。不管道理上多麼說得通，在我狹隘的常識範疇內，這個可疑的結論與降靈術實在沒什麼差異。

「很難令人相信耶，榎木津先生不是能知道別人的記憶，竟然是能**看得到**。」

「沒錯，如同我再三重複的，沒在意識中登場的記憶其實很多。關口，你不是很健忘嗎？不管腦想怎麼重組記憶，卻在某些錯誤的影響下，無法使之登上意識舞台。可是遺失東西大部分都是自己造成的，表示腦本身應該知道才對。」

「因此榎木津才能準確猜中失物的所在了？」

「當然也有猜不中的時候。」

「但是哥，我雖不是不能理解，但這很難想像啊。」

我也是同樣的想法。

「有些角膜受損的人會得到一種叫做邦納症候群（註一）的病症。這是一種在白晝下也會看見小鬼之類不存在物的病症。與作夢不同，本人有自覺自己是醒著的。也與假想現實不同，本人知道那是現實中不存在的東西。榎木津的情形或許跟這種病症很近似吧。」

「那，那個什麼香頌症的病人為什麼就看不到別人的記憶？」

既然榎木津都看得到了，別人也能看到不是很好？

「或許是跟受傷部位、先天素養、以及左右眼的細微差異有關吧。」

總之我們的生命型態注定是很複雜的——朋友如此作結。

而京極堂的解說也到此結束。

心情上像是被人用高等詐術矇騙了的感覺。

這該不會是京極堂擅長的精心設計的詭辯吧？

中禪寺敦子也沉思起來。

「總之，由於**這類**狀況都能完整地說明，所以目前我還蠻喜歡這個假說的。」

「你、從哪裡得來這麼奇特的想法的?」

「奇特?會嗎……。」

京極堂從懷裡掏出一根香菸。

「——我幼年時代是在下北半島（註二）長大的。」

「恐山（註三）?」

我以前沒詳細問過，只知道他好像是出生於恐山，七、八歲以前在下北半島長大的樣子。

「恐山有很多叫做盲巫的民間宗教者。她們會進行招魂——也就是所謂的降靈，她們幾乎都有視覺障礙。雖不知視覺障礙是否會遺傳，但那麼多視覺障礙者都從事相同職業豈不是很不自然?想到這，我發覺到被稱為靈能者的人士中，有許多都具有視覺障礙。柳田翁的論文裡曾推測一目小僧（註四）或許是由神職者墮落的形象形成的。他暗示應該有種要神職者毀去自己單眼的儀式存在。而我認為會有這種習俗或許就是基於這種生理特性而來的。」

叮的一聲，風鈴響了。

「我猜榎木津原本想瀟灑地解決事件，但由房間現身的瞬間，在久遠寺涼子背後看到過去模樣的你。接著又見到與她面對面坐著的現在的

註一：這是一種發生在心智健全的人身上的幻覺症狀。名稱由瑞士的自然博物學者查理・邦納（Charles Bonnet）在一九六〇年首次描述了祖父的這種症狀而來。另外，日文中查理・邦納寫作「シャルル・ボネ」，與法國民歌「香頌」的日文發音「シャンソン」有點類似，故底下關口才會聽錯。

註二：位於青森縣北部，為本州最北端的半島。

註三：下北半島上的火山，與比叡山、高野山並稱日本三大靈場（靈魂聚集地）。

註四：日本傳統妖怪，外型與人類無異，身穿和尚打扮，但臉中間長了一顆巨大的獨眼。

你。驚訝之餘，又看到倒在地板上的類似屍體的東西，發現原來那就是藤牧。但這究竟有何意義榎木津並不清楚，於是才會對她質問，問是誰要她來的。」

「因為他想如果是犯人的話不可能自己前來委託調查吧。」

「但她卻說是自己的決定。」

「所以接下來才會問她是否在說謊，並且……」

京極堂指著我。

「——也質疑你。」

這麼一想，榎木津的奇妙態度也總算能理解了。

不、不如說若不這麼想就無法理解他的怪異行為。

「他從小視力就比較弱，似乎那時就已經能見到**這種現象**。一開始以為是普通的事物，隨著成長便瞭解到**這種現象**是異常的。只有我注意到他奇怪的體質，而我跟他熟稔起來的起因其實也是因為這點。後來他在戰爭中又被照明彈給擊中，害他幾乎完全失去視力。你看他似乎在生活上很正常，但現在榎木津的左眼其實近乎完全看不見。諷刺的是雖失去了正常的視力，卻換來能更清楚看到**這種現象**的能力。」

這麼說來——榎木津開始發揮特殊能力也是在復員之後。

京極堂稍作停頓，瞇起眼，朝簷廊方向望著遠方。

「只不過，對於這個能力，不管我怎麼解釋他也絲毫沒有興趣理解。」

我們覺得這正是榎木津的特色，不由得笑了起來。但……

那時，在我心中的深處，卻存在著某種不透明的不安，一笑也不笑地躲在那裡。京極堂——

我呼喚朋友的名字。

「你覺得——榎木津見到的久遠寺涼子的記憶，實際上反映了什麼事實啊？」

這就是不安的真相。

「這我也不知道啊，關口。如同我一開始所說的一樣，有各種可能性，只不過，」

「只不過怎樣？」

「我在想，她的家族該不會是附身妖怪家系吧。如果是可就麻煩了。」

「附身妖怪？」

這傢伙腦中是什麼構造啊？

怎麼會聯想到那邊去。

而我也不知被他驚嚇了多少次。

「算了，去探究這個也是無濟於事。」

京極堂自說自話後，伸手到那個裡拿了一顆點心送入口。接著蓋子開著推向我這邊，似乎要請我吃。

「只是啊，關口，你打算怎麼處理這件事？」

語調嚴厲。

「可以的話……」

我伸手抓了一把點心。

一口氣說完：

「可以的話我想解決這件事。」

京極堂嘴唇抿成「ㄟ」字形，暫時沉默不語後，說：

「那就別過度倚賴榎木津的能力，那只會造成混亂而已。」

接著蓋上蓋子，撫摸著滑溜的表面，說：

「關口，希望你別忘了——觀測行為本身也會對對象造成影響這件事。」

「那不是量子力學嗎？」

「是測不準原理。正確的觀測結果只能在不觀測的狀態下獲得——的意思。」

「那又怎麼了？」

「關口，聽好，主體與客體無法完全分離——也就是說不可能存在著完全的第三者。只要你一干涉，事件也會跟著變化，因此你現在已經不再是善意的第三者了。不，或者說你正積極地讓自己成為當事人才對。有些事件沒有偵探就不會發生。所謂的偵探就是，明明打一開始就置身事中，卻完全沒注意到這點的愚蠢分子。聽好，如同點心在蓋子打開後才獲得屬性，事件也是——相同道理。」

叮的一聲，風鈴又響了。

兄妹倆一語不發地看著我的臉。

「但是……但是這件事也不能放著不管吧。」

我只能回這句話。

京極堂雙手交叉胸前。

「既然連你這個意志薄弱的人都這麼說了，那就做吧。但我認為你對這件事與那個久遠寺涼子——懷抱著某種特殊情感。」

我不否定。

「別讓它矇蔽了你的雙眼，我想——只要不被矇蔽，事件應該就等同沒發生過。但是如果你以帶著先入為主觀念的當事者身分，用錯誤方式介入的話——或許會產生悲劇。」

京極堂像是在對我忠告，斷斷續續地說著。

要以正確方式去介入……

該怎麼做？

「總之……」

京極堂彷彿要驅散不祥預感似地說：

「要你負起責任的是我，而起因也是這個瘋婆娘不好，好像不該太恐嚇你才對。既然你那麼有勇氣，就先吃過這個男人婆做的恐怖料理再回去吧。」

朋友說完，緩緩站起身來。我原本有點猶豫，但在妹妹的熱情邀請下，最後還是決定吃過晚飯再走。

結果中禪寺敦子的親手料理讓我原本浮躁的心情平靜了不少，但是脾氣古怪的哥哥卻從頭到尾一句好吃也沒稱讚過。

晚飯後，我幫忙他們掛蚊帳，告辭時與昨天同樣已過了十點。在玄關穿鞋子時，金華貓來到我身旁撒嬌，便跟牠玩了起來。玩著的當兒，中禪寺敦子走出房間來到走廊上，小聲地說：

「老師。」

這位才女躡手躡腳地走到我身旁，更小聲地對我說：

「其實，我有件事情想拜託您。」

「拜託我？」

「就是——明天能不能讓我同行呢？」

令人意外的發展。

「小敦，妳——不是不採訪了嗎？」

「不、這、這不是為了採訪。嗯，說來有些不知莊重，我想我對這件事有點興趣吧。總之，我不敢狂傲地說我能幫忙解決，只是、總之、我只是想看看這事件到最後會怎麼發展的……不過我想您應該不會同意吧，畢竟又不是去玩……」

朋友的聰明妹妹滴溜溜地轉動著眼睛，重複著自問自答。這女孩身上流著與哥哥相同的血液，充滿對知識好奇心與無盡的求知欲。只是她的行動比她哥健康得多了。

「唔，妳若能一起來我也覺得很感激。雖然剛剛在京極堂面前說大話，但老實講要跟榎木津那傢伙一起去還是令人有點不安。如果不影響妳的工作的話我也想請妳務必一起同行啊。」

這是真心話。

中禪寺敦子笑得非常開心，隨即作出恐怖表情說：

「這件事請對我哥跟總編保密喔。哥聽到一定會很生氣，而我之前又對總編說過教，總覺得很不好意思——畢竟我也是有編輯的立場嘛。」

想到中村總編也說了相似的話，我拼命忍住笑，答應了她的請求。中禪寺敦子又再次展現笑容後，似乎想起什麼，從背後拿出燈籠遞給我。

「晚上走這條坡道需要燈籠，老師昨天沒事

吧？」

雖然我昨晚實在稱不上平安無事，但還是謊稱並無大礙。可是又怕昨晚的體驗再現，便老實地借了燈籠回去。

是盞印有星形記號的怪燈籠。

中禪寺敦子很客氣地站在玄關前目送我離去。

今天她應該會在哥哥家留宿吧。

天空不見月亮蹤影。早上的晴朗天氣，不知何時轉陰了。

梅雨季節還沒過去嗎？

明天會下雨嗎？

這個星形是什麼？

在意著這些可有可無的瑣事。

但同時，腦中角落的那股不祥的、不吉利的預感卻不斷增殖而來。

啊，這個星形是用來驅邪的，記得當兵時曾聽人說過。

陸軍裡用來表示軍人階級的星形徽章，其實是用來保佑阿兵哥不中彈的符咒。

但那只能求個心安而已，因為就算有徽章，還不是一個接一個中彈倒下。而我現在，就算提著這個燈籠，也難保不會再暈眩倒下吧。

在我心中的那個情緒激昂的我，不斷對我講著這些話。

但是，那晚什麼事也沒發生，我平安地走下坡道。

那是一個看似海岸又似荒野的地方。

我在女子的牽引下前進。

今天是節慶，遠處傳來咚咚的鼓聲。

我已經這把年紀，還被人牽著走，覺得很不好意思。

不過，我還是小孩，所以沒關係。

這麼一想，心情也輕鬆起來。

海岸旁有好幾個身穿黑衣、德高望重的和尚站著，各個手裡拿著錫杖，鏗鏗鏘鏘地搖晃著。我覺得很有趣，不知不覺看得入迷。但是女子拖著我的手，硬要把我拉去夜市，

「瞧，很漂亮吧。」

她說。

但我還是想看僧侶，她一臉不高興的樣子。

我覺得應該對女子道歉，但想不起該如何稱呼她。

明明她是我母親，平常已經叫慣了才是。

女子對我支支吾吾的態度很不滿，說要懲罰我。

我覺得被懲罰也是應該的。

女子抓住我的頭，硬壓在沙灘上，以魔鬼般的聲音說話。

但是沙跑進耳朵裡，聽不清楚她的話。

我在想，為什麼耳朵不能閉上呢？

越來越多沙跑進耳裡，我的頭變得異常沉重。

轉頭，見到女子捲起的和服下襬中露出的白皙小腿。

我覺得不該盯著看，

想把頭轉到反方向，但被緊緊按住，怎樣也轉不過去。

和尚們用錫杖的尖端刺進大魚，歡欣高舉。

我想，他們大概在為捕到大魚而高興吧。

但那並不是魚。

數百隻盲蛛包圍著我，在我背上、肚子上爬來爬去。

糟糕的是，還有盲蛛爬進耳朵裡。

我忍著疼痛，抬起頭來，但女子的力氣很大，我不知如何是好。抬頭視線恰好落在女子略微鬆開的和服襟口，更令我覺得困擾了。

從襟口見到女子白皙的乳房，我覺得不該盯著這地方瞧，但卻又閉不上眼。

我不得已，想到起居室去，逃出女子手中。在沙灘上踉踉蹌蹌地走了兩三步。

打開紙門，見到妻子正在看報紙。

妻子驚訝地望著我，這也難怪，因為我是被母親懲罰的壞孩子。

我怕盲蛛附在座墊上，趕緊啪啪地拍落附著在全身上下的蟲。耳中的沙子沒掉出來，應該沒

當中一個和尚說：

「偶爾也會刺到這種。」

原來刺在杖上的是個嬰兒。

女子似乎不滿我看到和尚刺嬰，她帶著不高興的表情逕自走入夜市。夜市裡像是沙漠，販賣著顏色低級的布料與非洲的青蛙。

我想呼喚女子，但卻怎樣也想不出她的稱呼。

只剩我一個人，覺得很不安。

我只是個小孩子。

女子對我支支吾吾的態度很不滿，說要懲罰我。

女子抓住我的頭，硬壓在沙灘上。

沙很燙，沙中又有很多盲蛛，令我很不舒服。

問題吧。妻子皺著眉看我。

「怎麼了?睡昏頭了嗎?」

「不，沒什麼，只是脖子疼得厲害而已。」

「應該是落枕了吧，我看你昨晚又作惡夢，緊抓著棉被在睡呢。」

說完，妻子仔細端詳我的臉。

我以為臉上沾了盲蛛，這麼一想，便覺刺癢難受很噁心，趕緊拂走臉上異物。

「怎麼了?你臉上滿是榻榻米的痕跡，看起來覺得好癢。」

妻子這麼說，那麼表示沒有盲蛛了?

話說回來，又為什麼是盲蛛?

我突然發覺沒有這種東西，本來就不可能有。

「母親。」

同時，我突然想起這個詞。但是，為什麼會忘了?不，為什麼必須想起呢?

「母親怎了?」

妻子問我。

不，什麼事也沒有。自過年回老家以來，還沒跟母親見過面。母親是老師，而且是那個時代裡難得不穿和服的女性。除了戰爭中的農民服外，還沒看過母親穿過和服。

和服又是怎麼一回事。

到底是誰穿著和服?

「是久遠寺涼子。」

我總算從夢中醒來。

妻子一副很受不了的表情，對我說：

「阿巽，你振作點啊。」

妻子在兩人獨處時總是這麼稱呼我。

「那個久遠寺什麼的是誰啊?」

妻子訝異地問。我由妻子口中聽到久遠寺的名字，總覺得很對不起她，於是便含糊不清地隨口矇混掉她的問題。

妻子雪繪比我小兩歲，今年應該也二十八、九歲了。我一向不怎麼在意年齡，況且我連自己正確年齡是多少也不清楚。但不管是幾歲，雪繪看起來還是比實際年齡要大些。說好聽是成熟穩重，但說實話，還不就是吃苦太多所致。妻子看起來總是一副很疲憊的樣子，剛見面時是個十八九歲的姑娘所以還不覺得，最近看她總是很累。雖然昨天說寅吉是在拍馬屁，不過我自己其實有時也覺得妻子美麗得驚為天人，有時則只覺得勉強算好看而已。覺得還算勉強時，大體上看來都很疲倦。想到此，我多少自覺責任出在我身上。

而現在，妻子看起來正是很疲憊的樣子。

「起來了還在作夢，又不是小孩子。」

妻子笑著幫我泡了一杯濃茶。幸好妻子很愛笑，那使我感到輕鬆不少。但是今天早上，連眼角的笑紋也似乎帶著憔悴。

「阿巽，最近你都在忙什麼啊？每天出門都到哪了？看你氣色還一天比一天差。」

「沒什麼，又不是牡丹燈籠（註一），不用操心啦，只是小說的取材罷了。」

實際情況的確很像牡丹燈籠，但關於這件事我實在對妻子說不出口，並非是不希望讓她擔心，而是近似羞愧的心情。

但是，不知剛剛的惡夢有何意義？現在已回想不出夢的細節，隱約只記得有久遠寺涼子出現。明明在我要坐上座墊的前一刻時還在夢中，如今卻宛如百年前的往事般朦朧不清。反正昨天夢的神秘性已在京極堂的魔手下被破壞，也沒必要去深究了。只不過在那之後，我一時之間仍沉浸在夢的餘韻裡。

所幸雪繪不是個會過問老公工作的老婆，我得以不作任何說明便離開家門。雖也覺得欺騙了她而過意不去，至少沒有做出對不起她的事情，應該就沒關係吧——我決定如此說服自己。

離開家門之後，我才發現我不知道該如何到雜司谷，覺得有點困擾。不知有多少年沒去過豐島那一帶了，只記得學生時代與朋友去參加鬼子母神慶典的那次是最後一次，不過後來好像也還有去過，總之已記不清楚。我從戰前就對那一帶的印象不太好，巢鴨有瘋人院也有拘留所，此外就全是墳墓，這就是我的印象。

的確，目白有學習院，池袋也有立教大學，但我對這些地方都沒什麼印象，加上聽說豐島區遭到空襲，災情慘重，戰後這些災區成了黑市（註二）。

趁著焦土恢復秩序前的短短可乘之機，黑市極為自然地誕生了。黑市在最盛時期曾達到全國一萬數千多個。

我討厭黑市，無秩序——熙熙攘攘的人群、粗野蠻橫的吆喝、在混沌之中卻又壓倒性地自我主張、為求生存的強烈力量——這些全是我所厭惡之事，所以我終究一次也沒去過。

有人認為那正是人類應有的模樣，是一種強健的表現，我想他說的沒錯，如果沒有這種以黑

註一：典出江戶時代前期作家淺井了意所著的《御婢子》，內容改編自明代瞿祐所著之《剪燈新話》裡的〈牡丹燈記〉。故事述說一浪人名叫新三郎，偶然機會下認識一名叫做阿露的姑娘。兩人雖相愛，但由於門不當戶不對而無法結合。後來新三郎聽說阿露得了重病死去，感到萬分傷心。沒想到盆祭當日晚上，阿露與婢女卻提牡丹燈籠來探訪他。新三郎又驚又喜，問她不是得病去世了？經解釋才知是誤會一場，後來阿露就經常夜訪新三郎。隔壁鄰居聽見每晚有女人的談笑聲，覺得有異便去偷窺情況，發現居然是一具皮包骨的骷髏。鄰居告訴新三郎此事，新三郎很害怕，又打聽到阿露確實死亡的消息，便去找高僧求助。高僧給他符咒要他貼在屋子上，新三郎依言行事。但鄰居貪圖女鬼的餽贈，將符咒撕去。隔日早上只見新三郎的屍體與兩副女人的骷髏陳屍地上。

註二：由於日本在二次大戰後不久聯軍統治下實施經濟管制，民間為了取得配給外的物品所產生大型非法交易地帶。黑市在日本各地均有，東京著名的黑市有新宿、池袋、秋葉原、下北澤等地。

市為代表的強健性格，日本也不可能復興到今日的繁榮景況。但如果那才是人性的真面目——我想，至少我個人並不怎麼願意活得像個人。

戰爭無視個人意志奪走了無數生命，戰場上當然不存在著所謂的人性。但是若將人性假定為動物不具備之人類特性，那麼我們也不得不承認，戰場上不斷反覆進行著殺戮的異常行為，正可說是人性的表現。這麼想來，究竟什麼才叫做「活得像個人」，我也搞不清楚了。有時我也覺得在那個戰場上，害怕死亡怕得像條野狗般的自己——反而最像個人。

因此，我討厭黑市的真正理由恐怕不是掉入異界的異邦人所具有的疏離感，也不是小動物被無底沼澤吞沒時的恐懼感，而是害怕那會使我暴露出潛藏於自己內心的黑暗。沒錯，正是因為有此預感，我才會逃避黑市。

我知道我的內部潛藏著與表面完全相反的另一性格——背離道德、喜好黑暗的旺盛生命力。我欲將之掩蓋，但黑市就像是黑夜裡誘惑飛蛾的燈火般不斷引誘著我。所以我為了讓自己能一輩子掩蓋住內在的黑暗，極度刻意迴避那一帶。

黑市在戰後不久立刻受到法律的制裁，但那只能在其上頭烙上反體制的標記，反而更增長其地下化的性質。特別是池袋一帶的黑暗，每受一次打壓，就更增添深度，於是逐漸地——對我而言，池袋成了比上野、新橋等地更難以靠近的特別場所。結果豐島方向變得猶如鬼門（註一），我一直頑固地不願接近那裡。

不過到了去年，池袋的黑市也逐漸失去蹤影，雖然其黑暗似乎尚未完全褪去，但聽說整潔的站前廣場即將完成，我迴避的理由已經不再存在。

連該搭什麼到目的地也沒半點頭緒，只好先茫然地朝車站方向走去，恰好見到一輛公車靠站，車上寫著「往早稻田」。

我判斷應是相同方向，便搭上巴士。

公車上乘客很多，我遲疑了一下，最後還是下定決心向前座的老先生詢問到目的地的交通方式。老人似乎覺得很不可思議，但還是親切地回答我的問題。姑且不論搭上這輛公車是否為最佳選擇，至少大方向並沒有錯。

我依老人指示在早稻田下車改搭都電（註二）。尚未離中野太遠，我早已經失去方向感，只覺得這裡的視野很好。不知剛才的老人對我有何感想，我莫名地在意這件事。

自幼以來，我一直無法揮走對他人的自卑感。不，與其說是自卑感，更近乎於強迫觀念。曾有一段時期，我一直覺得自己是瘋子，周遭的人只是因憐憫我才會盡量配合我而已。

這種愚蠢妄想大概是替自己的黑暗性格所作的一種自我辯護吧。每當被父母老師斥責，我內心總會浮現「你們連瘋子也罵嗎」、「難道不覺得可憐嗎」等抗議，但相反地也覺得「自己瘋了，被罵也是無可奈何」。

這兩種方面的想法都能令我覺得輕鬆，所以我積極地沉浸在這些負面的妄想裡。但是——負面妄想到頭來只會令我鑽進死胡同而已。因為，如此妄想的我到頭來反而得不斷抱著不安——害怕自己是否真的有問題，害怕自己是否真的與他人有所不同。

因此，我的日常生活充滿不安，我總是不斷在意著他人的眼光，但同時卻又無法迎合他人。對我而言，所謂的正常只能在我心中獲得實現，我不管走到哪兒都是異類。

註一：陰陽道的思想中以東北角為鬼出入的方向，故稱之為鬼門。用來形容不宜進出之地。

註二：東京都營的有軌電車之簡稱。有軌電車即在一般道路上鋪設軌道行駛的電車。

所以我才會斷絕自我與世界的聯繫，躲入憂鬱症的殼子裡。

這片硬殼後來在榎木津、京極堂等許多朋友以及妻子的努力下打破了。

不知在那老人眼裡，現在的我是否正常？

回想起來，過去似乎也發生過類似的事。

都電抵達鬼子母神。

我的確曾來過這裡，雖有印象但並無確切證據證明。這裡曾遭空襲，眼前的景觀如經過重建的話則更不可能看過了。

久遠寺涼子說住處位於法明寺東側，但我連法明寺是否就是祭祀鬼子母神的廟也不知道。現在回想起來，也不曉得我昨天為何會那麼生氣，難道真以為自己能解決事情嗎？到了這個地步反而開始覺得後悔。搭都電途中，我一直覺得昨天發生的事情彷彿今早那個雜亂夢境一般，缺乏真實感。

可是這並非夢境，因為中禪寺敦子已在約定之處——鬼子母神寺前的廣場等待不可靠的偵探代理人抵達。

「老師。」

中禪寺敦子戴著灰色的花格獵帽，配上同樣花紋的褲子與皮吊帶，看起來就像個少年。但是從捲起的白襯衫袖子裡露出來的纖細手腕卻又讓人覺得格外像個少女，真不可思議。

「硬要跟來，真是抱歉。」

說完，這個有如少年的少女低頭致歉。

「成功瞞騙過妳那個可怕哥哥的利眼了嗎？」

我像是掩人耳目偷偷幽會的男子般地說。見到她的臉的瞬間，不知怎地，膽子便大了起來，剛才的不安也跟著一掃而空，來路上的心情有如夢幻。

一眨眼間——我又回到昨日的我。

中禪寺敦子吐了吐舌頭，

「被發現了，而且還是老師一回去就……」

「被看穿了啊，那傢伙就是這種地方特別厲害，被罵了嗎？」

「沒事。」

少女像個少女般笑了起來，輕輕點頭。

「對了，哥哥說有事要轉達給您。」

「京極堂說什麼？」

這麼鄭重其事，是什麼事？——我問。

「嗯嗯，他要我轉告，盡可能找到日記跟情書。」

「怎麼，又在打啞謎了嗎？這種事怎麼昨天不先說啊。」

「哥哥好像也不是記得很清楚，總之他說藤牧先生應該寫過情書才對，還說老師或許知道這件事。」

沒聽說過。

「另外他還說，藤牧先生似乎有記日記的習慣，而且是近乎偏執，或許會留下最近的日記。」

「如果真有這種東西存在，肯定是很重要的關鍵。就算事件當晚不可能記，若有留下前幾天的，應該也會有什麼新發現。」

「可是，如果藤牧先生是真的有計畫失蹤，應該不可能留下證據就離開吧？只是哥哥說如果有日記，十二年前的比較重要，真不知是為什麼喔？」

「既然連妳這個妹妹都不知道，我就更別提了。」

繼續站著說話也有點累，便決定先到附近的椅子坐下，等待榎木津來臨。約定的時刻是十二點三十分，還有五分鐘。雖然今日不是節慶之日，但參道上仍有幾家小攤販出來擺攤，此外還有兩、三個香客。不過茶店沒營業，四周安靜得出奇。

「聽說這一帶受災慘重，看來這裡沒事呢。」

「是嗎？」

「您看，參道兩旁種植的櫸木十分古老，而

且這棵樹看起來也有上百年了。」

確實這麼繁茂的森林不是五年、六年能長出來的。

聽見伯勞的啼聲。

完全不合時節。

「榎木津先生真的會來嗎？」

中禪寺敦子自言自語道，聞言我也擔心起來。

「反正京極堂也說過，不要太倚賴榎木津。我們就等到四十分好了，還沒來就先走吧，總不好意思讓委託人等太久。」

我覺得榎木津多半不會來，果然，等時間到了，偵探也還沒現身。

時間已過十二點四十分，正當我們放棄等待準備起身之際，參道入口處傳來一陣尖銳的噪音。或許是先前太安靜了，我們一時之間無法分辨出噪音是由什麼東西發出的，反射性朝聲音的方向一看。

恰好是一名穿著彷彿美軍飛行員服裝的男子剛離開一團黑色物體，踏到地上的瞬間。

「啊，老師你看，是榎木津先生耶。」

「什麼？」

男子用腳踹起黑色物體。

在遠方圍成一圈的攤販老伯與香客們的圍觀中，我們不得不小跑步靠近眾所矚目的焦點。

榎木津口裡罵著爛貨，不斷踢著那台似乎是摩托車邊車的物體。

「榎兄，你在幹嘛啊！」

榎木津注意到我們，停下動作。

「嗨！你們先到了啊！」

揮著手大聲呼喊。

「啊，我還在想是誰，這不是小敦嗎，今天看起來也很可愛嘛。」

「真抱歉，我硬跟著老師來的，會妨礙到您

嗎？。」

「怎麼可能！一想到要跟這隻猴男兩個人去那間陰森的醫院，心情從一大早就很不愉快，差點去上吊三次。如果連京極堂那傢伙也跟來的話就太過陰森了，可是既然是小敦來，當然是大大地歡迎。若是擔心人太多，叫小關先回去就好。」

他心情似乎很好。

榎木津一反昨日我離開前的陰沉氣氛，宛若他人一般，心情愉快至極。只不過他身穿的服裝一點也不像偵探，怎麼看都是飛行員。如果這是他昨天花兩小時才決定出來的偵探服裝，我不得不說他的判斷標準實在亂七八糟。

「先不說這些，你到底在幹嘛啊？這台又算什麼？」

「小關，這是一種叫做邊車的玩意兒，雖然是摩托車，可是能坐兩個人喔。」

「我、我才不是在問這個。」

中禪寺敦子忍不住噗哧笑了起來。

「不是啊？你應該聽說過我以前差點被美軍憲兵隊的吉普車撞到的事吧，那個叫做海茲的阿兵哥說要賠罪，就送了我這台。後來一直被我丟著就壞了，今天早上剛修好，騎來這裡又停了。」

「這麼重要的日子幹嘛騎這種玩意兒來啊！」

「我想這樣比較快嘛，不說廢話了，出發，前往醫院！」

榎木津說完，明明不知路該往哪走就大步向前邁進。

「榎兄，這台車怎麼辦？會被偷走耶。」

榎木津被我叫住，咕嚕地轉過身。

「你的話有語病。從現在這一刻起，騎這台摩托車回去的人不叫做偷竊者，而是拾荒者。因為從現在開始，我已經把車子拋在這裡了。」

說完又大笑起來，我與中禪寺敦子學外國人的動作聳了聳肩。

據中禪寺敦子所言，法明寺與鬼子母神是不同的建築物，正確說來，是鬼子母神位於法明寺的占地內。不過法明寺與鬼子母神其實離得相當遠，而且中途還有民家散居其中，因此究竟哪裡仍屬寺廟占地我也搞不清楚。另外，這也是根據中禪寺敦子所言——其實她也是從京極堂那裡現學現賣來的——久遠寺醫院所在位置，也就是法明寺的東側一帶，是一座大型墓地。

這座雜司谷墓地是明治五年（西元一八七二年）時制訂的七大公墓之一，面積共有二萬八千九百七十八坪。聽到說明，我想模糊記憶中的豐島區大公墓大概就是這裡吧。

通往鬼子母神的道路不只蜿蜒難行，還植滿樹木，宛如一座迷宮。

不意之中，開始覺得這座迷宮只會通往墓地。

一想到待會兒要經過墓地不由得心生厭惡，不知不覺腳步變得沉重起來。

但是我們最後並沒有抵達墓地，而是被圍繞寺廟的雜樹林阻擋了去向。

「這裡簡直像座森林，再往前就是墳墓，一定是在市區這邊啦。」

隔著雜樹林的道路另一側是民家與商店街。就算我們沿著路繞過樹林，最終也只能到達墓地，我很確定就是如此。

但是榎木津毫不在意，繼續往前走。

「榎兄，那邊是墳墓啊，剛剛敦子不是也說過墳墓的占地面積很廣嗎？」

「久遠寺女士不是說她家位於東側嗎？你這猴腦，人家都親切告訴你怎麼走了你還忘了嗎？既然本地人都這麼說了，當然以她的話為準。」

「你昨天不是沒聽到她說的話嗎？」

「你很健忘，所以我早就詳細問過和寅了。瞧，從這條路進去就對了。」

蒼鬱的森林開了一道縫隙，出現一條羊腸小徑。

「可是從那裡彎進去就會到墳墓了啊。」

不知為何，我覺得不應該彎進那裡。

彎入小道，就會到達墓地，我眼前彷彿見到荒涼墳場的景象。

「喂，你很煩喔，你怕了嗎？」

或許是如此。

「老師，沒有墳墓啊。」

原本跟在我後面的中禪寺敦子不知何時已趕過我，走進那條小徑。

「墳墓位在鐵路對面的高地上，這一帶是森林跟民家呀。」

不可能，這一帶應該只有墳場、拘留所以及瘋人院而已。

「小關、關口，你振作一點啊。」

榎木津說完，抓住我的手臂，把我拉進那條不該進入的小徑。

與夢境相同的發展，我等等就會受到懲罰。

我閉上雙眼，怕一張開就會見到不該看的東西，

——會見到女人白皙的小腿跟乳房。

「老師、老師，您沒事吧？」

是中禪寺敦子的聲音，那麼這不是夢境。

我緩緩睜開眼。

見到醫院。

我來過這裡，這不是所謂的似曾相識，我的記憶之中確實有這片風景。

巨大的，過於巨大的石造建築，磚頭砌成的圍牆，還有森林。

連通往大門的小道上的小石頭都覺得曾經見過。

靠近門，發現磚牆崩毀了不少，大概是空襲的痕跡吧。

記得**那時**並沒有崩毀。

那時是何時？

我產生耳鳴。

來到玄關，毛玻璃的大門。

招牌上殘留著大半模糊掉了的『久遠寺醫院』幾個字。

一切相同。打開門，掛號處沒半個人。

那時也沒人在。榎木津出聲招呼，久遠寺涼子從內部現身。

同時我也隨之回過神來。

「勞煩各位走這一趟，真是不好意思。」

久遠寺涼子將略捲的頭髮在後面綁成一束，穿著白色薄襯衫與純黑色的窄裙現身。明明與昨日出門時的打扮毫不相同，卻給我完全一樣的印象。像是只有黑白兩色的、只存在於相片中的、時間停止了的女人。

「昨天真抱歉。」

榎木津說著，並低頭致歉。

「相信小姐您也很清楚，所謂的偵探就是靠懷疑他人為生，就算是委託人也不例外。我想今天應該也會向您的家人詢問一些失禮的問題，這一切都是為了解決事件才會採取的不得已手段，希望小姐能先向家人解釋一下。」

我沒想到榎木津竟然這麼能言善道，中禪寺敦子似乎也是相同想法，兩人就像被玩具槍射中的鴿子一樣訝異得目瞪口呆。

「這當然，只是我的雙親思想比較古板，或許會對您說出一些什麼失禮的話來，到時候還請您多多擔待。」

久遠寺涼子說完也行禮致意。我再次覺得，這是人偶間的對話。人偶抬起頭，見到我微微一笑。

「關先生也辛苦了。啊，請問這位是？」

「這位是比小關還要能幹得多的偵探助手，中禪寺小姐。」

榎木津緊接著開口介紹。

「請、請您多多指教。」

情勢所逼，中禪寺敦子連忙打招呼。

久遠寺涼子一瞬間似乎也感到困惑，隨即恢復了柔和表情，說：

「原來也有女性偵探啊。敝姓久遠寺，請您多多指教。」

面臨兩位個性迥異的女性面對面的情況，令我有點緊張。

「接著……」

榎木津突然開口，使得原本處於緊張狀態的我嚇了一跳，不小心踢了脫下的鞋子一腳。

「有件事我想先交代一下，我有時會在毫無預警的情況下作出一些失禮行為，但這些都是偵探特有的行動，不必見怪。屆時兩位助手仍會留在現場，所以無需擔心，尚請見諒。」

「好的，那沒關係。」

久遠寺涼子似乎不知該如何回答。

如果是普通人說這些話大概是在開玩笑，但若出自榎木津之口，肯定是認真的。

事實上這個人的確可能作出這種事，所以我想先交代一下也是好事。

總之……

我們被帶領到居住區中似乎是客廳的房間裡等候。

房間很豪華，裝潢雖然有點陳舊，但看得出全是高級品。只是整體看來有許多**不相搭調**之處，或許是因為建築物部分在戰爭中受到破壞所致。我想，正因為原本是蓋得堅固扎實的老建築，所以應急修理的部分才會特別醒目吧。

「請各位稍坐一下。」

說完，久遠寺涼子離開房間。我們在豪華的沙發上坐下，有如等待面試的學生般度過這段時間。

只不過，來到這裡路上的那股感覺到底是什麼？

我覺得確實曾在**那時**來過這裡，那究竟是何時？

我實在想不出我有什麼理由非得來這家醫院不可。

「好美麗的女士啊，難怪老師會想用文學辭藻來形容。」

中禪寺敦子說，她似乎覺得很新奇，環視著房間的擺設。

接著在右側暖爐上停下視線。

「啊，這張照片……這是涼子小姐嗎？」

中禪寺敦子發現的是一個鑲有金邊的相框，裡面裝了一張泛黃相片，相片中有一對非常相像的少女並肩站在一起。那是一對纖細的美麗少女，綁著一樣的髮型，穿著相同的洋裝，一個在笑，另一個則皺著眉，作出困惑的表情。

「應該是吧，這樣看起來就像是一對雙胞胎，也很像多重曝光的效果。不過──嗯，在笑的這個是涼子。」

榎木津說。

「是嗎，我覺得這邊這位沒笑的才是涼子小姐耶……」

中禪寺敦子有點疑惑，歪著頭說。

沒錯，黑白的相紙、似曾相識的困惑表情──如中禪寺敦子所言，沒在笑的才是久遠寺涼子，這一定是久遠寺涼子少女時代的照片。若真是如此，現在的她又變得更加美麗了。而在笑著的另一個少女，應該就是妹妹──久遠寺梗子吧。

不對，我有印象的是在笑的這位，我的確見過她。

那時，我記得我曾在**那時**與相片中的少女見過面。

白皙的小腿。紅色的、紅色的、

──我看這傢伙八成是從巢鴨瘋人院逃出來的**瘋子**。

沒錯，**那時**我來到這裡的路上，也曾向人問過路。

一名是老人，另一名是中年紳士。我不知方向，只好跟那兩位先生詢問該如何到這附近的大醫院。

——這附近沒有大醫院啊。

——沒錯，這位小哥，這附近只有墳墓而已呦。

——喂，虧我們還那麼親切地回答你，你怎麼不回話啊。

——我看這傢伙八成是從巢鴨瘋人院逃出來的**瘋子**。

——原來如此，你想回家嗎？

聽到這些話的瞬間，我的腦袋發熱起來。我果然是瘋子，那些果然不是妄想，連一句話也無法回答，汗水有如瀑布般飛洩，眼前一片昏暗。

我沒瘋，我是正常的，那些只是我的妄想而已。

——**瘋子**。

我全都瞭解了，我僅僅為了將路人不經意的一句話封印起來——結果連帶地也將那時的一切記憶封印進黑暗深處。不只如此，我還捏造出對黑市的厭惡感等等毫無關係的理由，以迴避再次踏上這塊土地。我並沒有打破憂鬱症的殼子，只是硬在其上又披上一層名為正常的硬殼罷了，我……

——情書。

我總算想起一切。

那時，藤野牧朗對我這麼說：

——關口，你應該也聽說過我正在戀愛吧，我老是被取笑，你沒道理不知道這件事。

——關口，我是認真的。我只要想到她，覺也睡不好，書也讀不下，連飯也嚥不下口。

——聽我說這些話不會笑的人就只有你而已，其他人總是嘲笑我，但這些都無關緊要。

——我去找中禪寺商量，他要我寫情書，他也是少數願意認真聽我說話的人之一。但是他對我抱著成見。我被那個十五、六歲的女孩子勾走魂魄，的確是個沒用的男人，可是寫情書真的能表達我的滿腔熱情嗎？我不知道。

——寫了兩晚，不，三晚，不知寫得算不算好，撕掉重寫過好幾次。

——我很苦惱，不知該寄送還是親手送去。我不希望被她的家人看到情書，所以也曾在路上等過她很多次，但是總提不起勇氣當面交給她。

——拜託你，幫我送這封信好嗎？

——想罵我沒男子氣概便罵吧。

我這種人也不懂何謂男子氣概，我只知道學長看起來真的很痛苦。

——僅只一次，如果你鄙視我是連這種事情都得託付他人的膽小鬼，那我就只好放棄。但如果對方有所回應，接下來我都會以男子漢的態度堂堂面對的。

——請務必送到本人手中。

——交給**久遠寺梗子**。

當時的我，並不瞭解何謂男子氣概或人性這些事。不，那時的我，連世間所謂的大義名分也毫不關心。於是我便接下他的請託，來到這個地方。

——**瘋子**。

我為了否定這短短的一句話，只為了這點小事奔跑了起來，再也無法藉著妄想自己的瘋狂來獲得安心感，就像是珍藏至今的小寶箱被陌生人掀開了一般。我是正常的，你們才是瘋子……

回過神來，我已站在那條小徑的十字路口上。

掛號處沒人，這也是理所當然，時為黃昏，看診時間早就過了。

呼應我不成聲的呼喊，從內處出現的是位綁頭髮的少女。

——請問你是誰？

——我家人都出門了。

宛如蠟像般的皙白肌膚。

——你送信來啊？

——請問這封信要交給誰呢？

我不敢正眼瞧少女的雙眼。她的臉只有嘴角一帶像是別的生物似地，不斷蠕動對我說話。

——你怎麼了？身體不舒服嗎？

這封信只能交給本人，我已經答應別人這麼做。

說完，我現出信封正面給她看。

——這封信的本人就是我。

不知為何，聽到這句話我也仍然無法交出信，一直低著頭。

——既然這封信是要交給我的，我可以收下了嗎？

我想像少女的嘴唇妖豔蠕動。

——這封信，該不會是情書吧？

我不由得抬起頭。

少女笑著。

伸出白皙手指，從我手中拿走信件。

——寫信人是你嗎？

我又再次低下頭，不敢作聲。白色襯衫，深色裙子，從中露出兩條雪白的小腿。

其中一條腿上，一絲赭紅的血液流動著。

少女妖豔笑著。

——呵呵。

瘋了。

瘋的不是我，在我面前的根本不是什麼清純少女。

——你在怕什麼呢？學生哥。

少女靠近我，在我耳邊囁嚅。

——來玩吧。

然後，咬了我耳朵一口。

我拔腿逃出去。

耳鳴轟轟，臉頰火熱，這究竟是怎麼一回

事？我沒瘋，是我以外的一切瘋了，是那個少女瘋了。

不能回頭，那個少女笑著，白皙的小腿，赭紅的血。

——**瘋子**。

——呵呵。

「老師，您的氣色不太好呀。」

中禪寺敦子湊近瞧我的臉。

看來在我剛剛打開封印了十幾年的禁忌記憶的箱子時，現實也仍在進行。

「情書——我想起情書的事了。我以前——曾經在學生時代拜訪過這家醫院，為了充當藤牧的信差而來。」

僅僅要將這幾句話說出口，我就已氣喘吁吁。

「小關，才想這麼點事情你就得費上那麼大力氣啊？看你滿身是汗，斗大的汗珠流了滿身。」

「不過這也表示真的有情書存在囉。」

「沒錯，只是……虧京極堂還能記得這麼清楚。」

聽我這麼說，榎木津把手貼在額頭上，裝出非常失望的聲音。

「小關，不管你多麼拼命地回想，對事情的發展一點幫助也沒有。只證明了你是多麼健忘、多麼沒有記憶力的人而已。」

「倒也不見得。」

沒錯，我見過的是妹妹而非涼子，姊妹倆在少女時代非常相像——也就是說，榎木津昨天見到的不是久遠寺涼子的記憶，而是我的記憶才對。這麼說來，對她的懷疑應該也能減輕，她確實不認識我。

我把我的想法告訴中禪寺敦子，榎木津似乎聽不懂我們在討論什麼，帶著一副訝異的表情保持沉默。這也難怪，畢竟他並不瞭解自己的體質結構。

「姑且不論什麼記憶問題，小關，我認為你有些事情搞錯了。」

榎木津說完，歪著頭表示懷疑。

久遠寺醫院的院長，同時也是久遠寺家的一家之主久遠寺嘉親的外型和我的想像相差極多。光禿寬廣的額頭，一張又大又飽滿的紅臉，一雙深陷眼窩的眼珠子，鬢角上殘留的頭髮蒼白。他穿著醫師的白衣，胸襟扣也不扣，隨隨便便地張開雙腿坐下。

另一方面他的妻子，同時也是醫院事務長的久遠寺菊乃則使人聯想到歌舞伎中登場的武士之妻，是位態度堅毅、姿勢端正的婦人。年輕時想必是個美人吧，只是如今風韻已逝，臉上也欠缺了點神采。

「真是的，把這些來路不明的傢伙叫進家裡，妳到底有什麼打算？難道妳要我跟這些傢伙商量家醜嗎？」

夫人凝視著正前方，不光視線、姿勢，甚至連小指都一動也不動，她維持著這樣的姿勢，以響亮的聲音說話。

「母親大人，您太失禮了。榎木津先生是我硬是拜託他來家裡的。」

「這點小事我當然知道。」

「我們該……」

一直保持沉默的一家之主開口了，老翁的聲音意外地高亢。

「我們該說些什麼好？偵探先生。」

說起話來側著身體縮下顎，這似乎是老翁的習慣。

「你們看，這家醫院門可羅雀，加上今天又是休診日，連一個患者也沒有。護士都是通勤的，今天只有一個在，就連入院患者也只剩一個臨月的婦女。這樣下去我根本不像個醫師，倒像是接生婆了，真可笑。」

像是自嘲一般，老翁哈哈地笑了。

夫人一動也不動，語氣嚴厲地制止老翁的大笑。

「這些醜事——豈是能對外人張揚的！」

「又何妨，反正是事實。總之我閒得很，儘管問吧，偵探先生。」

榎木津露齒一笑，趁夫人還沒來得及插嘴前開口問道：

「為何這所醫院外觀看來這麼宏偉，卻只有婦產科而已？」

「哈，這就是所謂的中看不中用。其實我們戰前也有外科跟小兒科，但是你也知道，戰爭中醫生都被徵調走了，加上這一帶又遭到空襲，災情可嚴重了。」

老翁瞇起原本就小的眼睛，眼窩旁的肥肉幾乎要將眼睛遮蔽。

「通常丟在民家上的都是燃燒彈，可是這些老美，也不知是不是把這裡當成什麼軍事設施了，居然丟個炸彈在這兒。這裡總共三棟建築物，有兩棟被炸壞了。外觀看起來是沒事，裡面幾乎全開了洞，沒法子用了。就算說要修理，你想想，剛終戰的那個時期能幹些什麼？什麼也辦不了吧！所以才會一直維持原狀，只能湊合著修理修理住家跟受災較少的第一棟，你們來時通過的地方就是修理過的。」

「那麼為什麼不選外科還是內科，而是婦產科？」

「因為久遠寺家代代都是婦產科。」

夫人以嚴峻的語氣回答。

「哼，我原本是外科醫師，只是人家都說只有婦產科跟葬儀社沒聽說過不景氣的，聽到這個你還能不動心嗎？」

老翁插嘴回答，說完又哈哈大笑起來。夫人這次沒有出聲制止，只瞪了丈夫一眼，等他笑完又以相同的語氣說：

「久遠寺家從享保三年（西元一七一八年）

到維新為止，一直在某藩諸侯下擔任御殿醫，受到主公深厚信賴。當時主公大人的子嗣難產，在久遠寺家的先祖努力下才得以平安無事出生，以來就承蒙厚待，深受賞識。」

「四國的諸侯嗎？」

「是讚岐。」

「題外話，請問您一家人是否曾出外旅行？」面對榎木津突如其來毫不相干的問題，就連武士之妻也摸不著頭緒。代替她回答的是老翁。

「終戰以來就沒旅行過了。最後一次旅行嘛，我想想……應該是昭和十四、五（西元一九三九、一九四〇年）年的時候吧。記得那時因爆發日中戰爭，正是舉國實行節約的時期，所以有印象。好像是去箱根吧。」

「大小姐對這件事有印象嗎？」

久遠寺涼子照例，一副困惑的表情，思考了一下回答：

「我……」

「這孩子身體不好，所以從不出門旅行的，雖然很可憐，每次也只好讓她看家。」

「很抱歉詢問這種問題，大小姐的身體哪裡欠佳？」

「問我哪裡欠佳——我也只能回答你全部啊，這就是所謂的先天體質虛弱吧。心臟患有輕微疾病，氣喘，不能運動，肌肉瘦弱，曬不了太陽，就連自律神經也有問題。身上有這麼多毛病，看起來居然還這麼有精神，真叫人不可思議。」

醫生，不，父親以平淡語氣述說著嚴重問題。

我帶著複雜的思緒望著久遠寺涼子。

她臉色憂鬱，喃喃自語道：

「依我的身體狀況看來，其實何時死都不奇怪。」

「好，閒聊到此為止，接下來交給能幹助手們發問就好。小關，可別失禮啊。」

榎木津光問些毫無關連的問題，似乎打算把麻煩的部分全塞給我處理，可是在這種狀況下，也只能硬著頭皮充當偵探的代理。

我先詢問了事件當晚——如果把這件事視為事件——的事情。

「我跟老婆和涼子住的是這邊——算是原本的住家部分。這裡壞了大半，修是有修理了點，但沒辦法全部修理，要多人同住略嫌太小。加上要叫新婚夫婦跟我們同居總會有些顧忌，所以乾脆改建以前用來當作小兒科診療室的部分，當成她們的新居，待會就叫涼子帶你們去看看。那邊離這裡有段距離，我想就算有人開槍也聽不到，所以那天梗子來找我以前我什麼也不知道。」

「梗子小姐怎麼說？」

「沒什麼，只說她們吵架，牧朗關在房裡不出來而已。我罵她大驚小怪，別管他就好。」

「夫人也是一樣嗎？」

「我到下午，時藏和內藤帶工具過去撬門的時候，才聽說發生了這件事。梗子從來不會找我商量這種事情。」

「時藏先生是到去年春天為止住在這裡的傭人。」

久遠寺涼子補充說明。

「那麼，是否有聽到什麼奇怪的聲音——例如爭吵聲之類的？」

「如果有聽到我們就會自己處理，用不著找什麼偵探來了。」

久遠寺夫人冷漠地回答。

只不過夫人的視線徹底保持向著正面，瞧也不瞧我跟榎木津的臉。

「請問……」

想不出接下來該問什麼。

比我更能幹的助手中禪寺敦子加入戰局幫忙。

「請問兩位——院長先生與夫人對這件事有什麼看法呢？」

「這還需要問嗎?」

夫人這次傲然地正對中禪寺敦子，明明白白回答：

「那個男人在詛咒久遠寺家。」

「詛咒?」

「那個男人忌恨久遠寺家，為了找我們麻煩才入贅。現在肯定還躲在某處觀察我們，詛咒梗子，以聽那些閒言閒語為樂。啊啊!真可恨，肯定是如此沒錯!」

話語中的最後部分帶著顫抖——夫人的聲音中透露出她的憤怒。

不知為何，夫人以銳利的視線盯著女兒看。

「您說受到忌恨——請問有什麼根據嗎?」

「這……」

夫人驚訝地看著中禪寺敦子。接著又偷看了久遠寺涼子一眼，第一次以無力的聲音說：

「這……這種事我怎麼會知道，恨的是他又不是我，誰知道他對我們哪點不滿了。總之能從房間中像煙一樣消失，一定是使了什麼奇術，不，是咒術。」

「我倒不這麼認為。」

這次換老翁打斷夫人的發言。

「這世上怎麼可能發生啥不可思議的事。」

我聽到熟悉的話，不由得嚇了一跳。

「我畢竟是個醫生，實在沒法子相信那些什麼咒術靈魂的鬼話。人死了就一了百了，物理上不可能的事情，什麼都不會發生，因此答案早就很明顯了。」

「請問答案是?」

「哼，還用說嗎?人怎麼可能不開門就能離開房門，不在裡面就一定是開門離開了。所以說門沒開的人肯定在說謊，有常識的人都會如此判斷才對。」

「可是梗子小姐一直待在出口處的房間裡吧?」

「所以說，我的意思就是如此啊。」

「你真不知羞恥，竟然在外人面前懷疑起女兒來。」

夫人恢復了原有的氣勢，責罵丈夫。

「而且內藤與時藏不是也說門是從裡面鎖上的？」

「妳有什麼證據說他們不是共犯？我是沒看到現場，可是妳還不是一樣。」

「你們不要再吵了。」

久遠寺涼子從剛剛一直皺眉忍耐，終於看不下去，出面制止兩人。雖只有短短一瞬，現場恢復了寂靜。

打破寂靜的是中禪寺敦子。

「請問，院長先生有什麼根據說這位內藤先生跟您女兒梗子小姐共謀作偽證嗎？」

「不不，我的意思是，從道理判斷起來只有這種可能性，跟一加一永遠等於二是一樣的。至於梗子是不是跟內藤共謀對牧朗做了什麼事，還是牧朗憑自己想去隱瞞什麼事情，真相如何我當然不知道。接下來只能靠推理，我沒資格多說什麼。」

「您知道……他們夫婦倆的感情不和嗎？」

我總算想到一個比較像偵探會問的問題。

「牧朗是個很沉默的青年，我對他們夫婦的私事不太清楚。況且說夫婦吵架，我們這對還不是天天吵？」

「就算梗子什麼也沒說，我可是清楚得很。那個孩子真可憐，被人下了這麼可怕的詛咒……要是當初聽我的話選內藤當女婿就好了，都是你不好。」

「事到如今還說這些有什麼用，內藤連個醫師執照也沒拿到，妳真捨得讓女兒嫁給那種傢伙？」

根據老翁所言，內藤醫師，不，或許該說醫師見習生，考了國家考試三次都落榜，現在也還沒取得醫師執照。戰前只要從醫科大學畢業就能取得開業執照，但在昭和二十一年（西元一九四六年）九月法律制訂之後，必須先通過國家考試才能成為醫師。

「而且牧朗遵守諾言帶著醫師執照來了，這點當初妳不也答應了？」

「遵、遵守諾言？這是什麼意思？」

「嗯，說來話長。他最早上門求我們把梗子嫁給他記得是，大概十幾年前吧，是戰前的事了。」

如果老人現在所說的句句屬實，那麼牧朗最早求婚是在學生時代，也就是我剛把情書轉交之後不久，可是記得他在太平洋戰爭開始前半年就赴德深造了才是。

我來拜訪這裡，記得是在他赴德前年的夏天——約是八月底或九月初——之際。如果我的記憶沒錯，那之後到他赴德為止的時間，僅剩七個多月而已。這麼短的時間內，那位懦弱的學長居然能下定決心到女方家裡求婚，對我而言實在難以想像。

「記得是冬天——大概是二月吧，他只說想見我一面，我想說要見就見吧，結果一看，你猜怎麼著——居然還只是個學生。我看他的表情很拼命，說什麼希望我把梗子嫁給他，還說什麼有非她不娶的理由。」

「所以您就答應了？」

「如果世上有哪個父母見到十八、九歲的小伙子跑來求親，二話不說就答應的？如果有的話，我倒想瞧瞧長什麼模樣，我當然回絕了。可是他很頑固，說我不答應就不肯走。好吧，那我就問他理由是什麼，他又說不能說。我拗不過他，只好說要他至少等學校畢業，找個正當職業後再來。結果他說，他的夢想是當醫生，要完成夢想就得上大學，但這麼久他實在等不了。我實在不懂，這麼正經的年輕人怎麼會為了戀愛瘋狂到這種地步，實在沒辦法了，我便對他說其他職業姑且不論，如果想當醫生就得繼承這家久遠寺醫院，所以必須是合乎久遠寺家傳統規矩的正派青年才行，我不知道你的背景是什麼，但至少也要去歐洲留個學，不然要在大學拿個第一名畢業再說。」

「這樣啊……」

「不，最少最少也得拿個醫師執照過來再說。」

老人說完，又摸摸下巴搔搔頭說：

「哼，其實說真的，我根本沒把什麼久遠寺家的傳統、規矩放在心上，這些話說出來會被老婆罵，不過當時其實只是想讓他知難而退而已。」

夫人果然生氣了。

「只不過別看我這副模樣，我好歹也是去德國留過學的，上一代也是如此。畢竟從明治二年（西元一八六九年）以來，要是說到醫科留學，德國是不二選擇。總之我希望他知難而退才故意說重話，結果他果然很失意，說到他的失望模樣那可真不得了，我真怕他跑去自殺了。所以當過了十年，他又上門拜訪時，我可真是大吃一驚，而且他還真的考到了醫師執照，還不只如此，雖然因開戰不得已回國，他也真跑到德國留學去了。剛好那時這裡也沒半個醫師，苦心栽培的內藤又考不上國家考試，這下子情況可不同了。你們想想，我當初只是隨口說說的事情，人家卻花了十年拼命完成啊。」

真有人會為了一句戲言如此努力的嗎？

他為了實現老人的戲言而赴德留學。

不只如此，藤牧學長——也遵守了對我的承諾。

——僅只一次，如果對方有所回應，接下來我都會以男子漢的態度堂堂面對。

我想梗子小姐對他有所回應了吧，所以他才會像個男子漢堂堂登門拜訪，表現出男兒的誠意。

不惜花上十年。

我忽然覺得悲傷起來。

「哼，你這個人，為了這麼點情義就犧牲了寶貴女兒的一生。」

夫人又恢復剛才的姿勢，直挺挺看著正面，口出怨言。

久遠寺涼子悲傷地低下頭，保持沉默。她努力想使這個不再相互關懷、漸形崩毀的家庭回復原狀。想必過去一定是個正常和樂又溫暖的家庭吧。

真是如此嗎？

我的心中閃過一道不好的想法。

那時的少女，真的可能生長於那麼溫暖的家庭嗎？這個家難道不是早就異常了嗎？在父母溫暖愛情下成長的少女，會做**那種事情**嗎？

藤牧愛上的真的是那種女孩嗎？流著經血，淫蕩地笑著，彷彿不屬於這個世界一般，藤牧真的想對這樣的少女獻上一生嗎？或者說，那一切都只是我個人所見之假想現實——只是妄想而已？

「牧朗先生如此積極想跟您結為親家，不知是否有什麼特別理由。」

中禪寺敦子的發言切中了我現在的心情，只是她當然不知道那時那位少女的事情，所以此番話應另有動機。

「例如說想謀奪醫院財產才會入贅之類……」

「哈哈哈，小姐妳說什麼傻話，這家久遠寺醫院哪有什麼財產啊。戰前還不敢說，如今早就一貧如洗了。」

老翁發出自虐的大笑。

「而且藤野——牧朗他入贅時還帶一大筆錢過來哪。」

「帶錢過來？」

「沒錯，妳有所不知，他帶了五百萬來呢，我嚇了一跳。」

「幹嘛連金額也講給外人聽！」

照例，夫人又出聲斥責丈夫。話說回來，這

真是一筆破格的金額，世間有人會帶這麼超乎常理的大筆金額入贅嗎？

「他怎麼獲得這麼一大筆錢的？」

老翁噘起嘴，掃視我們這幾個感到不可思議的訪客。

接著哼地一聲，說：

「偵探老是想把事情跟犯罪扯上關係。」

說完抖動身體又大笑起來。

「沒什麼，他老家是山梨一帶的有錢人。戰爭中一族死光了，大片山野土地由他一個人繼承，於是便把這些地便宜賣掉。便宜歸便宜，地太多，也還是獲得一大筆錢，之後就帶這筆錢來提親了。」

老翁說到這，帶著訝異的表情停頓一下。

「怎麼，你們想問有這一大筆錢怎麼還會過著貧窮生活？」

老人作出挑釁眼神突然發問，我們窮於回答。

禿頭醫師表情認真，暫時保持沉默，突然又爆出大笑。

「還不簡單，全用光了。房子修一修就全部花光了，對吧？」

老翁向高傲的老婆徵求同意，老夫人愛理不睬地轉過頭。聽起來很像藉口。

中禪寺敦子似乎也這麼覺得，瞄了我一眼，一臉複雜。

「這件事和事件有關嗎？」

一直保持著沉默的榎木津開口詢問。

但由於問題過於單刀直入，令在場的氣氛瞬間僵住。

「呃，是沒什麼關係沒錯，你就當老人家愛講往事，跟嘮叨沒兩樣。對吧，事務長。」

老人像是想吸引不高興的事務長——妻子的注意，又再次徵詢同意。但事務長帶著蒼白的臉色保持沉默。

牧朗學長帶來的大筆金錢真的與事件毫無關

係嗎?我確實是沒蓋過房子，要翻修建築得花多少錢我也不清楚，但這棟房子看起來實在不像花上五百萬這麼一筆大數目翻修過。

「各位……」

久遠寺涼子開口。

「如果方便的話，我們似乎也該過去了。」

「現場勘查是吧?反正我們說再多也沒什麼幫助，這樣也好。偵探先生，你們就去看看吧，我們也有點累了，涼子，為客人帶路。」

老翁打斷涼子的發言，說完起身離座。

「啊，最後容我問個問題。」

榎木津出聲喊住老翁，我與中禪寺敦子不由得期待起偵探會問什麼問題。

「各位到箱根旅行時，請問是在哪投宿?」

我不知該說什麼，驚訝得合不攏嘴。多麼不合宜的發問啊，被叫住的老醫師看起來也一臉摸不著頭緒的樣子，不過還是很認真地回答了這個愚蠢問題。

「箱根的旅館當然是選『仙石樓』，江戶時代以來的老字號。雖說我們也很久沒去了。」

老夫婦離開後，我們在久遠寺涼子的帶領下來到牧朗失蹤——現在或許改稱消失更適合——的現場。

根據久遠寺涼子的說明，包含玄關部分，我們剛到這裡經過的建築物稱作舊館，是最古老的建築，據說是明治時期建造的，而剛剛待的起居間則是舊館西側的別室。因此要到事件發生的現場，也就是東側的別館與新館——雖稱做新館，但還是大正晚期的老建築——的話，就得先穿舊館才能到達。舊館、別館、新館各一直列，以迴廊連接。各建築物的中間設有中庭，種植了茂盛的花草。不過很明顯疏於整理。

石砌迴廊令人聯想到宗教建築，而排成一列行走的我們看起來則像是出殯行列上的殉教者。

別館內部似乎完全沒有修復。從迴廊望去便可看出天花板穿孔與牆壁倒塌的情況。

「別館已經成了廢墟，新館則還有半數房間可用，由住在這裡的——雖然現在已經離開了——傭人與內藤所使用，牧朗的研究室也設在新館。」

「請問牧朗在研究什麼呢？」

「內容我並不瞭解——只知道他很熱中於研究。」

對於中禪寺敦子的發問，久遠寺涼子似乎心不在焉。

然後，突然想起什麼似地，回過頭說：

「啊，對了，各位想跟內藤見個面嗎？」

當時我正注視著她的背影，連忙移開視線，朝中庭望去。中庭開滿白色花朵。似乎只有該處整理過，因此那塊風景彷彿拼湊而成，特別顯眼。只不過由遠處實在看不出那到底是什麼花。

來到新館一樓大廳，異常高挑的天花板同樣也開了洞，原本應該是挑高的空間設計。幾道西斜的陽光由洞口射入，在灰暗的空中畫出直線來，彷彿西洋歌德式教堂裡的景象。

踏上作為醫院似乎裝飾過度的樓梯來到二樓。如同猜想，二樓的天花板也同樣開了洞，當然其正下方的地板也開了大洞，我們下意識地走到洞穴邊緣觀看。

「災情真的很嚴重耶，對吧？」

面對榎木津少根筋的詢問，久遠寺涼子很悲傷地、同時似乎又很懷念地點點頭。

「大小姐，這幾位就是偵探嗎？」

粗厚的聲音由洞穴對面傳了過來。

對面站著一名膚色淺黑，表情精悍的高個兒男子。

久遠寺涼子的臉朝聲音方向望去，看了男子一眼之後，說：

「這位就是內藤。」

說完便把頭別了開來，恢復原有的痛苦表情。

男子——內藤醫師發出喀喀的腳步聲，繞過洞穴來到我們面前。

「打從你們走進這個新館，我便一直在這裡觀察。聽說偵探要來，從早上就一直想像到底會是何方神聖，沒想到跟我想像的完全不一樣啊。」

內藤大聲說著。

新館的西側——靠近別館的那一側——有一半幾乎完全被破壞掉，不過東側則幾乎完好如初。內藤的房間位於東側二樓。

雖說原本由病房改裝而成，但意外地相當寬廣。聽說原本是重病患者入院時使用的加護病房，房間內的擺設家具等等相當高級，窗外的景觀也十分美麗。

「哎，說是重病患者，其實大多都是愛耍個性的有錢老爺在使用。這間房原本主要是供給把醫院誤認為別墅，討厭跟別人住在一起的傢伙用的。」

內藤招待我們進房參觀，也沒人問就自行開口劈里啪啦地講了起來。

他的雙眼細長充血，抿成「ㄟ」字的嘴唇旁留有不少鬍碴。遠遠看來精悍的臉，仔細一瞧似乎歷經風霜。年齡大概與我相仿或小一點，或許他還很年輕也說不定。

內藤請我們坐下，並說：

「來吧，想問什麼請說。」

態度落落大方。中禪寺敦子不再顧慮榎木津，直接開口質問：

「請問事件當晚您在哪裡？」

「我並沒把這件事情當作事件，如果妳是問當少當家與梗子大小姐吵架時的話，我人一直待在這裡。」

「您說沒把這事情當作事件，請問此話怎講？」

「畢竟沒人被殺也沒東西被偷，實在稱不上是事件吧？頂多是少當家消失了，如此罷了。」

「我個人是覺得有人消失了沒道理不叫做事件吧？而且也不能否定這件事與犯罪無關呀？」

「確實發生過犯罪，不，應該用現在進行式來表現才對。」

兩腿張開坐著的內藤向前傾，露出挑釁的眼神說。

「請問這是什麼意思？」

內藤臉上浮現獰笑，由皺巴巴的白衣口袋中掏出香菸啣在嘴裡。

「消失的是那位大醫師，所以大家都以為他是受害者；但其實真正的加害者是他，犯罪者隱匿蹤跡並沒什麼好奇怪的吧。」

「那你說牧朗又做了什麼了？別信口胡言。」

久遠寺涼子難得以嚴厲口氣斥責。

內藤瞇起眼，獰笑得更厲害了。

「您想問證據，大小姐，令妹不就是最好的證據？那任誰看都知道不是正常的病症吧。」

涼子閉口不語，瞪視著內藤。

內藤迴避她的視線，朝我與中禪寺敦子的方向繼續說。

「我就老實講好了，那個傢伙對梗子小姐施行了不人道的人體實驗，所以才會溜走。」

「請問他是為了什麼？」

「當然是復仇。他與梗子之間的感情已經冷卻，不，打一開始就沒有恩愛過。爭吵一天比一天嚴重，我這個旁人都快看不下去了。這或許不是我該說的話，但梗子小姐的脾氣很暴躁，實在不是那個軟趴趴的秀才能忍受的，這樣的生活對他而言實在是人間地獄，兩人相互憎恨。總之所謂一個巴掌拍不響，當然雙方都有錯。所以那傢伙一直想把這種關係結束掉，用世人**難以想像**的方法來解決。」

「沒這回事，你別信口胡言亂語！梗子每天都衷心期待著牧朗早日回來。梗子她……」

「我是不知道她對大小姐講了什麼。」

內藤大聲地打斷久遠寺涼子激烈的抗議。

「各位偵探，請看一下窗外。緊鄰這裡的平房原本是小兒科醫院，也就是她們夫婦的住處。」

由於坐著看不見我便站起來，確實看見了建築物的屋頂。

「只要打開窗戶，聲音稍大一點就會傳出來。我每天都聽到他們吵架的聲音。」

「**當天**也聽到了嗎？」

「沒錯，那天還特別嚴重。」

內藤起身走到窗邊，望向那棟平房。

「梗子小姐似乎很歇斯底里，我原本想過去勸架，但俗話不是說……」

內藤回頭，露齒一笑。

「清官難斷家務事嘛，所以就打消念頭了。」

「看來你碰上很可怕的經驗。」

榎木津唐突地說。

「很可怕？經驗？你在說什麼，我聽不懂。」

「嗯……那時梗子小姐的表情很凶惡，然後……」

「等等，這就是所謂的誘導式詢問？我又沒去現場，只說聽到吵架聲而已，怎麼可能知道她表情如何？」

內藤明顯變得狼狽。榎木津肯定**看到了**什麼。中禪寺敦子似乎也察覺到這點，我們嚥著口水靜觀事態發展，但榎木津接下來的追擊卻幾乎卻叫人搞不懂他的用意。

「啊，是這樣啊。那麼，門是牧朗自己關的囉？」

「門？哪裡的門？」

「就是你用工具打破的那個書庫的門啊。」

內藤的臉色變得慘白，嘴角微微抽搐。

「偵、偵探先生，你也真愛說笑。我、我才

不知道什麼門不門咧。」

榎木津像雕像般動也不動，不知在他淺色的瞳孔裡見到了什麼，我不由得凝視著他半閉的大眼。榎木津接著說：

「你認為牧朗還活著是吧。」

「當然了！所以盡快、盡快把那個男人找出來！盡快讓他駭人的犯罪行為上劃上休止符吧！」

內藤突然表情變得畏縮，向我們懇求。

我想，至少可以肯定這句話是發自內心。

「請問，您剛剛說不人道的人體實驗，請問您知道是什麼樣的實驗嗎？牧朗先生在進行什麼樣的研究呢？」

中禪寺敦子接著問。

內藤稍微恢復了冷靜，再次坐回床上。但仍不斷偷望著榎木津的動靜，眼神像是看到可怕事物一般。

「詳、詳細的內容我不清楚，不過我想，那傢伙想創造**人造人**吧。」

「人造人？那是什麼？」

我回答了榎木津的發問。

「就是西洋鍊金術裡的人造人啊，把好幾種材料放進玻璃瓶裡然後造出人類——可是這個……」

不是科學，而是魔術了。

內藤接著我的話繼續說：

「我曾被他問過一件事。他問我是否能對非經由性行為得來的孩子產生親情。如果不相信我的話去他的研究室調查調查便知道，研究成果還原封不動地留著呢。」

如果這是事實確實很駭人聽聞。又不是歐洲中世紀的魔術師，牧朗學長夜夜投注心力在製造人造人的情景，實在叫人不願多作想像。

「而且他還說過創造出來的嬰兒胚胎，該如何在母體著床是最大的問題之類的話。」

「那麼梗子小姐肚裡的孩子是……」

「肯定不是他的孩子，因為他們兩人，根本是有名無實的夫婦。」

「內藤！你再繼續僅憑推測就隨口胡言的話，我可是無法原諒你的！」

一直保持沉默的久遠寺涼子，怒氣似乎達到極限而爆發。

白皙額頭的中央透出青色靜脈。

「這是真的啊，我從梗子小姐那裡聽來的，不信去問她本人吧。」

「這麼不道德的事情，我怎麼問得出口，真不知羞恥！」

「哼，有什麼好不道德的，對本人而言可是嚴重問題啊。的確啦，這種問題也沒辦法跟家人商量。梗子小姐還不至於臉皮厚到去跟父母抱怨丈夫不肯行房，更別說去跟您這個姊姊訴苦了。但我是個外人，這個家裡能商量的只有我了。她真的很苦惱，有個嚴格的母親，愛講理的父親，以及您這個……」

「別再說了，夠了。」

久遠寺涼子不住地顫抖，似乎察覺到內藤接下來想說什麼。我覺得她有點可憐，想說點什麼來安慰，卻想不出該說什麼好。此時，榎木津發言了。

「也就是說，那個孩子的父親就是你了？」

所有人陷入一片沉默。

「你、你少胡說，你從剛剛就一直在說什麼傻話！」

「不是嗎？」

榎木津的語氣則一直很平淡。

內藤僵直不動，久遠寺涼子瞪著他的側臉。

「事實上，外頭確實有這種傳聞。當然，我願意相信妹妹，但——既然你主張自己是清白的，何不趁現在說清楚？」

這次換成久遠寺涼子詰問內藤。

「這、這當然是無憑無據的傳聞啊，大小姐。這種問題對梗子小姐太失禮了，我是清白

的。況且……」

內藤不安分的視線游移不定，額頭上泛了一層汗珠。

「如果我真的做了這種事……」

內藤慌忙地交錯看著榎木津與涼子兩人，最後垂下眼，說：

「如果、如果那、真的是我的孩子——為什麼到現在還生不下來！」

內藤的樣子明顯有異。

剛剛這句話，在我聽來像是在說：如果真是自己的孩子就好了。

「就算是不義之子也好什麼都好，正常懷孕只要滿十月就會出生，如、如果我冒著姦夫的臭名就能讓梗子小姐順利生產，被人說得多難聽我都願意。可是事實擺在眼前，那根本不是正常的懷孕。有時間懷疑我跟她的關係，還不如早點找出那傢伙，讓這場可怕的犯罪趕快了結。再這樣下去她——不對、梗子小姐就太可憐了！」

彷彿潰堤一般，內藤一口氣說了一大堆話後，緩緩抬起頭來。

「聽你的說法，聽起來像是已經承認你們之間的關係了。」

涼子眺望著窗外遠處的風景，靜靜地說。

「隨你們怎麼想都行。」

內藤的臉上再度浮出無所懼的微笑。

為了打破難堪的沉默，中禪寺敦子開口詢問：

「您剛剛說牧朗先生的研究還完整保存著，您為什麼沒打算看看呢？說不定能找到什麼治療法呀？」

我也是這麼想。這裡是醫院，就算他還沒拿到執照，好歹也是個學醫之人。既然研究資料完整保存著，總有可能從中找到對策才對。

「還不簡單。」

內藤轉向中禪寺敦子，直定定地看著她，接

著更大聲地說：

「我看不懂啊。妳們都知道，我是國家考試考了三次都落榜的蹩腳醫生。這一年來我不知看了那傢伙的筆記多少次，總共有五十冊，看了三分之一卻什麼也看不懂我就挫折了。那傢伙肯定也知道這點，否則就不會把研究成果留下來逃走了，肯定是認為我這個沒用的人看不懂所以很放心吧。」

內藤或許是對自己的話很氣憤，逐漸顯得亢奮，以挑釁的表情貼近中禪寺敦子。

「那麼院長先生呢？院長先生或許可能看得懂吧？」

中禪寺敦子有點害怕地說，並靠向我這邊來躲避內藤。

「院長？我當然跟他商量過了，也拿筆記給他看過，可是那個人從來不相信我說的話。我對他而言絲毫不值得信賴，一直被他輕蔑。反正我是考了三次都落榜的人。」

由剛剛院長自己的話語中也可看出他對這個情緒不穩的醫生見習生不太信任，所以這段話應該是事實吧。

「那麼，院長怎麼說呢？」

「他說那是非常普通的發育生物學，跟我說的惡魔研究完全不同，那麼誠實的青年不可能做這種研究等等。哼，還被人看得扁扁的，說我老是妄想這些天馬行空的事情才會落榜，要我去冷靜冷靜。根本理都不理。」

內藤像是快哭出來了。

「姑且不論是否屬實，總之我們對你的主張已經瞭解了。只是，關於你剛才的發言，有件事想請教一下……」

中禪寺敦子退縮著，榎木津又保持沉默，不得已只好由我接著發問。有件事我覺得說不大通。

「假設如你所言，牧朗先生與梗子小姐的夫婦關係已經破碎到無法修補，且他在進行惡魔的科學研究假設也是事實好了。但是現在這個時代，就算他是入贅的，夫婦間的感情不好只要離婚不就好了？何必費盡心思地搞出這種怪異事件來呢？」

內藤沉默。

「內藤先生，你剛剛說他要向梗子小姐**復仇**。要解決夫婦間的關係用復仇兩字似乎有點不大搭調吧。同時，剛才久遠寺夫人也說牧朗先生忌恨久遠寺家。難道說他遭到這個家、遭到他妻子梗子做過什麼讓他這麼怨恨這麼想報仇的事情嗎？」

內藤暫時思考了一番，似乎在想該說什麼好。不久這位無賴的醫生見習生降低聲調，緩緩地回答我的問題。

「夫人在想什麼不是我能揣測的。而我剛剛——說什麼復仇，其實只是一時想不出適當的詞而已，沒有什麼特別深刻的意義。對了，或許改說遷怒比較好吧。世人難以想像的恐怖遷怒。」

內藤猥瑣地笑了。

猥瑣——這個詞非常適合來形容這名男子。這名猥瑣的男子一定隱瞞了一些事。他越是辯解，其一舉手一投足就越是引人懷疑，徒增心虛罷了。

「是嗎，那麼，」

應該還有些問題該問，例如……

「關於牧朗消失那天的情形，能否詳細說明一下？」

內藤聞言，像條見到獵物而興奮的蛇似地緊盯著我，嘴角笑得歪斜起來。

「這才對嘛，偵探的工作就是該調查事實狀況。與其浪費時間在推測無意義的事情上，還不如多多問點這類問題。」

「你在這房間裡聽到夫婦吵架的聲音大約是幾點的時候？」

「嗯……十一點過後，大概快十二點吧。在

那之前丈夫一直窩在研究室裡，應該是一回到寢室就立刻吵起來。」

「你聽到他們說了什麼嗎？」

「大多都忘了，只記得說什麼小孩怎樣繼承人怎樣之類的話。梗子小姐情緒很激動，聽不清楚她說什麼──大概是滾出去或去死之類的咒罵吧，總之吵得很凶。也聽到砸東西的聲音──總之就像一般的夫婦吵架就是了。」

「大概持續多久？」

「我想想，記得很快就結束，半夜兩點時已聽不到半點聲息了。到第二天早上梗子小姐臉色發青地來找我以前，我一直睡得很熟，這之間的情況我就不瞭解了。」

「梗子小姐到早上才來這裡找你嗎？」

「之前說過了，她跑來對我說牧朗不肯出來。」

「那你立刻去幫忙開門了？」

「不，我要她先去找院長商量，因為院長很疼牧朗。」

「也就是說梗子小姐最早商量的人是您了？」

「那是當然的。」

回答中禪寺敦子的問題的是榎木津。

內藤刻意迴避榎木津的話，接著繼續說：

「我到現場時已經是下午一點了。書庫的門敲也沒回應，推也推不動，梗子小姐又哭了起來，我也不知該怎麼辦。就在這時，富子剛好端稍晚的午餐過來。」

「富子是時藏的老婆，一樣是原本住在這裡的傭人。」

久遠寺涼子補充說明。

「都是因為富子沒事說什麼這一定是上吊了、少當家的肯定是死了之類不吉利的話，梗子小姐原本就很擔心，這下子更是按捺不住而大哭大鬧，不得已我只好叫時藏過來，從母屋搬工具過來，破門而入。」

「開門的是時藏嗎？」

「記不太得了，應該是一起敲壞的。這棟房子沒別的優點，就是夠堅固。門鎖的部分太牢固，只好破壞合葉。」

「最後一下是你敲的，開門的也是你。大概是這樣。」

榎木津插嘴。

「就、就說記不得了，或許真是如此吧。誰先進去的有什麼關係嗎？反正門一開，裡面誰都不在啊。」

「先進房間的是誰？」

「是梗子小姐，她把我推開先跑進去了。」

「那時藏跟富子呢？」

「嗯，他們只在一旁圍觀，並沒有進去。應該……」

內藤連吸了好幾口香菸後，粗暴地在菸灰缸上弄熄。

我們一行人向內藤道過謝，離開房間。

「他……就是那種人。」

久遠寺涼子露出難以忍受的表情說。

「聽說內藤是久遠寺家過去侍奉的諸侯後代，雖然只是相當遠的血緣關係，但母親很重視這些，還說他出身高貴，我們原本應該更厚待他才對。只是他幼時父母雙亡，度過不幸的少年時代。或許是因此緣故，待人處事總是帶著偏見，來我家也快十年了，至今我仍跟他處不來……」

久遠寺涼子接著以只有我能聽見的聲音說：

「我討厭那個人。」

不知為何，聽見這句話令我悸動不已。

我們依中禪寺敦子的提議，接著來到研究室調查。研究室位於新館一樓，原本當作值班室使用，恰好是內藤房間的斜下方。

我原本將這裡想像成類似歐洲古城的地下室，故實際見到時有點期待落空。但使用這房間的藤牧——久遠寺牧朗是個科學家而不是鍊金術士，所以說我見到的才是合理的情形。只不過由於內藤方才提及人造人一詞，使得我產生了惡魔般的印象，才會有此想像。當然，房間裡也沒有毒蟲草藥之類物品，更別說什麼賢者之石了。

房間裡有一座書架，一對桌椅，放實驗用的培養皿與燒瓶的架子，除此之外別無他物，十分簡樸。書架上密密麻麻排著數十冊的醫學書、剪貼簿與大學筆記。筆記上仔細地貼著分類標籤，按年代整整齊齊地排好。

我抽出當中一冊，隨意翻閱。

內文全以德文寫成，一張張紙上寫滿了整整齊齊的細密文字。我在學生時代最害怕的就是德文，光看兩三行就受不了。

我們決定先借走內藤所謂的人造人研究筆記中，最初的三本與最後兩本。名義上是帶回去參考，但連學醫的內藤都讀不懂了，我們這些外行人是否真能看懂倒是頗值得懷疑。

「老師，找到日記了！」

中禪寺敦子發現書架上最下排全部都是日記。

日記由右至左按照年代順序排好。

「真的是一絲不苟的人呢，從昭和元年開始全都排得好整齊啊。」

昭和元年（西元一九二六年），我們都還只是個小孩子。二十幾年來一日不漏地記日記，這需要多大的精神力啊。我伸手拿起最左邊，也就是最新的一本日記來看。幾乎全為白紙。

手在發抖，白紙不就意味著這是最後一本日記了？

「涼子小姐。」

我太過興奮而直呼起久遠寺涼子的名字。

這是我第一次呼喚她的名字。

「請問妳還記得牧朗先生失蹤的當天是幾月幾號嗎？」

涼子被我呼喚名字，瞬間似乎有點驚訝，但

隨即以沉著的聲音回答：

「去年──昭和二十六年（西元一九五一年）的一月八日。啊，應該說一月九日凌晨比較正確。」

我輕輕翻開最後一天的日記。

昭和廿六年一月八日。

是失蹤當天的日記。

我清楚聽見自己心臟的鼓動聲。但我不知道是因為找到失蹤當天的日記，還是呼喊了她的名字所致。

實在沒有心情當場閱讀內容，而且京極堂也說過去的日記比較重要，於是便決定把日記全部借走。涼子原本覺得這是牧朗個人的所有物，是否該借出自己無法作主，但由於我們堅持這是搜查上必要之物，才勉強答應了。

中禪寺敦子似乎早就預料到這種情況，由皮包中拿出準備好的繩索，靈巧地將日記與研究筆記捆好。

沒用的榎木津不斷稱讚她的細心，說什麼小敦果然跟猴男不一樣、小敦思慮周密、猴子毛髮濃密等等毫無意義的話，順便玩弄著架上的燒瓶。突然之間大聲驚叫起來，害我差點嚇破膽。

「啊啊，有死老鼠！」

玻璃箱中有幾隻家鼠的屍體。

「哎呀，以前完全沒注意到，大概是牧朗養的吧。真可憐，如果早點發現就好了。」

「沒人知道這裡有老鼠嗎？」

榎木津問。

「是的，應該是。因為進過這個房間的人只有內藤而已。」

「那麼老鼠應該死很久了才對啊。那麼久，就算化作白骨也不奇怪，但屍體卻還沒腐爛，簡直像兩三天前剛死掉的。會不會是那個什麼藤的幫牠們餵食啊？」

榎木津似乎覺得很奇怪。

玻璃箱後面並排了好幾個用酒精浸泡起來的老鼠標本。

「全是老鼠耶，老鼠老鼠。」

榎木津的言行總是如此，有些癡呆，又有些愚蠢。我正因事情有重大發展而感到興奮，所以見到他的愚昧言行令我有點生氣。

「別管老鼠了，我們在這裡已經獲得十足的收穫，也該到下個地點去了吧？」

我的心情早已飄往案發現場了。

「不用管老鼠之謎嗎？」

雖然榎木津還是很在意老鼠問題，但我們一致決定忽視少數意見，前往事件現場。

「從窗戶看到的那棟房子就是妹妹夫妻倆的住處。」

涼子指給我們看。從內藤的房間只能見到屋頂，從研究室就能清楚見到正面。剛剛只專心於房間裡的東西，沒注意到這點。只是在厚厚的窗簾布遮蔽下，無法窺見房子內的情形。

研究室前的走廊走到底往右拐就是新館的出入口。打開出入口的玻璃門，戶外熱得驚人。

隔著空地，事件現場的全貌終於顯現。

房子雖小，但同樣是堅固的石造建築，玻璃窗的格子與門的雕飾訴說著建築年代的古老。房子背後是森林。

「這棟房子比別館還古老。久遠寺家在幕府時代以婦產科為主，接著開設的就是小兒科。聽說在別館和新館建造前，這片廣大的土地上就只有本館、庭院，以及這間小兒科診所孤伶伶地座落在這裡而已。」

涼子為我們說明。

進入玄關，見到一張發皺的沙發和桌子，以及一股強烈的消毒劑臭味。原作為小兒科掛號處的小玻璃窗用白窗簾遮蔽起來。或許是外頭太熱了，房裡反而很涼爽，甚至令人感到一股寒意。

「請問各位要先見梗子？還是……」

打開門，一條昏暗的走廊。

走廊左側牆壁上等間隔設置了三道門。右邊牆壁中央掛了幅油畫，此外空無一物。位於走廊盡頭的應該是後門，可見到玻璃窗外的明亮風景。

涼子打開最前面的門，是一間約四坪大小的病房。裡頭擺了兩張床，一樣是個全白帶褐的房間。地板同樣積了很多灰塵，證明這裡暫時並無人出入。

「自從梗子行動不便以來就沒打掃過了。」

或許是注意到我的視線，涼子解釋。

隔壁房的格局完全相同，大小也一樣。最後一間則是盥洗室。榎木津一見到，似乎**受到刺激**，說聲「失禮了」就趕緊進去方便，大概是忍很久了吧。

我們回到候診室。

「最後，這邊是診療室——也就是夫妻倆的寢室。」

「先讓我們看看房子好了。」

我像是要把高潮挪後似地回答。

榎木津不用說，中禪寺敦子也沒有異議。

「各位應該看得出來，這裡原本是診所的候診室。」

候診室的大小以榻榻米來算約有二十來張左右，房間內有三道門。

「這邊是大房間——原本的大病房。」

涼子打開背對玄關左側的門。探視內部，只見整齊地擺著八張小孩子用的病床。每張床都鋪著會令人聯想到棺材的白布。此外由於高吊在天花板上的白色窗簾將整道大窗都遮蔽住了，因此整個房間給人一種白褐色的印象。地板上積了不少灰塵，只要有人進出肯定會留下足跡吧。

「如各位所見，現在已經沒人使用。」

涼子放著開啟的門不管，直接走到下一道門——正對玄關入口的門前站著。

「這邊是小病房。」

涼子指著右側掛號處小窗戶旁邊的門說。

正當她的手伸向門把，我的緊張達到極限之際，

榎木津卻突然現身，甩著手上的水滴，說：

「沒想到洗手間倒是打掃得很乾淨呢。」

一口氣解除了我的緊張感。

房門開了。

房間大小與候診室相當，一進門右側有個掛號用的小窗戶。底下也擺著一張掛號用桌子，但沒有椅子。房間中央鋪著褪色的絨毯，上面有一張明顯與患者用不同、裝飾華麗的床鋪。只是床上既沒涼被也沒墊子，看起來就像剛搬來尚未使用一般。

「梗子身體狀況不佳後，便一直住在隔壁房——也就是牧朗消失的房間。因此這間房間也等於沒人使用。」

涼子說完，從窗邊的桌子上拿起花瓶。

當然，花瓶裡也沒插上花朵。

掛號處方向的牆壁有三道窗子與固定式的藥品架。等候室方向的牆壁則掛了幅高價的風景油畫與一個古董貓腳櫃。對面則一整面都是高至天花板的落地窗，這邊也拉上了窗簾。角度上看來，由新館看到的窗戶應該就是這裡。

「哈哈，被我看出來了，大房間夾著候診室與這間房間成對稱型，對吧。」

榎木津愉快地說著，接著又說：

「慘劇就是在這裡發生的。」

「慘劇是什麼意思？你是指夫婦吵架？」

榎木津像是要忽視我的詢問，逕行走到床邊後，隨口回答：

「嗯，這麼說來確實如此。啊，那傢伙當時果然是在床上，然後丈夫進來……」

榎木津在床前彎下腰。

「那傢伙是指誰？」

「當然是剛剛那個叫內田還是齊藤的情緒不

穩的傢伙啊。」

似乎是說內藤。

「您說內藤當時在這房間裡，而且還在床上？是何時發生的事情呢？」

中禪寺敦子走到榎木津身旁彎下腰，看著他的臉詢問。

「這對小敦來說或許太刺激了點。」

榎木津說完，這次則喀喀作響地——不過其實這時他穿的是拖鞋，所以應該只會發出啪啪的聲音——走向窗邊，回身環視房間，接著又沿著窗戶走，到進來的門前停下。

「原來如此，想逃走啊。」

我們只能呆呆地在一旁守望著偵探奇妙的舉動。榎木津接著像隻螃蟹似地沿著牆壁移動，來到油畫前盤腿坐下。

「然後在這裡嚇軟了腿。」

繼續看下去我就要發火了，於是走到榎木津面前蹲下，語氣強硬地說：

「榎兄，用我們也聽得懂的方式解說一下嘛。這是什麼時候的事情，又是在什麼情況下發生的？」

「啊，果然有血跡。」

榎木津沒回答我的問題，指著地毯的邊緣說。

「咦？」

留下蹲坐原處的榎木津，我們三人走向所指之處，確實見到地毯上有黑色的污漬。

「這……真的是血跡嗎？」

中禪寺敦子說完，從口袋裡掏出手帕輕輕抓起地毯，戰戰兢兢地拉起來。

那些黑色的凝固物也擴散到地板上。

「看來，真的是血跡。」

涼子臉色蒼白地說。

「到、到底是誰的血跡呢……為什麼……一直到現在都沒人注意到……」

「因為有人把沾到地板上的血跡通通清理掉

了，只是那個人以為已經清理乾淨了，且又必須爭取時間，所以滲入地毯的部分就沒清理到，也沒注意到血又慢慢滲透到地板上。地毯本來就是暗褐色的，就算有污漬也看不太出來，不從這個怪位置觀察恐怕很難注意到吧。」

榎木津坐在地上開心地回答。

「看來就連大小姐也不知道有血跡存在呢。」

「這是當然的。」

涼子望也不望榎木津，一直盯著血跡看。似乎受到很大打擊。

「這是誰的血跡呢？」

中禪寺敦子問。

「當然是失蹤的牧朗的血啊。」

榎木津不改其色地回答。

「那，榎兄，你的意思是牧朗在這裡被殺了？」

榎木津用手撐著站起身，拍拍褲子上的灰塵後，說：

「我沒說他被殺了，我只說這是他的血跡。」

接著又以過分開朗的語氣說：

「而且，是不是被殺一點關係都沒有！」

「什麼叫沒有關係？榎兄到底是為了什麼才來的！你忘了涼子小姐的委託了嗎？」

我的忍耐終於達到極限，向榎木津提出質疑。

「當然沒忘，你說什麼傻話。」

榎木津露出意外的表情看著我，我迴避他的視線。

「這位小姐是想知道消失的牧朗**現在怎麼了**才來找我，如果還活著又為何失蹤。對吧，大小姐。」

涼子似乎有些困惑，不出聲輕輕地點了頭。

「所以並不是沒關係吧。」

「為何？我並沒有受託調查這裡發生什麼事，牧朗肯定離開這個房間了，所以離開之後發生什麼才是重點吧。不管在這裡發生過多麼激烈的事情，也都只是**失蹤前發生的事情**而已啊，小關。我們沒必要深入瞭解吧。」

榎木津說完，有點不滿地接著說：

「甚至連剛剛都不該向她的家人問話，我後悔了。」

「不問也沒辦法瞭解事情啊。」

「為何？」

「什麼為何？不詢問知道事情經過的人，怎麼能進行搜查？瞭解失蹤的動機不也是委託的一部分嗎？」

「小關，我從不進行搜查的，我向來就只有——結論。」

確實如此，榎木津並非普通的偵探，我一時語塞。

「總之小關，你錯了。那位小姐是在『如果活著』的但書下才想知道失蹤的動機。如果死了動機什麼的都不重要了，對吧？呃，那個什麼……」

「是的，我確實是如此委託榎木津先生的。」

涼子在榎木津想出她的名字前先回答了。

「看吧。所以我才會接下來。因為我才不想東猜西想去推理人的心情。還活著的話，只要抓住當事人問話就好，在這之前先確定他怎麼了即可。」

「但是榎兄，榎兄你能看到一些異象對吧。」

我湊近榎木津身旁，盡可能語帶脅迫的口吻對他說。

「我聽京極堂講了，他說你看得到。」

榎木津倏地收起臉上表情。

「請你告訴我，你究竟看到什麼了，跟偵探的工作無關的也無妨。」

榎木津暫保沉默，不久小聲地說：

「小關，其實我看見青蛙了。」

「什麼？」

「我看見蛙臉嬰兒。」

一聽到榎木津所言，涼子兩腳發軟倒了下去。

「涼子小姐！」

中禪寺敦子比我的驚叫更早一步，趕緊攙扶住她。

涼子一直靠著精神力支持著她那彷彿隨時都會折斷的纖細身體。但是現在她的精神大概變得比絹絲還要細了吧。榎木津凝視著她半晌，喃喃自語地說：

「唉，果然是青蛙。」

閉起眼，對我說：

「小關，這世上有些東西還是別看見較好。」

說完，榎木津便不再開口。涼子在中禪寺敦子的照顧下坐到椅子上。兩眼無神。中禪寺敦子像是在保護她一般，站在虛弱的涼子身旁。不知為何，我感到很狼狽。涼子很痛苦地以手指輕按內眼角，勉強裝出笑臉向中禪寺敦子道謝。

「謝謝妳，我只是頭有點暈……沒事的。」

說完，涼子又恢復成那張面具般的表情，望著榎木津的方向小聲地說：

「榎木津先生……看得到不存在於這世間的東西嗎？」

「不，我只看得到這世上的東西。」

涼子看起來像是在微笑。

「就算是蛙臉的嬰兒？」

「當然，那孩子到底是什麼？」

「您知道當晚這裡發生了什麼事嗎？」

「我只知道剛才那個男人看到的事，但理由與結果都不知道。」

又是人偶的對話，我的狼狽感不知不覺轉變成疏離感。

我無法忍受這種感覺，硬是插入他們之間。

「你到底看到什麼了！牧朗死在這裡了嗎？」

榎木津彷彿從詛咒中解放出來一般，對我笑了笑，回答：

「不，至少他沒死在這裡。因為他走進隔壁房，自己把門關上了。」

說著，伸出手指。

指向那道又黑、又厚重的門。

「這裡？」

「沒錯。」

涼子起身，走到門旁。

「這裡是書齋——或許該稱為書庫比較恰當吧——原本是手術處理室，用來施行簡單的外科手術或包紮之類的房間。牧朗他——如果相信妹妹的話，他應該就是消失在這個房間裡。」

涼子說完，看了我一眼。

書庫的門以又硬又厚的木材製成，就算是壯漢盡全力衝撞也不會有一絲動搖，非常堅固。接合的部分也很緊密，連細微的縫隙也沒有，而被破壞的合葉也已完全修復完畢。

「問題在於……進去這裡之後發生什麼事，對吧？榎木津先生。」

「沒錯，打一開始就是如此。但在裡面究竟發生什麼事我還不知道，因為我**還沒進去過**。所以說，我們目前為止都只是在原地踏步，以為有所斬獲的只有小關而已。」

榎木津說完笑了起來。正當我思考該說什麼反擊時，蹲下檢查門的中禪寺敦子發言了。

「沒辦法由這邊上鎖嗎？」

「嗯，與其說是鎖，其實是一根小型門閂，所以由這邊沒辦法掛上，也沒辦法打開。」

門把上有很多傷痕。大概是內藤與傭人撬開之際留下的吧。

中禪寺敦子從皮包中拿出筆記本撕下一頁，試圖插入門與牆壁間的縫隙。但那裡幾乎沒有空隙，無法將紙張插入。另外，一般的門在地板與門之間通常會有空隙，但這道門卻像是嵌入般接合得很緊密，一樣也無法將紙張插入。

「連紙張都穿不過呢，看來想用絲線來設計

機關是不太可能了。」

能幹的偵探助手邊說邊把紙張揉成一團。

我打起精神，接在她後面說：

「現實中的犯罪就算真有密室也不會像偵探小說中登場的一樣，九點九成都是使用了複製鑰匙，實在很無趣。可是如果是門閂的話，也就沒辦法用複製鑰匙的手法。看來要由這裡離開是不可能的了。」

中禪寺敦子對我的發言似乎稍感不滿。

「老師，這間房間本來就有梗子小姐這把**活鑰匙**在，即使破門而出也沒有任何意義。就算這裡沒有上鎖，只要梗子小姐堅稱牧朗先生沒有從這裡離開，這裡就會成為密室。」

「那麼，妳是懷疑什麼？」

「我懷疑或許牧朗先生**並沒有進入**這個房間。」

中禪寺敦子說著，揚起單邊眉毛。

「偵探小說中常有的所謂密室殺人，通常是由『外面無法入侵的房間裡卻有被害人屍體』這樣的矛盾條件所構成。但是這種情形通常都有『其實有方法能進出房間』這種簡單明瞭的解答，所以只要能找到方法，矛盾便不再是矛盾，密室也不再是密室了。但眼前的情況有點不太一樣。」

中禪寺敦子呼了一口氣，繼續說：

「這次的事件並非內部有屍體，而是裡面什麼也沒有。因此可能的情形有三種，首先是先進入房間但靠著某種手段離開的情況。再來是進入房間，但在超自然的力量下真的消失。最後是打一開始就沒有進入房間的情況。」

「那麼妳認為梗子小姐說謊了？」

「並非只能做此解釋。構成謎團的要素是牧朗進入房間、從內部上鎖，以及打開門時裡面誰也沒有這三點。同時，能構成這三點的根據則是梗子小姐的個人證言，以及梗子小姐、內藤先生、時藏三個人的同時作證。必須這些證言都可

信，才能完成謎團。」

中禪寺敦子睜大眼，觸摸了門扉。

「不消說，人會從密室裡消失是很矛盾的。在仔細思考逃離方法之前，有必要檢驗這個矛盾是否真能構成矛盾。首先，如院長先生所言，我們假定所有人的證言都是謊話好了。這麼一來謎題就很容易解開，但同時也會產生很多諸如動機之類的問題。接著，我們思考如果當中只有一個說謊的情形下，矛盾是否能成立吧。若是僅有時藏或內藤作偽證，密室依然無法成立，但梗子小姐則不同。」

「原來如此，她的證言……」

「沒錯，因為目擊到牧朗進入房間的人只有她一個。只不過，這個說謊必須附帶一個條件。那就是，是否能從外面上鎖這點。如果可以，梗子小姐只要從外面把牧朗先生打一開始就沒進去的房間上鎖，再去叫內藤先生他們過來就好。這時就算內藤先生他們沒說謊，有人消失的矛盾依然能成立。這就是打一開始就沒進房間的情形。當然也還有內藤先生和時藏當中一人與她共謀的情況，但這種情形下也一樣必須附加由外面上鎖的條件。」

「不愧是京極妹妹！能言善辯，愛講道理的部分一模一樣。」

榎木津進來攪局。不過我聽到一半時也有彷彿聽到京極堂演講一般的錯覺，可見她的說明已是有模有樣，血緣的影響是不容忽視的。

雄辯家的雄辯妹妹表情有點複雜，作出以下結論：

「但是，這道門不可能從外面上鎖。我們姑且先刪除三人都說謊的情形吧，這表示我們可以去除對梗子小姐的懷疑。因此應該如榎木津先生所說的，牧朗先生真的進入房間裡了才對。」

「是啊，進去了。不管是她妹妹還是剛剛那個男的，大體上都沒說謊。」

榎木津說。

「可是這麼一來，不就意味著真的發生過人類消失的事情。難道他真的像冰一般融解蒸發了？」

中禪寺敦子聽我這麼說，面露些許不安。接著轉頭面對涼子，說：

「只不過，既然您說過裡頭還有另一道門，在下結論之前還是得先調查一下那邊才行。」

「怕什麼，只要打開這裡就真相大白了。」

榎木津說著，靠近房門。

「等等……」

涼子出聲叫住他。

她看起來憔悴萬分，中禪寺敦子先幫她制止榎木津的行動後，小聲問她說：

「我們可以進去嗎？」

「關於這個……」

「有何不便之處？」

榎木津質問。

「先前也說過了，梗子現在在房間裡……」

「您說令妹的身體狀況欠佳？」

「是的，她臥床已有一年以上，最近精神似乎出現異狀，經常無法區別現實與妄想，只要一點小事就會變得很興奮，一興奮起來，她的狀況就很危險。」

我覺得現在涼子的狀況反而更危險。原本蒼白的臉色更增慘白，宛如蠟像。就像那時的少女一般。

「我們大老遠跑這一趟，該不會說不願意讓我們和令妹見面吧？」

榎木津略帶滑稽口吻說道。

「不，請各位前來主要就是為了這件事，當然會讓您們與梗子見面——只是，如同剛剛所說，我妹妹現在極度衰弱，只要是我以外的人進房間都會非常恐懼，連護士也不讓她們進去。因此，或許我的要求太任性了點——但還是希望會面者的人數不要太多，可以的話，能否請各位只派一位代表？」

涼子說。

我與中禪寺敦子相視不語。

當然，我們是在思考該讓誰進去好。

如果讓榎木津進去……確實，他擁有非比尋常的能力，讓他進房，或許真的能一舉解決事件。但萬一沒有，榎木津不會為了解決密室之謎而展開嚴密搜索的機率也高得像是天文數字。搜查工作交由中禪寺敦子來進行是比較恰當的，但我自己心情上也想跟久遠寺梗子——那時的少女見上一面。

「原來如此，那就我進去吧。」

無視於苦思良久的我們，榎木津很乾脆地回應了。明明剛剛還說非常討厭向家人問話，現在態度大幅度轉變，不知又是為了什麼。

由目前為止的發展看來，我猜想榎木津多半會要我代勞，事實上我也期望如此，但如今卻落空了。

「那麼，我先到房子外面觀察好了。」

面對料想不到的事態，中禪寺敦子迅速作出反應，不等涼子的回應，便像隻貓般轉身離開寢室。

結果我陷入進退兩難的情況，既不可能現在才跟在中禪寺敦子背後走到外頭，也不可能還去跟榎木津搶進房的權利，只能很沒用地呆立原地。

涼子不發一語，輕輕點個頭，沒敲門，靜靜握住門把。

從旁看得出涼子白皙纖細的手腕正在使力，但要打開門並不容易。

這並不是設計不良，而是門本身很重且密閉度很高所致。

涼子的眉毛痛苦地扭曲。

在木頭的摩擦聲以及有如空氣洩漏般獨特聲響中，密室被打開了。

「梗子，我進去囉。」

涼子朝狹窄的門縫如此說了之後，將門全部打開走了進去。

榎木津隨之進入。

「嗚！」

榎木津一進房，立刻發出奇妙的哼聲。

門還沒關上，我猶豫是否要進入，不知不覺已跑到能窺見書庫內部的位置。

「怎麼了？」

我低聲向站在入口處的榎木津詢問，榎木津以手掩口轉過身來，用極端不快的表情望了我，小聲說：

「關口，快看那個。」

榎木津幾乎不會正經地喊我關口，他的態度令人感到事有蹊蹺，我戰戰兢兢地在他背後探視內部。

涼子站在房間裡。

她身後，有座用床單蓋住的小山，以及一張萬分憔悴、眼神空虛的女性的臉。

誰也沒說話，誰也沒動作，我又開始覺得自己像是個誤闖禁止進入的蠟像館的入侵者。房內昏暗而冰冷，空間十分寬廣。視野所及，三面牆壁全都為高聳至天花板的巨大書架所遮蔽，對面可見到第二道門。

榎木津突然離開房間，把門關上。

「怎麼了，榎兄，你在幹什麼！」

「我才想問你這句話呢，小關。你應該也看到了吧，真令人不舒服。」

這句話太過分了，一想到或許會傳入涼子耳裡我就擔心得不得了。

「這麼失禮的話你怎麼說得出口！」

「失禮？哪裡失禮了。這麼看來根本輪不到我出馬嘛，變成只是來增添不愉快的記憶而已。」

「榎兄，你這麼說未免也太過分了，你作何感想別人管不著，但要是被裡面的人聽到，她們又會怎麼想……」

「怕什麼，聽不見的。這道門只要關起來連大砲都打不穿。」

「不是這個問題吧！」房間裡頭的那對不幸姊妹現在不知有多麼不安，況且也難保涼子不會對事態發展感到訝異而開門出來，要是聽到偵探們醜陋的爭吵，她不知會多麼失望。

「什麼不是這個問題，要我看那種東西實在辦不到。」

「梗子小姐的狀態不是事先就知道了嗎，怎麼事到如今才……」

「誰跟你說孕婦的事了？你應該也看見了吧！我可不相信你沒看到，沒這個道理。」

「很不巧，我真的什麼也沒看到。我只是個普通人，不像榎兄你能看見常人看不到的東西！」

榎木津大概是見到我所不能見的特殊東西了。

「你在說什麼鬼話？你真的沒注意到嗎？還是說，你真的看不到？」

「怎麼？你又看到蛙臉嬰兒了嗎！真是的，一直在說聽不懂的鬼話的，不就是你自己嗎？是我看錯人了，我原本以為你至少算是個正經人士！」

在憤怒之中，我的聲音逐漸拉高。

「關口，你真的沒事吧？」

榎木津的表情非常困惑。

「算了，我不會再拜託你了，接下來的問題我自己解決。」

「解決？解決什麼？已經沒什麼好做的了吧。勉強說來，我們現在**還能做的**只剩一件事，就是叫警察而已。」

「笑死人了，你之前還那麼看不起警察，現在居然想拜託他們進行搜查？既然如此打一開始就別接受委託！」

「搜查？不是偵訊嗎？」

「總之，我已經對你不抱任何期待了，這個事件的謎由我來解開。」

我像是在講給房間裡的涼子聽一般，越說越大聲。榎木津茫然地看了我一會兒後，無力地說：

「關口，你的頭腦真的還正常嗎？我不知道你想幹什麼，這一家人都瘋了，照情況看來，恐怕也包含你在內，難道你也瘋了？」

——瘋子。

——我看這傢伙八成是從巢鴨瘋人院逃出來的瘋子。

腦袋火熱起來，眼前變得一片白茫茫的，什麼也看不見。

「我才不是瘋子！瘋的是你！」

我大聲叫喊，但說得口齒不清的，榎木津聽懂與否我不清楚。

榎木津害怕地倒退了一、兩步。

「總之，我所能做的已到此為止。關口，我給你一個忠告，去找木場吧。」

「我才不聽你的指示！我沒瘋！當然這家人也沒有！」

我繼續叫喊，榎木津的表情一瞬變得很悲傷，默默地離開房間。

但我仍繼續叫喊。

「我才沒瘋，我沒瘋！」

瞬間，近似恐怖的氣氛瀰漫於我身後。

反射性地回頭，

門開著。

一張蒼白的女性臉龐。

「請問怎麼了？榎木津先生剛剛怎麼……是不是我做了什麼事惹他不高興了……」

涼子不知何時開始站在那裡。

我陷入失語狀態，汗水像瀑布般噴洩出來，滿臉火熱。

「您怎麼了？關先生……不，關口先生，其實您的本名是如此稱呼吧？」

涼子稱呼我的本名時，我緊張到了極點。

但隨即變得輕鬆起來。

「偵、偵探就像他當初預告的一般，無預警先退出了。今後的搜查將由我承攬下來，不知您是否同意？」

是誰在說話？我的意識在遠處飄盪，另一個人格支配著我的身體。

「我瞭解了，那就拜託您了，關口先生。」

涼子說。

消毒劑的味道刺鼻。不，不只如此。似乎也有焚香的味道還是藥品的臭味，總之整個房間充滿著刺激性的味道。加上室內異常低溫，雖是夏天，卻令人覺得寒冷。藍色系的昏暗照明也強化了這種印象，我的季節感完全消失了。

龐大的藏書量，除了兩道門以外的全部牆壁都被高聳至天花板的大書架所掩蓋，書架上的空間全被雜亂的日、漢、西洋書籍所填滿。

京極堂見到了，肯定會高興得流口水吧……

我想。

不，等等，那傢伙看到這種情況應該會生氣地開始整理書本。那個人有種怪癖，看到沒分類的書籍會異常憤怒——但就算是京極堂，要整理這房間裡的全部書籍，也得花上兩、三天……

與事件無關的事情一一閃過我的腦海。

房間角落擺著一張用來取高處書籍的腳凳。

登上腳凳應該搆得到天花板吧？

或許天花板上有可供逃脫的密道。

我望向天花板。

天花板的正中央吊著架成十字形的巨大螢光燈管，簡直就像巨大的風扇，非常不安定，彷彿隨時會落下。四組，每組兩支，共八支的巨大燈管由過細的繩索所支撐著，令人擔心。

天花板呈和緩的弧形，毫無建築知識的我看

不出那是用什麼建成的，也不知是屬什麼樣式。但看得出天花板整面以灰泥緊密塗成，找不到天窗、密道之類的開口。不過螢光燈只有一半亮著，昏暗的燈光照不太到天花板，必須非常仔細凝視才能看得清。

我原本朝上的視線逐漸往下移動到牆壁上。

書架雖高，但由於天花板本身略帶弧度，與書架之間還是留下了一點空隙，不過依然無法躲下一個人。況且只靠腳凳實在爬不上那裡，登上腳凳伸長手臂也只能勉強搆到最上層的架子而已，像我這種矮個子的人或許還碰不到那裡吧。

「關口先生……」

在涼子的呼喚下我回過神，同時視線也恢復到正常的高度。

房間中央，十字螢光燈管的正下方設置了一張金屬製的大床。

旁邊擺放了餐具櫃及點滴用的器具，涼子站立在前。

久遠寺梗子的姿勢像是捧著膨脹的腹部一般，起身坐在床上。

「我妹妹。」

我的視野似乎變得狹隘了起來。

我驅使著狹隘的視線，試著探視涼子她可憐的妹妹全身。

她憔悴得令人同情，眼窩凹陷，皮膚乾燥，嘴唇失去紅潤光澤，一頭長髮像是沾了水般緊貼著肌膚。臉蛋與姊姊一樣美麗，因此更令人覺得鬼氣森然。

久遠寺梗子——

我在腦中思考著該說什麼話好，慢慢地靠近她。但思考了半天，仍不知該開口問她什麼。奇怪，怎麼會在那種地方擺一張大桌子，真叫人分心，快走到床前了，啊，似乎有什麼東西閃亮著，是水果刀掉在地上嗎……

就在此時，梗子突然抓住我的手，用力把我

扯到身邊。

「牧朗、牧朗，你上哪去了？看呀，不用擔心了，我們的繼承人、你的孩子就在這裡。你看，長這麼大了，我不會再對你那麼過分了，請你原諒我，對不起、對不起。」

我一時之間還無法理解到底發生什麼事。梗子把我拉到身旁，以嘶啞的聲音哀求，抓住我的手貼在她的乳房與膨脹的腹部上，力氣大得驚人。我一開始沒作抵抗，不久便理解了眼前狀況，益發覺得不知該如何是好。

「梗子！梗子！振作一點。這位先生不是牧朗，是來幫我們尋找牧朗的關口先生啊！」

涼子抓住梗子肩膀用力搖晃。

梗子放開我，發出啜泣聲哭了一下，隨即以宛如被遺棄的小狗的眼神望著涼子。

「姊姊……對不起，對不起……我、我……再也不敢了。」

沉默的涼子擋在我的面前，溫柔地整理妹妹的凌亂睡衣。仔細一看，除了肚子上面的纏腰布以外，所有衣物均鬆開了，梗子幾乎是半裸狀態。我站在涼子背後，看到她浮現青筋的皙白乳房。

我側過頭。

「很抱歉，她一時情緒不穩……沒事了，沒事了對吧？梗子。」

涼子像是在叮嚀一般地看著她，梗子又再次以小狗般的眼神點點頭。

「我、我是久遠寺梗子……」

梗子用不自然的動作回望我，說：

「剛剛的行為非常失禮，請您原諒我。」

恢復平靜的聲音，與涼子一模一樣。

「像、像這樣穿著睡衣，躺在床上的行為本身就已經很失禮了，剛剛……我居然還對您作出那樣的行動來……明明以這種樣子出現在他人面前就已經很丟人了，卻還……」

光是說話似乎就令她覺得痛苦，這幾句話像

是勉強擠出來的。

但眼神已逐漸恢復了理性的光芒。

——似乎能正常說話。

「敝、敝姓關口。請放輕鬆一點，用不著客氣。」

我自進房以來一直保持沉默，同時也因為緊張，喉頭乾燥，話說得斷斷續續的。

「請問您一直在這個書齋——或者該說書庫?在這裡休養嗎?我覺得在舊館的病房養病似乎較能讓人放心。」

梗子羞愧地闔上眼。

「您說的沒錯，但是我先生是在這個房間消失的——我總覺得如果他回來的話，也會從這個房間出現——所以才一直待在這裡。您一定覺得我很傻，請儘管笑吧。」

我想像著藤牧從空無一人的房間突然現身的情景。

實在笑不出來。

「這裡的藏書真是豐富，全是牧朗先生的所有物?」

「不，我想我先生的藏書並沒有收藏在這裡。這些書是這個家代代相傳……這麼說或許太誇張了點，總之是這個家從江戶時代歷經明治、大正、昭和一點一滴收集來的。裡面有一部分是我父親的藏書，但我先生的幾乎沒有收在這裡。」

涼子補充說明：

「書庫原本設置在住家那邊。美其名為書庫，其實是類似倉庫的地方。不久，戰爭越來越激烈，戰火逐漸波及本土時，父親認為這些書是久遠寺家貴重的財產，將這些書籍移到防空壕裡保存。結果倉庫燒毀了，多虧父親的先見之明，這些書才得以完整保存下來。後來怕防空壕有崩塌的危險，但住家中又已經沒有足以收藏這麼大量書籍的房間，便趁著整修的同時，將這裡改建成書庫。」

我原本就想既然特別要將診所改建為新婚夫婦的別房，還多了這麼個書庫實在有些古怪，聽完說明才恍然大悟。也就是說，名為改修，其實也沒花到多少工夫。如果這些書架都是後來才特意做的，光這間書庫的費用便會比夫婦的寢室還貴了，若真是如此實在很奇怪。

「我想請教一下您先生的事情，關於您與您先生——牧朗先生的夫婦關係……」

「我就明說吧，我們之間的關係，實在稱不上感情融洽。」

「也就是說？」

「牧朗的話很少，我與他之間，幾乎沒有稱得上夫婦間對話的對話——雖然我也不知道其他新婚夫婦之間到底都有些什麼對話——總之我與他之間並沒有這一類的對話就是了。」

梗子說著說著，朝我們進入的門的方向望去。

彷彿藤牧就站在那裡一般。

「這件事或許有點難以啟齒，聽說您與先生之間經常爭吵……」

「是的。說爭吵或許不太正確，其實是我單方面對我先生發脾氣。他從來不會對我回嘴，更不用說什麼暴力行為了。其實這個角度看來，他就像是個聖人君子……」

「原因是什麼？」

「我也不知道。我想並沒有什麼明確的原因吧。若真要說有原因，大概是對話、情緒上的不合等微不足道的小事造成的吧。現在回想起來，就是這些無聊小事造成這麼嚴重的後果。我氣憤自己居然這麼愚蠢，但是再怎麼後悔也來不及了。」

梗子說到一半，開始流下大顆淚珠，話說完時已經低頭哭泣起來了。

「這麼說來，您認為先生失蹤的原因是在您身上，是嗎？」

我的詢問與其說是偵探，更像臨床心理學中的個案諮詢查員。這麼一想，心情也隨之輕鬆起來，與其模仿學不來的偵探，還不如假扮較為熟悉的心理學者比較適合我。

「他從不反抗的，我想，我那時大概是在向他撒嬌吧，不管我說出多麼殘酷的話語，他也都咬緊牙根忍下來。看他這樣，我更覺得他沒出息，回想起來，我是多麼過分的妻子啊！口出穢言，對他又打又鬧。最後，還作出那麼殘酷的事情……」

「殘酷的事情？請問是……」

梗子嚇了一跳，抬頭望我，同時似乎很在意她的姊姊，不斷偷瞄著涼子。

「梗子，沒關係的，無需隱瞞，把妳知道的全部跟關口先生說吧。」

涼子的口吻像是母親在教誨小孩一般。

「是的……姊姊……」

梗子的表情變得更憔悴，低下頭。

沉思了一會兒，總算再度張開沉重的嘴唇。

「我……做了真正難以原諒的事情。但是，當然不只如此。只是……我其實，曾經一度懷疑姊姊與我先生之間……有過什麼曖昧。」

梗子再次以驚嚇的眼神窺探姊姊的神色，涼子保持沉默，梗子連忙否定自己的話。

「當、當然這全部都是我的妄想。我自己是再清楚不過了，不管我對我先生說什麼他都不會生氣，所以我才會想去惹他生氣。別說是姊姊，就算天地反轉，我先生也不會作出這種不合禮教的事的。但是我卻……我卻……」

梗子說到這裡，又哭了出來。

「相信是難以對外人啟齒的事情吧，細節就不必說了。只是，您先生在受到不合宜的對待時，您認為他是怎麼想的？」

「我不知道，我想他大概很痛苦吧，或許也會覺得很不甘心。但是他……一直到最後都沒生過氣。」

「到最後都？」

「是的，一直到……進入房間都沒有。」

「對了，關於這一點必須請教一下，為什麼您先生那時會進入這個房間呢？」

梗子大約思考了三十秒。

「那天，新年的氣氛尚未離去，我記得還十分寒冷。不管是盆節（註）還是新年，我先生都照常到研究室。他每天晚飯後到就寢前都習慣把自己關在研究室裡做研究，那一天也是一樣。接著，大概是十二點鐘左右吧。他回到了這裡。」

「他是否有什麼不正常的地方？比如說像是想不開之類的？」

「恰好相反，他心情似乎很好的樣子。我那天則是覺得何必大過年的還埋首研究，所以心情非常不好。」

「那麼您是否知道您先生的心情為何很好呢？」

「不知道，只聽他說什麼研究終於完成了……只不過我本來就不知道他到底在進行什麼研究。」

「您是說，他說『完成了』？」

「我想他應該說過這句話。」

這是指人造人的研究完成了嗎？牧朗終於完成那種人類親手創造人類，不敬天不畏神的研究了嗎？我寒毛直豎，一股厭惡感直撲而來。

「那麼……後來又發生什麼事呢？」

「很慚愧……接下來一直到爭吵為止的這段期間……我沒有記憶。」

「沒有記憶？是指不記得了嗎？」

「喝酒的人常有失去記憶之類的說法，不知是不是類似這類情形，總之，這個部分的記憶整個消失了，什麼也不記得。」

她的證言令人絕望，最重要的部分有如消失於濃霧之中。

她究竟是真的失去記憶還是為了隱瞞某事而故意不說，我無從判斷起。但不管是哪種，可以肯定的是除了榎木津幻視所見到的情景外，我藉以得知當晚情況的唯一路標已經消失了。

「我只記得……我先生似乎很害怕，逃進這個房間裡，急忙把門關上以後的情形。周遭東西散落滿地……多半是我丟的。那之後不管我怎麼呼叫，怎麼敲門，都不開門。只記得到早上我與父親及內藤商量之前的這段時間，我急得快瘋了……」

「門是您先生自己關上的？」

這個問題有人問過……

「是的，我先生還一直喊著『為什麼、為什麼』。」

「他喊著『為什麼』嗎？這是什麼意思？」

「我也不清楚。」

邊發出疑問，邊把自己關進房間裡——這舉動實在相當不自然。

「接下來想向您請教關於寢室地板血跡的問題。請問您知道這件事嗎？隔壁房間床底下的地毯上沾有血跡……」

「不，我不知道，為何有血跡我毫無半點頭緒。或許是我先生在什麼差錯下受了傷也說不定，我在自己冷靜下來時也發現全身是淤青，收拾雜亂房間時印象中似乎也擦拭過血跡……記不太清楚了。」

「請問是什麼時候整理房間的？」

「應該是……凌晨吧。我先生一直不出來，我感到極度不安……為了讓自己不鑽起牛角尖，便開始整理房間，也覺得說不定把房間整理整潔後他就願意出來了。」

我不知該說什麼。很明顯的，她當時並不是

註：日本民俗上祭拜祖先靈魂的節慶，原本由佛教的盂蘭盆法會而來，但經長期與日本民俗習慣融合後與原本的盂蘭盆法會已不太相同。傳統上的日期為陰曆七月十五日，但在明治六年（西元一八七三年）全國統一廢陰曆改陽曆之後逐漸統一以陽曆的八月中旬為主。

處於冷靜狀態，但能修補她所失記憶的線索卻在她恢復冷靜前自己親手銷毀了。

之後的經過與內藤的證言並無太大差別。推開內藤衝入房間的她，在面對著沒半個人空蕩蕩的房間時，只有驚訝萬分才足以形容。

關於藤牧與梗子之間，是否有過夫婦之實一事，我實在開不了口詢問，並非覺得不好意思，而是在意涼子的視線。

涼子的身體似乎越來越虛弱，不住顫動著肩膀大口呼吸。

沒有任何進展，也不知該問什麼問題了。

——我們目前為止都只是在原地踏步，以為有所斬獲的只有小關而已。

——只要打開這裡就真相大白了。

一樣不知道嘛，就算打開門也還是沒有進展啊。

榎木津究竟看到了什麼，他**已經知道**真相了嗎？

對了，我還有一件事必須問。

不，這不該問。

但卻又不得不問。

可是……

「梗子小姐，最後有件事想請教您。請問您……十幾年前是否曾收過一封情書？」

梗子佈滿血絲的雙眼睜得老大。

「你說……情書……情書！為、為什麼你會問這種事！跟他問一樣的事情！」

梗子的雙眼明顯失去了理性的光芒。

她以死人般的眼神瞪視著我，我戰慄不已。

「你到底知道什麼！你為什麼會跟他一樣，問只有他才知道的事情！我沒收過那種東西！我不知道什麼情書！連看也沒看過！為什麼、為什麼那麼執著於那種東西！情書到底是怎麼一回事！」

她的表情凶惡得像是惡鬼一般，我嚇得倒退

兩、三步。

——看來你碰上很可怕的經驗。

——那時梗子小姐的表情很凶惡，然後……

「不，妳應該收到過，因為那時把情書交給妳的學生……」

呵呵。

「就是我啊！」

「關口先生，您……」

驚訝的並非梗子，而是涼子。

我完全失去了自我，蹣跚倒退。但書庫的空間是那麼寬廣，一直靠不到阻礙我後退的牆壁，我不斷不斷朝向黑暗倒退而去。

景色像八釐米電影般閃爍，姊姊抱住精神錯亂的妹妹，從餐具櫃上的金屬容器中取出針筒，靈巧地抓住妹妹的手臂，將針頭插入。彷彿掉格的電影一般、慢動作鏡頭一般，妹妹終於逃離瘋狂的掌握，發出嬰兒哭鬧的聲音，不久終於回歸平靜，而我也再次取回了世界。

「我幫她打了鎮靜劑，很快就會睡著了吧。詢問……就到此為止吧，好嗎？」

我不知該回答什麼，陷入了失語狀態。涼子將針筒收入容器裡，朝我走近。

「妹妹……似乎真的不知道情書的事情，但……」

像是要貼近我似地走到身邊，以說不上是溫柔還是憐憫的眼神注視著我，靜靜地說：

「關口先生，您真是個很不可思議的人呢。不只名字……似乎還隱藏著許多秘密……」

「抱、抱歉，我絕非存心隱瞞。牧朗先生……藤野牧朗先生是我舊制高中時代的學長，但由於實在過於……偶然了，找不到時機說明，真、真抱歉。」

涼子不說話。

「同、同時，我也是今天，來到這裡以後才想起情書的事的。」

我究竟在辯解什麼，我本來就不能言善辯。

一旦陷入失語症狀，經常老半天都說不出話來。

涼子什麼也沒說，無聲無息地離開我的身旁。

等我別走……

——只剩我一人，覺得很不安。

——我想呼喚女子，但卻怎麼也想不出她的稱呼。

「啊……」

「這就是第二道門。」

涼子停在門前，無聲無息地回頭。

我到底在幹什麼，剛剛瞬間湧起又消失的情感又是什麼？與寂寥感、孤獨感不同，是更甜美，更叫人懷念的情感。

為了甩開這些想法，我趕緊走到門旁。

第二道門與第一道門完全以相同材質、相同裝飾建造而成，看起來非常牢固。在異常細膩的施工下，這道門也與第一道門相同，和其他相連的部分之間絲毫不留一絲空隙。只不過相較之下尺寸小了一圈，寬度只有第一道門的三分之二左右。

「這道門同樣也是門閂式的門鎖，只能從對面的房間上鎖、開鎖。」

涼子沒看我的臉說明。我握住門把試著開門，但門像是與牆壁同化，一動也不動。

「可是，如果說這道門只能從裡面上鎖……現在鎖上了，不就表示裡面有人了？」

「不，不是這樣的。隔壁房**與外面相通**，有一道聯外的門。現在房間裡誰也不在。」

這麼說來……

這麼說來這房間根本不是什麼密室吧。

「那麼只要牧朗能打開這道門鎖就能到外面了吧？」

「這也不對。」

涼子表情不變，緩緩說明。

「隔壁房是個不到兩坪半的小房間，當作放

置藥品、醫療器具的倉庫使用。這棟建築本身是明治末期的建築。不知是建造者本身的想法特別，還是當時流行這種建築樣式，詳細情形我不瞭解，但每個房間除了對外聯絡用以外的門，全部都只能從內部上鎖。當時當作病房使用的房間考慮到這樣或許會有危險，因此將全部的門鎖都拿掉了，只有小房間還有上鎖。也就是說不管這間處置室還是隔壁的診療室，只要裡面沒人就無法上鎖。但是唯有小房間由於主要用來放置藥品，不方便讓外人隨意進出，因此習慣在診療結束後，由負責人先到房間裡把與處置室這邊的門拴上，再到外頭由外側將小房間上鎖。」

涼子手掌貼在門上，似乎在緬懷過往歲月。

「我記得負責管理這裡的人叫菅野，是小兒科醫師，他在空襲中去世了。那之後這間用具倉庫就成了無法進出的房間。」

「也就是說，那位菅野先生先由內側將這道門拴上，再由外側鎖上另一道門後，就這樣……」

「是的，鑰匙在他手上，他就這樣在戰禍中去世了。」

「外面的鎖是？」

「是個大型掛鎖，當然沒有另一把鑰匙。門本身很堅固——以我外行人的觀察來判斷的話，並沒被人撬開的痕跡。」

「這麼說來……就算這道門門因某種**突發狀況**打開，牧朗先生能到隔壁房間，也沒辦法離開吧。」

「是的，可是，如果真是如此，那就表示牧朗**現在也還在**隔壁房裡了……」

令人毛骨悚然，但也不能斷定牧朗完全沒有……死在裡頭的可能性。當然前提是這個門能打開，且當時曾經打開過。

「可是……在搬書架進來時，聽說他們曾試著打開，但打不開。所以我想要打開這裡應該是很困難的。」

「那麼隔壁的小房間可以說才是真正的密室了?」

「是的,戰後整整七年,沒人進去過裡面。」

我幾乎感到失望。

原來,這裡是**由密室所構成的密室**。

向睡著的梗子輕輕點頭致意,我帶著近似落敗的複雜情緒離開書庫。離開前還仔細檢查了門閂,但也只是重新確定了門閂很堅固,絕非能用磁鐵、繩索之類作機關的事實而已。

穿過寢室,來到候診室時,中禪寺敦子一個人坐在鬆垮的沙發上。

我看到她那少年般的臉龐,內心不知有多安心。

「我去幫兩位叫車子,能不能先到舊館大廳稍候一下呢?」

涼子以平常的口吻說,並如同最初現身於榎木津事務所時一樣很有禮貌的行禮後,落寞地離開房間。

我們……不,我跑這一趟,像是專程帶給她失望似的,一想到此便覺得傷心。

「老師,榎木津先生到底怎麼了?」

等到涼子的身影完全消失,中禪寺敦子小聲地向我詢問。

「那傢伙沒救了,趁這機會乾脆跟他絕交算了。」

雖然只是半開玩笑的話,但其實我感到非常不安。如今能成為線索的就只剩榎木津的幻視而已,要是真的絕交,僅憑我真的能解決事情嗎?

「榎兄對妳說了什麼?」

「這個嘛……」

中禪寺敦子皺起眉頭,露出和她哥哥一樣的表情,說:

「很奇怪。我在調查建築物周遭時,榎木津

先生失魂落魄地走出來。我覺得或許發生大事了，便大聲呼喚他，叫了兩次、三次都沒有回應，一直到第四次才回頭，問我是不是在叫他。」

「然後呢？」

「我回答說叫了他四次，他點點頭，口中叨唸著原來如此，似乎在表示同意。」

「他在搞什麼？」

「然後，接著說『明明耳朵闔不起來我卻什麼也沒聽到，原來如此，原來也有這種事，這也沒辦法了』等等，接著又叫我絕對不能進那房間，趕緊找警察來比較好。」

「那妳真的去找警察了？」

「怎麼可能，我連電話在哪都不知道呢，想聯絡也沒辦法呀。」

越來越無法理解榎木津的言行。這樣看來，他到底幻視到什麼也無從判斷起。況且說他能看到他人記憶，其實也只是依據京極堂的詭辯而作出的推論。說不定榎木津只是個隨性所至的社會不適應症者而已，這實在不無可能。

我簡單交代了房間裡的情況與梗子的證言。

只不過隱瞞了自己大受打擊一事……

「那麼，我剛剛看到的那扇門果然是第二密室的外門囉。」

中禪寺敦子一臉恍然大悟。

即是用具倉庫外的門。

根據她的調查，外面的門確實很牢靠地封鎖住，完全無法打開。慎重起見，我決定親自走一趟。

路上我問她是否有可能由天花板或牆壁的密穴逃出，她說由建築物外觀看起來，似乎完全沒有可疑之處。中禪寺敦子的調查很仔細，從牆壁到屋頂都做過徹底的檢查。她利用放置一旁的梯子爬上屋頂調查，被她哥知道的話肯定又要挨一頓罵了吧，但不得不佩服其細心。她說屋頂高處設置了三個換氣口，從內部來看會被書架擋住而

看不到。但洞口太小，別說是人，連貓都穿不過，因此也不可能由此逃離。

野草芃芃，很明顯地，這裡長時期以來並沒有人頻繁進出。

第三道門與內部那兩道的類型相同，門口掛了個江戶時代倉庫經常使用到的巨大掛鎖。如她所言，不管是推是拉，這道門皆紋風不動。

「這麼一來，妳所推論的幾種可能性中，只剩下……全體說謊這點能成立了。」

「不，老師，現在又產生一個新的可能性了。」

比起我有氣無力的聲音，中禪寺敦子的語氣顯得中氣十足。

「也就是在外頭的三個人當中，有人擁有這裡的鑰匙……或者牧朗先生有個擁有鑰匙的共犯的可能性。」

我跟中禪寺敦子正確無誤地循著前來的路徑回到舊館，接著來到新館，進入研究室，來回收捆包好的日記與研究筆記。中禪寺敦子提起堆放在桌上的筆記的捆繩時，筆記卻歪斜崩倒下去。

「好奇怪呦，剛剛明明都捆好了……」

中禪寺敦子要我先行離開，說她重新綁好就走。

我聽從她的建議離開房間，穿過瓦礫堆積的斷垣殘壁區，來到迴廊。

「關口先生。」

咦？

從意想不到的方向……傳來呼喚我名字的聲音，一開始還以為是錯覺。

「關口先生。」

是涼子。

涼子站在中庭的白花花壇前。

我連忙由迴廊走到中庭，像是被她的磁力吸引。

啊，她的身旁，果然沒有色彩，是黑白的……我這麼覺得。

白花，花朵很大，很像喇叭……

「曼陀羅。」

是曼陀羅。

「哎呀，這種花叫這名字？我不知道呢，我還以為是普通的牽牛花……」

涼子說著，伸手摘下臉旁藤蔓上的白花，並將與花一樣白的臉湊上去。

「小心點，花有毒……」

我抓住她的手，制止她的行動。

我的手指正抓著涼子的纖細手腕。

曼陀羅，俗稱朝鮮牽牛花，是一種茄科植物。

這種植物的植物鹼中含有迷幻物質，所以別名又叫顛茄（註一）。這種迷幻物質於花、葉、種子中含量特別多，大量攝取的話會陷入喪失心智狀態。

我拼命說明這朵小白花的來歷，但我卻聽不到我發出的聲音。

我的手掌與涼子的肌膚接觸了。

哎呀，原來是這麼可怕的花呀。涼子說著。

沒錯，這種花有毒。我的嘴唇自己動了起來。

「……但是，既然是這麼危險的花，怎麼會種在這裡呢？」

我輕輕放開手指。

「因、因為曼陀羅也有藥效。特別是用來當作催眠藥、鎮痛劑、鎮靜劑等等，自古以來廣受運用。府上是歷史悠久的醫院，會栽培曼陀羅並沒什麼好奇怪的。連那個華岡青州（註二）製作出日本最早的麻醉劑，其成分中的大部分也是從曼

註一：顛茄（belladonna）應該是另一種植物，為曼陀羅花的近親，疑是關口搞錯了。

註二：西元一七六〇～一八三五年。華岡青州為江戶時代的外科醫師，同時也是日本最早實行麻醉外科手術的醫師。

陀羅——朝鮮牽牛花中提煉出來的。」

原來如此啊——涼子邊說邊轉過身來面對著我，變成我握著她的手，四目相交的情況。

「聽說新館與別館建造前，這裡都是庭院，一大片土地用來栽培藥草。後來法律規定禁止私人製藥以後，便一一撤除了，這個中庭便是當時遺留下來的產物。所以長滿了一點也不漂亮，看起來噁心的植物，當中只有這種花特別美麗。孩提時代我就只喜歡這種花，所以戰爭後覺得花兒就這樣棄置的話有點可憐，所以才會整理的——原來它也是草藥啊。」

涼子說完，沒甩開我的手，甚至主動拉近彼此的距離。

蒼白的臉貼近我。

「關口先生，您對藥學也很熟悉呢。」

涼子的視線停留在我的雙眼上。

我像是被蛇媚惑了的青蛙一樣，動彈不得。

我能做的，就只有回看她的雙眸。

——我覺得不該盯著瞧。

——我覺得不該盯著這地方瞧，但卻又閉不上眼。

我……

「我在學生時代曾立志學習神經醫學與精神醫學，因此在有限的範圍內，對藥物具有簡單的認識，並非真的很熟。」

涼子在我既不像辯解也不像自誇的話說到一半時，突然一個不穩。

我趕緊伸手像是要擁抱般地攙扶住她。

「關口……先生。」

我不敢近距離看她的臉。

我把臉側開，見到一朵白色的、碩大的曼陀羅花就在我眼前。

聽見心臟的鼓動聲。

眼前一片空白。

腦袋發熱。

涼子的呼氣在耳際吹拂。

涼子用快要聽不見的聲音說：

「請您……救我。」

我無法回應。

同時，感覺到強烈的暈眩。

昭和廿五年（西元一九五〇年）六月五日（一）晴，午後陰

結婚手續登記完成。捨幼少使用至今之藤野舊姓，即日起改姓久遠寺。該事尚未能證實，惜無機可問，煩悶不已。此外，雖爲小事，長期不知己之謬誤，實乃可恥，懊惱矣。

※

昭和廿五年七月二日（日）陰，一時晴

昔日之事，終向妻詢，然回答爲否，曰不知此事也。不知其乃記憶障礙乎？或刻意隱瞞乎？須調查孩子事之始末。

金閣鹿院寺全毀，人爲縱火。

※

昭和廿五年八月三日（四）陰，午後晴

妻之瘋狂乃吾之不德所致，唯有事事隱忍順從，別無他法。對己之無能甚感遺憾。如今唯有早日探出往時眞相，以懺悔吾人之原罪，了卻責任。

東京都開始實行米之配給。

※

昭和廿五年八月廿三日（三）大晴

有幸得與慶應大學醫學部婦產科部長K博士面晤。今日之行，用意乃著眼於其研究之驚人成果。誠實告以來意，並坦誠當前所碰上之難題，K博士爽快提供珍貴資料以茲閱覽，並賜教吾人著實有意義之提示，感激不已。可惜吾人之案例乃精蟲絕對數之不足，彼之方法萬中亦無一之成功可能矣。仍須獨自鑽研。

※

「哼，天氣記得很詳細，語彙雖經挑選但文章差勁，內容簡素卻略嫌沉滯。」

京極堂似乎不太關心地說，他呼口氣，吹散香菸所冒出瀰漫在臉部周圍的紫煙。

「怎樣？有沒有什麼感想？」

「關口，我從起床到剛剛一直聽你囉哩八嗦又糾纏不清的說明，直到一分鐘前才總算拿到日記來看而已哪。而且也是剛隨手拿起上面一本，看了兩、三天份而已，你說我到底能看出什麼？剛剛講的就是我目前的感想。」

「不，我是問你聽我說完有沒有什麼感想？」

我昨晚最後還是沒有回家，肉體疲累但精神十分亢奮，實在沒有心情直接回去。因此在新宿與中禪寺敦子道別後，乾脆直接來找京極堂。幸虧他的夫人尚未從京都回來，所以便直接在他家住下，只打了通電話通知妻子我人在京極堂。

「你從昨晚說到現在，絲毫沒有重點，聽過那麼多次後勉強算聽懂了——只不過啊，我找一下。」

京極堂邊說邊翻日記，似乎找不到他要的，又連忙拿起下一本確認過書背後翻開。

※

昭和廿六年一月八日（一）大晴，午後薄霧

研究接近完成，雖不足以補償已逝之子，至少能向妻與久遠寺家盡贖罪之責。或有人認為此乃違反自然天理之事，但對吾等傷痍軍人而言誠乃福音，且亦得使吾妻無須忍辱行彼事，眞乃無上之喜也。此研究完成之日，應亦能促妻之狂病痊癒。即刻向妻報此福音，不知作何反應。

※

「這篇是最後的日記。」

「嗯嗯，所謂違反自然天理的研究，果然是指人造人研究吧。可是後面又說是傷痍軍人福音，不知是什麼意思。」

「我注意的不是那裡，你沒發現嗎？這篇日記已經讓某人的謊話露出馬腳了。」

京極堂說完，又用瞧不起人的眼神看我。

「什麼意思？完全不懂。」

「聽好，關口，你仔細看，這裡寫著當天午後開始薄霧瀰漫，我也記得那天有霧，一直要到第二天早上才散去。」

「那又如何？」

「你不是說那棟原本當作小兒科使用的建築物密閉性很高，寢室當然也一樣對吧？」

確實，沒有窗戶的書庫密閉得叫人喘不過氣來。寢室有窗戶，比起書庫還算有點開放感，但密閉性差不了多少。我點頭表示同意。

「那麼，只要把窗戶關起來隔音效果應該很好吧？」

「這麼說來，裡外的蟬聲差很多，外面很吵。」

「那不就很明顯了？你回想一下內藤說了什麼？你剛剛講說，他說只要打開窗戶說話聲傳得一清二楚，對吧？或許這句話是事實，但當時是一月，時段又是最冷的夜半時分，而且還有薄霧籠罩，在這種情況下沒幾個人會整晚打開窗戶的吧？但是那傢伙居然說他連吵架的內容都有印象。就算內藤打開自己房間的窗戶偷聽好了，只要梗子夫婦吵架時窗戶沒開著就不可能連內容都聽得一清二楚。況且連當事人自己對這件事都沒有明確記憶了，憑什麼在另一個房間的內藤會知道？」

「原來如此，真有道理。」

我不由得佩服起來，當初聽內藤的證言時就覺得有股說不上來的不合理，原來理由在這裡。

「那麼，內藤的證言——說什麼吵架中提到繼承人之類的，果然是在騙人囉？」

「你錯了，大師。」

京極堂手指抵著太陽穴。

「你想想，如果內藤對此毫不知情的話，胡扯吵架內容對他而言一點好處也沒有。所以事實應該是如榎木津所說的，事件當晚內藤應該是跟梗子一起**在寢室裡**。」

「這麼一來，內藤跟梗子果然……」

「當然有親密關係，而且親密程度肯定非比尋常。若榎木津所言不虛，半夜十二點過後時，他可是在梗子床上哪，接著就剛好碰上笑容滿面心情很好的丈夫回來了。不過——有一點很奇妙。」

京極堂低頭沉思。

「這篇日記看起來很奇妙，藤牧對久遠寺家不僅看不出有詛咒與忌恨之心，看起來反而更像是為了贖罪而入贅的。而且似乎也有一段想問卻問不出來的過去，『雖為小事，長期不知己之謬誤』是什麼意思？而『已逝之子』又是指誰？」

京極堂說完又繼續沉思，不久抬起頭來，說：

「對了關口，你對梗子女士的記憶喪失有何高見？日記裡也提到她似乎有記憶障礙的問題，你想梗子女士會不會真的有什麼隱疾？」

對此我確實是有點想法。

「根據我的推測——這只是個假說，我想，她或許有解離性人格疾患。也就是說，我認為她應該是多重人格患者。這種患者在人格更替時常會失去另一人格的記憶。在我的印象中，理性狀態的梗子與收下情書時的那個少女實在有很大的落差。而處於歇斯底里狀態，會對丈夫丟東西的她則又有所不同。她在普通狀態下都沒有這些人格的記憶。」

京極堂嗯的一聲，開口說：

「那麼你認為她不是暫時性的人格解離或心因性健忘症，而是自幼就患有慢性多重人格症了？」

「難道你的意見不同？」

喝了一口淡茶潤潤喉後，我反問他。

「我認為——她應該是因充滿罪惡感，或是想掩蓋住某種超過限度的不愉快情感，才會連帶地將對自己不利的記憶硬是塞進記憶深處——也就是說，我認為她應該是心因性健忘症才對。」

「可是她在跟我對話的短短時間內，就有過兩次精神狀態不穩定的情況耶，當時若不是姊姊陪在身邊，恐怕就會直接轉換人格了吧？」

「關於這點嘛，記得你說庭院裡種植了曼陀羅對吧，你知道曼陀羅花裡含有哪些迷幻性植物鹼？」

「就東涼若鹼、天仙子鹼、阿托品三種吧。」

我回想起那種白花的同時，擁抱涼子的觸感也隨之甦醒，使得我發音有些不準確（註）。

「那麼你當然也知道——服用這些藥物會產生什麼意識障礙吧？服用者對外界刺激會失去反應，並強化內在的妄想與錯覺，陷入興奮狀態，展現出他人無法理解的言行——亦即，會引起所謂的幻覺狀態。」

「咦——京極堂，也就是說你認為梗子小姐現在有服用含有曼陀羅植物鹼成分的藥物？為何要服用？」

「當然是當作鎮痛麻醉劑來使用了。」

「等等，包括她自己的父親在內，她現在並沒有接受任何醫師的治療啊，是誰讓她服下這種藥物……」

我腦海中浮現涼子的臉。

她為梗子注射的動作很熟練。

「照顧曼陀羅花的人是涼子女士吧？」

京極堂說完，第三次陷入沉默。

「喂，京極堂。」

註：關口將「東莨若鹼」唸錯了。

我刻意想改變話題。

「你想，藤牧真的打算創造人造人嗎？」

京極堂一臉受不了地說：

「你啊，別說蠢話了。」

「很蠢嗎？」

「蠢極了。算了，關於這個等我仔細讀過研究筆記之後再說。別擔心，或許那個頭腦不好的醫師得花上好幾個月，對我來說，才這麼點東西而已，一、兩天就能看完。而且恰好能拿來打發時間，我可樂得很哪。」

讓他來讀肯定明天前就解決了。

「只是哪，關口，你要知道，世人認真以為能創造出人造人的時代距離現在其實並沒有很遙遠；同時，人造人的概念在古代也並非那麼背離科學，就連臨床醫學始祖帕拉塞爾蘇斯（註）也曾經嘗試製造人造人。雖說他在身分上其實算是半個鍊金術士，這顯示鍊金術對科學有重大貢獻，這兩者之間的關係可說是密不可分，所以會有這種情形是理所當然的。」

「這些故事我好像聽說過，據說是用人的精液製造的嘛？」

「對對，在密閉的玻璃瓶中裝滿人的精液，放置在維持與馬體溫相同的四十度環境中，不久精液就會逐漸變成透明的人形。接著用新鮮血液來培養這個人形物，就會生出與人類相仿的生物，這就是人造人。當然這只是胡說八道，實際上製造不出來的。最近的醫學已經瞭解受胎的原理，所以現在沒人相信這些了。對了，之前——好像是前年吧，聽說慶應大學的人工受精實驗成功了。只不過該實驗只是以人工送出精液，用以代替性交而已，受胎行為本身還是維持自然狀況……等等，剛剛日記裡好像有提到跟慶應大學婦產科部長見面……」

京極堂連忙翻起日記。

「啊，果然如此，看來他是去徵詢人工受精的要訣。」

「所以說他果然是在做人造人。」

「喂喂，為什麼這麼急著作出結論，沒必要急吧。研究成果在這兒，就說我會讀的。」

京極堂拍拍桌上的那疊筆記。接著他的手指指著日記那一疊的書背由下往上移動，看著我說：

「話說回來關口，日記這邊怎麼少了最重要的昭和十六年（西元一九四一年）前半的部分？原本就沒有嗎？可是連赴德時代與服兵役時的都有，獨缺這段時期未免也太奇怪了。」

「哪有可能！我沒仔細確認過，可是不可能只掉這一本啊，太詭異了。」

「但是真的沒有哪。」

我仔細注意標籤部分一冊一冊往下看，果然缺了一冊。

「很難相信死板的藤牧會獨漏這本，我看大概是有人抽掉了。你說你們回研究室時繩子鬆開了？」

我親眼見到中禪寺敦子將筆記綁好。

可是回來時繩子是鬆開的。

「也就是說，你認為在我們去小兒科診所時，有人把那冊日記抽走了？若是事實——表示那冊日記如果曝光會對醫院裡的某人不利，沒錯吧！」

「不，那間研究室並非密室，屋頂又破了個洞，任誰都可自由進出，只要有心想偷就能偷，不能據此斷定是內部人所為。只不過既然被偷的不是最新的而是十幾年前的日記，犯人的範圍就有所限定了。」

十幾年前與藤牧有關係者，目前我只想得到梗子而已。不，院長也跟他碰過面，或許那時曾

註：約西元一四九三～一五四一年。歐洲文藝復興時期有名的醫師，同時也是鍊金術師。他試圖結合醫藥與鍊金術，對藥學的發展有重大貢獻。

發生過什麼不能公開的事？

「對了京極堂，你為什麼那麼執著於昭和十六年的日記？」

「因為那是他最早與久遠寺家發生關係的時期。你送情書過去的日子是昭和十五年九月十六日，他赴德是在翌年，也就是昭和十六年的四月，我想知道這之間發生過什麼事。」

「你這傢伙怎麼老是能記住詳細日期啊，連我這個信差都忘了耶。」

「因為你有心因性健忘症吧。你昨晚不是說過你為了掩蓋心靈創傷而失去記憶？你知道當時身邊的人有多替你擔心嗎？」

不知道。我送情書過去之後到底發生過什麼事，全都不記得了。

「你那天回到宿舍時臉色發青，簡直像被鬼怪附身，接下來半個月內天天關在房間誰也不理，飯也不吃，還不都靠我跟榎木津幫你送飯過去，連點名都幫你代點哩，可不許你說忘記了。」

「唔，忘記了。」

真的忘記了。不，說真的，模糊的記憶中似乎有過這些事，聽他這麼一提後也回想起來了，但感覺上就像別人的事一樣，缺乏真實感。

「太過分了吧，沒有我們可能就沒有今天的你了哪。當時你的自我即將崩潰，可是又不肯說原因，我們就算想幫忙也幫不了。藤牧不知為何一直要求跟你見面，可是你卻無論如何也不願意露臉。所以我就代替你出面了，還幫你轉達信息哩。」

「他、他說了什麼？」

「真討厭，我當時已經轉達給你了啊。」

京極堂像是要吊人胃口一般，瞇起眼睛裝傻。

「別捉弄我了，到底說了什麼？」

「他要我轉達——謝謝你，托你之福如願以償了。」

看來久遠寺梗子有所回應，而且還是好消息。所以藤牧才會遵守與我的約定，堂堂正正地上門求婚。

「我當時曾詢問藤牧這句話是什麼意思，但他只說只要跟你提信的事情你就懂了。前後推理起來，我那時猜想應該與情書有關，只是就算轉達給你，你也只是嗯嗯喔喔的沒半點反應，所以後來我也忘了。」

「京極堂，你為什麼會覺得那件事跟這個事件有關聯？」

「還用說嗎？他本人來找我商量，說他愛上久遠寺家的姑娘愛得快發瘋了，建議他寫信的是我啊。」

對了，記得藤牧本人也這麼說過……

「記得你那時憂鬱症花了快一年才痊癒。」

京極堂邊說邊翻起日記來。

「啊，有了。」

※

昭和十五年九月十五日（日）陰後晴

悶悶不樂。雖聽從中禪寺秋彥君之建言撰寫書簡，歷經三日，仍留置手中。鎮日苦思，決定託關口巽君傳達。嗚呼，對己之無用甚感遺憾。

※

昭和十五年九月十六日（一）天候不明

未出席講學，鎮日臥床，無外出故不知天候。現在時刻應爲深夜，關口君未歸，不安也。此等重要之物，果不該託人也。後悔莫及。

※

昭和十五年九月十七日（二）雨

關口巽昨晚已回宿舍，然再三訪問不得會

面。中禪寺君曰其狀態極不尋常。疾病臥床乎？或有他事乎？

※

昭和十五年九月十八日（三）雨後陰

自稱使者之老翁捎來書簡。開封之際心臟蹦跳欲裂，內容遠超乎預料所及。短短十數年之人生，今日乃最可喜之日也。即刻動身前往約定地之授子銀杏處。惜未能與關口巽君會面，甚憾。

※

「像這樣看人日記等於在窺人隱私，實在不值得誇獎——總之，由此看來他接到回音之後立刻去密會了，而文中提到的授子銀杏應該就是鬼子母神寺內的大銀杏。由此可以肯定他確實是收到久遠寺家的人捎來的信息吧。呵呵，這麼說來，你就是他們的愛神邱比特了。」

京極堂打趣地說，接著不知想調查什麼，又繼續翻起日記。不久，滿臉疑惑地抬起頭來，說：

「最早的密會是九月十八號，九月共有三次，十月有五次，接著十一月八次，十二月四次，看來他相當迷戀久遠寺姑娘。之後的日記多半只記天氣與食物，大概也沒心情寫日記吧。只不過關口啊，他寫了好幾次沒見到你令他覺得很在意哩。」

對了，我想起來了……

我堅決不願意與他見面。不，說是害怕見面亦無妨。

沒錯，那之後我與他後來再也沒碰過面，不久他便直接赴德深造了。

對我而言，藤野牧朗這個人長期以來一直是個禁忌。

若沒有遇到像這次的特殊狀況，恐怕他的名

字再也不會被我想起，就這樣永遠封印於記憶深處。

會變成這樣，一切都是眼前這位朋友、妻子、榎木津，以及與我有所關連的其他所有人所導致的。他們集合起來，推動了我停滯的時間，把我從彼岸拉回此岸，而代價就是我必須將藤野牧朗這名男子與久遠寺梗子這位少女從我記憶的視野中抹殺掉。

「你臉色很蒼白，怎麼，回想起來了嗎？回想起當時的你——那種有如黏膜一般的感性？」

京極堂以缺乏抑揚頓挫的聲調說。

這傢伙總是如此，不管何時，彷彿總會看透一切似地闖進我的內心世界。這個人實際上知道些什麼我猜也猜不著，或許他根本對我一無所知，但是他那了然一切的姿態，令我這個像是只靠一塊小木板漂浮在深不可測的海洋上的人感到極具魅力。所以我曾有段時期把自己的一部分託付在他身上。姑且不論這麼做是否正確，至少他確實把我這個人原本模糊的輪廓變得更清晰了。對於原本結巴口拙、溝通能力零零落落的我而言，這麼做確實樂得輕鬆。同時，對這個宛如理論化身、對人愛理不睬的朋友而言，這其實也算是他為自己親手把我從彼岸強行拉回此岸一事負責的方式吧。

「總之你這傢伙就是沒用，真不像話。」

京極堂說著，拿起日記最後的部分開始念了起來。

※

昭和十五年十二月三十一日（二）大晴

無處可歸，留在宿舍過年。午後書簡送達，隱然畏懼之事竟成現實，著實不知如何應對。一思及此，焦躁難耐。嗚呼，索性自斷生涯。

※

「這什麼鬼日記，幹嘛不寫清楚一點？這麼寫根本沒有記錄的意義，我想知道的就是這個『隱然畏懼之事』是什麼啊！」

京極堂忿忿地說，將筆記本丟到桌上。

「沒辦法呀，這不是會議紀錄也不是資料，是日記啊。又不是寫給人看的。」

「哪有人這樣。」

京極堂說。

「不管預設對象是自己還是別人，這世上不可能存在以不讓人閱讀為前提的文章。這日記裡只有天氣很明確，如果他僅憑這些敘述就能回想起當時狀況，不必寫日記也能回想起來！何必寫這什麼冗長又不明確的鬼文章！」

「用不著那麼生氣吧？日記本來就是這樣，你這種人終究無法理解吧。藤牧的日記其實還算好，要是我來記，肯定連一個月也維持不了。能持續記錄二十年不間斷，其毅力應該值得褒獎而不是責罵吧。」

「你說得倒輕鬆，這可是少數僅有的唯一線索哪。而且說什麼二十年不間斷，你想想，昭和元年他才四歲、五歲而已，哪有人這歲數就開始記日記。沒錯，肯定有問題，大大的有問題……」

京極堂搔著頭，從日記堆中抽出昭和元年（西元一九二六年）那本，其他日記因而順勢倒下，茶几的桌面瞬間被筆記本的小山所覆蓋。京極堂毫不在意地在小山上打開日記，看了兩、三行又立刻闔起來。

「喂，你怎麼會拿這種東西來？太草率了吧，這不是我該看的東西，這是藤牧母親的手記啊。」

原來我拿錯了。冷靜判斷的話就知道那麼早期的的確不太可能出自藤牧之手，可是本來就是京極堂自己說過去的日記比較重要。我向京極堂如此辯解之後，他又揚起單邊眉毛不屑地回答：

「我說的是昭和十五、六年的日記，結果最

重要的一冊還不是不見了?我想讀的是他的真心話而非他母親的手記。那種東西好好收藏在藤牧自己心中就好，不是我這個外人該看的。」

京極堂迅速地從桌上的小山中將他母親的手記挑了出來。

「這些日記詳細記載了藤牧幼年的成長情形，昭和八年年底——他十一歲時母親去世。病臥在床時仍繼續記錄，臨終之際託付給藤牧，後來他繼承母親遺志，往後十八年持續記載下去，毫無間斷。」

此時，一張紙片由筆記本中掉落。

那是張老照片，影中人是位穿和服的女性。

和服——久遠寺涼子?

「這、這是久遠寺……」

「嗯?這是他的母親啊，怎麼?與久遠寺家的姑娘很相像?」

京極堂打斷我的話說。

確實是我看錯了，影中人不是涼子，而是位沒見過的婦人。

她氣質高雅，坐在膝上的小孩應該就是幼年時期的藤牧。仔細觀察之後，覺得也不算跟涼子很相像，只不過說像便覺得越看越像。第一印象是很相像，或許是楚楚動人的感覺與涼子很類似吧。

我把我心裡所想的話原封不動地說出來。

「說得不清不楚的，到底像哪個?姊姊?還是妹妹?」

「反正姊姊跟妹妹很像，說像哪個還不都一樣?」

我迴避正面回答。

不、不對。

如果說限定黑白照片……

像的應該是——涼子。而非梗子。

京極堂撿起照片，小心插回去之後，不知為何表情悲傷地說：

「嗯，雖不算戀母情結，不過據我所知，藤

牧似乎相當仰慕他的母親。這或許跟他年幼喪父有關。也許，他想在久遠寺梗子身上追尋母親的影子吧。」

叮的一聲，風鈴響了。

蟬兒彷彿約好以鈴聲為信號般，一起鳴叫起來。

我們之間暫時陷入沉默。

京極堂整理完日記小山，抽出香菸點燃，深深吸了一口後說：

「對了關口，關於前幾天提過的產女……」

他改變話題，似乎想緩和一下氣氛。

「石燕把產女（ubume）的漢字標成姑獲鳥果然是根據《三才圖會》而來。只不過《三才圖會》是寫作姑獲鳥，但念作『ubumetori』，把她當成鳥的一種來看待。看到這個我又想到常陸一帶的民間傳說裡有一種怪鳥；新生兒的衣服入夜還晾在外頭的話，這種怪鳥就會飛來將毒乳灑在上頭。這種怪鳥的名字是『ubamedori』，性質上與中國的姑獲鳥較為接近。也有人說這種妖怪披上羽毛即化成鳥，會在想擄走的女孩衣服上灑血作記號，特徵可說與姑獲鳥非常相似。可是一般而言，會把產女跟鳥類聯想在一起的根據主要是因為啼聲的緣故，水鳥的聲音確實與嬰兒哭聲十分相似。在《諸國百物語》這本書中有這麼一則故事：某處天天夜半會傳出恐怖的嬰兒哭聲，人們認為這是產女在作祟，於是一名豪傑挺身前去剷除妖孽，結果發現，原來聲音的來源只是隻夜鷺。只不過怪的是，如果這種妖怪是由啼聲而來的聯想，那麼其形象應該是嬰兒而非母親吧？但大部分的圖上畫的卻都是母親。我實在覺得很奇怪，於是我最後想到這個。」

京極堂拿起擺在榻榻米上一本看來老舊的和綴書籍給我看。

「這是西鶴（註一）的《好色一代女》卷之

六，這本最後的部分說主角被妖怪產女所糾纏，但此怪的形象卻是嬰兒。死於墮胎的嬰兒排成一列，詛咒主角。」

——蛙臉的嬰兒。

「聽好，我念給你聽：『其形為頭戴荷葉笠之嬰孩，腰下染血，九十五、六人並立，聲音低沉混濁，哭喊背我背我（註二），此即傳聞之孕女（註三）乎？』……」

太可怕了，嚇得我後背發毛。京極堂似乎在等著看我會有什麼反應，又接著說：

「這裡提到荷葉笠其實就是指胎衣，嬰靈作祟的觀念並沒有很久遠，這就是其原形，而且還一口氣出現近百個哩。這裡的嬰靈哭聲與母親並沒什麼差異，惡巴流這種哭法與一種叫做『obariyon』的妖怪相同，也就是俗稱的背負妖怪（註四）。這種妖怪外型與石燕筆下的川嬰相近，性質與四國的哭嬰爺爺相似。產女在長崎地方是種海怪，而到了越後地方性質雖與原本相同，形狀卻變作蜘蛛了。這麼看來，產女這種妖怪的輪廓實在相當模糊。」

「可是你大前天不是還說，產女不是幽靈，而是一種抽象概念，用來表現因難產而死去的孕婦之遺憾嗎？」

「沒錯，但你想想，死者本身並沒有遺憾

註一：井原西鶴，西元一六四二～一六九三年。日本江戶時期的浮世草子（一種描寫市井庶民百態的小說）作家，同時也是有名的徘諧作家。

註二：「背我背我」的原文作「負はりよ、負はりよ」，發音與「惡巴流」接近。

註三：發音與「產女」相同，皆為「ubume」。

註四：原文作「おんぶお化け」，是日本的一種妖怪類型，全國各地都有類似的妖怪。行人走在夜半路上會聽到小孩哭聲，好奇靠近的話，會見到嬰兒哭喊「背我」。若依其言背上，便會覺得越背越重。此外也有其他類型。文中提及的川嬰、哭嬰爺爺等等都是。

吧。所謂的遺憾，當然是還活著的人才會有的。」

「不是留下憾恨而死所以才叫作遺憾嗎？」

「當然不是。死人什麼也不會想，死了就一了百了。只有活著的人才會覺得死去遺憾。所謂的神怪都是活人才會看得見。由此可知決定神怪外型的主要因素，其實是活人**對神怪的觀點**。」

「什麼意思？」

「簡單來說，產女在男人眼裡是女人，在女人眼裡則成了嬰兒，只聞其聲的則是鳥。世人認為這些東西全是**同一種妖怪**。當然，產女並非今日所謂的幽靈，但是單純將她視為難產死去的女人的遺憾是不夠的，必須用更廣泛的概念來理解才行。」

說完，京極堂的表情變得有些難過，無精打采。雖然這段話與久遠寺家的事件無直接關連，但聽著聽著我卻陷入一種錯覺，彷彿我們還繼續在討論久遠寺家的事件一般。

不由得打起冷顫。

「那麼，所謂的產女到底是什麼？」

「我認為是人性面的母性與生物面母性之間的落差所產生的一種，極為可怕又無可奈何的矛盾——或者，乾脆說是先天性厭惡感亦無妨。」

京極堂望著簷廊。

蟬聲嘎然停止。

「聽說過猴子的故事？」

朋友繼續望著簷廊，唐突地發問。

「猴子的……故事？」

「假設有隻帶著孩子的老母猴碰上暴風雨，不小心滑倒，被捲入濁流之中。母猴帶著還不會游泳的小猴跟已經會游泳的大猴，當時河川流速很快，連成年的猴子也有危險。」

「聽起來真的很危急。」

「是很危急。如果你是母猴，兩個孩子你會救哪個？」

「當然是兩個都救。」

「但情況不允許，只能救一隻。兩隻都想救的話連母親也會有危險，全都會死。」

「那救小的好了，大的自己會游吧？」

這是人之常情，我說。

「但是，事實上母猴卻會毫不猶豫地去救大的。為何？因為母猴已經沒有生殖能力，而小猴要成長到有生殖能力還很久。為了延續種族，最恰當的方案是救大猴。這就是所謂的生物面上的母性。即使冒著生命危險拯救小猴也不能保證自己能活下去，但選擇救大猴子的話存活機率馬上就會提高很多。對個體的愛比不上基因的命令，不，猿猴本來就沒有人類愛的觀念，對生物而言這是理所當然的。但人類則不同，保存種族對人而言已不再是唯一目的。你要稱之為文化也好，理性也好，人性也好——隨你高興。總之，身為萬物之靈的人類，創造出**另一個價值觀**來了。這兩個價值觀方向相同時還相安無事，但當遇相抵觸的情形時，我們會感到困惑。所謂的神怪，就是為了掩埋這之間的落差而生的。」

「你的意思是，生物為了生小孩而存活，而小孩又是為了生下一代的小孩而活，對吧。可是這麼一來保存種族的行為本身成了意義，而活著的行為本身卻失去意義了，那麼，生物到底是什麼？」

「什麼也不是。生存不存在著意義，因為生存的意義就是**行為本身**。不，應該說**曾經是行為本身**。」

京極堂說。

叮叮，風鈴在風中搖晃。

京極堂默默起身，去廚房倒了兩杯麥茶過來，遞一杯請我喝。

「關口，看來跟你聊產女的事情不算白費功夫了。」

他說。

「重點是墮掉的嬰兒啊，關口。而彌補不明瞭又曖昧模糊的空隙的是產女。」

「你想說什麼?」

「我的意思是，假設藤牧與久遠寺家的姑娘之間懷了孩子的話，你想會如何?這只是推理，但不無可能吧?」

「你認為梗子小姐那時懷孕了?」

「假設除夕夜的日記所寫的『隱然畏懼之事，竟成現實』是指接獲懷孕通知之後的反應，應該很合理吧?有過二十次的深夜密會，懷孕的可能性實在很大。」

「原來如此，難怪他才會在苦惱一個月後，於二月上門求婚!」

「院長不是說，他堅持有非結婚不可的理由嗎?懷孕就是最佳理由了。而且日記的後半……」

「啊，你說『已逝孩子』那段嘛。原來如此，難怪他會在結婚之後，急著想問出當時的孩子後來怎樣了，可是梗子小姐什麼也不記得了。」

「對，所以他才會懷疑妻子是否有記憶障礙，藤牧大概也很固執地想問出情書的事吧。你說你提到情書時，她是怎麼說的?」

你怎麼會知道只有他才知道的事情——

「嗯，原來如此，非常合理。可是既然如此，為什麼梗子小姐會不記得?不，就算她本人失去記憶好了，家人沒道理不知道啊。」

「是墮胎還是流產我們不得而知，但如果她的家人不知道孩子父親是誰的話呢?既然久遠寺家家風守舊，有個頑固的父親與嚴格的母親，我實在不相信他們會開明到願意開誠布公向女婿說女兒不光采的過去吧?不只如此，入贅的藤牧又帶來大筆金錢，恰好是重振沒落的久遠寺家的好時機。這麼一來，當然更有理由去隱瞞女兒的灰暗過去了。」

有道理。

這個推測應該是正確的。

在這個推測下，久遠寺家人的證言顯得合情合理。

沒錯，這應該是正確答案了，我說。

「只不過哪……」

京極堂嘆氣地說。

「就算這是事實，也還是有點奇怪。」

「會嗎？」

「會啊。假設藤牧的罪惡感是因為過去自己曾讓年輕女孩未婚懷孕……反正都結婚了不就沒事了？可是從文脈判斷起來，他似乎到最後都還是無法捨去贖罪的想法，這實在說不通。不管是巨額聘金也好，最後的言行也罷，我總覺得有問題。」

此時玄關傳來聲音。

似乎有客人來了。

京極堂口中叨唸個不停，起身去玄關。

訪客是木場修太郎。

「喂，搞什麼，你們以為現在幾點了？這麼晚了還不開店，我還以為你們雙雙殉情了咧。喔喔！果然在這裡，關口隊長，木場士官長來向您報到了。」

說完，他開玩笑地向我行了個不像樣的敬禮。木場的腮骨異樣突出，一頭剛硬如鐵絲的頭髮理得又短又平，鼻子堅挺，臉部輪廓近乎正方形，上面附著一副勉強有個形狀的小眼睛小嘴巴，相貌可說十分特殊。不只臉長得很有威嚴，胸膛也厚實得像棵大樹，手臂粗壯，是個魁梧的巨漢。而且其聲音出乎意料地高亢，由外型實在難以想像。乍看很難相處，但說起話來機智風趣，是個很特別的人。

木場與我在戰時曾經是中南方戰線上生死與

共的伙伴。

說來或許令人難以致信，當時由於我是高學歷出征，自然獲得了個將校之階，負責率領一個小隊。另一方面木場則是腳踏實地一步步升上來的職業軍人，雖有資歷，官階卻不及我。也就是說，木場曾是我的部下。這種情況下沒有實戰經驗的長官通常會被欺負，但不知為何，木場一直在我前方引導我支持我。

後來除了我與木場以外，我的小隊遭到慘烈的全滅，只有我們兩人奇蹟也似地生還，得以一同踏上本國的土地。

另一方面，木場與榎木津也是舊識。雖說木場是小石川石材行之子，實在令人費解為何會與貴族子弟有所交流。總之復員之後我們因這層偶然的關係而得以繼續來往，直至今日。

「大爺這時間來又有何貴幹？警官至少比舊書商跟不暢銷的作家忙得多了吧？」

京極堂拿座墊請木場坐，到廚房端新的麥茶過來的同時又不忘挖苦人。我們一向稱呼木場為大爺。並非因為木場是刑警的緣故，而是他這個人的氣氛讓人覺得與大爺的稱呼極為相配所致。

「混蛋，別拿官差跟三流文士相提並論。其實是榎木津那個笨蛋早上打電話給我，你也知道他講話就那個調調，聽半天聽不懂他講啥鬼，只聽懂他說照這樣下去關猴子就慘了，要我快去救。我到最後也還是搞不清楚狀況，只知道跟久遠寺醫院有點關係，一聽到這個可不能坐視不管，連忙趕去關家，尊夫人說他在這，所以我便親切又迅速地趕來了。就這麼一回事，瞭了？」

木場一口氣說完後，一口氣喝光麥茶。

「你說『一聽到跟久遠寺醫院有關係可不能坐視不管』是什麼意思？」

京極堂問。木場哼的一聲，把捲成筒狀的雜誌拋到桌子上，說：

「自己看。我一年半前負責搜查過久遠寺醫院嬰兒失蹤事件，這本是剛剛在中野車站前買的。」

那是一本叫做《獵奇實話》的三流糟粕雜誌。煽情裸畫的封面上大大地印著色彩繽紛的標題——吞食嬰兒的鬼子母神・色情癡女腹中子是鬼？是蛇？

糟了！我感覺到血液逆流到臉部。原來傳聞已經流傳得這麼廣了。在這個龍蛇雜處、口無遮攔的業界的工作者據說有五萬之多，我正覺得不可思議這事件到現在居然都沒遭人報導過，連我自己在兩、三天前也是這群分子之一。可是、可是，這又是怎麼一回事？

京極堂擺出一張苦瓜臉，拿起雜誌翻閱。

「大爺，你剛說發生過嬰兒消失事件，那是什麼事件？」

「書中也有提到。去年夏天到年底之間曾連續發生過三起剛出生的嬰兒失蹤的案子，而且全是同一家醫院，實在怪得很。於是我當然馬上前去調查了，可是那個禿頭老爺是個硬角色，徹底裝作不知情，說啥家屬搞錯了，三個都是死胎，連遺骨都交還給家屬了。後來又換一個架子很大的老太婆出來，說啥小孩死了悲傷是天經地義，可是故意找碴就太過份。如果控訴的只有一個我還相信是搞錯了，可是總共有三人咧，天底下哪有那麼湊巧的，所以我決定跟他們徹底耗下去，原本還打算申請搜索令去裡面大搜特搜。」

「那為什麼沒去？」

「因為三件控訴同時都撤銷了。但這豈不是更古怪了？可是沒人控訴的話也不能搜查，我可是不情願得很。」

——發生失蹤事件的那間醫院，其實還有別的傳聞。

——聽說在失蹤事件發生前不久，曾發生過幾樁剛出生嬰兒消失的事件。

啊，原來中村總編說過的傳聞是由這兒來的

……

我覺得很難過，覆蓋久遠寺醫院的黑影遠比我想像的巨大，也更深厚得多。

京極堂暫時默默地專心閱讀《獵奇實話》，不久抬起頭來，沒闔上直接遞交給我。

「內容真是下三濫。大爺，你平常都看這種玩意兒？」

「要看啥是我的自由吧？只要對搜查有幫助，管他是佛經還是塗鴉我都照看。而且這本還算好的，還有好幾本很明顯也是在描寫久遠寺醫院，那些才真的叫人讀不下去，所以我就沒買了。」

好幾本！原來已經出好幾本了。我已分不清胸中沸騰不已的心情到底是憤怒還是別種情感，只覺得與在眾人面前丟臉的感覺很相似。

雜誌的內容完全只是誹謗中傷。

「雜司谷的K婦產科——也用不著隱字了，誰都知道是哪家——之女生性淫亂，見男就上，其淫行一言難盡——說難盡，底下卻寫了一大串性愛描寫——最後還擄走他人之子，抽活血搾生脂用以製作春藥，極盡非道之能事。所殺嬰兒不計其數，化作怨靈附身於其上，如今懷胎二十月還未能生，誠乃現代之鬼子母神是也。」

過分，寫得太過分了。雜誌又接著寫：

此外另有一說，曰其夫為阻止妻之淫行，想盡辦法制止，施行中國傳來之魔術——偃王之咒法，不幸失敗，反遭吸入腹中……

「偃王之咒法是什麼？」

聽到我問，京極堂訝異地回答：

「聽說中國周代有個偃王（註）生於卵中，他是個行仁政的賢君，同時也是個興趣古怪的人。但是我從來就沒聽過說過偃王有用過什麼荒謬絕倫的魔法能讓自己進入女人肚子裡。或許只是我沒聽說過而已。總之，不管是『現代的鬼子母神』也好，這種怪魔法也好，這篇文章的作者品味實在很獨特。」

京極堂苦笑地說。既然這個人都不知道了，我想這麼恐怖的魔法肯定是捏造出來的。

此時木場一臉不可思議，還以沒出息的聲音問：

「喂，京極，我原本以為鬼子母神是送人小孩的神明，原來不是喔?是妖魔鬼怪的同類喔?可是為啥大家還會去拜她啊？」

京極堂搔了搔鼻頭。

這種問題是他專長中的專長。

「大爺啊，所謂的鬼子母神，其實原本叫做訶梨帝母，是印度鬼神之妻。此外也有些例如像青色鬼、大藥叉女等等一看就知道是惡女的別名。驚人的是，她有五百個孩子，但卻還每天不厭其煩地抓別人的孩子來吃。這些孩子被吃掉的母親們很悲傷，於是佛祖登場了，把她五百個當中，一個叫做畢哩孕迦的孩子藏了起來。找不到孩子的訶梨帝母悲傷得不得了。對他人來說，五百個跟四百九十九個似乎沒什麼差別，但對母親來說，就算只少一個也是很傷心，訶梨帝母悲傷得快發狂了。於是佛祖現身在她面前說法，告誡她連五百個少一個都那麼悲傷了，更別說是只有一個孩子的母親了。訶梨帝母聽了佛祖的教誨，深深感到自己之過錯，痛下決心悔改，並皈依佛教，成為佛法的守護神。所以現在我們會祭祀她就是這麼一回事。」

「佛祖的懲罰也太寬鬆了吧，要是我絕對不會原諒這種傢伙，一定處以極刑。」

木場發出粗厚的聲音說完，京極堂笑著回答：

「不，這就是佛教的手段啊，大爺。像基督教這種構造上頑固不知變通的游牧——侵略民族

註：典出晉代張華《博物志》卷七〈異聞〉。徐偃王為周穆王時的徐國國君，生於卵中，被民間老嫗養大，當時徐國國君聽到此事，遂收養為子。

的宗教，為了生存下去不得不在某些部分上特別好戰。所以會對他們所侵略的當地之土著信仰徹底打壓，並且打擊到體無完膚為止。結果，這些土著宗教的神祇們變成了惡魔，集會變成了奢霸都（註一），祭祀成了黑彌撒。最後以敵基督的形式流傳到後世。例如著名的奢霸都的黑山羊——惡魔巴弗滅就是由回教創始者穆罕默德而來。相對於此，佛教就顯得相當有彈性，反過來講就是比較隨便，會積極吸收其他宗教，或者說是融合。印度除了佛教以外還有婆羅門教與印度教，但到了佛教之中，婆羅門教的眾神成了天，印度教的則成為明王。訶梨帝母也是其中之一。剛剛說的故事出自於《根本說一切有部毗奈耶雜事》這部佛經，先斥責一番後再讚揚的手法實在巧妙。神明通常會具有善與惡的兩面性，普遍是二義性的，因此要攻擊邪惡的部分褒獎善良的部分是很簡單的。」

「聽著聽著覺得頭開始痛起來了。」

深感佩服的鬼子母神（註二）——木場引用蜀山人（註三）的俏皮話。

當然，引用者本人恐怕連蜀山人的蜀都沒聽過。

木場像是想整理腦中混亂思緒般地說：

「總之佛祖教導鬼子母神母愛的真諦，然後從此之後成為好神就對了嘛？」

「不，剛剛就是在說不是如此。訶梨帝母本來就是好神，作為授子、育子之神廣受信仰。別名又叫天母或愛子母，《南海寄歸內法傳》中也如此稱呼她，可見其性格在融合入佛教前後都沒有改變過。」

京極堂一一列舉出原典，別說是木場，就連我也沒聽說過這本書。

「真是的，到底是好神還是壞神你快說清楚嘛！」

木場似乎感到越來越混亂，表情很認真地表示投降了。

但京極堂卻像是隨風擺盪的柳枝，不管木場怎麼急也還是維持著一定步調。他接著說：

「所以說兩種性格都有哪。況且對佛教而言愛情只是了悟的妨礙，佛祖當然不可能教導人愛的真諦。」

「怎麼可能！」

木場跟我異口同聲地說。

「佛教本來就是倡導捨棄愛情的觀念。換句話說，佛教認為——愛即執著，捨棄所有執著即是通往解脫——如來的不二法門。因此訶梨帝母這則佛教說話或許該解釋為『佛祖向她告誡應捨去對孩子的異常執著』才對。捨棄一切皈依佛法，即能滅卻一切罪業進而開悟——這就是親鸞（註四）所說『善人猶能成佛，遑論惡人』的境界。」

我將手上雜誌放到榻榻米上，忍不住插嘴：

「那麼佛教不就是要人捨棄人性了？如果真是如此，你剛剛提到的猴子不就反而比較接近悟道的境界？」

「沒錯。」

京極堂毫不考慮地回答。

「野獸不會迷惘，的確可說是比較接近悟道的境界。但野獸不能成佛，因為牠們無法捨棄獸類的身分，無法捨棄對生命的執著就不能真正得道。因此正確說來，佛教並非在否定人性——而是想超越人性。」

「這麼說來，佛教根本是叫我們通通去死

註一：巫魔會（Shabbat）的日文漢譯，指女巫們在安息日（星期五日落至星期六日落為止的時間）夜晚的聚會。

註二：原文作「恐れ入谷の鬼子母神」。「恐れ入り（深感佩服）」的後半跟「入谷の鬼子母神（三大鬼子母神之一的入谷鬼子母神）」前半的發音相近，把兩者連起來講的俏皮話。

註三：本名大田南畝，西元一七四九～一八二三年，為江戶時期的文人，擅長創作狂歌（一種內容不受拘束的和歌）、漢詩，也留下大量隨筆。

註四：西元一一七三～一二六二年。日本佛教支派淨土真宗的創始者。

嘛！」

我突然覺得內心很空虛，當然，會有這種心情不全是受到鬼子母神的影響。

「佛教所談論的並非那麼剎那的問題，總之各人有各人的解釋方式。而為了配合你這種俗人，佛教也從小乘變化成大乘。日本的鬼子母神信仰與其說是佛教，其實更接近原本的婆羅門教思想。結果鬼子母神——訶梨帝母到現在還不是沒捨棄執著，仍舊愛著她的孩子們嘛，但也因此才能獲得這麼多信徒。對了，聽說連日蓮聖人(註)也信仰鬼子母神，記得那間寺廟——法明寺就是日蓮宗嘛？」

「沒錯！」

木場大喝一聲。

「就是那間法明寺，我來可不是要聽什麼印度鬼子母神的演講的，是來問雜司谷法明寺的鬼子母神是怎麼一回事的。喂，你們是捲入什麼事件裡了？」

木場半強行將話題拉回原題上。木場是刑警，所以我不太願意將事情經過交代明白。但事到如今也無路可退，只好吞吞吐吐地交代起這兩、三天來的經緯。木場與其粗獷的相貌不符，十分擅長問話，令我反而交代得比說給京極堂與榎木津聽時更詳盡。

「哼。」

在我說完的同時，木場很不屑地哼了一聲。

「我早就覺得那家醫院很可疑，聽你這麼說，果然是魑魅魍魎的巢穴。」

「這麼說太過分了啦。那裡的確是有犯罪的嫌疑，但是……」

「幹嘛，關口，你沒必要替他們辯護吧。俗話說可疑不受罰，但反過來說就表示找出真正犯人之前，人人有嫌疑。不管是榎木津也好你也好，終究脫離不了外行人的想法。」

木場抽出插在後褲袋的扇子搧了起來。

「言下之意，您這位犯罪搜查專家從冒牌偵探探剛剛的話中聽出什麼端倪了？」

也不知京極堂是想奉承還是想嘲諷，帶著開玩笑的口吻在一旁插嘴。

「這個嘛……」

木場換腳盤坐，接著看著我的臉說：

「所謂的犯罪不是辦得到就幹、辦不到就不幹這麼簡單。要先有動機，之後才來看辦不辦得到。你們打一開始就沒把動機兩字放進腦子裡去。」

「有道理。關口，東京警視廳的大爺在賜教了，你可得聽仔細點。」

京極堂開玩笑地說。

可是，木場的話句句刺激到我心中的罪惡感。

要去久遠寺醫院時，我是以什麼心態前往的？

我不是該比任何人都更冷靜、更客觀嗎？

我雖然宣稱要自己解決，但接受委託的人是榎木津，我該貫徹的應該是第三者的旁觀立場吧？

可是我卻在榎木津沒常識且意義不明言行下失去原則，從頭到尾只是在自己的主觀意識下到處亂撞。

結果，我並非針對事件，而是為了我自己的問題探索而已。

我到底為委託人──久遠寺涼子做到了什麼？

……請您……救我。

別說拯救了。她家現在不還是遭到毀謗，醜聞廣為流傳了嗎？

註：西元一二二二～一二八二年。鎌倉時代的僧侶，強調法華經乃釋迦之本意。被法華經系諸派奉為宗祖。

這本下流雜誌，就是我無能的象徵。

「表情幹嘛那麼嚴肅，你只是個外行人，聽聽專家怎麼說吧。」

說完，木場重新坐正，表現出他是認真的。

「若問發生什麼事——首先是丈夫不在家。關於這點嘛，事實上的確不在，所以應該沒騙人，而且家人宣稱他是失蹤。可信的事實只有這點，其他都是基於各人的證言而成立。榎木津那個笨蛋姑且不論，你跟京極堂的妹妹的作法都是先某種程度完全信任她們的證言來進行搜查。但首先這種作法就有問題，失蹤只是家人宣稱，什麼證據也沒有。所以我們要考慮動機。密室什麼的以後再說。丈夫有失蹤的動機嗎？光這點就很可疑。雖然情報不足無法斷定，但目前看起來他並沒有失蹤的動機。若不是憑自己的意志失蹤，就肯定是被人殺害或監禁。假設如此，就一定有犯人存在。而目前符合可能的只有家人，因為暫時也想不到其他的犯人候補，當然就是先懷疑家人了。家人——很可疑。首先是妻子，她跟那個醫師見習生很有可能**有一腿**。這就算具有充分動機了。再來是傭人，很難想像他具有加害入贅女婿的動機。但是我也見過那個老頭，他忠心耿耿，不管主人——不是那個禿頭老爹，而是那個讓人很看不順眼的老太婆——說什麼都完全照辦。因此我們要把老太婆跟老狐狸的禿頭老爹這對夫婦也列入考慮，她們看來十分可疑。」

「為什麼？」

「首先是錢，聘金的用途很可疑。再來是老太婆認為女婿怨恨自己這點實在令人難以理解，這等於在說自己曾加害於別人。最後最可疑的就是——嬰兒失蹤事件。」

「這件事也有關係？」

不可能沒關係吧，木場斷言。

「亦即在這個假設中，妻子——這家的次女的怪病跟這一連串事件應該沒關係，沒錯吧。」

京極堂詢問。

「這是當然。我是沒醫學知識，可是生病就是生病，不是想生就生的，攪在一起只會增加混亂。對她們而言那應該是超乎預料的意外，她們非常戰戰兢兢，以為這是自己加害過的女婿所帶來的災難。至少在我看來是這樣。」

「那麼涼子小姐——長女又如何呢？我覺得她應該沒有嫌疑吧。而且是她主動來委託搜查的，應該可以將之從嫌疑犯名單中剔除吧？」

……救我……

至少這句話不是說謊。

「不，這反倒可疑。」

木場即刻否定了我的意見。

「失蹤過了半年才去找無能偵探商量，光是這點就很可疑。普通的失蹤去報警不就得了？所以她的行動只會讓人覺得是在刻意迴避警察。偵探是靠搜查吃飯的，所以一聽到失蹤事件四個字，多半會立刻產生先入為主觀念，以為就是要找人，於是便會帶著主觀認定到現場勘查。接下來她們又端出密室這種非現實的大餐來招待。於是偵探就會在主觀認定下，變成只會專心思考該如何從密室中逃脫而已，這就是巧妙之處。」

「怎說？」

「我想，那間密室一定準備好逃脫的方法了。」

木場斷定地說。

「不，等等大爺，我仔細調查過了啊。」

木場半瞇起眼睛盯著我看，他是在懷疑我的調查能力吧。可是調查的不只是我，還有極為冷靜的中禪寺敦子，她仔細調查過了。

我表示出我的想法之後，木場提醒我：

「從你的話聽來，京極妹的確是很仔細調查過，但她只調查過外面吧？那沒用的。」

接著說：

「那個第二密室特別可疑，就算從外面看不出破綻，裡頭也一定有設能簡單看破的機關，你是個外行人才會看不出來。總之如果找來的是個普通偵探應該就能簡單看出逃脫密室的手法。這麼一來你想會怎樣？明明沒人看到女婿，也會產生他**離開房間**的事實。」

「原來如此，就算藤牧真的被殺了，只要利用偵探，就能讓人以為——他還活著，是在自己的意志之下失蹤的，對吧？」

京極堂似乎感到很佩服。

那麼涼子也是共謀了？

不，不可能，她沒說謊。

可是京極堂接著又說了很可怕的事。

「也就是說，大爺你認為這是**一家共謀**的犯罪行為嘛？的確，只要一家人串通好就沒有任何謎團。」

「沒錯，可是**這些傢伙**選錯人選了，他們的運氣太背，好死不死居然找上榎木津那個阿呆。所以才會變成現在這種莫名其妙的後果。那個阿呆一點根據也沒有，就說什麼丈夫已經死了，她們肯定嚇一大跳。還好中途先回去，剩個比較好講話的關口偵探，這下總算安心不少。可惜事情可沒這麼好解決。」

「等等啊大爺，我的確是外行人，說不定真的有所疏漏。但是對她們而言，讓人以為死掉的藤牧還活著又有什麼好處？動機呢？動機是什麼！」

「我猜動機既不是妻子偷情也不是想私吞那筆錢，而是存心想將殺嬰之罪嫁禍在女婿身上。動員一家人就是為了這個。」

木場說出更可怕的話。

「聽好，首先妻子跟年輕醫生有一腿，開始覺得女婿礙眼。的確有可能因情愛糾葛謀殺丈夫，理由算是充分。但這就奇怪了，因為沒必要演出密室這種大戲，就算有必要也不夠人手，犯人只有兩個是辦不太到的。那，姑且假設傭人也是共謀好了，這樣就辦得到，但傭人沒必要聽從小姑娘的命令，能使喚傭人的只有老狐狸跟他妻子而已。老夫婦如果沒什麼可疑之處我還不敢妄下推測，但現成不就有個嬰兒事件？聽你們說丈夫入贅是在前年六月，失蹤是在去年一月，這剛好跟嬰兒失蹤事件發生的時期吻合。」

木場拿出記事本確認。

「嬰兒最早失蹤的時期是前年七月，接下來九月，最後是十一月。」

木場的推理若是事實，我這幾天的一頭熱不正像個小丑？

可是……我實在無法接受這個推理，總覺得……

總覺得有問題。

我一定遺漏了什麼重要事情。

「我猜丈夫在某種情況下得知殺嬰的事實，所以被做掉了。可是女兒不巧卻得了怪病，害得難聽傳聞四起。她們覺得這樣下去不行，所以才會想出這些手段，好將罪名推給女婿——以上是我的猜測。」

「這是你的主觀認定。」

我無法忍耐，叫喊出來。

「大爺已經先有偏見才會作出這種結論。而且目前也還不能肯定殺嬰事件是事實吧。就算真的有新生兒失蹤的事實，也不見得就是被殺掉了吧。就算真的被殺了，也沒必要為了保守秘密連藤牧也一起殺了啊！」

「沒錯，是主觀認定。但是關口，只要沒陷入對手的陷阱，主觀認定是很有用的。證據後來再找就好，如果沒證據就收回推論就好。沒先有點想法是沒辦法進行搜查的。」

「好一個特高警察（註）。」

京極堂在一旁攪局，木場回瞪他一眼。木場

註：「特別高等警察」之簡稱。特別高等警察為日本二次大戰前為維護社會治安，掃除社會主義、共產主義之蔓延而成立的秘密警察。於幸德秋水暗殺明治天皇事件之後成立，戰後廢止。

瞪人很有魄力，像我這種人肯定會嚇得縮脖子，但京極堂若無其事地接著說：

「不過大爺說的或許沒錯。關口，我之前也說過，要成為完全客體是不可能的。保持主體自覺去面對事情，有時更能獲得正確的結果。只不過前提是——嬰兒失蹤必須是事實。」

木場似乎聽不懂京極堂的說法，但隱然覺得是在支持自己，心情似乎又轉好。

「我認為嬰兒失蹤是事實，我的根據有三點。首先，來告狀的三組夫婦彼此之間互不相識。一組是板橋的傷殘軍人的水泥匠夫婦，另一組是住在上十条的貿易公司員工夫婦，最後是池袋的酒吧調酒師。我仔細調查過，這三組人馬彼此事前都沒接觸過。這麼一來這些控訴應該都是自發性的而非刻意串連起來找碴，可是也沒有道理連著三起都是偶發事件。第二個理由是護士的行蹤。事件發生時期在醫院上班的護士當中，與這三組的出生有關的全部辭職了，且之後也行蹤不明。聽說是回故鄉去了，可是在搜查開始的同時一起消失，未免太不自然。最後的理由是——京極，這個問題你比我擅長。」

木場說完看著京極堂。

「喂，京極，所謂的附身妖怪家系真的存在嗎？」

木場問。

該不會是附身妖怪的家系吧……

京極堂的話在我腦中響起。

果不其然——京極堂明顯擺出厭惡表情。

「有這種……傳聞嗎。」

「有，而且還是特級可怕的。」

木場誇張地點點頭，毫不遲疑地回答。

「不過基本上我討厭這種事。當然不是說不相信，但也說不上很信。就是因為不懂所以才討厭。我老媽以前很迷信咒術，不管是選方向還是選日子都要卜卦問神。被她影響，就算我覺得不準也還是很在意，麻煩死了。而且法律也沒辦法懲罰這些怪力亂神，輪不到我們這些警察登場。」

「從那邊聽來的消息？」

「這個嘛，是我請香川縣警幫忙調查的結果。久遠寺來東京是明治初年的事，年代太久了，本來就不期待會有什麼收穫，只是問一下聊備一格。」

木場再次翻起記事本。

「沒想到一問之下，久遠寺家雖然在城中擔任御殿醫，自詡為名流，但在其出身的故鄉卻是被人村八分（註一）的家族。在故鄉沒幾個家庭與他們有來往，禁止與他們通婚，所以那邊也沒親戚。理由就是他們是附身妖怪家系……」

「是什麼妖怪？」

「不太清楚，好像說是**疏髮童子**（註二）的家系。」

「疏髮童子？」

京極堂為我回答：

「那是讚岐一帶的孩童型妖怪。一般認為是種住在家裡的家靈，類似遠野的座敷童子。可是我沒聽說過那能當附身妖怪。」

「喂，京極，附身妖怪家系到底是什麼？跟人常說的被**裂尾狐**附身、狐狸附身之類的一樣？」

「不大一樣。所謂附身妖怪家系不是**被附身**而是使喚牠們**去附身**。亦即能使喚附身妖怪的家系，把它想像成憑著血脈來繼承的使喚裂尾狐或飯綱之法術能力就對了。這種家系出身的人，能使喚妖怪附身在人身上使之不幸。所以當然會受

註一：江戶時代以來，對於不遵守村中規矩的家庭所實行的消極制裁行為。除了如果放置不管會造成其他人危害的喪葬與火災以外，被村八分制裁的家庭會遭其他村民斷絕往來。

註二：原文作「おしょぼ」，據說是一種留西瓜皮髮型，且頭髮稀稀疏疏（しょぼしょぼ）的女童型妖怪。

共同體中的其他家族討厭，嚴格禁止與之通婚，以免繼承到他們的血統。」

「怎、怎麼可能真的有這麼不合理的事情！那是幕府時代的遺毒吧？是迷信啊！現在是昭和二十七年了，大爺，京極堂，你們腦子有問題吧！」

「關口，很遺憾你的瞭解不夠深入。附身妖怪家系的習俗到現在還是深植人心，無法等閒視之。」

京極堂毫不留情地反駁我。

「附身妖怪家系是民俗社會裡的一種裝置，當共同體內部發生什麼難以理解或不合理的事件時，這就是用來當作解決手段的一種民俗裝置。如同鬼的誕生**必須**出自於異常出產一般，村內的不幸也**必須**來自於附身妖怪家系。」

「可是所謂的附身妖怪只是神經症或精神病症的病例而已吧？情緒激動、產生人格分裂的症狀徹徹底底是屬於個人性質的要素，怎麼可能使人被附身！」

「只由病理學的面相來討論附身妖怪是很危險的，只討論症狀的話，只憑你的熟悉範圍——心理學、精神病理學或許是能解決，但是那僅呈現出其中一個面相罷了。此外還有透過民俗學來理解的途徑，在這方面，大多認為狐仙等民間信仰是受到大陸傳來的蠱道及陰陽道的影響而產生。但這也只解釋了歷史背景，沒解釋到被附身後為何會產生近乎瘋狂的症狀。」

「沒錯，把雜亂的民俗學外衣脫掉後，剩下的就是單純的病症問題，例如神經症或精神病等病症。」

「所以說那只是附身妖怪的一個面相而非其本質。病理學的途徑只能說明妖怪附身概念中附身現象的現象部分，完全忽視了『家族盛衰』與『財富集中』之類的機能部分。必須將這些部分全部包含在內才能看清妖怪附身概念的全貌。我認為，附身妖怪其實就是共同體導入『經濟』這個新價值觀時產生的民俗裝置。在這之前財富等於收成，因此共同體如其名所示，完完全全是個命運共同體。但是當貨幣的流通變得普遍，共同體內部的財富分配也開始隨之無法均衡，亦即共同體內部開始產生了貧富不均的現象。因此需要一個裝置來消弭此一現象，於是人們從遠古流傳至今的神明附體信仰中創造出一模一樣的妖怪附身概念。神明附體原本就是一種用來將不屬於這世界的假想現實以虛擬的方式置換為這世界之物的系統，是一種很適合用來理解難以接受的現實——非日常的方式。因此日本會產生妖怪附身的概念是必然的，因為使之發生的土壤、環境已經成熟。換句話說，病理學的面相被這個環境——要說是文化也可，社會條件也罷，總之被這個民俗學的面相所吞沒。缺乏兩個面相其中之一都無法理解日本的妖怪附身概念。」

「你說的我懂了，但你不是說附身妖怪家系的人能驅使妖怪**去附身**在別人身上？不是自己被什麼附身吧？」

京極堂又揚起單邊眉毛，擺出老樣子的表情說：

「不，根據統計資料看來，不知為何這類家系很容易生出具有人格分裂等神經症或精神病的人。當然也有並非如此的情形，且若能摒除民俗上的偏見或許也能有所改善，但很不幸的，目前的狀況下的確如此。所以我才說不應該只將妖怪附身徹底視為個體的病症，這與文化、土壤條件是有密切關連的。」

京極堂與木場都很鎮靜，只有我一個人很著急。

「可、可是，聽說久遠寺家代代由女性當家，她們從好幾代前就一直招贅，所以附身家系血統應該早就消除了吧。」

「關口，你看起來怎麼怪怪的。算了，一般說來附身妖怪家系是由女性來繼承的為多，所以婚姻才會被視為禁忌啊。」

「可是……」

不對，這些事一點也不重要。

「或許、或許你說的都對，可是京極堂，這跟這次的事件沒有關係吧。我從剛才就一直在強調這點啊！」

我不肯罷休，回答我的是木場。

「就是有關係咧，關口。我是不懂什麼民俗面相、病理裝置的，可是根據當地縣警的報告，故鄉的耆老說久遠寺家所驅使的怪物不是什麼狐狸之類，而是**嬰靈**。」

我啞口無言。

京極堂以低沉的嗓音打破沉默。

「原來如此，所以才會說是疏髮童子家系。我懂了，就像犬神使要養犬神，管狐使養管狐一樣，疏髮童子的家系就得養童子，也就是說，得養**死掉的孩子**。」

一陣感嘆之後，京極堂在胸前叉著手說：

「可是真的有這種家系存在嗎？」

「聽說就是有。耆老說那家人早就在殺嬰，怎麼現在才來問這種問題。或許這是你說的基於迷信而生的偏見，這種話不能拿來當證據。但是——這麼看來，會不會太剛好了點？我都覺得背脊發涼了咧。現代如果真的還存在這著種家系，實在不能放任不管。沒錯吧？而且這裡還不是讚岐的鄉下，而是日本第一的帝都大東京咧。」

「就算是東京附身妖怪也還是存在啊。世人常說今天很走運、運勢來了等等，就是指有東西附著在身上的意思。亦即狐狸附在身上，搬財富過來的意思。賭博中贏錢的人成了暫時性的附身妖怪家系，驅使附身妖怪獨占財富。可見培養這種想法的土壤並不只限於鄉下地方而已。」

「只為了、只為了這點理由你們就想把那一家人當成殺人魔嗎！我不能接受！」

我又再次忿忿不平起來。

這種心情——不是跟昨天對榎木津的憤怒一

樣嗎？

我昨天是對榎木津不合常理的態度生氣，但今天情況不同，並沒有人採取不合理的行動。那麼，我究竟是在對什麼生氣？或許，真正的原因是因為情況對久遠寺家人，特別是對涼子有所不利才會生氣的吧？如果真是如此，我……

「這傢伙在氣啥鬼？」

木場的聲音也隨之變得高亢起來。京極堂則依然沉穩地說：

「很難判斷是公憤還是私憤。」

「當然是義憤，因為你們的說法根本是毫無來由的歧視。身為國家權力的代表，只憑這種理由就把一般市民當作嫌疑犯，這是舊時代的遺毒！完全是忽視基本人權，登不上民主主義大雅之堂的三流思想！」

不對，我憤怒不是因為這種理由。

可是常識性的論調無視於我的心情，從我口中溜了出來。

京極堂，難道我說的有錯嗎？我質問毫不動搖的朋友，但京極堂依舊毫不動搖。

「確實如你所言，這是與人種歧視、地方歧視同源且深入人心的惡習。是不應該存在，也是必須努力消除的。但是理解現況不該與之混為一談，不去瞭解就無法改善，我們不能因不想到這種惡習就去扭曲歷史上、文化上的事實。就算把狐狸附身置換成恍惚狀態，把附身妖怪視為神經症，只要偏見還留在人心裡就無法根本解決問題。若是正確理解現況，便知道今日這種充滿偏見的老舊習俗依然存在，且這個事件也是基於這種土壤而成立的。」

京極堂以平板的語氣說。

確實如此吧，我當然也知道！

木場闔起扇子，雙手在胸前交叉，嘆了一口氣。

接著看著我說：

「你們的話老是囉哩八嗦的沒有幫助。關

口，你倒說說看這個事件有什麼解決方法？久遠寺一家確實是受到無來由的打壓與偏見，是悲劇性的一族，以前就被世間用有色眼鏡歧視至今。可是對我來說，這跟事件之間完全沒有關係。就算他們是可憐的一族，也不能保證他們一定都是善良百姓，與嬰兒失蹤毫無關係。好，我們就假設你說他們一家人都沒說謊，且女婿進入的房間是個沒有出口的密室好了，這種條件現實上有可能成立嗎？好端端的一個人，絕對不可能完全消失……」

「使用藥物的話，也不是不可能。」

「京極你別插嘴。總之關口，你的主張要成立，女婿就得像道煙一樣的消失掉，不然就是讓他披上天狗的隱身衣溜掉。」

「講得好，大爺，提到天狗隱身衣實在是高見。如果藤牧真的是威爾斯（註）筆下的隱形人就很合理了。搞不好他現在也還在醫院裡徘徊，餵老鼠飼料，然後把日記中不想被人看到的部分抽掉。嗯，真是高見。」

京極堂愉快地笑著說。

可是木場卻是一臉認真，用他的小眼睛默默地向我威嚇。

「總之，我承認我在搜索上確實碰上瓶頸，可是大爺的推理也一樣缺乏決定性的證據啊。我想說的就是目前要提出結論，必要的資訊量還不夠。」

「姿態怎麼突然降低了？關口，在我看來，你的態度實在有點怪，有什麼隱情嗎？」

京極堂問。

我不知道，真的有隱情嗎？

隱情。

——學生哥，來玩吧。

那時我……

我……

「好。」

木場突然大聲說話，打斷了我的思考。

「既然你那麼關心，要不要跟我一起搜查？反正這事件也讓我給知道了，沒道理放著不管。」

出乎意料的發展。

「控訴都取消了，警察還能進行搜查嗎？」

面對京極堂的發問，木場認真地回答：

「我是刑警，不是偵探，就算沒人委託只要有可疑的事件就能搜查。防範犯罪於未然是公僕之責。嬰兒事件發生時情況還不明朗，但這次的失蹤事件是家人公認的，既然事實上有人委託偵探調查，我沒道理不能出馬。」

木場展現出一無所懼的笑容。

委託人涼子肯定不樂見警察介入。事情已發展到這種地步，就算放著木場不管他自己也會跟過來，那麼有我陪同至少會好一點，只要比木場更早解決事件就好。我不希望讓她受到充滿木場主觀意識的偵問而覺得不愉快。

木場提議先去找原本在久遠寺家服務的佣人時藏、富子夫婦問話。用不著木場提議，我今天原本就打算去拜訪他們，所以立刻就同意了。

木場已經找出時藏夫妻的住處。夫妻倆在孩子戰死之後，現在棲身於板橋經營乾貨店的遠房親戚那裡。留下開始讀起日記的店主，我們離開了京極堂。

這是我第一次造訪板橋。

板橋原本是舊中仙道上的旅館街，街道兩旁還算熱鬧，但只要拐個彎進入小道，就是以土牆、木板牆隔成的迷宮。戰後，以復興為名的區

註：全名赫伯特・喬治・威爾斯（Herbert George Wells）。一八六六～一九四六年，英國著名小說家。著有著名科幻小說如《時間機器》、《莫洛博士島》、《隱形人》、《世界大戰》等。

劃重整工程在將各地的城鎮劃分為直線的過程當中，只有這裡還保持著有機曲線。這或許是沿著地形自然產生的現象，但也同時給了我彷彿在胎中巡繞的安全感以及視野不明的不安感。

「我的老家在小石川，所以對這一帶很熟。」

木場說完瞇起眼，又接著笑著說：

「板橋這個地名是因為石神井川上的木板橋而來，地名的由來通常很隨便。」

那間店叫做梅屋商店，黑抹抹的招牌上大大寫著「乾貨」兩字，看來在戰爭中遭過火災。

店前雜亂地擺著魚乾、葫蘆乾，上頭掛著泛黃的價碼牌。不管是建築物、看板還是商品都呈現出同樣色調。店頭充滿了乾貨獨特嗆人的臭氣，我覺得很受不了，不過木場似乎毫不在意，像是在物色商品一般繞了一圈。真想拿來下酒，他說。

我不知該回答什麼才好。

「歡迎光臨。」

店裡的婦人看也不看我們，義務性地發出親切的招呼。婦人約莫四十前後，個子小，有點發福，穿著暗色的毛衣與髒兮兮的圍裙。這位女士應該就是時藏夫婦的遠房親戚。

木場幹練地接近婦人，小聲對她說了幾句話後從胸前口袋掏出手冊。是用來證明警察身分的手冊。婦人的小眼睛睜得不能再大，連忙跑進房間裡，又出來引領我們入內。

連接店頭的客廳裡只放置了一張茶几與茶櫃，十分儉樸，榻榻米上擺了三個破掉的坐墊。還沒坐上去，紙門就打開，婦人露出臉來。她背後的老人——澤田時藏把她推開，現身在我們面前。

時藏瘦得像隻鶴，蓬髮蒼白，眼窩凹陷。

「官差找我有何用？我跟你們沒什麼話好說的，回去。」

時藏老人用沙啞，但充滿張力的聲音靜靜地向我們威嚇。

我從他黑溜溜的眼珠子裡感受到長年累月培養出來的堅強意志。反過來說，其雙眼蘊含著十足的魄力，能使任何想與這名老人正常溝通的人知難而退。

「我們才剛來就想趕人，老爺子可真過分啊。可是你不是已經跟主人斷絕關係了？對我們更和善點也不會受罰吧？」

「你們四處傳播對我有大恩的主人的壞話，我跟你們沒有什麼話好說的。」

「喂喂，別把我跟那些流氓當成一夥的，我可是領國家薪水的公務員咧。」

時藏的表情又變得更凶惡，且目光益發陰暗。

「國家為我做了什麼？國家為我做的，就只是送掉我兒子性命而已。」

「時藏先生。」

木場以眼示意我上場，於是我靜靜地開口了。

「今天我們來不是為了嬰兒事件，事實上，我們在尋找失蹤的久遠寺少當家，關於這件事能不能提供我們一點線索？」

「如果是為了這個，更沒什麼好說的，我什麼也不知道。」

時藏猶豫了一會兒，最後似乎又把心房更封閉起來。

「太冷淡了吧老爺子，這是對你有大恩的久遠寺家的大事啊，稍微幫忙一下也無妨吧？」

「老爺嗎？夫人請你們找人的？」

老人明顯失去冷靜，刺激他的忠誠心果然有效。

「是大小姐——涼子小姐委託我的，我不是警察，是受到涼子小姐拜託才來的。當然，如果能不張揚就解決的話我會盡量避免警察介入的，請務必提供我……」

「你說涼子小姐！」

老人的大聲叫喊打斷了我的話。從他的黑色

瞳孔中瞬間見到了一抹慌亂，那與其說是吃驚，更近似於恐懼。

「那就更沒話好說了，欸！快、快滾！不要再來了，快給我滾！」

老人站起身，邊看著我的臉邊倒退，手向後打開紙門，邊吼叫邊逃進隔壁房裡。剛剛的婦人端著盛放茶杯茶壺的盤子，呆然站立於紙門背後。

我跟木場頓時啞口無言，率先打破難堪沉默的是婦人。

「真、真抱歉。老爺子的個性彆扭，真是對不起。求你們原諒他，別把他抓走。」

婦人梅本常子把頭低得不能再低，不斷地向我們懇求。木場安撫她說我們並不是來抓人的，要她不用擔心，但是要她坐下還是花了不少時間。

據常子所言，澤田時藏、富子夫婦來這裡的時間是在去年春天三月初的時候。約是失蹤事件的兩個月後。常子死掉的丈夫是富子母親的堂弟，實際上並沒有很深的關係，因此當時感到十分困擾。

「唉，我也是孤家寡人，不是不能理解他們的苦境。可是姑且不論婆婆，我之前根本連看都沒看過老爺子，所以他們來求我收留時，真的不知該怎麼辦才好。」

「那最後為什麼又答應了？」

「因為啊，老先生的反應我是不知道，可是婆婆好像怕得要死，說不能繼續留在久遠寺家裡了。問她發生什麼事了也不肯說，而且啊……」

「而且？」

「這個嘛，久遠寺家給了他們一大筆錢。」

「一大筆錢？有多少？」

「這個嘛……」

常子似乎很在意隔壁房的動靜，遲遲不肯說，不久，帶著難以言喻的表情探頭過來，抬起右手招手示意我們靠近，說：

「不瞞您說，有一百萬呀，一百萬。是我這種窮人連看都沒看過的一大筆財富啊。」

說完突然用手摀住嘴，神情十分緊張。

「哎呦，這算犯罪吧？我收下了耶，我願意歸還，能不能原諒我？哎呦，怎麼辦。」

「別緊張，冷靜一點。我不會抓妳的，老闆娘。結果這一大筆錢用在哪了？」

木場像是哄小孩一樣安撫她，這位婦人面對權力時似乎有近乎強迫症般無條件臣服的習性。

「這個嘛，修理這家店用掉了一些，剩下的全部都是老爺子在保管。」

「怎麼看都像遮口費。」

「大爺，這筆錢應該是來自藤牧的聘金吧。」

雖不情願，但不得不承認只有這個可能，畢竟這世上哪有雇主會在傭人離職時塞這麼一大筆錢的。

木場點頭。

「原來如此，就是拿來當遮口費才會什麼也沒做就用光。看來根本不是用在醫院的修理上，其他傢伙肯定也有拿到錢。」

現在的久遠寺醫院實在難以令人相信是花了五百萬修理的，其修補的隨便程度簡直像是沒花到一毛錢。

可是，如果給時藏夫婦的這一大筆錢，如同木場所推測的是用來遮口的，就表示久遠寺家有什麼非如此做不可的理由。

木場連點了好幾次頭後，抬起頭向婦人詢問：

「對了老闆娘，婆婆怎了？」

「這個嘛，婆婆說要出門到附近走走，剛剛出門了。雖然老爺子個性就那個樣，可是婆婆人很好的……」

說到此，常子又說對不起地道起歉來。

我們以等澤田富子回來為藉口，留下來繼續和這位膽子小的婦人問話。常子雖一方面擔心隔壁房裡對我們的來訪感到不愉快的時藏老人何時

進來罵人，但在警察的權威下，常子表現出近乎完全服從的態度。

據常子所言，澤田時藏於父親那一代開始在久遠寺家服務。時藏乍看似乎高齡，其實也才接近六十而已。不過連他父親那一代也算進去的話，或許可追溯到大正或明治，甚至是……久遠寺家還在讚岐的時代。

我把這個想法說出來。關於這個啊，常子表現出彷彿在街頭巷尾與鄰居太太的閒聊般熱絡的態度，開始說：

「聽婆婆說，老爺子他父親的母親不知怎麼回事，覺得人世無常於是開始行腳，發誓要繞遍四國八十八處禮拜地，在途中不支倒地時受到久遠寺的祖先搭救。那時他父親的母親已經懷孕，也就是已經懷了老爺子的父親，之後他父親就在久遠寺家的幫忙下順利生產，長大成人。而他們一家就一直在久遠寺家服務到今天。」

「原來如此，難怪說是一生一世的大恩人。」

木場說。

「對了，剛剛在老爺子面前提到大小姐的事情他立刻臉色大變，關於這個有沒有聽說過什麼？」

「幾乎沒聽說過大宅子那邊的事情……對了對了，很久很久以前，婆婆來拜訪我的時候好像說過什麼。」

「婆婆常來拜訪？」

「這個嘛，不知道是不是覺得寂寞，隔兩、三年就會來拜訪一次。記得是我家死鬼還生龍活虎的時候，應該是戰前，不然就是戰爭剛開始左右的事。我家的死鬼是在空襲中死掉的。」

「說了什麼？」

「好像說大宅子的小姐懷了野男人的孩子，不知該讓她生好還是不生好，全家上下亂成一團。」

「藤牧的孩子！」

果然京極堂的推測說中了。久遠寺梗子跟藤

野牧朗私通如果真的懷了孩子，差不多也是這個時期。

「那，孩子生了嗎？還是沒生？」

「婆婆是說只好讓她生，不過到底是怎樣我也不清楚。婆婆是跟我家死鬼說那個小姐還只是十五、六歲的小姑娘，所以老爺夫人也亂成一團。不過後來戰爭越打越烈，婆婆下次來的時候就是我家死鬼燒死以後的事了。好像是終戰隔年吧，那時大家只顧著活命，那檔子事早就忘了，所以我也不知道後來怎了。」

講到此，常子瞥了店頭一眼，話就此中斷，背向店面的我們覺得有異，回頭一看。

一個矮個子的老婦人站在店頭，原來是澤田富子回來了。

「常子，妳又在多嘴了？被老爺子聽到的話可不會饒過妳的。」

老婦人單手提著包袱，盡力挺直腰桿向常子施壓。

「婆婆，好久不見。」

「刑警如今還來找我做什麼？我知道的上次全都說了。常子，老爺子怎了？」

富子邊嘮叨邊進客廳，常子快速地向她說明事情經過，老婦人故意不看我們這邊，說：

「哼，就算如此我也還是沒什麼好說的，不快點回去，到時候老爺子做出什麼事我可不管。常子也不要理他們。」

無可趁之機。

「等等婆婆，先不說我，至少他是受到久遠寺家小姐拜託才來跑這一趟，妳們這麼不合作豈不是不給面子嗎？」

聽到木場所言，老婦人似乎有點動搖。

老婦人看著我的臉。

「你說的小姐——是梗子小姐？」

「是涼子小姐。」

「涼子小姐？那好，你想問什麼？」

出乎意料，老婦人很乾脆地接受詢問，反倒

叫我不知該問什麼。總之先問了她事件當天的狀況，但回答與所知的沒什麼差別。接著又問她在門打開時是否看到內部情形，她回答：

「我沒看，絕對沒看。我不知道，什麼也不知道。」

老婦人的否定超乎尋常。

常子插嘴說：

「可是婆婆啊，妳剛來我這裡時不是一直念著『好可怕、好可怕』嗎？那是在說什麼？」

「妳少多嘴。我早忘記了。妳再胡說當心待會挨老爺子罵，我可不管。」

富子的眼神變得與剛才她丈夫一樣恐懼，似乎也一樣想逃進房間裡。

「請等一下，最後再讓我問一件事。」

我想起一件一定得問的事了。

雖然完全不知道這個問題與事件是否有關係。

「妳知道——蛙臉嬰兒嗎？」

富子的手搭在紙門上，腿一軟，直接跌坐在地上。

「你、你怎麼會知道這件事……」

「婆婆，妳知道些什麼？」

富子像是緊繃的弦斷掉一般癱軟無力，哭喪臉看著我們。但我分辨不出那是悲傷還是恐怖的表情，這老婦人在剎時之間變老了多少。

老婦人維持這種表情，聲音沙啞地開始訴說：

「這是從老爺子那裡聽來的，據說久遠寺家原本是讚岐鄉下地方的大夫，地位顯赫。一樣都叫大夫，這可不是吉原那裡的大夫(註)喔，是專門幫人祈禱，會用咒語的那種。咒術師的家裡都有養神，像是犬神、聖天之類的。久遠寺流養的好像是童子神。」

疏髮童子的家系……

「有一次，一名遊方和尚在村郊住了下來。遊方和尚帶著一幅密傳卷軸，能靠卷軸的神通力幫人治病，廣受好評。久遠寺大夫看了心裡不是滋味，就派童子神去咒殺和尚，可是和尚的神通力太強了，詛咒全變成返咒回來，帶給村子災難。」

「返咒？那是什麼？」

「聽京極堂提過陰陽術裡有一種法術，能把別人送過來的詛咒反推回去。」

老婦人默默地點頭。

「因此，無計可施的久遠寺大夫就想到一招，騙說要向和尚道歉，邀他到家裡，讓他喝下蟾毒，蟾就是蟾蜍的蟾。」

「青蛙的那個？」

「久遠寺一族除了法術以外，還擅長調配各種藥物。遊方和尚吃下毒後立刻痛苦得不得了，死前詛咒久遠寺家，說『你們用蛙毒殺我，我就用蛙毒咒你們，詛咒你們到一族滅亡』，聽說死後屍體久久不爛。」

「簡直像民間傳說。」

「是民間傳說沒錯，不過我聽老爺子說的時候覺得好可怕。久遠寺搶走和尚的密傳卷軸以後，靠卷軸發了一大筆財。可是和尚的詛咒很可怕，久遠寺家生男的一定會變蛙臉，而且也活不久。所以久遠寺一族都是女人，誰也不肯娶這家的女兒。」

「這怎麼可能？婆婆，這到底是什麼時候的故事？」

「不知道，大概是久遠寺家被諸侯收為家臣之前的事吧，很久以前了。不過這件事是真的，我自己也看過，三十年前……」

註：吉原為江戶時期幕府公認的遊廓（公娼集中地）。大夫又稱太夫，為官府許可的妓女中的最高等級。

「三十年前？」

「富子！別再說了，真愚蠢！」

紙門不知何時打開的，時藏老人站在門際。

「刑警先生跟那位先生，已經夠了吧。我們什麼也不知道，能說的頂多只剩下這種老公公老婆婆的傳說故事，求求你們快回去吧。」

時藏的話語中充滿威嚴，完全拒絕進一步的詢問，富子與常子也就此不再說話。

我與木場不得已只好先離開梅屋商店，因為老夫婦回房間後就不再出來，而常子則是一直低頭為他們的失禮道歉，不再接受詢問。

只留下不舒服的感覺。

木場停下腳步看著我，語帶諷刺地問：

「文士兼偵探閣下，我這個特攻刑警覺得收獲還不錯，剛剛時藏夫婦的態度明顯很不尋常，新的證言也沒能解除久遠寺醫院的嫌疑，反而更讓人覺得可疑。因此我想聽聽久遠寺家擁護派的關口隊長有何高見。」

我無話可說。

澤田富子說的民間傳說黏滯在腦海裡，令我無法冷靜下來。

三十年前——那老婦人在三十年前見過蛙臉嬰兒？

三十年前的話，連涼子、梗子都還沒出生。這麼早以前究竟又發生過什麼？榎木津的幻視所見到的，是這麼遙遠的記憶嗎？

「哼，想得可真久。對了關口，既然都來到這了，我想順便去個地方，你當然願意陪我走一趟吧？」

「只要是跟事件有關的我都肯去，到底要帶我去哪？」

「最早控訴嬰兒失蹤的水泥匠家。距離很近，走路就能到。」

木場說完便走了起來。

道路一樣彎彎曲曲，前面視野毫不明朗。不經意間，我們已來到坡道上。

木場停下來向我說明：

「這裡是上宿的郊外，以前這裡長了很多朴樹跟櫸樹，所以是緣盡，意思是緣分已盡，所以老人家覺得很不吉利。原本的名字叫岩坡，但很多人故意取諧音將這裡叫做緣盡討厭坡（註）。不過比起要去京極堂家途中的那條墓町暈眩坡也還算好聽了。」

「墓町暈眩坡？原來那條坡道有這種名字喔？」

「什麼？你不知道喔？那兩邊不是全都是墳場嗎？所以叫做墓町，然後走到坡道中途過半會莫名其妙覺得頭暈，所以叫暈眩坡。」

原來油土牆後面是墳場。

「那裡很久以前原本有間不知叫啥鬼的寺廟，廢寺以後，現在由不知啥鬼宗派的和尚在管理。那條坡道以前好像是學京都的不知啥鬼玩意兒，叫做戾坡之類聽起來還蠻像一回事的名字，可是現在已經沒人這麼叫了。」

「京都？你說一条戾橋？」

「對對，就是那個。」

說到京都堀川的一条戾橋大家便會想到渡邊綱砍下鬼女手臂的故事，另外也傳說陰陽師安倍晴明在橋下養了十二隻式鬼。橋附近有晴明宅邸舊址，現在已成為祭祀晴明的晴明神社。

「原來如此！京極堂擔任神主的那間神社原來是晴明神社的分社啊。」

我不禁脫口而出。肯定沒錯，那時他借給我的燈籠是神社的物品。避邪五芒星又稱做晴明桔梗，星徽可說是安倍晴明的家紋。

木場見到我吃驚的反應似乎很訝異。

「什麼，你跟他交往這麼久都沒聽說過？記

註：朴樹（えのき）與櫸樹（つき）連起來唸的發音與「緣分已盡（えんのつき）」很相近。而岩坡（いわのさか）則與討厭坡（いやなさか）諧音。

得那間神社的名字好像就叫做武藏晴明社還啥鬼的，啊，快到了。」

緣盡坡走到底就是貧民窟。伴隨著板橋宿的廢止，無處可去的挑夫、流浪藝人、工人等等便在此住了下來，如今住在這裡的主要是工匠、小賣店、回收業者、乞丐之類的分子。

隨意搭蓋的大雜院與木造出租公寓櫛次鱗比，黑抹抹的水溝蓋與潮濕空氣引人憂鬱。可是居民的性格與環境相反，非常開朗。四處可聽見小孩子的笑鬧聲與女人的談笑聲。

「我啊，喜歡這裡的居民，喜歡他們那種窮得沒錢洗澡也不算啥的氣概。反而是那些蹺著二郎腿坐在窮人背上的傢伙才叫人討厭。哼，日本不久以前到處都是這種人。」

木場說完挺起胸膛。

沒錯，戰後的日本到處都是貧民窟，同時也蘊含了沒來由的開朗與生命力。就像這裡所呈現的一樣。

剛復員的我無法理解這種開朗從何而來。日本在戰爭中不是輸了嗎？為何大家都不悲傷？過去相信的事情錯了；那時政府不斷灌輸人民要以身報國、寧可玉碎不為瓦全，不斷堅持主張戰爭的正當性，到了戰後卻翻了個一百八十度，開始標榜起民主主義來。另一方面國民似乎也不畏懼貧窮的洗禮，在我的眼裡每個人都精神抖擻地生活著。

老實說，我是徹頭徹尾的反戰論者。但是我的避世性格更勝於反社會性格，所以並沒被人看穿，而且最後也還是不情不願地上戰場，說到頭來只是個膽小鬼。我覺得這樣的自己很可恥，可是在我眼裡，許多日本人當初似乎又真的打從心裡相信戰爭的正當性，當然沒人喜歡戰鬥和死亡，可是真心懷疑過國家政策的人究竟又有多少？

總之，以這種不可思議的生命力為基礎，國家順利與他國媾和，國民的生活水準也勢如破竹地提升。同時隨著富足的到來，這股生命力也逐漸變得稀薄。

但是這股生命力還存在於這裡。如果說這股生命力是發展的原動力，那麼這裡總有一天一定也會變得跟其他市鎮一樣美麗吧。

我想一定如此。

木場斷斷續續地說了起來。

「那傢伙叫原澤伍一，職業是水泥匠，今年三十五歲。妻子則叫作小春，年紀大概是三十前後，算得上是美人。原澤與小春是相親結婚，婚後半年被徵兵到緬甸參加英帕爾作戰，在那裡丟了一條腿，手指也被炸掉。好不容易撿回一條命，復員回來家人卻死光了。」

刑警皺起眉頭，這是他常有的表情。

「只有妻子還活著，可說是淚水交織的感人再會。純情的他感動得要命，拖著行動不方便的身體拼命工作，好不容易幹到能養家活口，孩子也出生了，你說這能不高興嗎？——但那個孩子——就這樣失蹤了。」

木場像是在談自己的事情一樣，簡潔清楚地敘述完原澤的半生。

我想不出什麼好安慰的話，只好保持沉默。結果在我開口之前我們已先抵達目的地。那是一間叫做「羽生」的大雜院。不知是採用地名還是人名來命名的。

「打擾了！」

木場大聲招呼，開門進入。

男子反射性回頭，佈滿血絲的雙眼充斥著畏懼。一疊紙片從男子手中掉下，散落一地，是紙幣，男子——原澤伍一連忙伸手去抓。

「幹什麼，你太緊張了吧，喂。」

原澤沒回答木場，忙著將抓到的紙幣塞進口袋裡。

不知到是榻榻米腐爛還是發霉，整個房間充滿了酸腐的臭味。房間內只擺了一張木板床與代替桌子的木箱。木箱上擺著幾本雜誌，最上頭的

雜誌似曾相識，那是……

《獵奇實話》！

「原來去告密的是你這傢伙！現在還搞這種把戲想幹什麼？你不是早就撤銷控訴了！」

木場邊威嚇邊踏進房間裡。

原澤像是感受到危險的小動物般擺出應戰姿勢瞪著我們。

「想、想做什麼！抓得到就來抓啊，我、我才不怕！把自己知道的說給人聽來換點錢有什麼不對的！」

滿臉濃密的鬍鬚加上略顯稀薄的頭髮使他令人分辨不出年齡。其眼神早已超越恐懼，甚至帶點凶暴的色彩。

「混帳東西！你還在恨久遠寺嗎？」

「廢、廢話！好不容易生了小孩卻被人擄走，我怎麼可能吞下這口氣！」

「那你幹嘛撤銷控訴！而且事到如今還偷偷摸摸……原來如此，你抓到什麼新消息了對吧！」

「那又怎樣！要我告訴你們這些什麼忙也不幫的警察，門、門都沒有！」

原澤胡亂地伸手抓起木箱上的雜誌，一個沒抓牢，全部掉到榻榻米上。

大概有四、五冊之多，全是不同種類的低劣雜誌。

這些雜誌上全部刊載了久遠寺醫院的醜聞。我的腦袋又變得火熱起來，但奇妙的是我卻不覺得憤怒。

只覺得心情很複雜。

「原澤，冷靜點，我又開始重新調查那個事件了。」

「什麼！」

「我又開始調查嬰兒失蹤事件了。」

原澤停下動作。

「你……剛剛說什麼？」

「我說，我現在又開始調查久遠寺的事件

了，這個傢伙——某種意義下也算是久遠寺家受害者。」

木場如此介紹我。

我不肯定也不否定，只對原澤點個頭。

原澤似乎以為我也是孩子失蹤的受害者，帶著憐憫的眼神望著我。

木場先讓我進房，跟在我背後將拉門帶上。原澤沒說話，靜靜地站著。

只是，他混濁的眼裡已逐漸失去野獸般的凶暴，取而代之的是從全身散發出沉痛的倦怠感。

我先問他為何覺得小孩是被擄走。

原澤略無表情，但仍很柔順地回答。

「我妻子的身子骨本來就不太好，加上生活貧困，變得更虛弱了。在這種大雜院生活實在無法生小孩，所以我沒日沒夜的工作，存了一筆錢。由於我老爸跟兄弟都死於戰爭，所以我很想要有個後代。我擔心妻子的身體，所以先存了一筆錢讓她住進那家醫院——當時不知道是那種醫院——總之先一次付清全額，讓妻子住院，接著又努力工作好準備搬家。為了錢，我沒辦法挑工作，一直像悶在罐頭裡一樣在房間裡專心工作，所以孩子快生時也聯絡不到我。我在不知情的情況下拚命工作。」

「也就是說，臨盆之際你並不在醫院裡？」

「嗯，而且我也覺得送進醫院就可以放心了——當初也是因此才努力存錢。等到聯絡到我時孩子已經生下了。一聽到消息，我立刻飛奔到醫院。」

「就是這麼一回事。」

木場補充說明。

「控訴嬰兒失蹤的傢伙全都是在孩子出生時人在其他地方，在醫院的只有孕婦而已。」

「到醫院時就覺得情況有問題，院方好像故意在迴避我，氣氛很悶。等到醫生出來，通知我說是死胎，我不知該吃驚還是該悲傷，因為之前

還說很順利的。總之想到該去安慰妻子，他們又說什麼產後恢復狀況不佳，謝絕面會，等見到面已經是三天後了。妻子精神很恍惚，讓人覺得很怪。一個星期後出院了，妻子說出更怪的話，說什麼有聽到孩子的哭聲，不可能是死胎。不久又說想起來了，醫生說生了男孩子。情況實在太怪了，所以又跑去問醫生。」

「醫生說什麼？」

「說我妻子受到的刺激太強，所以才會有幻覺、幻聽。我妻子的情況的確有點怪，精神好像出了問題，可是我還是沒辦法接受，就說至少讓我看看屍體吧，結果他們又堅稱屍體已經焚化了，塞給我這玩意兒。」

原澤用下巴指示——房間角落擺著一個小型白色骨灰罈。讓我聯想到京極堂的點心罐。

「裡面只放了幾顆不知道是骨頭還是石頭的東西。被人塞這種東西，說這就是你的小孩，我可沒辦法接受。怎麼可以沒經過我同意就送去火葬，雖然說裝在罈裡還算令人感激，可是打開一看，裡面根本是垃圾嘛。」

不知不覺間原澤哭了起來。

我也覺得很難過。

「那你為什麼又撤銷控訴？」

「我妻子要我算了，忘記這件事，重新來過就好。」

原澤發著抖繼續說。

「可是……其實是，那女人、那女人把自己的孩子賣掉了！」

「什麼？」

「我去找警察撤銷控訴的隔天，那女人就不見蹤影了。所謂重新來過，原來是她要自己一個人重新來過。後來才聽說，久遠寺的使者早就來過好幾次。這種大雜院，講什麼話隔壁都聽得一清二楚。那女人拿了錢，要出這種手段，把我的孩子用一百萬賣掉了！」

原澤扭曲著滿是鬍鬚的臉掉下眼淚。

「又是一百萬，的確是很讓人心動的價格……」

「住口！不管多少錢也換不回孩子！那是我的、我的孩子啊！」

我忍不住別過頭去。

久遠寺醫院各付一百萬當作和解金，總共就是三百萬。加上時藏夫婦的遮口費也是一百萬。這麼一來有多少也不夠用。

難怪藤牧的聘金一天就全用光了。

「原來如此，難怪其他人也是同時期撤銷控訴，原來是他們撒了大把鈔票——別人不說，你還被妻子背叛，連——大把鈔票也飛了。」

木場感觸良多地說。

「喂，原澤，忘了那個女人吧。孩子的仇我幫你報，不過別在雜誌上散播那些奇怪的傳聞了，把你知道的事情告訴我吧。我雖沒辦法給你錢，可是我保證一定幫你揭發他們。俗話說天網恢恢疏而不漏，相信我。」

原澤盯著骨灰罈一段時間後，似乎看開了，用袖子擦乾眼淚，朝著木場說：

「妻子跑了之後，聽到警察也停止搜查，有段時間一直沒心情工作，天天睡在家裡。覺得早知如此，當初乾脆死在緬甸還比較好，也想過要自殺。」

原澤的語氣變得客氣許多，或許是想對木場表現出恭順之意。

「可是——後來越想越覺得有氣，決定要對那個醫生復仇。一想到此，變得坐也不是站也不是，就拿存下來的錢當作資金，學刑警每天四處去打聽。我當然知道這沒什麼用，只是想抒發不滿的情緒而已。只不過……」

「只不過怎樣？」

「偶然在池袋的酒館遇到那個護士了。」

「護士？」

「孩子出生時人在現場的護士，她叫做澄江。」

「澄江？戶田澄江嗎？」

「是。她說曾回老家富山一陣子又回來了。」

木場表情僵硬起來，大概是原本不知去向的護士當中之一吧。

「我設法接近她，澄江老像是喝了酒，總是恍恍惚惚的，摸不透底細。聊過幾次之後交情變得深厚，也變得肯跟我說很多事情。根據她說，我的孩子確實是……」

「生下來了？不是死胎？」

原澤用力點頭回應木場的詢問。

「而且還是澄江幫他洗澡的。可是產後第二天孩子就不見了。如果澄江的話是事實，就是久、久遠寺家的女兒帶走的，而且還殺、殺掉了……把他殺掉了……」

致命的證言。我心跳加速，《獵奇實話》中的標題在腦中翻騰。

吞食嬰兒的鬼子母神。

奪走他人小孩，搾取生血活脂。

奪走他人小孩。

原澤臉色蒼白望著虛空。

「聽、聽說是額頭上有顆大大的痣，很有精神的男孩子，沒錯，澄江是這麼告訴我的。聽了這些，刑警大爺，你還能相信我的孩子是死胎嗎？」

「嗯……失蹤的孩子出生時在現場的四個護士後來全都不在東京了。因為你們撤銷控訴，我們也沒辦法繼續追查她們的行蹤。」

「澄江說，同僚全都被塞了一筆錢遣送回故鄉了。澄江收了二十萬，久遠寺還幫她介紹新工作。但她住不慣鄉下，所以又回到東京來了。」

護士一人二十萬，四人就是八十萬。

這麼算來，藤牧的聘金幾乎全部花光了。

「只不過，那個女人回東京來還有別的理由。」

原澤略低著頭，臉上浮現自嘲般的笑容。

「什麼意思？」

「毒品啊，毒品。那女人在吸毒，所以才會一天到晚精神恍惚。」

「毒品？希洛苯嗎？」

「我原本也以為是希洛苯，可是看起來又不大一樣。刑警大爺從軍時應該也有過經驗吧？吸希洛苯精神會很好，可是那女人不同。」

「那是其他毒品嗎？可是那又是哪來的？」

「哈，當然是久遠寺。我猜那女人肯定在勒索，當然不是為了錢，而是為了毒品……」

「是曼陀羅！」

我不小心喊了出來，立刻覺得後悔。

說出來只會對久遠寺家的人不利而已。

「那是什麼？是你說過的長在庭院裡的那個什麼牽牛花嗎？」

很不幸地木場還記得很清楚。

「嗯，毒品也有好幾種類型。希洛苯屬興奮劑，能讓神經覺醒，也就是變得昂揚起來。而曼陀羅則相反的能讓人鎮靜……原澤先生，你太太產後的樣子跟那位戶田小姐是否有相似之處？」

我幹嘛問這些多餘的問題！

「這麼說來，的確很像。那、那間醫院也對我妻子下那種藥？」

「曼陀羅的植物鹼可當作安眠藥或鎮靜劑使用，但用量跟方法一個差錯就會使人陷入幻覺狀態——也就是會使人分不清幻想與現實，引起意識混濁。所以……」

「看來他們打算讓他妻子腦筋混亂，以為生產本身是幻想的。」

木場下了結論。

我對自己的話覺得恐懼。

木場似乎已經下定決心，問原澤：

「喂，原澤，你知道那個戶田澄江的住處嗎？」

澄江的確是決定性的證人。

「她死了。」

原澤小聲回答。

「死了？」

「今年春天，我去她家時發現房間空無一物。聽房東說，她一直沒繳房租，去她房間收錢時才發現她已經變成冰冷的屍體了。聯絡她老家也沒人收屍，房東沒辦法，就把她埋在……好像是中野那裡的大墳場吧。」

我跟木場面面相覷。中野的墳場不就是墓町嗎？原來我們已經穿過掌握事件關鍵的證人墳墓而渾然不覺。

至於我更是不知……經過多少次。

「死因是什麼？自殺？還是他殺？」

「不知道啊。房東是說他一看到屍體嚇了一跳，連忙叫醫生叫警察來，檢查結果說是衰弱而死，大概是營養失調，一直沒好好吃飯才死的。」

「自然死嗎。」

多半是吧。

不，如果她真的以某種形式繼續吸食曼陀羅的植物鹼的話。

如果開處方的人刻意將配方稍微改變的話。

曼陀羅作為殺人工具是極為有效的。

不過關於這點我保持沉默，再想下去實在太可怕了。

「也有可能是嗑太多藥了，那個……什麼牽牛花？那個應該也有致死量吧？吸食過量也是會死的吧？」

木場似乎看穿我的想法，但我還是不敢回答。

木場胳膊交叉胸前，凝視著原澤的臉。

原澤的視線飄散在虛空中，側開他那張鬆垮散漫的臉。

「喂，原澤，要是叫你將剛剛說的話在法庭上作證，你應該願意吧？」

原澤的動作像是痙攣一般瞬間將視線移回木

場身上。

「既然跟非親非故的出版社都能說了，沒道理不能出庭作證。這也是為了你的孩子，願意嗎？」

「這、這是什麼意思？」

木場原本細長的眼睛瞇得更細、更加銳利。這是他情緒激動時的習慣。

「只要你有心，我明天就申請搜查令去搜久遠寺家。怕什麼，他們也是有弱點的，我一定會揪出他們的尾巴幫你報仇。」

「可是，刑、刑警先生……」

「擔心啥，戶田澄江可不會白死，只要用那個當理由一定能申請到搜查令。最近毒品取締得可嚴了。」

原澤用他混濁的雙眼在我與木場的臉之間交互張望，不久開口，聲音帶著顫抖。

「刑、刑警先生……你說報仇、報仇是怎麼報仇？你能幫我判他們死刑嗎？你能幫我判那個醫生、那個瘋女人死刑嗎？」

混濁的眼睛因淚水顯得更加陰暗，表情扭曲變得益加詭異。

人們常說淚水是美麗的，但這只不過是極為抽象的概念。哭泣的人看起來全都一樣難看不已、卑微。他們的樣子只能說是悽慘，絕不美麗。

現在，我眼前的這名男子正為了失去的孩子哭得難看不已，而被這男子認定為仇敵的久遠寺梗子也一樣在我面前為了失去的丈夫哭得難看不已。

這男子或許能在木場的幫助下得以擦乾淚水。

那麼久遠寺梗子的淚水又是誰來擦？

木場說：

「或許沒辦法判死刑，不過至少能讓他們為自己所做的事贖罪。我會把躲在土中的土撥鼠揪到光天化日之下——讓他們接受制裁。」

「那些高官不懂我的心情。警察從來就不是我們窮人的朋友。不管何時，不管是神是佛，都沒站在我這邊過。」

原澤原本扭曲的臉上又開始顯現出凶暴。

「原澤，我原本是相信先前戰爭正當性的人之一，所以在聽到玉音放送（天皇宣布日本投降的廣播）時變得什麼也無法信任。可是現在頭腦冷靜下來思考之後，覺得那時果然還是有問題，現在的民主主義世界才是對的。這麼一想，正義不就是像是一頭讓人摸不透的怪物嗎？勝者為王敗者為寇，強者永遠是這世間的正義。所以……」

所以……木場又強調了一次。

「所以，就如你所說，這世上弱者是不會有神佛來相助。但是，正因為不管是神是佛還是正義都不值得信賴，所以我們才需要法律。法律是讓弱者變強的一項武器。不要背離法律，讓它站在你這邊。」

我雖不太能同意木場的理論，但對於無人可求、又窮又悲慘的孤獨男子而言，他這番話具有十足使人奮起的力量。

最後原澤從房間角落端來骨灰罈放在膝上，臉朝下，小聲說：

「那就拜託你了。」

我與木場一語不發地離開大雜院。

木場某個程度來說是個做事精明的人，多半會如他剛剛所宣告的，明天就帶著搜捕令前往久遠寺醫院吧。

這樣真的好嗎？

真的該就此解決嗎？

「大爺，不，木場刑警，久遠寺家的搜查，能不能拜託你暫緩個一天？」

要他暫緩又能如何？現在的我什麼事也做不了。

木場很受不了地看著我。

「我能瞭解原澤先生的心情，但我也有不得

不解決的問題。我發誓，絕不會作出湮滅證據等對受害者不利的事情。我只是希望調查到能對自己有個交代為止。拜託你，請相信我，只要給我一天時間就好。」

「你未免也太不死心了吧。被你這麼一拜託，不相信你也不成啊，只是——你到底想幹什麼？」

「明天晚上會和你聯絡。如果我的努力徒勞無功，要搜查久遠寺家什麼的都隨你，我完全不會阻止。畢竟與我有關的事件本來就不是嬰兒事件。」

的確如此。

可是我的想法多麼淺薄啊。

明天晚上前究竟能做什麼？

「我懂了，既然是你這個關口巽的拜託，我就答應你的條件吧。」

木場說完，伸出粗壯的手臂拍拍我的肩膀，我順勢向前衝了出去。

已經連片刻猶豫的時間也沒有了。

我毫不遲疑地衝向久遠寺醫院。

並非有什麼盤算。

只覺得刻不容緩，必須盡早與涼子見面。

至於見了面要做什麼我連想都沒想過。

穿過鬼子母神，靠著依稀的記憶在森林中奔跑。

第一次來時也是如此。

我一直都不知該往何處走。那時也是，就只是不斷奔馳。

我……

我沒瘋。

在這個岔路轉彎，就會……

此時一名男子從小道衝出。

「哇！這不是昨天的偵探先生嗎！」

原來是內藤。

「怎麼了？怎麼臉色大變？」

內藤喘得很厲害，似乎全力奔跑了一段短距離——大概是從醫院玄關到這裡的直線距離。不知是日常未調養身體所致，還是基本的體力就不行，額頭上滿滿是汗水。若是前者，正應驗了俗話所說「醫生反不知養生」。

「臉色大變的是你吧，內藤先生，醫院發生什麼事了？」

「偵探先生，你來的路上沒遇到別人？」

完全沒注意到，老實說沒那個心思去注意。

「都是因為你們動作慢慢吞吞的，你看這個，害我們今天從一大早就亂成一團。」

內藤將擰在手裡的紙團攤開給我看。攤開時一顆小石頭掉了下來，大概是包在紙內當作投石的吧。

烹食嬰兒的惡魔婦產科——

是糟粕雜誌當中的一頁，與《獵奇實話》的內容不同。

肯定是原澤房間裡的其中一本。

「這種報導一口氣跑出一堆，害得一堆人來搗亂，窗戶被人打破，牆上被人亂塗，還大聲叫喊。」

「叫喊？」

「喊說滾出來、還我小孩的，說我們這些非人哉該以死向受害者謝罪等等的。謝罪個屁，那些來叫囂的根本沒半個受害者本人。」

「院長呢？」

「昨晚你們回去後，院內唯一的產婦快生了。因為是難產，折騰了整晚才生下，所以院長今天一整天都昏昏沉沉幫不上忙。負責應戰的是事務長跟涼子小姐，大小姐還留下了英勇的記號……」

「你意思是涼子小姐受傷了？」

「被石塊打中胸口……啊，喂，你去她也不

會見你的！偵探先生！」

這是我的責任，我如此認為。不，我當然沒直接做錯什麼，可是連我自己幾天前也還為了在糟粕雜誌上寫久遠寺事件而進行取材。

所以是一樣的。

玄關玻璃窗的木格子被打得粉碎，牆壁上留下不知所云的油漆痕跡，大概是清洗不掉的部分。

這裡已不再是醫院，而是廢墟。

建築物這種東西總是在微妙的平衡下維持著生命，與新不新、漂不漂亮沒什麼關係，活著的建築物就算壞了也能立刻修復。

但死去的建築物就再也修不好了。

這棟大宅子已經死了。

我想這道門恐怕再也沒有機會裝上玻璃了。玻璃的碎片變成無限細微的粉末，隨著這棟建築風化而去。

這裡再也不是醫院了……

「有什麼事……」

事務長兼院長夫人在雜亂的瓦礫堆中站立。

「你來幫忙善後的？還是來嘲笑這裡的慘狀的？如果是後者請回吧，我不想再見到……你的臉。」

她看來明顯地很疲憊。頭髮散亂，眼窩附近的皮膚失去光澤。

幾絲鬢髮垂在臉上，看起來更顯得疲憊不堪。

「夫人，我是站在您這邊的，有時間譏諷我，不如趕緊告訴我真相，已經沒時間好猶豫了。總之，快讓我見委託人涼子小姐吧。」

「涼子正在休息，不能讓你跟她會面。」

「沒時間了，如果您還堅持擺這些無聊的架子，這家久遠寺醫院不用等到明天肯定會崩毀吧。如果您早已有所覺悟請明說，我即刻就回。」

等等，我能做什麼。就算我現在去見涼子，也不可能阻止住在這廢墟的一家人崩毀啊。

我到底……

「涼子在房間裡，居住區的最裡面。」

原本剛強的老婦人如今卻極為脆弱地折服了。眼角濕濡，不知是悲傷還是疲勞過度所致。

我繞過她進入房子。走廊亂成一團，似乎脫鞋也無意義，但我還是換上來客用的室內拖鞋。這個動作與目前情況實在很不搭調，我覺得有點臉紅。

「你要去她──涼子的房間？難道，你跟涼子……」

「請別胡作猜想。」

我立刻駁斥了她的揣測。

聽起來有點像是從京極堂口中說出的話。

我沒想過我會迷路，只要不這麼想就不會迷路。我毫不遲疑地來到似乎是涼子房間的門前停下，敲門。

「我是關口，請問我能進房嗎？」

沒等回音，我直接手伸向門把，把門打開。

涼子坐在床上。

左胸一帶似乎貼著藥布，其痕跡明顯在薄布料的睡衣上透了出來。

令人心痛。

「關口先生……」

不知是剛哭過還是剛睡醒，眼睛周圍有點浮腫。但那卻反而讓她的表情看來不似平常所見那般不幸。

「抱歉，厚著臉皮來到房間裡，您一定覺得我是個失禮的人吧。但沒有時間了，我能進去嗎？」

涼子點點頭。

房間很儉樸。

雖然我沒進過其他女性的房間無從比較起，但這裡實在是個令人掃興、絲毫沒有裝飾的房間。我伸手制止要從床上下來的涼子。

我坐到床邊的椅子上。

「被石頭打到胸口。只是普通的跌打損傷，骨頭並無異狀。只是我先天心臟不好……」

「我感到很難過，抱歉，都是我的能力不足所致。沒想到在這個節骨眼，會有那種雜誌……」

枕旁的餐具櫃放了兩本雜誌。

「別人丟進來的。」

「看過了嗎？」

「是的。」

關於這件事，涼子似乎不想多說。

一想到她的心情我便坐立難安。

「警察出動了，只不過不是因為牧朗失蹤事件。」

「是因為……嬰兒失蹤事件？」

「是的。警察注意到先前在此工作過的戶田澄江猝死事件，大概會從那裡搜查起吧。」

「何時……會來？」

「我要求他們明天先暫緩一天，如果沒能在明天以內找出真相，就會付諸司法。這麼一來不論是牧朗的事件也好，嬰兒的事件也好，不管是真是假都會公諸於世。到時候就不是刊在這種胡言亂語的雜誌上而是報紙了。同時，就算妳的家人是無辜的，這個家也還是會崩毀。」

涼子說。

「已經……崩毀了。」

「我已經不知道該相信什麼才好了，我甚至覺得這本雜誌裡寫的或許是真的。不，我覺得乾脆承認事實就是如此——我們一家人是不畏神明、窮凶惡極的犯罪者，應該被人處以死刑還輕鬆。」

涼子的額上浮出靜脈。

雙眉之間刻畫出苦悶的深溝。

「涼子小姐，您委託我調查，我還在工作中。如果您就此放棄了，我會覺得很困擾的。只是……」

「只是……什麼？」

「我希望您能誠實說出所知的一切。我不知道的事太多了，因而浪費時間繞了太多遠路。您、您沒說謊嗎？」

這，這不是跟榎木津所問的相同了？

涼子別過頭，將右手貼在左胸口上。

「關於嬰兒事件，我當然知道有過這件事，也知道警察來調查過，只是覺得與這次的事件無關所以沒告訴您。我也不知道真相，只是……」

不知是傷在痛還是心在痛，涼子的臉色更形苦悶。

「如果問我是否曾刻意說謊……關於事件當晚的情形，我的確說謊了。」

「您說什麼！」

雖然問題是我自己問的，聽到回答卻反而慌張起來。

「事實上，我不知道我當晚在哪裡。」

「不知道？」

「我與妹妹相同，**沒有當晚的記憶**。」

我再度大吃一驚。

「我……不知從何時開始，常有記憶喪失的情形。頭腦一片空白，恢復意識時已經快過了一天。這段時間裡，自己究竟做了什麼，到過哪裡，自己也完全不曉得。」

「這……請問大概是在什麼時候會出現這種症狀？」

涼子沉思了一會兒，似乎下定決心抬起頭來，說：

「有點難以啟齒，在月事來臨時特別容易發生。雖說我月事很少來，一年頂多幾次而已……」

說得斷斷續續。

「啊，那麼，當晚也……那個。」

「從前一天下午起，我完全沒有記憶。當時我人在這個房間裡，醒來時也還是在這裡躺著。

可是日期已換，已是半夜，算起來時間整整過了一天以上。家人似乎誰也沒看到我。我想我大概一直在房間裡，所以才會說謊。不過，女兒一整天不見人影卻沒人擔心，這種家庭……果然很奇怪吧。」

我不知該如何回答，只是一直凝望著涼子的頸邊一帶。我想這點小事沒什麼大不了的，她當時在哪對密室之謎一點影響也沒有。

「我……病了嗎？這種症狀，果然一點也不平常吧。所以妹妹說她失去記憶時，我很快就相信了。」

「這並不是什麼特別的病症。任誰都會發生記憶障礙，只是程度大小的差異罷了，只要解決原因就能治好。」

我每次見到她，總是會害她說出難堪的事來。

「是嗎？但我不覺得這只是普通的病症。關口先生……您早就知道了吧？久遠寺家所具有的可怕血脈。」

久遠寺家所具有的可怕血脈。

附身妖怪家系。

「如果您是指附身妖怪，那只是迷信而已，是不值得相信的戲言。您甘心被這種迷信攪亂您的人生嗎？我們現在生存在昭和民主主義與科學的時代，不是咒術迷信橫行的未開化時代。」

「可是。」

涼子聲音格外清澈響亮。

「請看這個。」

涼子從診旁的餐具櫃的抽屜裡拿出一張紙片。

「這是內藤在鬼子母神的銀杏樹上找到的，被人用針釘在樹上。」

那是一張用白紙剪成的人偶。人偶被刺上無數的小洞，並寫著有如貼在神社裡的紙符般密密麻麻難以判別的漢字，看得懂的只有寫在中央的

「久遠寺牧朗」五字。

「這是詛咒用的符咒？」

「我也不懂。但是既然還有人貼這種東西，不就表示不管是民主主義還是科學，都尚未普及到民間嗎？」

涼子寂寞地說。

我說要拿去鑑定，收下紙人。涼子接著說：

「不管是我母親、祖母，還是曾祖母，她們的人生都是在這種無意義的迷信下被弄得一塌糊塗。雖然關口先生您要我別相信，但不管我們信不信，附身妖怪的家系都一樣會受到迫害。就算離開讚岐來到東京，情況也沒好轉。因為……」

涼子看了桌上雜誌一眼。

「如您所見，現在情況不也是相同嗎。我已經再也沒有力氣與這種環境相抗了。」

「涼子小姐。」

「家父……在剛入贅過來時，是個極端討厭迷信的理性主義者，一開始對久遠寺家遭迫害的歷史感到很生氣。但是後來，不知不覺間也疲憊了，變得願意容忍既定的事實。所以父親一開始希望我能成為女醫師，反正我也不可能正常結婚，所以他才會如此期望吧。可是我不適合學醫，身子又弱，沒辦法上學。後來又想當藥劑師，也曾學習過一陣子，但也還是不行。」

那麼，涼子應該具備調劑的知識吧？這麼說來，曼陀羅的……

「我原本想學古典文學。」

我的思緒被涼子意外的告白打斷。

「只有在閱讀中世文學時，我才能遠離現實。」

涼子的眼睛朝書架望去。

裝上玻璃窗的小書架裡，確實擺了許多那一類的書籍。

而且不是外行人會有興趣閱讀的書籍。《宇治拾遺物語》、《日本靈異記》、《今昔物語集》，我只認得這幾本，其他都是京極堂才認得的書名。對我而言，那些是什麼時代、什麼內容都不清楚。

「但是現在回想起來，那只不過是逃避現實而已。而且我想，我會逃進怨靈與惡鬼喧囂跋扈的世界裡，果然還是這可怕的附身妖怪家系的血脈影響吧。對我而言，唯一的救贖就是，我妹妹。」

妹妹，久遠寺梗子。

涼子挪動彷彿快折斷的細頸，看著牆壁。

「妹妹很開朗，又受歡迎，總是非常耀眼。老是臥床在家的我，最期待的事就是聽妹妹講述學校發生或出外旅遊的故事了。她天真活潑的舉止也是我的驕傲。比起病弱的我，我的父母或許更樂意將久遠寺家的未來託付給妹妹吧。我覺得妹妹應該能夠打破久遠寺家的可怕詛咒。對我而言，能將加之於自己身上的十字架取下，也是件值得高興的事。」

涼子說到這裡，把雙腿伸出毛毯，變成側坐在床上的姿勢。接著雙手覆蓋在額上，說：

「可是，結果卻是演變成今天的悽慘狀況。我每見到越來越衰弱、醜陋的妹妹，就難過得無法忍受。如果這是加諸於久遠寺家的詛咒，妹妹現在的狀況，難道原本不是應該由我來承擔的嗎？這是詛咒，不管是我，還是妹妹，或是久遠寺家，一定是被詛咒了。不這麼想的話，我……」

涼子說到這裡哭了起來。

我剛剛還覺得……哭泣的人不可能美麗。

但，涼子哭泣的樣子，

看起來很美。

「關口先生。」

涼子說完，向前倒下。

我抱住她。涼子的臉貼在我的胸前，又繼續哭了起來。

我以前肯定抱過她。

這是妄想。

可是這股妄想雖如前世記憶般模糊，卻是充滿情色，令人心動。

我像是想吸取她肌膚的溫度般，極為緩慢地緊抱住她。

「抱、抱歉，我。」

涼子雖這麼說，卻沒有意思離開我的身旁。

啊，我果然知道她的觸感。

「御伽草子（註）裡的……。」

涼子說。

「請您像御伽草子裡的陰陽師一般……」

「咦？」

「解開我的詛咒吧。」

「請您……救我。」

我總算回復理性，涼子也離開我的身旁。

「可是我不是魔法師也不是驅魔師，更不用說……」

——安倍晴明。

對了，我怎會一直都沒想到，那傢伙，這才是那傢伙的本業啊。

我用力抓住涼子的雙肩。

從領口之中見到她豐滿白皙的乳房。

我用力搖晃涼子的肩膀。

「涼子小姐，我有個主意。明天，我保證在明天之中，幫這個家**解除詛咒**。」

「關口先生。」

「明天再跟您聯絡。」

我說完立刻飛奔出房間。

老婦人似乎深受打擊地站在門口。

大概是在意房內發生了什麼事吧，但這些小事我已不放在眼裡了。

天色已暗。雜司谷的森林化作伸手不見五指的漆黑地帶。

我不斷奔跑。

去找他，

去找京極堂，

去找京極堂幫忙解除詛咒！

我全力奔上暈眩坡。

在沒有月亮的深夜裡。

註：以室町時代為中心流行的一種短篇含插畫的作品。作品內容較為淺顯易懂，有許多童話類或民間故事類的作品。文中的「陰陽師」所指的應該是御伽草子的《酒顛童子》等篇中登場的安倍晴明。

5

我總算在日期即將更迭之前來到京極堂。不巧的是天候轉為惡劣，太陰隱蔽於雲，從不打燈的暈眩坡上瀰漫著一層伸手不見五指的漆黑。

這麼晚，店門一定關了，所以我直接走向母屋入口，不幸的是門口的常夜燈沒開。雖說我的眼睛多多少少已經習慣黑暗，但在看不清一切的漆黑空氣籠罩下，我不只跌倒一次，還接連跌了兩次、三次。

我的腳步為黑暗所糾纏。

快跌倒第四次時，我的手指總算碰到玄關的拉門。砰地一聲，發出巨大聲響。

重新站穩身子，試著拉開拉門，理所當然門上鎖了，我邊呼喚朋友名字邊敲門。

裡面似乎有東西在，但並非屋主，而是有點悲傷的金華貓。貓兒喵地叫了一聲後，用爪子抓著拉門。

看來屋主不在。京極堂自學生時代以來一直是個淺睡型的人，連貓打呵欠都會被吵醒，同時他也是個無趣的人，從來不夜遊。

在神社。

我不知為何如此確信，再次投身於翻身也見不著的漆黑之中。

只能仰賴記憶了。穿過店門口，到神社所在的森林裡。

原來夜晚是如此黑暗，在鄰近都市地區長大的我未曾體驗過如此深沉的黑暗。森林騷然作響，樹木的存在在黑暗中反更加彰顯，恐懼心猛然冒了出來。

原來黑暗之中……

是如此可怕的世界？

僅僅失去光芒，世界就呈現出截然不同的形狀。原來我們過去都閉起眼睛裝作不知情地生活在這樣模糊恐懼的世界生活。

激烈疼痛的右腳告訴我道路上有人工隆起物，因反作用力向前倒下的我，雙手撐在神社前的石階上，以匍匐在地的姿勢向上看。

黑夜被切成一片四方形。

我花了點時間才認出那個——毫不真實的，彷彿陰間入口的空間原來是鳥居（註）。

被切割的風景。

鳥居壓迫性的形狀恰好成了幽微燈火的外框。

神社——武藏晴明社到了。

我急驅而上。

那裡設置著兩盞印有晴明桔梗的燈籠，為漆黑世界染上色彩。

避邪之星。

是京極堂裡的那種燈籠。

記得這間神社並沒有辦公室。

那麼他——應該在拜殿裡。

橘色的光芒由門上的格子透出，我連鞋子也沒脫，三階併作一階地跑上階梯，來到平時絕不可能來的地方——香油錢箱的背後，朝內部窺探。

神主在祭壇上的燈火照耀下，以肘枕頭橫躺著。

「喂！京極堂！是我，關口。」

我邊呼喚邊用力敲門。

京極堂彷彿不堪其擾地回過頭看我，但似乎沒有起身的打算，說：

「愚蠢的傢伙，你以為現在幾點了？你以為這裡是什麼地方？在如此不合常理的時間下，來到應保持神聖且寧靜的鎮守森林中、既尊榮又高貴的拜殿，不僅穿鞋入內，還大聲叫喊敲打門扉，這種行為只有狂人才做得出來。」

「你說什麼！你自己的態度還不是同樣不敬不遜？這世上哪有神主會橫躺在神像前的，該受罰的是你自己！」

「你這蠢貨。信仰不侷限於形式，對我而言，這種姿勢已是十二分神聖且虔敬的表現。不管是打坐也好跪坐也好，腦中有邪念的人才是真正的褻瀆者。反過來說就算只穿一條內褲倒立，心中有信仰即可。況且形式樣式這類約定俗成的習慣只在通用的限定範圍內有效，在普通的神社裡拜完神拍四次手恐怕會被當作傻子，但在出雲大社與宇佐神宮這卻是正確的禮節。另外，拍手的行為本身雖是敬意的表現，但在佛寺裡拍手又會引人側目。總結來說，我的姿勢在這裡是沒問題的。」

「很遺憾，我沒時間聽你詭辯。」

我背對著香油錢箱對他施壓，突然有種錯覺，彷彿與我對話的是神社本身。

「我有事拜託你，快開門。」

「愚蠢。你又不是神職人員，我憑什麼讓你進來。」

神社回答我。我彷彿正在聽神的天啟。

「那你出來。」

「我拒絕。」

京極堂的聲音聽起來遠比我因鼻塞而混濁的聲音來得宏亮許多。

「久遠寺的事件已經結束了，我不想再有所瓜葛。」

「結束了？」

不懷好意的天啟像是在責罵一般。

「京極堂……你……已經找出真相了？」

「真相？根本不是那麼了不起的東西，我只是察覺到事實而已。這個事件與瞎子摸象的情形可說如出一轍，你就是想靠詢問每個摸到者的感覺來拼湊出整體形狀才會那麼花時間，打一開始只要察覺到那是象便結束了。關口，你其實早就看到象了，連察覺的時間都省了。希望你別再繼續演出這齣鬧劇。」

「你說我到底看到什麼！連你也跟那個榎木津一樣把我當傻子看待嗎？我什麼也沒看到，還

註：設立於神社前的一種形狀類似中國牌坊的建築物。代表神域的入口，聖與俗的交界處。

是說你認為我瘋了……」

「別鬧了，快醒醒吧。」

原本躺著的京極堂不知不覺間已經來到門旁。

他的聲音出乎意料地近，使我有點狼狽地嚇了一跳。

「看情況，或許你真的瘋了。」

「好，好，算我瘋了，反正你跟榎木津是正常人，我是瘋子！別管這些了，既然你是神主，就有義務聽迷惘者告白吧。」

「神主不是神父。」

「都一樣。」

我自顧自地說了起來。原澤伍一的事，澤田時藏、富子夫妻與梅本常子的事，木場的行動，以及涼子與久遠寺家的事……

不知門裡的朋友是否在聽，連氣息都消失了。

我一沉默，就寂靜得彷彿整個世界只剩下我自己而已。彷彿被黑暗勒住脖子般，充滿壓迫感的寂靜。

寂靜被突如其來的回答所終結。

「關口，你連嬰兒失蹤事件也打算插手？」

「如果這兩個事件是牽連在一起的話就會插手。怎麼，你不是知道嗎？知道我們這些盲人摸的……怪物的真面貌。」

「誰知道？我跟你不同，並沒有實際見過。對我而言，你的態度更像一團謎。」

神主說完，又轉過身去。

就在此時。

我的手指在口袋裡摸到那個折起來放進的符咒。為了引起朋友注意，我從格子的縫隙將之硬塞進裡面。

「京極堂，你看一下這是什麼？用在什麼地方？」

「嗯？這是厭魅，搞錯時代的玩意兒。這是類似丑時參拜稻草人(註)的東西。又不是平安時代，沒想到還有人延續這種習俗。」

「也就是……用來詛咒的人偶？這種東西……實際上有效嗎？不，應該問這世上真的存在著詛咒嗎？」

沒錯，是詛咒。不管是藤牧失蹤事件、嬰兒事件，就連整個久遠寺一族慘遭虐待的歷史也都是被詛咒所害。

當然，如果詛咒實際存在的話。

「詛咒當然存在，也真的有效。詛咒與祝福很相近。讓原本沒有意義的事物具有意義，找出其價值，這種語言就是咒術。發揮的是正面作用時我們稱之為祝福，負面作用時就是詛咒。詛咒是語言，是文化。」

「我沒心情聽你說文化論。我想問你的是，所謂能咒殺別人、能使人變得不幸的詛咒是否真的有效。」

「至少在擁有共通語言與文化的集團中確實有效。」

「詛咒具有超自然力量？」

「沒有那種可笑的力量存在。所謂的詛咒，其實就像是在腦中設置的限時炸彈……算了，說了你也不懂。」

懂不懂都無妨，反正這傢伙說有效應該就是有效吧。

我只想確認這點而已。

「京極堂，你說的我懂了，那你應該也會解詛咒吧？」

沒有回答。

「做不到嗎！到底行不行啊！」

「做得到是做得到。你到底想……」

「久遠寺家的……」

註：丑時參拜是一種日本傳統咒術，實行方法為在每晚丑時（深夜一點到三點之間）把象徵憎恨對象的稻草人用五寸釘釘在神社的御神木上。

「求你解開久遠寺家的詛咒吧！」

周遭的黑暗在一瞬間全部反白。

神社白褐色大門上的木紋清晰烙印在我眼裡。

木紋在極短的時刻間留下殘像後，再度被黑暗吸收而去。

雷鳴聲響。

天空終於被劃破。

大顆雨滴像是要欺負愚者一般嘩啦嘩啦落下。

「我拒絕。」

京極堂的聲音比雷鳴更加堅決。

「為什麼！這也算你另一工作的分內之事吧！還是說你不肯接受我的委託？」

「關口，我只是一點也不想看到與自己相關的事件中有人死或受傷而已。特別是像這種愚蠢的事件，只要擱著不管自然會結束。」

「有什麼好愚蠢的！」

閃電再次賦予我視力，映照出格子對面的朋友有如幽鬼般的臉，不久一切又化作殘像融於黑暗之中。

沒有回應。京極堂——神社不再下達天啟。

「在你接下這個委託之前我不會離開的。京極堂，聽好了！我是認真的！」

我使盡全力扯破嗓子嘶喊後癱坐在原地，腳似乎軟了，一靠到香油錢箱上全身的肌肉像是鬆掉般使不上力。

濕暖的雨嘩啦啦地打濕我的身體。

我瘋了嗎？

……瘋子。

那時……

那時我為何會那麼害怕那個少女？

那時。

少女在笑。

宛如蠟像般的皙白肌膚。

粉紅色的嫩唇。

白色襯衫。

深色裙子。

從中露出兩條雪白的小腿。

其中一條腿上，一絲赭紅的，赭紅的，

——呵呵。

——來玩吧。

在我耳邊，咬我耳朵，淫蕩地，

不，不對。淫蕩的不是少女，

是我。

我**那時**，把那個少女，

對久遠寺梗子，

還殘留在手上的觸感並非前世的記憶。

我對學長思念的人，在那家醫院的，掛號處前，雪白小腿，赭紅的，赭紅的……

啊啊！

所以我才會逃跑。

小女孩又不是妓女，邀人玩耍的話語中怎麼可能帶著淫蕩意味。

淫蕩的是，淫蕩的是……

這是怎麼一回事！

我全力逃跑。

我瘋了嗎？不，我沒瘋，我才沒瘋！我繼續逃。

我奔馳穿越鬼子母神，雜司谷的森林騷然作響。黑暗，漆黑的黑暗。穿過墳場，我繼續奔跑。我的歸處在哪兒，巢鴨的瘋人院？不對，我的歸處只有學生宿舍。是那間有中禪寺、榎木津、藤野牧朗等候著我的學生宿舍。

門打開了。

中禪寺站在我面前。

對，我應該把一切說出來。唯有如此……

「中禪寺！我、我把藤牧學長暗戀的那個女孩——久遠寺梗子……」

「不用再說了，十二年多以前的片段現實，這種東西……任誰也不想知道。」

中禪寺，不對，京極堂手持燭台站在我面前。

我像是從坡道上滾落的感覺，一口氣由昭和十五年九月十六日回到現實。

「我、我……」

「我看最需要接受驅魔的是關口，你自己啊。」

京極堂說完蹲下身照亮我的臉，接著說：

「照這樣下去我看你脆弱的神經撐不了三天吧，真是愛給人添麻煩的大師，就算現在是夏天也是會感冒的哪。」

我濕透了。

不只如此，全身上下都有擦傷，血從傷口滲出。

右腳大概是撞到石階，又紅又腫，連褲子也擦破了。

看來我整整三個小時一直保持著這種狀態在過去記憶中徬徨遊蕩。

大顆的雨珠不知何時已轉為濛濛細雨。

「我接下委託了。不過我收費可是很昂貴喔。」

一時之間還無法理解他的意思。

「京極堂，你的意思是你接受了？你願意幫久遠寺家解開詛咒？」

「對，不過有條件。不接受條件——這件事就免談。」

京極堂看著我，表情不變淡淡地說。

沒出息的我唯唯諾諾地聽著他的條件。

「首先時間是今晚八點，這之前我要先去調查點東西。地點在藤牧失蹤的那間密室，其他地方不行。叫久遠寺家的所有關係人在八點前全部到隔壁房集合，可以不必叫時藏夫婦來。在書庫裡連你在內準備好五張椅子，梗子女士讓她躺著即可，也不必準備我的。接著……」

京極堂稍作停頓，從懷中取出手巾遞給我，多半是要我擦乾身體吧。我收下是收下了，卻不知他的用意為何，只有呆呆地一直拿著。

「接下來比較重要，聽好了，聯絡木場，要他找兩、三個強健的便衣刑警，讓他們在庭院或其他房間裡待機，隨時準備進入。」

「可是……」

「反正今天沒解決，警察明天也會來吧？不過是提早數小時罷了。」

「你說的是沒錯，可是為什麼……」

「當然是準備抓想逃的傢伙。」

「詛咒解開後會有人想逃？那是，藤牧嗎？還是……」

「你別多想比較好。你現在用那顆恍惚的頭腦不管再怎麼思考……都只是浪費時間罷了。接下來，」

「還有嗎？」

「不想聽我隨時可以停。」

「不，我不是這個意思。」

我總算想到要用手巾擦臉。

「除了刑警以外，也讓救護隊待命，對了，當法醫的里村君很適合，總之一樣找幾個能幹的人在旁待機。萬一有人受傷，這樣至少不至於出人命。幸虧地點很好，設備上應該沒有問題。再說一次，不管是間接還是直接，我最不願意見到因我的行為而有人死亡，絕對不想。」

我說我願意接受條件。

時間已是清晨五點，但惡劣的天氣完全掩蔽了日輪，破曉之刻遲遲不來，我也像還在惡夢中徘徊一般不斷地不斷地茫然下去。

我向京極堂借用浴室洗了個澡後，在房間裡暫時休息了一會。脖子靠到折成四角的棉被上

時，我像隻貓似地捲成一團，貪求這片刻的睡眠。

醒來已過九點，雨還持續著。不見京極堂的身影，只見桌上留下門鑰匙與一張以說不上神妙還是拙劣的字寫成的字條。

內容實在很沒意思，只寫了叫我出門時記得關門，還有就是鑰匙是備用的，帶走也無妨之類的事。

我借用盥洗室刮了鬍鬚，喝了兩杯水，依主人的指示鎖好門後走下坡道。順便還借了一把傘。

無心回家，便到舊衣店買便宜的開領襯衫跟褲子。請店主幫忙修改褲管時順便觀察了穿在身上的褲子，發現不只破了，還沾上不少血與泥土。看樣子實在不可能修補，只好拜託店主順便連襯衫一起幫我扔了。店主看我這副落魄貌，居然問我是否遭到山賊搶劫等等搞錯時代的問題。

想到自己似乎很久沒回家，妻子的臉頓時浮現腦海，覺得很懷念，但也覺得有點倦怠。

吃過稍遲的午餐後，跟餐廳借電話向木場報告詳細情況。

木場豪爽地笑著說：「京極這傢伙，故作神秘個鬼。」他跟我約好七點開吉普車來暈眩坡下載人。

接著應該要打電話給涼子，但拿起電話卻又一直猶豫不決。原本理應比木場更早聯絡她才對，但又不知該講些什麼。由於餐廳老爹眼神兇惡地瞪著我，只好豁出去了。電話接通後，對涼子說：

「今晚，我會帶陰陽師到府上。」

涼子一開始似乎對我突如其來的開場白感到驚訝，很快就答應會在八點前會集合家人及準備五張椅子。京極堂說的沒錯，我的頭腦還在恍惚之中。想不到什麼話好安慰她，只能笨拙地交代條件，或許這樣也好。

掛上電話後，我開始擔心起涼子該如何說服她那個愛講道理的父親與頑固的母親。同時，也對自己並沒有向她提木場這班伏兵也會到場之事感到內疚，我又開始憂鬱了起來。

我到底在幹什麼。

拖延了一天仍舊一事無成，徒然浪費時間罷了。

我試圖思考，用京極堂嘲笑的恍惚腦袋來思考。

不理解的事情太多了，連哪邊是謎也分不清楚。藤牧的確消失了，嬰兒也不見了。但若問這是否就是謎團核心，好像又並非如此。所謂我所見過的大象到底是什麼？

腦袋又茫然起來，少女——久遠寺梗子在這片迷霧之中忽隱忽現。

好悶熱，雨勢卻顯得越來越強，想找個安靜的地方休息。

我進入車站前骯髒得令人難以恭維的咖啡廳順便避雨。店裡燈光昏暗，播放著沒聽過的古典樂，但室溫與外頭沒什麼兩樣。

打電話給京極堂，主人已經回家，向他轉達木場將於七點來坡道下載人之事。店內的電話與裝潢毫不相稱，是最新型的高傳真四號電話，令人有種不協調的感覺。

坐在彈簧快跳出來的難坐椅子上，喝著失去香味涼掉的咖啡，這樣的環境反而令我感到安心，不由得打起盹來。

六點五十分左右，我站在暈眩坡下、包圍墓町的油土牆的起點——也就是坡道入口處等候。過去未曾在此停留，加上陰雨的關係，使得原本見慣了的風景反而感覺新鮮。

兩部吉普車發出引人注意的聲音濺起泥水，突如其來地出現。前方的吉普車打開車門，木場從中探出鬼瓦般的恐怖面孔，同時以不輸雨聲的高亢聲音說：

「雨天久候辛苦了，快上車吧。」

我收起傘小跑步靠近，搭進車子後座。距離雖短，笨拙的我還是狠狠地被雨淋了一身濕。

「這傢伙叫青木，算是我的部下。後面那台車子搭了里村跟他的兩個助手，還有個叫做木下的壯漢。木下是柔道高手，這個青木則是原特攻隊隊員。」

青木是個看起來很認真的青年，聽木場如此介紹後連忙說「前輩別提這種小事啦」，有點不好意思地向我點頭致意。

平時話多的木場今天似乎也顯得有點沉默，而我也沒什麼話好說，車中充滿了輕微的緊張感。

「那傢伙究竟想幹啥？」

木場說。雨勢轉小，變得跟絲線一樣細，車外像是透過毛玻璃看到的世界般，一片朦朧。

一盞燈火在黑暗的坡道上閃爍，木場瞇起眼，說：

「哼，鬼下山來了。」

星形符號從黑暗的背景中浮現，晴明桔梗出現了，是那盞燈籠。一名打扮特異的男子從煙雨迷濛的暈眩坡上緩緩走下。他手持油紙傘，穿著彷彿用墨水染過的純黑簡便和服，薄布料的黑色和服外套上同樣染著晴明桔梗的家紋，手上戴著手背套，腳上穿著黑布襪與黑木屐，只有木屐帶是紅色的。

京極堂來了。

京極堂總算願意挪動他的尊足下暈眩坡了。友人的眼睛周圍多了一圈像是黑眼圈的黑影，看起來有幾分憔悴。

這就是這名男子的另一個面貌。

京極堂無聲無息地來到車附近，無聲無息地打開門，一語不發地搭上車。

或許是因為全身黑色，看起來好像沒淋到雨。京極堂當我不存在似地完全無視於我，湊向前在木場耳旁小聲說了些什麼。木場不斷點頭回應，大概是在討論待會兒的步驟吧，或許是不希望讓我聽見的內容。我也乾脆不出聲，故意裝作沒看見地望著窗外，但只見到自己倒映在玻璃窗上的呆臉，什麼風景也沒見著。

彷彿聽到風鈴聲響，肯定是錯覺吧。

木場向京極堂介紹青木，青木以彷彿挨老師責罵的學生般的眼神看著京極堂，簡單地自我介紹。

「我讓敦子在現場跟我們會合。原只是有些事問她而跟她提及此事，結果她央求我一定要讓她去，只好用要她幫忙作為條件答應。很抱歉先斬後奏，請各位諒解。」

京極堂說完這些話後就不再發言。

久遠寺醫院在雨夜之中成了一團荒廢且巨大的硬塊。為了不讓他們起疑，我們將吉普車停在醫院前的岔路上，徒步走到醫院。中禪寺敦子撐著一把大黑洋傘，孤伶伶地站在門前等候。

中禪寺敦子見到我們一行人，默默行個禮後自動加入隊伍後頭。

木場等六名警察小心不被注意地直接穿過庭院往小兒病院方向前進，在森林裡待機準備。我與中禪寺兄妹則直接前往本館正面玄關。

荒蕪的玄關與昨晚幾無二致，或許放棄整理了。雨勢毫不留情地入侵失去遮蔽物的玄關，地上除了四散的碎玻璃以外，到處是垃圾，這裡完全成了一座廢墟。

玄關的電燈也遭到破壞，在遠處走廊上的昏暗燈光照射下，更為這裡的情景增添一層荒涼之感，強烈掀起我的不安。

涼子站在廢墟深處等候我們。

「久候各位大駕光臨。」

涼子一襲白色襯衫和黑色裙子——與前天同一套服裝。

「涼子小姐，這位就是我提過的……」

在我想回頭介紹前，京極堂已收起甩乾雨水的油紙傘，露出他那一身烏鴉般的服裝與涼子面對面。

「總算有機會與妳見面，久遠寺涼子小姐。」

京極堂無聲無息地走過我的面前，對涼子說：

「我是京極堂。」

「您就是……陰陽師嗎？」

「我不知這個人是怎麼跟妳介紹的，若用陳舊的說法來形容就是如此吧。請問眾人都集合了嗎？」

「已經請他們……到指定的書庫集合了。您真的能解開這個家的詛咒嗎？」

京極堂哼地冷笑一聲，說：

「別擔心，我就是為了驅除盤據在這個家中的魔物——產女而來的。」

「產女？」

「即所謂的『所懼之物竟無聊至極，人人大笑而歸』。」

「這是《諸國百物語》中的段落吧？記得是卷之五——〈鶴林之產女怪〉是嗎？」

「看來妳對此也很熟悉，雖不怎麼情願，但我今天來扮演的就是這則故事裡的那位笨武士的角色。」

「您是指『出手一斬，竟是平凡夜鷺』這段？可是藏在這個家中的，說不定是真正的怪物吻？」

「是真是假皆無妨。」

京極堂銳利的眼神盯著涼子，露齒一笑。

不知原典出自何處的我，完全聽不懂兩人之間的對話。

黑衣男子與黑白女子，這個世界的顏色完全消失了。

朦朧之中我領悟到一件事，那就是不該帶這名男子來到這裡。

京極堂與涼子，這兩人恐怕是絕對不能使之碰面的類型。

涼子與榎木津是人偶，可說是與不屬於這個

世界的彼岸同類。但京極堂不同，他不是人偶，是操偶師。雖無任何根據，但我覺得比起警察、偵探，恐怕這名男子更可能使這個受到詛咒的家崩毀。

而把他帶到這裡的，是我。

瞬間，我背脊發涼。

但太遲了，在涼子的引導下京極堂向前走去。

此時，雨聲之中，我彷彿聽見嬰兒哭聲。是產女。

不，必定是前天晚上剛生下的嬰兒。

「老師。」

在中禪寺敦子的催促下，我抬起因恐懼而僵直的雙腿向前走。涼子中途順路走向護士值班室，向護士說：

「接下來就拜託妳了。」

本館裡果然有新生兒。

要到戶外的迴廊必須再穿上鞋子，但由於我的襪子已經濕透了，浪費了不少時間。

穿過別館、新館，終於見到小兒科醫院。

至此，我總算死心地乖乖跟在三人後面走。

見涼子先進了寢室，京極堂以眼神示意要妹妹過去，在她耳旁小聲交代事情。中禪寺敦子看來似乎有點緊張，等我拖拖拉拉地脫下鞋子換上拖鞋後，只見她立刻從正面門口出去。多半是去打開後門好讓木場他們進來吧。

京極堂指示我先進房。

我有點猶豫，我想一打開門就會變成眾人緊張視線的焦點。

但我的擔心在某種意義下算是落空了。確實，我受到眾人注視，但久遠寺一家人的眼神裡全都失去了霸氣。事務長像是要驅散昨日懦弱似地，表現出堅毅態度。而院長還是一樣隨便，襯衫扣也不扣。內藤則坐在窗邊抽菸，以斜眼看我。每個人各自散漫地望了我一眼而已。

「什麼，又是你啊？你不是前天的那個偵探嗎？嗯？後面的就是那個什麼祈禱師嗎？真是的，上次是偵探，這次又換個祈禱師。涼子，這可是最後一次陪妳胡鬧了，誰知道他們回去後又會不會鬧出什麼傳聞來。要是每來一次玄關就搞壞一次，我可受不了。」

從他的語調聽來，院長絲毫沒把事情看得很嚴重。

其他兩人沉默不語。

涼子站在密室門前看著這邊——對象不是我，而是京極堂。

「你們到底想幹什麼！想對這個久遠寺家做什麼！」

事務長的聲音中帶著顫抖。

京極堂靈巧地穿過呆立門口的我身旁進入房間。

「你就是祈禱師？我先聲明，這種騙小孩的把戲對我可是行不通的。賤內的信仰深厚，所以見到你心情大受影響，但我好歹也是個科學家，想唬我們都沒有。」

院長黏滯性的眼神有如估價般仔細上下打量京極堂後，又擺出他那收下巴的習慣動作發言牽制。

但祈禱師毫無怯色。

「既然你自稱科學家，那希望你能對自己的所處狀況更加冷靜判斷。」

「這話什麼意思？」

「你應該大致猜想得到我接下來會做什麼，結果會如何了吧？」

老人的表情瞬間像是冷不防挨了一記悶棍，噘起章魚般凸翹的嘴唇說：

「你在說什麼？不巧的是我對這些驅魔、祈禱、加持之類的儀式一概不懂，沒道理被你這個祈禱師這麼說。我壓根兒不相信幽靈詛咒之類的鬼話！」

京極堂無聲無息地繞到老人背後，看著老人毛髮稀薄的後腦杓，表情不變地說：

「我也不信這一套啊，老先生。」

「你說什麼！」

老人失聲叫喊，但回頭一看已沒人在那兒。身穿黑衣的闖入者再次配合其動作繞到背後展開攻擊。

「別再欺騙自己了，這世上沒有不可思議的事，只存在可能存在之物，只發生可能發生之事。」

老人的臉紅得像燙過的章魚。

京極堂巧妙地迴避老人視線，徹底從背後對他發話。

老人最後終於放棄面向京極堂，滿臉赤紅地垂下視線。

「就算你不願意相信，事實恐怕就是你模糊猜想過的那樣。我來此，只是為了打開這道門引領你們進入。」

「怎麼可能，怎麼可能有這種蠢事，你、再怎麼樣也……」

話語說到最後變得模糊不清。有如死神的黑衣人接著以更低沉的聲音說：

「只要用自己的雙眼去確認即可，很簡單的。」

如同蜘蛛玩弄捕獲的獵物般。

沒錯，這個老人已經落入京極堂掌中了。

正如同過去的我一樣，我如此相信。

「有趣，實在有趣。」

久候的出場機會總算到來，內藤迫不及待地出聲。

「涼子小姐帶回來的人總是能完全顛覆我的期待。上次是不戴獵帽卻穿了一身空軍服的偵探，這次則是換了個穿簡便和服的祈禱師。原本想說既然是來降服惡魔、打退惡靈的，應該是類似山伏（註一）、叡山僧兵（註二）的傢伙，沒想到卻來了個歌舞伎的助六（註三）……」

京極堂的服裝與實際上的助六完全不同，不過說相似倒也有點道理。

「不只如此，還宣稱自己不信靈魂。我對這方面雖然不甚了了，好歹也有點簡單的知識，我從沒聽說過有宗教家不相信靈魂存在的例子。」

京極堂走到側坐的內藤正面。

「聽好，佛教的基本理念是輪迴轉生。過完一生的生命必定會在六道之中獲得新的生命。亦即，生命沒有時間漂浮遊蕩，佛教本來就不承認有靈魂存在。」

黑衣男向前走一步。

「那麼基督教又如何呢？標榜著沒接受洗禮而死者會下地獄，信者則能上天堂。雖有與神作對的惡魔，但並沒有靈魂存在的空間。」

穿白衣的內藤微微後仰，迴避京極堂的視線。

「至於回教也差不了多少。如何遵從可蘭經，體現阿拉的意志乃是最高的命題，死後依個人的實行成果來決定去處。由此看來，很不幸地世界三大宗教全不歡迎曖昧不明的靈魂。因為宗教是為了生者，而非為了死者而存在。」

京極堂以高揚流暢的語調發表意見，一步步縮短他與內藤之間的距離。

「亦即，嚴格說來，大半的情形下宗教家與相信靈魂存在是無法同時成立的，內藤先生！」

語調裡充滿了高壓態度。

「因此你應該更正一下你不甚了了的知識才對，同時……」

京極堂挑釁似地接著說。

「正確而言，我並非宗教家，正如同——你不是醫生一樣。」

內藤似乎被惹惱了，抬起頭來視線對著京極堂。

內藤瞪著京極堂說：

「可是你是來解開詛咒的吧！不是宗教家怎麼解開詛咒？能幹什麼！」

「所以我剛剛不是說了？我是來引導你們進入那道門裡的。」

內藤順著京極堂指示的方向望了門一眼，一瞬顯得有些膽怯。

「大、大小姐，很遺憾我沒辦法參加這個什麼降靈會還是除靈儀式了，相較之下讓那個可疑的偵探調查還好得多。不管這傢伙是不是靈驗至極的靈能者都一樣，反正牧朗還活著，任誰來都沒用。」

涼子沒有回應。

只露出像是在旁觀世界末日到來般事不關己的眼神，看著窗簾縫隙間的窗外景色。陰陽師說：

「內藤先生，你這麼害怕進隔壁房嗎？」

「你、你開什麼玩笑！」

「你這麼固執地主張牧朗還活著的根據是什麼？」

「什麼根據，你在說什麼……」

「難道這並非僅是你的期望而已嗎？既不希望他活著，可是他死了對你而言卻又很困擾，對吧？」

「你到底在說什麼，我……」

「不必擔心……」

註一：修驗道的修行者。修驗道是日本特有的一種揉合了山岳信仰、陰陽道、神道教以及中國的道教、佛教而成的宗教。山伏的打扮為頭披一種稱為頭巾的多角形帽子，手持錫杖，身披袈裟與麻布法衣。

註二：比睿山延曆寺為最澄創始的天台宗之本寺，名僧輩出，故又被稱作「日本佛教的母山」。僧兵為日本中世紀以來佛教寺院所擁有的武裝集團，打扮為戴頭套，高木屐，手持薙刀（一種長柄大刀）。

註三：歌舞伎戲碼《助六由緣江戶櫻》中的主角。敘述曾我五郎時致為了尋找寶刀，打扮成俠客化名花川戶助六到吉原遊廓探訪的故事。助六的打扮為頭綁頭巾，一身外黑內紅的衣服，手持油紙傘。

「不必擔心，牧朗的的確確死了。」

聽到這句話，在場的全體似乎都受到震驚。誰都如此認為，但沒人敢說出口的事，就連榎木津也不敢斷定的事，卻由這個突然冒出的闖入者口中輕鬆地宣告出來。

「死了……」

涼子的視線緩緩移向京極堂。

「是的，而且還牢牢地附在內藤先生，你的身上。」

內藤的臉色明顯變得越來越蒼白。

「你、你、不是說沒、沒什麼靈魂存在嗎？少開玩笑了。」

「我只是說我不相信而已。對你這種相信的人而言，靈魂確實會發生作用哪。」

「你說我相信什麼！」

內藤已不再是在與京極堂對話了。他的視線忙碌地在周遭游移，他發言的對象是整個房間。

「你在牧朗失蹤之後不管是沒食慾、缺乏集中力、還是睡不好覺，不管是戒酒戒不了還是考不上國家考試、聽到幻聽，全是附在你身上的惡靈所害。」

內藤神智不清了。

「你別太放肆了。一開始看你是陰陽師還想說聽看看有何高見，沒想到從頭到尾講什麼有靈魂沒靈魂的，完全不得要領！」

事務長開口了。剛才京極堂的發言聽起來似乎前後不一致，實際上卻很能擊中對手要害。因此絕非不得要領，甚至該說太得要領，證據就是不管是院長還是內藤如今都像隻鬥敗的公雞乖乖地閉上嘴。

「老師。」

背後傳來中禪寺敦子的聲音。她輕輕推了我的背，我這才發現自己原來沒關門，一直站在入口處。我一向前走，她立刻小心不發出聲音慎重地關上門。木場他們大概在她的引導下進入這棟房子裡頭，等候隨時出動了吧。

「從你剛剛說的話裡，我根本聽不懂你到底想在這個家中，不，在隔壁房間中做什麼。」

夫人如同前天一般凜然直視前方，絕不看京極堂一眼。

可是如今的她已失去初見到時的那種傲然拒絕他人侵犯的強悍，反而看起來像個膽小鬼，拼命想讓自己不要陷入陷阱。見到她這麼大的轉變令人心情五味雜陳。

「我打算什麼也不做，我不像夫人您會使用妖術。」

「你倒說說看我會用什麼法術！」

「您別裝傻了，您沒注意到您發出的**式**全都彈回來了？」

京極堂說完從懷中取出我交給他的詛咒紙人，像是要遮蔽視野般擺在她眼前。

「這、這是，你、你為什麼有這個……」

「俗話說一知半解吃大虧，久遠寺流不單只是附身怪家系，不難想像其源流來自陰陽道的某支流派。但是奉勸您這種半吊子的法術還是別做的好。俗話說害人者必害己，您看，您發出的這種搞錯對象的**半吊子法術**現在不就應驗了這句話，很簡單地被反彈回來了？只會帶來這個家災難而已。」

夫人的視線雖還是維持正面不動，卻逐漸失去焦點。

「你說式被、被反彈回來了……是、是誰？到底是誰幹的。」

「所謂的式到底是什麼？」

院長不像是對特定人物發問，倒像是在喃喃自語。

回答的並非京極堂，而是涼子。

「式神就是陰陽師使喚的鬼神。」

院長混亂的視線朝向京極堂。

「哈，不相信靈魂卻反倒相信鬼神妖怪之族？」

京極堂揚起單邊眉毛，說：

「大小姐的說明似乎過於文學味了點。所謂式神不過是將式擬人化的稱法。式就是喪葬儀式、畢業式之類的那個式……不，跟算式的式也相同。」

「我不懂，你說的算式，是一加一等於二的那個算式？」

「沒錯。這個例子裡『一』這個數字即是存在本身。我們舉另外一個例子好了，假設這裡有顆蘋果，拿另一顆來會怎樣？」

「那就只是變成兩顆蘋果而已吧。一加一永遠是二，沒別的答案。」

「很單純明朗吧？沒錯，正是如此。法則這種東西是不能隨意更動的，一加一必定等於二。但另一方面這個答案也只有在把所有蘋果用『蘋果』此一集合來涵蓋，無視於各別差異，使之化作記號時才有效。不管怎麼做，自然界中都不存在一種叫做『兩顆蘋果』的事物，只存在一顆蘋果與另一顆蘋果而已。亦即，這裡所說的把蘋果化作記號的行為不是別的，就是咒術本身。而『加』的概念就是『式』，『相加』即『發式』的行為。」

「你真會說明，雖說聽起來有點像在詭辯。」

院長表情不變地說。對他而言，這位黑衣的闖入者出紕漏是唯一的希望，除此之外只要是邏輯明確的回答不管是什麼內容，他的感想大概都一樣吧。

「亦即，發式並非使用什麼超自然力量的行為，也不違反自然的運行或法則。差別只在於是否有人為意志的介入，其結果永遠是合乎常理的。但若不知式的作用原理，光看答案無法理解內部結構，自然就會覺得結果很不可思議，這與野人把收音機當成魔法的道理是一樣的。如同中國的蝴蝶振翅，其影響實際上能改變歐洲的天候一般，這一張小小的紙片只要用對方法，也能徹底改變人的一生。」

這些話……是對夫人的攻擊嗎？

「但是，」

京極堂重新面對老婦人的方向。

夫人依舊筆直朝前，凝視著正前方的虛空。

「式發錯了是絕對獲得不了正確答案的。以一為例想獲得三的答案，您必須加上二，不然就乘以三，再不然就是加上五除以二。否則正如老先生所言，一加一永遠是二。」

「我的式發錯了嗎……」

夫人勉強擠出這句話來。

「不只錯，還錯得很離譜。您的對象牧朗早就不存在於這個世上，所以您所發的式全部都彈回來……」

京極堂把臉轉向涼子。

「結果造成大小姐的不幸。」

看得出夫人的精神逐漸萎靡。

「幾百年來不斷詛咒這個家的人，其實是你們自己。夫人您要是更早察覺這點就好了。」

如今，已經沒人開口了。可以說現場已經沒人具有阻礙京極堂的力量了。

「那麼，既然與在場的各位都打過招呼了，關口，我們就趕緊把事情了結吧。」

京極堂向我招手。我望了一下四周，見到似乎有點緊張的中禪寺敦子守護在入口處。

京極堂伸手制止打算開門的涼子，說：

「不要緊。」

然後催促我快點開門進去。

我動作笨拙地握住門把，京極堂以小到聽不清楚的聲音對我說：

「可別後悔啊。」

門打開了。而且這次，是由我親手打開。

獨特的味道，以及異常的低溫。

具壓倒性存在感的書牆。

一切的一切都與前天相同。

不同的是梗子床右側整齊地擺了五張折疊式椅子，以及像是要用來遮住她可怕的下半身似地，有三幅醫院常見的鐵管白布屏風擺在床前。大概是涼子體貼妹妹，不希望讓別人見到她可憐的模樣而設置的吧。

京極堂見到屏風，有好一段時間露出厭惡的表情。接著，他觀察了一下我的表情後大大嘆了一口氣，死心地搖搖頭，把從剛才就一直陷入失語狀態的我拋在一旁，直接走到梗子枕邊。

我的視線隨著京極堂移動。

最後到達之處，是位於屏風後面的梗子的臉。

面容多麼憔悴，沒錯，她就是那時的少女。

我有預感我的腦袋似乎又會變得一片白茫茫的，但我的預感並沒有成真，記憶並沒有變得混濁，只有類似暈眩的輕微悸動從眼球後方一閃而過。

黑衣男子就站在這副憔悴面容的旁邊。

「妳就是久遠寺梗子女士吧？妳好，我是中禪寺，是牧朗先生……學生時代的朋友。」

京極堂輕聲細語地作自我介紹。

梗子似乎還沒能理解發生了什麼事，一臉疑惑地說：

「哎呀，請問有何貴幹？我先生現在不在家。雖然您難得跑這一趟，可惜如您所見，我有孕在身不便於行，無法好好招待您。」

「請別費心，好好休息就好。話說夫人，有件事務必想跟妳請教一下，肚子裡的孩子似乎已經長得相當大了，他曾經在肚子裡對妳說過話嗎？」

梗子非常高興地回答：

「哎呀，很遺憾沒遇到過這種事耶。」

「啊，那就表示，也沒向妳命令過什麼了？」

「哎呀，嬰兒會做這種事嗎？」

「有的會。不過沒有也好，看來你的孩子還

沒對妳說話過。」

「我不記得他說過話，不過這也是沒辦法的，因為這孩子短時間內還不會出生呀。」

梗子又笑了。

「對了夫人，妳現在還愛著妳的丈夫牧朗嗎？」

「當然囉，他是這孩子的父親呀。」

由我的位置看不到，不過我想她正在撫摸著她膨脹的腹部。她的眼神已變得不像是在看這世上應有之物。

「聽妳這麼講我就放心了，畢竟牧朗從十二年前就一直愛慕著妳，還特別為妳寫了不擅長寫的情書。」

「情……」

不能提到這件事啊！

與我那時相同，梗子一聽到情書兩字立刻變得很敏感。

「我才不知道什麼情書呢！連、連你也……」

「這是當然的吧，因為很可惜的，情書並沒**送到妳的手上**。」

「咦……」

梗子張大了眼，原本即將變成野獸的眼神受到京極堂間不容髮的回答所打擊，正逐漸失去光彩。

「您說……情書沒送到我手上？」

「是的，所以妳當然不知道有這件事。但牧朗寫過情書的確是事實，因為要他寫的人就是我。」

騙人！我明明送去了，而她也確實收下了！我在心中大聲抗議，但怎麼也發出不了聲音。

我的主張只化作嗚嗚的呻吟，空虛地消失在空中。

梗子那張宛如女童的臉變得扭曲，啜泣了起來。

「那麼、那麼他、真的寫、寫過情書、給

我。」

「當然有。牧朗先生對妳一直很專情，妳以外的任何女性他都沒有興趣。」

「可是他、可是他對姊姊……」

「那只是妳的誤會，從十二年前到現在，他始終只愛著妳一個。」

「怎麼、怎麼可能，這樣的話……」

梗子停止哭泣，抬頭看京極堂。她的視線像是在哀求幫助似地纏住黑衣男子。

「他不擅長將內心想法表達出來，妳也一樣。所以你們就像是扣錯孔的鈕釦，總是沒有交集。這是常有的事，並不稀奇。」

「可是，這樣的話我、我是多麼愚蠢啊……」

「不用擔心，他一定會原諒妳的。但為了求得他的原諒，妳必須想起一切。」

「想起來？」

「是的。想起妳跟他之間的事，想起那天晚上的事，以及妳到底做了什麼。」

梗子的瞳孔放大。

「來吧，慢慢回想即可，不必著急。等到那個時刻來臨會有信號，之後他就會原諒一切。」

我產生了耳鳴。

「牧朗先生應該就會現身了。」

宛如調高收音機音量的感覺，類似雨聲的雜音突然而來。

京極堂回頭，他的眼神像是狼一般。

「關口，這裡似乎有無聊的結界在阻礙，得花點時間才能解決。你待會兒要注意看接下來即將發生的事情，而且要牢牢記住。我不知道你的話是否有當作證言的價值，但之後多半必須由你來作證。過來，你的位置在這裡。」

京極堂指定的位置是排列在梗子腳邊的五張椅子中，最靠近門的一張。

我一坐下，京極堂便打開門讓久遠寺家的諸

位進入房間。

涼子像是失去血液一般，臉色蒼白通透。事務長跟在涼子之後進入，頭髮凌亂，垂下的臉上充滿濃濃的疲憊感。接著是惶惶不安的內藤進入，失去焦點的雙眼裡佈滿血絲，紅得像是宿醉一般，額頭上也滲滿大顆汗珠。接著滿臉通紅的院長跟著進來，兩眼幾乎完全瞇上。

腳步沉重，空氣沉滯。

在京極堂指示下，由梗子枕邊方向開始依序坐著涼子、事務長、內藤、院長。

恰巧是入室的順序。

我看了坐在我身旁的院長一眼，他果然還是緊閉著雙眼。

京極堂讓全員坐下後，緩慢地且慎重地關上門，接著無聲無息地移動到涼子與梗子之間。

然後，事情突然發生了。

「曩莫三曼多縛曰羅多仙多摩訶盧舍多耶蘇婆多羅吽多羅多含滿！」

京極堂口誦真言，不用說，在場的人全都嚇了一跳。

京極堂兩手在前比劃，由形狀看來應該是以前聽說過的內縛印，接著印形改變，兩手中指突出。

「謹請甲弓山鬼大神降臨此座，速速綁縛邪氣惡氣。」

一開始我以為是密宗的真言，但似乎不太一樣。與誦經與祝詞也不同。或許稱之為咒語比較接近。不，也像是在講什麼故事。咒語唱誦的聲音逐漸增大。

「速速降服阻塞此處久遠寺某之怪，臨、兵、鬥、者、皆、陳、裂、在、前！」

這次換九字印。京極堂的手刀在空中縱向劃五次，橫向劃四次。

「燃燒不動明王火炎不動明王破浪不動明王大山不動明王吟伽羅不動王吉祥妙不動王天竺不動王天竺鯛山不動逆向施行逆向施行……」

咒語的調子變了，事務長的樣子同時產生變異。

她突然像得了瘧疾般不住發抖，似乎無法忍受地用手指按著鼻梁，又將手貼在額上。接著她牙齒像是合不攏般喀喀作響，帶著哀求的語氣說：

「別、別再念了，你念的是……」

京極堂停止唱誦咒語，看著老婦人說：

「聽過嗎？」

「那、那是……」

「跟您知道的很像吧，這是不動王生靈返咒。不喜歡這個的話，就來彈弓弦好了？」

「啊啊，你……」

「陰陽道中也有使用弓的咒法。彈弦稱為鳴弦，而射響箭則稱蟾目。蟾──自然是蟾蜍的蟾。」

「嗚嗚嗚！」

老婦人發出嗚咽之聲。

京極堂不管她繼續唱起咒語。

「彼岸血花開，花散四落……」

老婦人再也無法忍耐。

「啊啊！原諒我，求你原諒我吧，我只是照我母親所做的去做而已！」

「住口！」

涼子突然起身。

原來剛才的聲音是涼子發出的，我一瞬間不由得懷疑起我的耳朵，為了確認，我抬頭看涼子的臉，這次轉為懷疑起自己的眼睛來。

她的容貌看起來完全不同。雖然雙眼睜得大大的，裡面卻像是失去了瞳孔。

「把我的……」

涼子配合京極堂的咒語，緩緩轉動上半身，有如被附身了一般。她不是涼子，我全身感到戰慄。涼子以我沒聽過的聲音叫喊：

「把我的孩子還來，妳這女人！」

「嗚哇啊啊啊！」

這次換內藤慘叫。

「我什麼都不知道，我只是旁觀而已，我什麼也沒做！是她找我去的，要、要恨就去恨她。」

「囉唆！別說謊了！你也一樣。」

涼子，不，原本是涼子的女人用更尖銳的聲音說。

「明明就是你們這些人集合起來把我最珍愛的寶物破壞了！我都看到了，我就在現場，你們把他殺掉了！」

原是涼子的女人大力甩著頭，詛咒辱罵身旁的所有人。

原本綁起來的頭髮解開了。

額頭上的血管砰咚砰咚地跳動著。

像是要與之同步，我的悸動也跟著加速。

我的腦袋變得一片茫然。

「是你！是你殺的！」

表情凶狠如惡鬼的涼子衝向內藤，老婦人死命抓住她。內藤的恐懼似乎已達頂點，怕得由椅子上滾落，倒坐在地上。

「涼、涼子，原、原諒我。」

「放開我！殺人魔！」

涼子推開老婦人，這次改朝向妹妹，但梗子沒有反應。不，她打一開始就失去表情，她的靈魂已見不到現實。

「妳也一樣！」

涼子想攻擊妹妹，京極堂由後方抓住她的頸部。

我心臟的鼓動達到最高潮，世界瞬間停止了。

「我想見的不是妳，退下。」

京極堂說完，又湊到她耳旁小聲說了一些話。

涼子的動作嘎然停止。

她的臉緩緩朝向我，臉上帶著淺淺笑意。

就在此時，

叮的一聲，風鈴響了。

「嘎啊啊啊啊啊啊！」

不是人的聲音。

是鳥叫。

梗子發出鳥叫聲，由床上起身。

動作看起來非常緩慢。

彷彿在看慢動作鏡頭。

屏風倒下。

梗子胸部坦露。

膨脹的腹部也露出在外。

接著，有如迸發開來一般，

腹部裂開了。

分不清是血還是羊水的液體飛濺到天花板上，散落一地。

床單濕透了，

在十字的螢光燈上，

以及屏風的白布上留下點點痕跡。

我失去平衡，緩慢地跌倒在地板上。

濕暖的液體噴在我身上。

我分不清自我的界限。

倒下的屏風在地板上彈了幾下。

而在屏風背後……

巨大的胎兒倒在地上。

之後，我昏厥了。

為什麼？

才剛出生卻穿著衣服。

沾著滑不溜丟的羊水，

——藤牧學長。

剛出生的藤牧學長，不對……

那是久遠寺牧朗的屍體。

我在逐漸昏迷的混濁意識中看得格外清晰。

看到熟悉的深度數眼鏡。

蟲子在鏡架上緩緩爬行。

是盲蛛。

在多重構造的建築物裡倉皇奔逃。

被人追逐，回頭見到同伴一個個被殺死。我屏息屈身假裝死亡來偷偷觀察情況，但是無法看清，或許是因為我的雙眼混濁，不，應該是因為太黑暗了，四周一片漆黑。

在鄰近都市地區長大的我未曾體驗過如此深沉的黑暗。

異鄉的夜晚不只沒有電燈，連火把的光明也沒有。

有草蚊，不，不是蚊子。

是沒見過的昆蟲，稍一不慎就會附在皮膚底下產卵。

小隊全部陣亡，只剩一個部下還存活著，其他人都死了。這是我的責任。

那個令人不舒服的叫聲是什麼？鳥嗎？

——叢林裡的鳥夜晚也會啼叫。

男子說。黑暗中看不清他的臉。

等到天明再行動好了，分不清左右，不小心踏進墳場就糟糕了。

——要是等到早上就會被美國大兵發現，你想被人俘虜、被人羞辱嗎？

——還是你打算乾脆自盡？其他部隊的隊長都這麼做。

——這就是所謂的「寧為玉碎，不為瓦全」。

聲音高亢的男子如此說。但我還不想死。

突然恐懼起來。明明日常生活是如此地無趣，天天只想逃避如此煩雜的生活，明明我一直只想去死，如今卻……

——你做了無法挽回的事情。

——沒有退路了，只能不斷前進。

高亢的聲音對我宣告。這名殘存的部下叫什麼名字？

無法挽回的事。

彷彿即將折斷的纖纖細腰，如同蠟像般白皙而冰冷的肌膚。

以及赭紅的、赭紅的血。

我想破壞。

破壞那種很容易壞，卻一旦被破壞再也無法挽回的東西。

不快走不行，不能繼續留在這裡。那片四角形的光芒是神社的鳥居，但是要去那裡，必須先通往墳場。

——在幹什麼？

身體無法隨心所欲，腳步踉蹌，黑暗纏住了我的腳，未曾體驗過如此深沉的黑暗。不，那一天也相同，對，那個夏天的晚上。

「嗚哇！」

殘存的部下訝異地盯著我的臉瞧。他背後坐了好幾個照理說應該死了的士兵，中禪寺敦子也坐在旁邊。

「喂，醒了沒？」

木場，這傢伙名字叫木場。他聲音高亢地問，並遞了一條手巾給我。

「全身是汗，該不會感冒了吧？老實講，我在等你醒來，能說話了嗎？」

木場拉了我一把，我坐起身，原來我在床上。

「我夢到人在戰地，敵襲的夜裡，我跟大爺兩個人逃跑的事。」

因為突然驚醒所以只記得這個部分，但總覺得還夢到其他的。是個令人不舒服的夢。我問現在時間，士兵，不，應該是叫做木下的刑警坐立不安地回答我現在是十一點。我隨口應了一下，不久，記憶逐漸恢復。

「十一點，是早上的還是晚上的？」

「喂喂！你從昨晚昏厥之後一直躺在這裡，現在已經是早上十一點了。」

木場說。對了，昏厥的瞬間我還記得很清楚，一閉上眼立刻像看電影般歷歷浮現眼前。

京極堂手上掛著風鈴，是吊在他家裡的那串。屏風倒下與木場一行人衝入的時間幾乎同時，穿白衣的救護隊員抬著擔架跟在他們後面。大聲叫喊抵抗的內藤被木下壓制住，但內藤仍不死心地想掙脫，手腳不斷亂動企圖逃走。老婦人完全嚇軟了腿，被青木帶走時仍舊持續發出嗚嗚喔喔意義不明的慟哭聲。院長臉色蒼白，茫然地呆站著，木場向他說了些話，他似乎什麼也沒聽見。涼子呢？涼子在做什麼？京極堂一副死神般的相貌般走過我的面前。中禪寺敦子站在門外，似乎呆掉了。

京極堂看了我一眼，說：這就是你期望的下場，現在滿意了？

在意識即將昏迷當中我尋找涼子，涼子她……

涼子在笑。

這些全部只發生於幾秒鐘之內的事。

「關係人全部陷入精神錯亂狀態，害得我們到現在也搞不清楚狀況。可是既然現場出了一具屍體，就不能草率行事。目前先將這裡當作搜查本部使用，同時我也去請求支援了，今天早上鑑識科的人來調查過房間，他們也說完全推測不出事情的全貌，不，甚至連輪廓都看不出來。搞不清楚到底是殺人事件還是棄屍案……不對，既然是在房間裡應該稱不上遺棄吧。」

「京極堂上哪兒了？」

「那傢伙早早就溜掉了，不知到底去哪了。」

「對不起。」

中禪寺敦子很抱歉地說。

「總之連想問話也不知該問誰才好，所以現在才會在這裡等你醒。」

原來現在所處的地方是久遠寺醫院新館中的一室，我總算理解了現況。

「老太婆極端興奮而不省人事，老頭子是輕微心臟衰竭。至於那個內藤，已經是又哭又叫又尿濕褲子又滿臉鼻涕的，陷入半瘋狂狀態。女兒則是失去意識，被送到別的醫院去，現在大概在開刀了吧。」

「那涼子小姐……」

涼子怎麼了？

「喔，姊姊比較正常，可是一句話也不說。這也是沒辦法的，遇到那種狀況任憑她再怎麼堅強也受不了吧。所以先讓她在房間裡休息了，當然，有派人監視。」

青木盛了一杯水給我。

我喝完，想起京極堂的話。

——我不知道你的話是否有當證言的價值，

——但之後多半必須由你來作證吧。

原來如此。

看來京極堂已經預見到現在的狀況。

「大爺沒聽京極堂講什麼嗎？昨天你們之間商量了些什麼？」

「沒什麼。那傢伙只說今天會出現一具屍體，或許會有人受傷，到時候就麻煩你們緊急處理。還說會有人逃跑，別讓他逃了，至於行動的信號就是風鈴聲。」

「原來那個風鈴不是咒術，而是信號啊！」

「廢話。他說風鈴聲比較不會被雨聲掩蓋，他會把門開一小縫，要我們注意聽。」

想起京極堂慎重關門的情形。原來如此，那之後木場他們就在中禪寺敦子的引導下進入寢室，緊貼在門旁等候時機來臨，難怪反應速度如此快。

「事先講好的就只有這些，其他什麼也沒說。聽他說會出現屍體，但怎麼也沒想到就躺在房間正中央，也沒料到事情會演變成那樣，真是傷透腦筋了。」

「可是這就表示京極堂的預言全部命中了。」

我們沉默了。

「總之你把書庫裡到底發生過什麼事情，仔仔細細地交代給我聽吧。」

木場充滿無力地說。

「什麼，你是說那具屍體是那個女人**生下來**

的！」

不等我說完，木場立刻拍打椅子的扶手大聲嚷叫。

「怎麼可能有這種蠢事！關口，你該不會睡迷糊了吧？如果你是在開玩笑我就先把你關進牢裡！」

木場站起來。

「我只是把我看到的情形原封不動說出來而已啊。京極堂一念完咒語的同時肚子就裂開了，然後……那具屍體就生下來了。」

「物、物理上不可能成立吧！肚子再怎麼大也不可能裝下一個成年男子吧？太不合常理了。」

「這麼說是沒錯，可是她的肚子比普通孕婦還要大許多耶。」

「問題不在這裡吧。」

中禪寺敦子插嘴說。臉色有些蒼白。

「與其說物理上不可能成立，應該說生物學上不可能。總之在我們生存的這個現實世界的常識中是無法想像的！」

「的確難以想像，但我真的親眼見到了。況且若不是如此，那具屍體又是從哪裡冒出來的？你也知道那間房間只有一個出口，而你們就在守在出口處，屍體不可能從那邊搬進來吧？」

「只要先搬進來就好了。」

木場從襯衫口袋中掏出歪七扭八的香菸放進嘴裡。

不過他似乎沒帶火柴，所以沒點火，只是叼著。

「那更不可能，到底是誰？又為了什麼要做這種事？而且如果真是如此，剛進房間時不就會被發現？」

「難道不是先藏在房間裡嗎？」

「沒有特殊機關就辦不到吧，可是我不認為那間房間裡有裝設機關，能使屍體憑空出現在房間中央。」

沒錯，屍體是突然出現的。不，是被生下的。

證據就是屍體的皮膚仍然保持光澤，濕潤光亮。

木場說：

「可是你剛剛不是說京極說有什麼結界啥鬼的？那應該是指有什麼機關吧？」

——有無聊的結界在阻礙。

京極堂確實如此說過。

可是就算有什麼機關好了，實在很難相信念個咒語就能解決。無法想像有這種機關存在。

中禪寺敦子學哥哥的動作手撫摸著下巴，開始斷斷續續地說了起來。

「我們姑且先相信老師的證言，假設在不合常理、超自然的作用下牧朗先生進入梗子小姐的肚子裡好了。那麼，牧朗先生應該是何時死的呢？進肚子裡又是何時呢？進肚子裡時還活著嗎？還是死了才被放進去的？」

她一開始語氣還很平淡，說到最後卻變得十分激動。

「老師，牧朗先生是死後才被生出來的呢？還是被生下後才死去？」

「咦？」

我沒考慮過這點。我看到的瞬間下意識就覺得那是屍體。因此是**死後才被生出來**，不對，說**屍體出生**比較接近事實，我老實地把我的想法說出來。但話又說回來，屍體出生這句話實在非常矛盾。

「那麼久遠寺梗子就是把屍體藏在肚子裡了？要藏屍體那裡的確是最好的地方了，肯定沒人找得到吧。但那又是怎麼塞進去的？難道真的用了雜誌裡寫的那啥鬼魔法……」

木場開始顯得不耐煩，但木下立刻上前幫他點菸，成功阻止了一場差點爆發的怒火。

「還是說是活著進去，出來前才死的？確實，那具屍體沒爛，如果是一失蹤就死了的話早變成白骨了，要不然也會變成木乃伊吧。可是那個怎麼看都像最近才死的……那就表示牧朗在肚子裡還活著了？那更不可能，啊啊哪有這種蠢事，瘋了，全都瘋了！」

木場自問自答到最後，又不耐煩起來。

「死亡時間還沒推估出來嗎？還有死因之類的。」

中禪寺敦子問。

「里村正在解剖，一結束就會來報告。里村那傢伙可樂得很，肯定解剖得很仔細吧。」

里村紘市是個值得信賴的法醫，技術好人又溫厚。只是他有個古怪的癖好，就是喜歡解剖更勝三餐。木下為了減輕木場的不耐煩，這次拿水壺倒了杯茶給他。勇猛的部下似乎在發抖。

「木、木場大爺，看來這已經不是我們的工作了，怨靈作祟這類的問題我看還是交給和尚好了。」

與魁梧的身體不相稱，木下似乎打從心底害怕。

「這一定是被殺死的丈夫在作祟啦。丈夫的怨靈附身在嬰兒身上，把他變成跟自己同樣的樣子。跟累淵（註）的劇情一樣啦，接下來就要對殺了的妻子和情夫復仇了。」

「少說這些無聊廢話！」

先前的努力全化為泡影，木場最後還是被木下的發言給惹火。

註：有名的怪談同時也是著名的歌舞伎戲碼，據說是由發生於江戶時期的真實故事改編。故事敘述與右衛門之女阿助生來醜陋又不良於行，與右衛門討厭阿助，便將她拋進河裡淹死。後來與右衛門又生了個女兒，取名為阿累。但阿累與阿助長得一模一樣，村民見此，便說是阿助投胎來復仇了。後來阿累與谷五郎結婚，谷五郎嫌阿累醜陋，與情婦共謀殺死阿累，一樣也將她推入河中殺死。後來谷五郎又娶了好幾個繼室，但都很快就去世，總算與第六個繼室阿清生下女孩，取名阿菊。沒想到阿累附身在阿菊身上，述說谷五郎慘無人道的行為。最後在高僧的幫忙下使阿累與阿助的怨靈得以超渡。

「既然有人死了，我們就該負責調查！青木！」

青木從剛剛就一直惶惶然地坐在房間角落，突然被人叫名字似乎嚇了一大跳，睜大雙眼回頭說：

「在、在，請問有事嗎？」

「回答得那麼客氣幹嘛？你當你是學生喔。那個叫什麼來著，對了，叫內藤，去看看內藤情形怎樣，能講話就把他帶過來。」

「要開始偵訊了嗎？」

「囉唆個屁，快去！」

木場粗聲隨便指示之後，再次砰地一下坐到椅子上。

五分鐘後青木回來了。緊接著兩個警官像是抱著似地帶內藤進入。內藤的樣子看上去就像個廢人。

「能說話嗎？」

木場問他，但內藤似乎沒聽見。內藤沒回答，而是代之以大聲叫喊：

「祈禱師到哪去了？叫祈禱師過來！我、我、我什麼也沒做！什麼也沒做啊！我好怕啊，快救我啊，快幫我驅魔啊！」

一天前還自我標榜是理性主義者的醫師見習生，如今人格似乎完全崩潰。

「給我安靜！只要你好好回答要幫你驅魔還是祈禱都行。」

被木場這麼一恫嚇，內藤像是壞掉一樣整個人癱倒在椅子上安靜下來。看起來活像隻老鼠。

木場叫木下作筆錄，突如其來的偵訊就這樣開始了。

「先問昨天晚上的事情好了。就算你考不上醫生執照，憑你的腦子要記得昨天的事應該不難吧？喂，還不回話！」

聽到木場的罵聲感到害怕的不只內藤而已。刑警、中禪寺敦子以及我多多少少都變得有點敏感，大家都覺得不安。

「首先是屍體，那個久遠寺牧朗的屍體從哪來的？」

「那不是牧朗！他其實還活著，他還活著啦！」

「都什麼時候了還在說這個？你剛剛不是還喊說怕人作祟嗎！會作祟的只有幽靈！所以牧朗當然死了！你明明也看到屍體了！所以才會害怕的，對吧？」

「那、那、那個才不是他的屍體！不要被騙了，那個是他按照自己的樣子做成後，讓梗子生下來的人造人！這個人好可怕，好可怕啊……」

「我才不管啥鬼人造人，總之，你說那個屍體是梗子生下的對吧？有看到屍體破肚而出的情形？」

「肚子破了、梗子的肚子破了……然後那個就倒在地上了，那個、那個人造人就……」

「也就是說你就是沒看到出生的瞬間了？你並沒有親眼看到那個戴著眼鏡穿著衣服，大得不像話而且還是死的嬰兒穿破女人肚子鑽出來的情形，對吧？」

或許是聽到木場過於噁心的描述而覺得不舒服吧，中禪寺敦子摀著嘴。

可是……

我其實也沒見到那一瞬間。不，我想出席者個個都精神錯亂了，恐怕誰也沒看見。

不對。

是**誰也看不見**。

屏風……

因為屏風擋著，所以是屏風倒下後才見到屍體的。

沒受到屏風遮蔽，得以見到全部過程的是，

京極堂，以及，

涼子……

門突然打開了。

「你們怎麼還在議論這麼無聊的事?」

是京極堂。

與昨晚的打扮截然不同,他一身素淨的黃格子花紋的簡便和服,手裡拿著外套。

「喂,京極!你跑去哪兒了!」

「沾到不淨之血所以我先回去洗個澡,順便稍作休息。把髒掉的衣物清洗清洗之後,看,我把這個不愛出門的證人拖過來了。總之我可沒偷懶,沒理由挨你的罵。」

榎木津站在他背後。

「什麼,原來禮二郎也來了!我本來就打算叫你這傢伙來一趟。」

榎木津頂著一張浮腫得像剛睡醒小孩的臉,無精打采地打了聲招呼。

他的打扮活像是個要去參加舞會的大正時代貴族。內藤見到兩個天敵都到齊了,像是壞得更徹底似地縮了起來。

兩個怪人大剌剌地進來,坐在彷彿專為他們準備的兩張椅子上。

「喂,京極。你剛剛說我們無聊是什麼意思?從密室裡像煙也似地消失,一年半後又變成屍體從女人肚子出現,這種前所未聞的怪事件怎能說無聊?」

木場再度站起,在室內踱來踱去,並對京極堂提出近乎質詢的疑問。榎木津的眼光追著木場跑,像是在瞧不起人似地拉長了臉。

「怎麼連大爺也說這種傻話?關口,原來我作了那麼多戲劇性的表演還沒解開你的詛咒嗎?」

「京極堂,我聽不懂你說什麼,事情的確照你所預告的情形發展,但謎團卻越來越撲朔迷離啊。」

而且我原本想實現涼子的願望,結果卻是恰恰相反了。

這個家已經等於完全崩壞了吧。

「你到底知道些什麼,就別賣關子了,快點

說吧。牧朗是怎麼消失，至今在哪兒，何時死掉，又怎麼會變成屍體回來的？你能說明嗎？如果是怨靈還是啥鬼人造人之類的解釋我可不想聽。」

京極堂擺出他最擅長的臭臉緩緩環顧房間裡的所有人後，直截了當地說：

「因為藤牧本來就一直**死在那裡**。」

沒人能理解他所說的意思，整整沉默了三十秒以上。

「哥是說，牧朗先生自失蹤當天起就死在那個房間的那個位置，然後一直棄置到昨天……是這個……意思嗎？」

最早理解的是發言者的聰明妹妹。

「嗯，沒錯。」

「怎麼可能、怎麼可能有這種事！那個房間有好多人進進出出，連我也進去過啊！」

「你的說法不正確。至少，進過房間的人只有涼子、梗子姊妹和你，以及時藏夫婦而已。院長大概連靠近也不願意，事務長頂多在門口，而那邊的那個內藤醫師則只是把門破壞而已，沒膽窺看房間裡的情形。」

「可是京極，反過來說不就是有五個人曾進去過？加上昨天……」

「沒錯。所以老實說，我昨天本來沒打算演那齣鬧劇的。關於這點我對梗子女士感到很抱歉，沒想到會對她的身體造成那麼大的負擔。」

「哥，那你原本打算怎麼做？」

「我原本只是打算打開門，叫他們看個清楚而已。我想內藤看到了一定會拔腿就逃，此時就搖響風鈴叫警察來抓人。可是沒想到裡面卻擺了屏風，沒辦法一眼望盡，所以只好先讓他們進來。只不過先前對院長等人的藥似乎下太重了，害他們失去注意力。」

「那幹嘛不直接把屏風撤掉就好？」

「那樣的話關口的詛咒就沒辦法解開了。」

「聽不懂你在說啥。」

木場用力皺起眉毛。

「只有久遠寺姊妹跟關口**看不見那具屍體**，我想讓他們變得看得見。」

這傢伙在說什麼？

只有我看不見屍體？又不是魔術、忍術！

——結界，原來如此。那裡施了隱形的結界嗎？還是什麼奇門遁甲之術？

「京極堂，也就是說你說的結界只對我們有用嗎？」

京極堂揚起單邊眉毛看著我。

「我說的結界就是屏風，我只是在說有屏風很麻煩而已。」

「怎麼可能！可是我第一次進去時沒有屏風啊！那時沒有屍體啊！」

「明明就有。」

榎木津說。木場問：

「有嗎？」

「當然有。」

我感覺到強烈的暈眩。

「關口，你的確看到了屍體，只不過**沒感覺到**而已。」

他說什麼？

房間開始緩慢旋轉起來，世界變得歪斜。

「你對這棟建築的描述實在是詳細入微，我光聽你敘述就能在腦中把建築物的形象明確地建構出來。實際到此一看，更對其正確性感到訝異。但唯有一個地方卻很模糊，那就是書庫的地板。書庫的門、牆壁與書架、天花板、腳凳與桌子、床與餐具櫃、十字形的螢光燈——全部都很明瞭，就只有地板很模糊，在你的描述中完全沒有提到。進大房間時沒注意到地板是不可能的，那麼應該就是你有意識無意識地**有見到什麼卻不說出來**。我當時就覺得這很奇怪。於是想起你唯一提到關於地板的事。」

京極堂從和服襟口伸出手做出他妹妹剛才做過的動作，摸下巴，這是他最常做的動作。

「你說好像有水果刀掉在地上反射光芒，可是那種東西不會無故掉在地上，那其實是**插在藤牧側腹的小刀啊**。」

啊啊！

我內在的我變得四分五裂，像是麻醉藥消退，眼球內部的混濁物體發出聲音粉碎殆盡。

沒錯。

藤牧打一開始就死在那裡了！

其實什麼事都沒發生，我**打一開始就知道**梗子生下的是屍體了！

「榎、榎兄，那麼，那個時候……」

「哼，一打開門就看到屍體，還說什麼搜查呢。我真沒想到你會看不到。」

——關口，你看那個。

——我們現在**還能做的**只剩一件事，就是叫警察。

「榎木津先生，這麼說，那時……」

「對對，小敦叫我，我沒聽見，可是很不可思議地我只聽到蟬聲跟風聲。雖然耳朵無法閉起來，我卻聽不到小敦叫我，因此我覺得眼睛睜開卻看不到屍體的事也可能發生，所以才要妳去找木場。」

我以為只有榎木津看得到。

結果原來只有我看不到。

「真的可能……發生這種事嗎？」

青木說。

「太難以相信了。」

「這種事很少見，不過真的有可能發生。關口應該懂我的意思，我們現在所見所聞、所體驗到的現實並非現實本身，而是基於經過腦取捨後的訊息重新構成的。因此當發生部分要素沒被選擇到的情形，本人仍舊完全不會發現。因為就算有留在記憶裡，也不會登上意識的舞台。」

「嗯嗯，我們所見聞的一切都是假想現實。那是否為真正的現實本人完全無從判斷。」

我活在**屍體不存在**的假想現實裡，恰好與……幽靈的情形完全相反。

「腦部障礙這種病症有許多很有意思的病例，比如說有些人只有臉孔無法辨認，也有人只有『五』這個概念無法理解。我們以為我們是直接活在現實當中，但我們其實是活在腦子裡。這次事件會變得那麼複雜的原因是看不到屍體的人不只一個，當中甚至還有一個外人——關口巽，這讓狀況顯得更複雜。如果看不到的人只有一個，大概只會被當成瘋子，而事件也變得不值一提了吧。」

「那傭人夫婦呢？照你的說法他們應該也進過房間吧？」

「當然看見了吧，我想他們就是無法忍耐那種異常的狀況所以才會辭職的。把梗子的床搬進書庫的應該就是那對夫婦。把自己的床擺在丈夫屍體旁的行為，在正常人眼裡早就超乎異常而是瘋狂了。」

「所以他們才被塞了那麼高額的遮口費？」

「不是，因為付錢的事務長本身不知道這件事。」

「是這樣……嗎？」

「我想久遠寺家只是想利用那對夫婦代代服侍的忠誠心來讓他們閉嘴而已，就算事務長有心要遮口，為的也是別件事。」

「是什麼？嬰兒事件？」

「待會直接問本人不就得了？」

木場哼地一聲。

「算了，可是我還沒辦法接受，就當這麼不合常理的事情可能發生吧，為什麼只發生在涼子、梗子姊妹與這個笨文士身上？而屍體放了一年怎麼還能保持不乾不爛？還有，梗子肚子裡的到底是什麼？」

「對呀，那不是普通的懷孕吧？」

京極堂似乎很不耐煩地皺著眉，接著又搔了搔頭髮，說：

「只要理解了整體狀況就好，這些小事就別管他了吧。拘泥於這些枝微末節，要我一一解說的話花上好幾天也講不完，我既不是評論家也不是解說委員。」

「問題就是我不懂整體狀況。喂，賣書的，梗子的肚裡到底懷了什麼？為什麼會裂開？」

京極堂皺眉。

「唉，你們為什麼老把事情往不可能的方向去思考？那**除了假性懷孕還能是什麼**！生產再怎麼晚也不可能晚成那樣。人類的胎盤支持不了那麼久，胎盤一死胎兒也會跟著死，這麼一來母體也不可能平安。能懷胎二十個月，不是騙人的或其他病症的話，那麼當然只有假性懷孕了。肚子會裂開是因為她恢復正常意識了。」

「那，她肚子裡什麼也沒嗎？」

「對，只充滿後悔與希望，以及藤牧的未竟之夢。」

京極堂很稀奇地用充滿詩意的形容來表現。

「京極堂，你……在聽我提到這件事時，已經這麼認為了？」

「那時訊息太少所以不敢斷定，不過我的確這麼猜測。或者，除了假性懷孕以外，也可能是懷孕妄想症。」

——肚子裡的孩子曾經對妳說過話嗎？

「原來如此，所以那時你是在確認是假性懷孕還是懷孕妄想症嗎？」

「喂，關口，假性跟妄想症有什麼差別？」

「假性懷孕是基於強烈願望而產生的一種精神官能症，患者會誤以為自己正在懷孕，實際上雖沒有，卻會呈現與懷孕相同的徵候。另一方面懷孕妄想症的患者則是會作……自己體內懷有別的生命之類的妄想。」

「不是都一樣？」

京極堂補充說明：

「懷孕妄想症體內的他者嚴格說來並不一定是嬰兒，也可能是救世主或死胎、祖先等。因此不需要有過作為懷孕原因的性行為，出現在身體上的徵兆也與懷孕不全然相同。這種病症的特徵是體內的他者會頻繁對宿主說話或命令，與妖怪附身的情形很類似。妖怪附身是他者附在身上與自我同化，主要可分為人格完全交替——原本人格的意識完全斷絕的交替性附身類型，以及被附身時同時也保有自我的意識之同時性附身兩大類。後者的情形會覺得自己被別人占去身體或覺得被人操縱。懷孕妄想症與後者有相通之處，差別只在於一個是由外來附身的，一個是由內在成長的罷了。這種病症比假性懷孕更難處理，視情況還得進行驅魔，加上聽說久遠寺家是附身妖怪家系……」

「疏髮童子的家系嗎？」

「沒錯。而且梗子女士與藤牧之間多半完全沒有發生過作為假性懷孕的絕對條件之性行為，所以更令人擔心。」

「沒有……性行為嗎？」

真的嗎？

京極堂沒回答。

「不過和本人談過之後，總算確定不是懷孕妄想症，我判斷這是**極為特殊的假性懷孕**。」

「只靠想像，人會變成這樣嗎？」

青木問。

「用想像這個詞似乎不太恰當，這也是一種假想現實，來自於腦對身體灌輸假的訊息。起因多半是基於強烈願望所以才會說是想像，但只靠想像其實是不會發生的。而且，梗子女士的病例相當特殊，她的是除去了結果的懷孕。亦即，她真正期望的是**持續懷孕**這件事，所以最後身體會無法支撐下去。從我給她的刺激會產生那麼大的反應看來，她多半也到達極限了，還好事先有請救護隊員待命。」

京極堂的眼神看來有點陰沉。

「刺激……哥作了什麼?」

「我作出近乎逆行催眠的狀況，讓她的記憶回到過去。假性懷孕最麻煩的地方是心——要稱之意志或靈魂也可，因為這個心在潛意識裡強烈期望，腦接受期望欺騙心，像是騙人戲碼一樣具有雙重構造。只要欺騙得完全，心就能滿足。當然腦知道這是騙人的。所以唯一的解決方法就是把腦隱藏起來的證據拉到意識舞台上，如此一來心便會察覺腦的欺瞞，於是肉體便會急速恢復原狀。因為再也沒有欺騙的必要了。一般的情況只要經過十個月又十天還沒生下再怎樣都會察覺有問題，但她的情形不同，她期望的是在常識範圍內能永遠懷孕下去，可是她在中途卻失去了常識。幸好令她變成這樣的日子很清楚，所以我想只要讓意識回到那時候便能解決。」

「牧朗失蹤，不，被殺害的日子嗎?」

「不，在這之前。」

「可是，想要永遠懷孕這點……實在不懂，有必要期望不會出生的懷孕?」

「當然有。」

京極堂看了內藤一眼。

「她只是不想承認自己所犯的**某個過錯**而已。」

內藤動也不動，也不眨眼。

「你是指殺死丈夫……這件事嗎?」

木場看著內藤，問京極堂。

「正確說來雖不大一樣，就結果而言是如此沒錯。不過她並非想逃離罪惡感，這反而是愛情的顯露，是一種扭曲愛情表現的極為淒慘的修正方式。」

「梗子小……其實很愛牧朗先生吧，哥哥。」

「用通俗的形容來說，確是如此。唉，她為了讓自己相信自己深愛牧朗，所以必須拿出證據，也就是懷孕此一事實。對她而言懷孕只是性交的結果。懷孕正代表了她與丈夫曾有過性行為——魚水之歡的證據。」

「好淫蕩的想法。」

「哪裡淫蕩了?正因為她認為性行為是愛情最終極的表現，所以才真心想要相愛的證明。她想要的並不是淫亂的快樂。我說這是極為特殊的假性懷孕正是如此。她不是想要懷孕，而是想要過去曾與丈夫有過性行為的事實，也就是想要有魚水之歡的證據。但實際上並沒有，所以才會透過假性懷孕來**溯及既往改變過去**。同時這也會消除掉事件發生的原因，如果與丈夫之間有過魚水之歡，**就不會發生這種事件**了。因此對她而言，生下孩子一切也將結束。」

「這點聽不懂。」

木場歪著頭。

京極堂看窗外。

「對於丈夫牧朗而言，性行為只不過是為了留下子孫的方式。把基因流傳到後代是生物的最高使命，他認為生孩子正是愛情的極致表現。對他而言，生產某種意義上是結論，也能成為否定那之後性行為的正當理由。」

多麼無意義啊，兩人概念的相左竟是如此之大。

「也就是說，梗子小姐靠著持續懷著絕對不可能誕生的孩子來溯及既往獲得原本沒能獲得的幸福?同時這也是拒絕面對現在不願意面對的事實之行為，對吧?」

「真的是很極端的現實否定，但，能將一切在一瞬間粉碎掉的，就是牧朗的屍體。牧朗的屍體在過去現在未來的一切時間裡都會讓她徹底的絕望，所以梗子才會變得看不到屍體。假性懷孕與屍體消失是成對的。對腦而言，**持續忽視**屍體與顯現出懷孕徵候同等重要，不，甚至是遠超過此的最重要課題。」

木場又陷入苦思之中。

「但是如果屍體被第三者發現的話就完了。」

但諷刺的是由於她關在那間房間裡一直懷孕下去，不知是幸或不幸，卻也因此**沒被人發現**。這就是她懷孕過久的理由。但是在我的刺激下她的腦再也無法繼續欺騙自己。在面對現實的瞬間，身體急速恢復原狀——達到極限的腹部……」

「啊啊啊！」

內藤叫了起來。

「但是，就算我什麼也沒做，梗子也撐不了多少天了。既然連騙小孩的逆行催眠都能使她腹部裂開，可見她的身體早已負荷不了。只是，一想到也沒其他方法好解決，就覺得很令人難過。」

京極堂悔恨地垂下眼。

「現實到底有啥好可怕的，居然得如此大費功夫來欺騙自己？那女人到底對如此愛她的丈夫做了啥事？」

木場再次看了內藤。

「一開始……」

內藤開口了。

「一開始是她先誘惑我的。現在回想起來，就覺得怪怪的。」

內藤意外地鎮靜。

與之前的情況相比，現在反而可說是最穩定的狀態。

「我來到久遠寺家時是戰爭剛開始的第一年，大概是十年前的事了。我一出生母親就死了，父親什麼時候死的我也不知道。自我有記憶起我就住在妓院的二樓。養育我的夫婦是妓院裡的掮客，鄙俗、下賤且窮困。只不過我卻能好好上學，為何？因為那就是條件。有個奇特的人每個月都會拿錢過來。」

內藤抬起臉看木場。他的雙眼還是老樣子佈滿血絲，並無精神錯亂的跡象。

「沒錯，我的養育費是別人出的。他們很愛對我說你是隻會生金雞蛋的母雞，我還小的時候不知這句話的意思。呵呵，你想錢是誰出的？每個月隱瞞身分探訪妓院的搖錢樹是誰？就是久遠寺夫人。」

「這裡的……事務長為了你拿錢給那對夫婦？為什麼！」

內藤瞇起眼睛，很懷念地說：

「那時的夫人很美，總是端端正正的。雖說只是每個月躲起來偷看來的印象。我常想，如果那個人是我真正的母親該有多幸福。有時也想，搞不好真的是如此。」

內藤輕輕地笑了。

「可惜並不是。我真正的母親似乎是在這家醫院生下我後因意外而去世，而父親也因此上吊自殺，所以醫院才會以此來補償——這是我養父母說的。真奇怪，明明醫院沒有補償的義務。所以我想，大概是不能公開的醫療事故吧，雖然是什麼事故我到現在還是不知道。總之我的養父母敏感地聞到錢味，所以才會收留我這個遠得不能再遠的遠房親戚。」

內藤大大地吸了一口氣。

「可是戰爭開始之後，也不知發生了什麼事，揹客夫婦把我拋下一走了之。那時我才十九歲。夫人來到半自暴自棄的我身邊，那是我第一次與她說話。令人驚訝的是夫人願意收留我，只不過有兩個條件，一個是要徹底謊稱自己的身分是過去主公的遠房親戚，另一個則是要當上醫師入贅久遠寺家繼承家業，我當然毫不考慮地就答應了。於是我就此開始在這家充滿藥臭味的醫院住下了。」

「入贅是條件之一？」

「呵呵，院長不知道我的真正身分。不，其實或許察覺了也說不定。總之我很高興。只要能告別妓院裡沾滿男女亂搞留下的臭味的榻榻米，要我當醫生還是當什麼我都願意。不過我開心的另一個理由，你也知道吧，這家的女兒。嘿嘿嘿嘿。」

內藤扭動嘴唇嘲笑起自己。

「你迷上梗子了吧。」

「錯了，大錯特錯，我迷上的是涼子！」

內藤模仿木場的語氣開玩笑似地說，可是語尾卻帶著顫抖。

「我對她一見鍾情。可是涼子很冷淡，在我面前一次也沒笑過。更奇怪的是夫人對涼子也有點疏遠。一問之下，說她的身體無法生育，所以涼子一輩子都不會討老公，我的對象是梗子。」

「你對梗子有什麼感覺？」

「我是不討厭，只是我和從小要什麼有什麼，天真活潑的千金小姐在個性上合不來。有點陰鬱的，文靜的……對，感覺很像我母親的涼子才是我的理想對象。跟愛慕的女人的妹妹結婚，而且還要在一起生活一輩子，這豈不是跟拷問沒兩樣？所以我很猶豫要不要答應。可是，出征回來事情全都變了。」

「藤野牧朗的出現是吧？」

「對。世間認為我是因為白白被人搶走好處而不甘心，但其實不是如此。我內心其實有點高興，因為或許因此能跟涼子結婚。」

「事務長對於牧朗入贅有啥感覺？老太婆原本是希望你入贅吧？」

「夫人與院長之間似乎吵了很多次，最後還是看在錢的份上答應了。戰爭中的損失實在很嚴重。夫人低頭向我道歉，說保證會照顧我一生，也會幫我找媳婦，要我忍耐。我就說用不著麻煩，把涼子嫁給我就好。可是一聽到這話，夫人立刻氣得滿臉通紅，堅決說不行，其他任何事情都能商量，就是這件不行，絕對不行。於是我又再次絕望了。」

「為什麼？」

「誰知道。後來我就一事無成地渾渾噩噩過日子，考試也沒考上。不久梗子和牧朗結婚了，但我對她們這對夫婦實在沒什麼興趣。只是，我房間常可聽到夫婦的說話聲。畢竟是夏天，窗子老是開著……」

果然。沒開窗就聽不到聲音。

「大概是婚後一個月左右吧，其實我並非特別想聽，不過還是聽見了，他們夫婦間內容很異常的對話。」

「異常？」

「嗯，異常。不是爭辯，也不是吵架。比較像梗子單方面的責罵，但起因總是牧朗，每次不論他說什麼都會讓梗子生氣。起初很快就結束，但對話不合的情況與日遽增，梗子的怒氣也一天比一天激烈。」

「你知道內容嗎？」

「大致上知道。一開始梗子說她不知道過去發生的事，牧朗便為了讓她想起來而說更多。只是那傢伙老是畏畏縮縮的，講起話來讓人聽了一肚子有氣。不是有些傢伙越想要賠不是就會越惹人厭嗎？他就是那種人。」

「說很多是說哪些？」

「例如說，記得在那棵銀杏樹下相會的夜晚嗎？或者，記得這間房子背後的小房間嗎？」

銀杏樹應該是指他日記裡寫的授子銀杏——最初的幽會場所吧。這間房子背後的小房間應該是指構成那個密室的第二密室吧？

「此外還說了很多其他的事，但梗子似乎一項也不記得。不久牧朗被當作瘋子，接著，情書事件的爆發終於讓梗子的不耐到達臨界點。」

果然情書是關鍵吧？

內藤接著說：

「一邊反覆強調送出了情書，另一邊則堅持不知道有這件事情，雙方永遠沒有交集。不久又傳出劇烈的摔東西聲，梗子變得凶暴就是從那天開始的。那是剛入八月的事，從那天以後每晚十二點過後到天亮左右，就會聽到他們彷彿發情期的貓吵架一樣的大聲爭吵。」

「十二點以後？這麼晚才開始啊？」

「我後來才知道，牧朗那傢伙每晚都會關在

研究室裡研究到十二點，總是準時無誤。梗子似乎很討厭他那樣，所以等他一回房便立刻跟他吵起來。」

內藤的證言與日記完全符合。藤牧懷疑什麼也不記得的梗子有記憶障礙，他記載著妻子之瘋狂乃自身不德所致。這裡的瘋狂應該就是指內藤所言之發情期的貓吵架吧。丈夫眼裡的妻子與妻子眼裡的丈夫，彼此都認為對方是瘋子。

「八月底時，梗子突然來到我房間，用撒嬌的聲音對我說：『窗子那麼近，你都聽見了吧？』她看起來不像是在氣我偷聽，不，更像是在挑逗我。她塗上鮮紅的口紅，眼神充滿勾引的暗示。我不知該如何回答是好，結果沒說謊，老實回答她：『大小姐，妳們每晚吵架吵得太過分了啦，過不久連母屋都會聽到囉。』聽我這麼說，梗子立刻大聲罵說：『是我先生不好，那個人瘋了！』。」

「梗子這女人脾氣未免太暴躁了吧。」

「沒這回事，只是好勝心比較強而已。她是平時被人稱讚積極進取的那種女孩，身心很健全。」

健全？那個少女嗎？為什麼有種不搭調的感覺？

「你們猜那個健全的大小姐對我這個妓院長大的人說了什麼？梗子居然對我說：『我還是處女呦。』。」

不對，**有問題**。如果梗子真的是內藤所形容的千金小姐，會說這種話基本上就很異常。可是這個異常與我所見到的少女的異常之間，似乎又有微妙的差異存在。

「聽她說，牧朗結婚之後連她一根手指都沒碰過。每聽到梗子從口中說出牧朗不想抱她、不愛她之類的話總讓我產生淫靡的心情，會變得很興奮。」

「真下流。」

榎木津說。內藤裝不知道，繼續說：

「牧朗連抱都不願意抱梗子，卻很愛說孩子的事情，然後便會開始問起梗子所不知道的十年前的事。梗子回問他為何要問這些事，他卻絕對不說理由，只會一直陪笑道歉。」

理所當然吧，在藤牧眼裡梗子才是具有記憶障礙、精神上有問題的人。如果他的記憶——應該說，日記的記載——是事實，很明顯只能相信是梗子有記憶障礙，況且情書是我親手交出去的，再加上……

再加上……

「聽梗子說，牧朗堅持他送過情書，收到回音，也幽會過，最後還生下孩子。他想問的是那個孩子怎了，墮掉了？還是死了？嘿嘿嘿，笑死人了。連握手都沒握過的丈夫十年前讓處女妻子墮胎？聽到這件事，我也覺得牧朗的頭腦有問題。自從那天以後，梗子跟我的關係就變得越來越親密。尤其是在牧朗面前，她更會很露骨地對我好。」

「丈夫有什麼反應？」

「那個沒出息的傢伙老是裝作不知道，但他越這麼做梗子就越故意跟我相好，親密到看不下去了他就傻笑離開。你們應該看過那種欠人欺負的傢伙吧？牧朗就是那種型的。他喚醒了梗子原本就有的虐待他人體質，只能說自作自受。」

「院長跟事務長不知道這件事嗎？」

「梗子在父母面前巧妙地扮演著貞潔的妻子，牧朗不知為何也從不吭聲，大概是自尊心很高吧。那女人一到秋天甚至開始把我叫到寢室去，牧朗在研究室的時候我們就在那個房間裡喝酒。每天正好過十二點五分時牧朗就會回到寢室，而我則與他擦身而過離開房間。」

我想像在門際擦身而過的內藤與藤牧。

情夫以近乎侮辱的眼神看著丈夫，像蛇一般下流的眼神。

丈夫則在這種視線的嘲弄下仍堆出低賤的笑容向他打招呼。

分明是無比異常的情景，我卻很輕易地在腦中描繪出來。

「有一天我照常到他們寢室，那個剛強的梗子哭了。問理由，她說牧朗不肯抱她的原因在姊姊身上，說涼子背後操縱牧朗。她為何會有這種想法如今已不得而知。梗子每晚大量喝酒，那時已接近酒精中毒了，或許是看到了幻覺也說不定。」

我也聽梗子說過這種想法。

但換句話說，也表示可能有什麼徵兆讓她如此猜測。

「梗子醉得很嚴重，說盡姊姊壞話。我過去從沒聽梗子罵過她姊姊，所以感到有點訝異。她說姊姊表面上連隻蟲子也不敢殺，其實是很可怕的女人，是專門誘惑男人的魔女，牧朗被涼子迷得神魂顛倒。聽到她說我暗戀的涼子壞話，我莫名地覺得很興奮，畢竟這個家裡每個人都對涼子敬而遠之。」

「你的性格真的扭曲很嚴重。」

榎木津再次責罵內藤。

「隨便你怎麼說。梗子說姊姊是魔女，然後纏著我，要我抱她。」

「所以你就抱了？」

榎木津聳起濃眉瞪著內藤。原本睡迷糊的呆臉不知不覺已化為精悍的臉，內藤也逐漸恢復成初次見面時的無賴性格。

「到口肉不吃還算是男人嗎？」

「混蛋傢伙，你不知道梗子抱著什麼心情要你抱她的嗎！怎麼看都覺得她接近你只是想吸引藤牧注意，可惜藤牧欠缺嫉妒心所以才會越陷越深不可收拾。所以你不踩煞車還有誰能阻止這種情形？她要你抱她你就隨隨便便點頭答應？你沒自尊嗎？你頂多只是藤牧的替代品啊！」

榎木津很少大發脾氣，連木場都被他所震嚇。

「這種事沒必要讓你這個半吊子偵探提醒我

梗子說對藤牧做的不可原諒的過分行為就是指這件事吧，這比打罵還要過分多了，實在不知該用什麼話來形容。聽到這個，連榎木津也變得啞口無言。木場說：

「你這混蛋！再來咧？牧朗看到這種情形也還是悶不吭聲？」

「嗯，那傢伙頭腦肯定有問題。雖說我跟梗子大概也有問題。這場秀後來幾乎每晚都持續進行，直到那天晚上。到這種地步，連我也覺得好像踏進泥沼般越陷越深，實在很不舒服。而且說實在的，那時候的梗子也讓人覺得有點可怕。就算到這種地步，牧朗在白天也還是盡可能保持平常心來面對我。會變成這樣都是這傢伙害的，想到此我就很想在他臉上吐口水。」

「牧朗為什麼會卑躬屈膝到這種地步？這不是他花費十年歲月，帶著鉅額聘金與醫生執照過來才得以如願的婚姻嗎？為什麼會連妻子的一根手指也不肯碰。」

也知道！我才不管這些，反正我……」

內藤回瞪榎木津。

「反正我也是把梗子當成涼子的替代品而已！」

榎木津皺起眉，用像是在看髒東西的眼神看他。

「嘿嘿，隨便你怎麼輕視都行，反正梗子只是涼子的替身罷了。那對姊妹很相像，我從第二天開始就把她當涼子來抱了。梗子嚐過男人滋味後積極向我索求，而且隔個窗戶就是丈夫的研究室，可刺激得很呢。一個月後梗子提出奇妙的要求，要我開燈開窗簾，我照做了。一打開就吃了一驚，原來從牧朗的研究室看過來，這個寢室是看得一清二楚。而且研究室沒有窗簾，只要他面對書桌，就得把我們的行為看得一清二楚。我覺得……做得太過火了，不過也覺得隨便都好。我就在她的要求下盡力表現男歡女愛的場面，只有一個觀眾的秀場，梗子也變得特別興奮。」

「他不跟梗子交合是有理由的。」

原本一直保持沉默的京極堂說完，離開椅子站起身來。

「理由？啥理由？我才不相信這世間有什麼理由能讓他不跟妻子共床還肯容忍情夫。」

「難道說牧朗先生有……被虐的興趣？還是說他是……性無能。」

「都不對，是更直截了當的理由。」

京極堂在茶杯裡倒茶潤潤喉後，看著茶杯說：

「藤野牧朗從德國回到日本的真正理由並不是因為開戰。他在世局不安的異國遭到意外，下腹受到傷害。不，說得更明白點，他失去了一部分的生殖器。」

「你說什麼！」

木場以比平常更尖銳的聲音大聲叫喊。

「牧朗……原來失去性器官了啊！難怪再怎麼愛妻子也沒辦法辦事！可是隱瞞這件事結婚不是詐欺嗎？」

「沒錯。不過若問他是否認為自己是詐欺，倒也未必，他反而有非結婚不可的理由。」

京極堂拿著茶杯，慢慢地回頭。

「剛剛我說過，藤野牧朗的人生觀認為生育子嗣乃是人類身為生物所必須完成的使命，是人生的終極目標。我在不期然的情況下讀到他母親的手記，我相信手記中的最後一節，亦即他母親絕筆的一段文章對他後來的人生觀造成了巨大影響。」

京極堂望著眼睛上方三寸高的虛空，背誦起那段文章：

「人一生中最重要的就是生育子嗣並將之培養成偉大的人。我對自己未能完成此事感到無限悲傷與悔恨。我並不怕死，而是因必須留下你孤單一人而感到悲傷，因看不到你長大成人而感到悔恨。吾子牧朗啊，雖然你早年失父，如今又將失母，但我相信溫柔又聰明的你，今後一定能堅強活下去。我相信你一定能找到良好的伴侶，生育子嗣，家庭和樂，幸福地活下去。」

與剛才內藤不道德的告白相比差異極大，文章的內容充滿了慈愛。

房間裡的所有人因落差而緘口無言。

「從這一頁紙張與文字的磨損狀況看來，可知他不知反覆看了多少遍。對他而言母親是神聖不可侵犯的，是他的信仰對象。這篇手記就好比是基督教徒的聖經、回教徒的可蘭經。一絲不苟的他堅定遵守這個教誨，清高潔白、遵守道德地活下去。」

「京極，你說這個也沒回答到問題吧？牧朗的身體想抱也抱不了妻子這點我懂了，可是不管他品行再怎麼方正，也沒辦法說明他不自然的態度吧。」

「先聽我說完。牧朗唯一一次違反母親的教誨，就是十二年前。他遇到梗子，熱烈地愛上她。到此還好，但他被情感，不，或許該說被激情所惑，做出不道德的行為來。身為學生，理應專心課業，他卻跟未成年的少女私通，還讓她懷孕了。」

可是……

「等等，梗子說她不知道有這件事吧！誰知道是不是事實，就算寫在日記上也有可能是杜撰的故事吧。說不定也有可能是你說的那啥鬼假想現實咧。」

「就算如此也無妨，問題在於藤牧自己認定這是事實。不過實際上確實是有此事。」

「梗子說謊了？還是說她喪失記憶？」

「都不對。總之對他而言，讓女方懷孕並墮胎是最糟糕的情況了，比回教徒吃豬肉還罪不可赦。不負責任地讓女方懷了孩子又墮掉，是罪該萬死的行為，所以他才會拼了命要負起責任。但結果並沒有如願以償。」

「因為上門提親被拒絕了，對嗎？」

「沒錯，但他並未放棄。既然母親的願望是

要他幸福地活下去，他當然不能自殺。不，我想他打一開始就沒考慮過要自我了結。於是他採取了很花時間的正攻法。先去留學，回國後取得學位，再來與梗子結婚，如果孩子還活著，那他就好好扶養他長大，如果墮掉了，那就跟梗子再生一個孩子。此外他想不到還有什麼方法能來彌補過去的過錯。對於梗子，對於久遠寺家，以及對於神聖的母親，他充滿了贖罪的念頭。可是此時他卻遭遇到意料之外的不幸事故，使得他永遠失去了生殖機能。從此以後，他再也不可能以合乎常識的方法贖罪了。」

「這太令人絕望了吧。」

「不，他或許是抱著失意歸國的，但他並沒有放棄。從這個時候開始，藤野牧朗的心態開始逐漸變質了。原本充滿慈愛的母親教誨，逐漸轉化為扭曲的意義，填滿了他扭曲的心。」

「什麼意思？」

「他認為既然生育子嗣是身為人，不，身為生物的終極目標，那性交就僅僅是手段，中途的過程不過是枝微末節罷了。同時母親充滿慈愛的言語也在不知不覺間本末倒置，也就是說，他下了一個結論——**就算不性交，只要能生小孩即可**。」

「有可能嗎！這種事！」

「可是哥，還是有很多夫婦沒有孩子也能過幸福的一生啊。如果真的很想要孩子，去領養就好了吧？有很多方法呀。」

「不，他的心態完全扭曲了。他認為只有繼承自己的基因……不，母親基因的孩子才是自己的孩子。若要娶妻，除了過去曾犯下過錯的對象——梗子以外不作他想。同時他還有一個天大的誤會，那就是他不只認為這種想法是正確的，還認為這是普遍的概念，他以為……梗子也是以生育繼承自己基因的孩子為人生最高目標。他已經無法理解男女之間相親相愛的意義了，所以梗子當然無法與他正常地溝通。在他眼裡看來，妻子淫蕩的偷情行為只是很想要孩子的緣故罷了。」

「那，牧朗看到內藤這傢伙與梗子相好的情形，也只是以為妻子很想要孩子而已？」

「沒錯。那是與憤怒、嫉妒毫不相干的感覺。所以每當他被妻子責罵、毆打，讓人在眼前做出性愛表演，都只會想著刻不容緩必須趕緊完成研究而已吧。梗子女士越焦急地想吸引他注意，他就越投入在研究上。」

「什麼研究？」

「剛剛不就說了？不進行性交就能生下孩子的研究。」

「這種事……真的能辦到嗎？」

木場茫然地說。

「在這方面他可說是天才。」

「那，牧朗先生研究的就是……」

「沒錯，他的目標就是研究出**完全體外受精**的方法。」

「體外受精？那啥？」

「是慶應大學之前成功的那個嗎？」

「慶應的研究是人工受精。他雖然失去大半的生殖器，不過精囊還能發揮作用，只是能生產的精子數量過少，無法應用在人工受精上。於是他便賭上那小小的機率，把一隻精蟲到達卵子的機率提高到百分之百。亦即，他開發出將採取出來的卵子與精子置於培養皿或試管中，進行人工受精。」

「怎麼可能！那樣一來，就算我不是內藤，我也會覺得那根本是現代的人造人嘛！」

我忍不住叫了出來。

這是惡魔的研究，不是人類所應有的行為，我有這種感覺。

「每個人有各自的倫理觀，會隨著國家或宗教的不同而有所不同，不該一概否定。我們換個方向想，不管誕生的過程為何，生命的尊貴不是都一樣？不然我們也可以說，任何藉由醫學的行為來延長壽命皆是違反上天意旨。」

「這是詭辯，而且現實上那種方法真的辦得到嗎？我覺得像是在空想。」

「理論上辦得到哪。我把手上那些他的研究筆記幾乎全部讀過了，他的研究始終保持著整合性，理論上也沒有破綻。以純粹科學的立場來看，這份研究具有極為貴重的價值。而且他獲得如此成果幾乎全憑自學，光這點就值得給予高度肯定。只是……」

京極堂帶著沉重的表情稍作停頓。

「他終究還是錯了。如果他是不具完成如此偉業的能力的凡夫俗子、如果完全體外受精僅止於妄想，就不會有今日的慘劇了吧。不過，研究確實完成了，在昭和二十六年一月八日的薄霧之夜裡。」

「他比平常早三十分鐘回到房間。」

內藤接著京極堂的話開始說了起來。

「那天很冷，牧朗的生活在過年期間也沒任何變化，而我跟梗子則是沉溺在酒精之中，在墮落中繼續我們淫亂的關係。那一天我們也一樣幹著淫蕩的勾當。房間沒暖爐，很冷。我記得很清楚。門突然打開了，那時梗子一絲不掛地跨在我身上，我扭動脖子倒著看進房間來的牧朗。」

藤牧笑著。

我閉起眼驅使我的想像力。

內藤的形容使我錯覺自己彷彿就在現場，充滿了現實感。

——梗子，妳一定會很高興吧。終於，我的研究終於完成了！

——你在說什麼，這就是被妻子戴綠帽子的丈夫該說的話？我現在在做什麼你看不懂嗎？

梗子維持與內藤結合的體勢瞪著藤牧。

聽到此話，藤牧仍舊笑瞇瞇的。

——我當然懂，所以說，**已經夠了**，妳已經沒有必要再做**這種事**了！

——你白癡嗎？你在說什麼？你現在要把我從內藤身上拉下來抱我？別開玩笑了，與其被你這種沒用的蛆蟲抱還不如去死算了！

——不是的梗子，妳別生氣聽我說。我們已經不用做這種事就能生孩子了！我跟妳的孩子。為了死掉的孩子，我們再生一個小孩……

——你在說什麼！你腦袋壞了嗎！

「跨坐在我腹上的梗子的臉，跟那個偵探說過的一樣，可怕得不像這世上的事物。梗子眼裡已經沒有我的存在。梗子離開我的身體，光著身子在床上傲然而立。」

——誰生過你的孩子了啊！不，以後我也不會生的！你傻笑個什麼屁！生氣啊！生氣給我看啊，你根本不會生氣嘛，蛆蟲！

——冷靜，妳冷靜啊。以前是我不好，我願意道歉。所以麻煩妳好好聽我說，不、不是現在也可以，等妳平靜下來再說。

——住嘴！滾出去！去死！

「梗子隨手抓東西朝牧朗丟過去，我那時、我那時真的嚇壞了，滾落床底下，抓住衣服就想逃。」

——別動粗，內藤老弟還在這裡啊。

「我聽到這話，想著這傢伙到底在講什麼啊，他根本搞不懂狀況。我不是碰巧遇上夫婦吵架的局外人，而是被人抓姦在床的情夫耶。他居然還能邊閃躲著飛來物，邊說出這些話來。」

——內藤老弟，之前太對不起你了。內人現在情緒亢奮，改天再向你鄭重道歉。不好意思，今天請你先離開好了。

「梗子聽到這話的瞬間也呆住了，然後立刻變得更加憤怒，我慌忙想逃，卻被飛來的時鐘打到腳而跌倒。為了閃躲攻擊沿著牆壁逃……」

「然後在油畫底下嚇軟了腳。」

榎木津說。可見他的幻視很正確。

「那女人像鬼一樣可怕，但對我來說牧朗更可怕。那傢伙……居然還不斷堆著微笑，不住地道歉。」

——原諒我，是我不好，流於一時的情慾而

傷害了妳，我真的在反省了。不過已經沒事了。我不再是學生，而是個出色的醫師了，岳父大人也認同我是個能繼承久遠寺家的好父親。那個孩子過了十年，總算能再度在這世上生活。妳與我的……

——我不知道你在說什麼！給我滾！

——梗子，別這樣，求求妳。

「那傢伙總算察覺到這樣下去性命不保，想躲避梗子的攻擊而從我面前通過，打算逃進書庫。」

「那就是……牧朗進書庫的真正理由嗎？」

「對，可是那道門很重，沒辦法立刻打開。此一瞬間，他又說了一句多餘的話。」

——快回到過去的妳吧，回到十年前的溫柔的妳。

「下一瞬間，我眼前一片鮮紅。我一時之間不知發生了什麼事，看到地板上逐漸被血跡所染紅，才總算瞭解了事態。梗子拿水果刀刺進正要進入書庫裡的牧朗側腹，出血很嚴重，很明顯地某處的動脈被切斷了。」

——為什麼，為什麼……

空白的時間已被填補。

「所以牧朗是為了躲避梗子追擊才把門關上並上鎖的嗎？」

「對。我聽到門上鎖的聲音。他被刺之後才發現事情已經到了不可收拾的地步。會上鎖可見真的很害怕吧。」

不，不是這樣。

我的頭腦逐漸緩慢地與藤野牧朗進入同步狀態。

恐怖、痛苦，以及深深的悲傷……不對，與其說悲傷更接近驚訝吧。但鎖上門並非因為恐怖，而是因為還抱著一絲事情或許還有轉寰餘地的期待。只要等到梗子冷靜下來。

——意識開始迷糊了。不行，還不能失去意識啊。

——照這樣下去，母親的希望就無法如願了。

——我相信你一定能找到良好的伴侶

生育　嗣

家　和樂

幸　地活　去——

此時藤牧變成了巨大的胎兒。

然後再次慢慢張開眼。

——這裡是哪裡，而我又在做什麼呢？我……

他如此想著。浸泡在濕暖血液的羊水裡，繫著水果刀的臍帶。

絕對無法獲得生命的胎兒夢見了什麼？是與梗子之間的永遠不會到來的幸福呢？還是再也不會來臨的與母親共度過如夢似幻的過去呢？這兩者都一樣，因為未來是未曾來訪的過去，過去是已經到來的未來。

血液逐漸流失，體溫逐漸下降。

——總覺得，有點冷。

意識在清醒與混濁之間反覆來去。

——好暗，也好靜。遠處傳來聲音，還在生氣嗎？

——還是在哭泣呢？

然後他，

他見到什麼了？

——母親。

母親？

「嚇軟腿的我……」

內藤的聲音把我從藤野牧朗臨死前的意識拉回到關口巽的意識上。

「嚇軟腿的我一時之間在油畫下訝異地看著這一幕。梗子不斷發出有如鳥叫的尖叫聲。平靜下來之後，不知過了五分鐘還是十分鐘，或許更久，她呆站在門前一動也不動。我勉強驅使我猛發抖的雙腿，抓起掉在地上的衣服光著身子半跑半爬地逃回自己的房間。因為身體快凍僵了，不，或許是因為嚇死了的關係，我一直發抖個不停。我那時想，今後會怎樣發展？那傢伙死了嗎？我可不想當殺人者的共犯。那麼該立刻報警嗎？還是去通知院長？不，這兩種都不成，誰知道他是不是還活著。如果他還活著，我們的姦情就會被發現。我可能也會被當成傷害……不，應該是殺人未遂的共犯。就算不會，也沒辦法繼續在這個家待下去了。」

榎木津用力拍了椅子扶手，說：

「你在這種狀況下還只想著要保身？當然應該以人命為第一優先考量吧！難道你不會想去照顧精神錯亂的梗子，拯救藤牧的性命嗎？」

「完全不想！」

內藤大聲反駁榎木津的斥責。內藤的生命力像蛇一樣頑強，既然現在一切已經公諸於光天化日之下，他臉上再也不見恐懼的表情，原本哽住的喉嚨也像是復原了一般，重新取回厚臉皮的穩定感。

「我死都不想回到貧窮生活了。這家醫院現在雖然落魄，至少還有土地跟房子。只要不說出口，人人都會把我當醫生，將來也能討到妻子度過一生。要我放棄這些回到妓院去？門都沒有！在我左思右想如何是好之際，早上很快就來臨了。外面一片寧靜，什麼動靜也沒有。我迫不及待到梗子那裡看看情況。房間整理得很乾淨，地板上的血跡也擦掉了，摔壞的東西碎片也清理完畢，床也弄乾淨了。梗子端整地穿著衣服，還是站在門前。發現我來，對我說：『牧朗進房間後就不出來了，門上鎖打不開。內藤先生，能不能請你幫我開門呢？』。」

「看來是失去慘劇的記憶了。」

「不只如此，好像也忘記了跟我的關係。我

覺得有點困惑，但也覺得或許是個好機會。應該沒人知道我們的關係，就算有人說閒話當作沒聽到就好。可是問題在於牧朗，萬一他還活著的話……萬事休矣。幸虧牧朗是由房間內部上鎖，表示也沒人能進去。只要放著不管他一定會死。死於從內部上鎖的房間裡，一般都會認為這是自殺吧。不巧我從來不看偵探小說的，所以壓根沒想到這世上居然還有密室殺人的這種有的沒有的殺人事件。因此我想，需要有個證人來證明門確實是鎖著的，於是便建議梗子去叫院長，因為我去會很奇怪。然後我就回房間了。」

「可是院長沒來。」

「對，等到過了中午又去看看情形，富子來了，聽到出事就大驚小怪起來。梗子對她說昨晚與牧朗吵架，對他做了很過分的事。她果然忘了我的事，所以我覺得該把握這個機會，算是個賭注吧，賭牧朗會不會死。我便去叫時藏開門，時藏拖拖拉拉的，我等不及，便破壞了合葉。可是門很牢固，只能打開一點點縫隙。梗子把我推開，從那狹小的縫隙鑽進去。然後，大聲驚叫……」

——不在，牧朗不在了！

——他消失了！

「現在回想起來，梗子那時像是在尋找蝴蝶一樣，只望著空中。我那時就想，牧朗又不可能浮在空中。對了，剛剛那位祈禱師說我很害怕所以沒看，其實我看了，怕歸怕，我還是忍不住看了。可是……我也看不到。似乎聽到梗子的驚叫後，我也看到那個叫什麼假想現實的東西吧。真可笑，早知如此……不過那時我聽到他不在裡面嚇得腳都軟了，離開房間，就表示他還活著，我與梗子的關係就會曝光。而且不只如此，」

「復仇嗎……」

「我想他絕對會來復仇，換做是我，不把情夫碎屍萬段丟進化糞池裡我絕不甘心。所以一直到昨天為止，我連一個人洗澡都會怕，晚上睡不好，飯也吃不下。但是那傢伙、那傢伙原來早就死了。嘿嘿，看來是我想太多了。哈哈哈，哈哈哈哈。」

內藤笑了起來，讓他停止大笑的是京極堂。

「內藤，是誰指示要修理那道門並把床搬進去的？」

內藤冷不防被人提問，停止大笑，思考了一會說：

「嗯，那時梗子哭喊著牧朗不在裡面，我與時藏不知如何是好，決定要去叫院長或夫人來解決時……對了，是涼子，涼子來了。」

涼子？涼子當時人在現場？

「我記得……她對梗子說要她思考自己的行為，如果有什麼過失就該反省，否則永遠無法過幸福的婚姻生活之類的話。她的話中似乎知道什麼內情，所以我一開始保持警覺，後來才想到，是因為梗子一直重複對富子說過的——跟牧朗吵架，對他做了很過分的事。涼子才會那樣說。然後涼子要時藏立刻把門修好。」

「涼子女士那時看起來怎樣？」

「什麼意思？」

「例如，她做什麼打扮？」

「嗯……穿和服……」

「然後呢？有精神嗎？是不是很累的樣子？」

「不，並沒有，反而看起來很有精神。對了，時藏那時還問，要叫木工來修理嗎？涼子說，既然是他弄壞的，就自己修理，別讓工匠進去。時藏那時的表情很怪……時藏看得到屍體，也難怪他會這麼問。」

「再來，床呢？」

「嗯，梗子後來失去意識，不得已我便把梗子送到本館讓她休息，跟院長與夫人說明經過。然後梗子就在本館休息了兩三天。可是身體狀況很不尋常，院長幫她診療，檢查出已經懷孕三個月了。」

「蒙古大夫。」

木場說。京極堂苦笑，幫院長辯護。

「初期階段很難判斷是不是假性哪。有無月經只能詢問本人，而且不管真假都會顯現懷孕的特徵。」

「沒錯。我好歹也是個學醫的人，聽了院長的說明也覺得肯定懷孕了。夫人氣得怒火中燒，要梗子別生，把孩子墮掉。牧朗拋下妻子消失得無影無蹤，這種男人的孩子不生也罷。我聽了心情很複雜，因為她肚子裡的孩子肯定是我的。梗子則說絕對不願意墮胎。我感到混亂，梗子完全忘了與我之間的關係，可是她跟牧朗又絕不可能生孩子，真不知梗子以為她是如何懷胎的……不過，夫人是很嚴厲的人，不管梗子怎麼堅持，我想最後我的孩子還是會被墮掉吧。那也好，反正是私生子。可是事情有了一百八十度的發展，涼子認為應該讓梗子生下，不可思議的是那個嚴厲的夫人突然變得很溫順。低姿態歸低姿態，夫人還是很固執地向涼子拜託讓梗子墮胎。後來涼子便把梗子移進書庫裡，夫人自此之後就不再提起此事，也可以解釋成她默認了。」

「也就是說，指示把床搬進書庫的也是涼子嘛。關口！」

京極堂冷不防叫我的名字。

「她說自己一月八日下午失去意識，一直到九日深夜都沒有記憶，對吧？」

「是沒錯……」

「也就是說，她指示修理門的時候是在恢復意識之前，對吧？」

京極堂說完，露出——久違的愉快表情。

內藤換腳盤坐，仔細思考一番後突然奸笑起來。

「刑警大人，我會被判什麼罪？你剛剛也聽到了吧？我什麼也沒做，法律會對我作出什麼判決？」

內藤以無人能比的下流表情問。

「考慮到你的種種行徑，要逮捕起訴你很簡

單，要用啥罪名都可。只是就算如此也沒辦法判你死刑。而且說老實話，我真的不想再看到你的臉。只要確定你的證言可信，就希望你早早看要滾到哪都好。」

內藤破顏一笑，說：

「嘿嘿，我想也是。反正我也不想待在這種噁心的地方了，要我滾我馬上滾。妓院還好得多咧。」

「喂！」

榎木津用力拍桌面。

「你這傢伙到底算什麼！我無法理解你的生活方式。不，我也不想理解。法律或許無法制裁你，但你做出的行為真是低劣至極！讓人想吐！」

「你這種人怎麼可能理解我的心情！」

內藤嚷回去。

沒錯，榎木津當然無法理解。就像以天空為目標不斷成長的竹子永遠不能理解於地上蔓延的苔蘚的心情一樣。我不敢正視榎木津的大眼。

內藤不斷呵呵地笑，榎木津按捺不住站起來。可是木場立刻下達指示，內藤被警官帶離現場。

「內藤。」

京極堂叫住他，內藤回頭。

「依我看，緊附在你背後的久遠寺牧朗恐怕暫時不會離開，你最好小心一點。」

內藤瞬間睜大雙眼，立即變得一副想向人求助的恐怖表情。他似乎想叫喊，可是警官毫不客氣地把門關上，他的聲音終究沒傳到我們的耳裡。

「喂，那是什麼意思？」

「我看刑警跟偵探對他都沒用，既然法律無法制裁他，就由我來給他一點懲罰。鬭口，剛剛的就是俗稱的詛咒。只要他不改過向善，藤牧永遠會跟他一輩子，令他痛苦不堪。」

我想，這是對蔓延地上的苔蘚是多麼殘酷的懲罰啊。但也沒錯，至少他還能靠自己的行為來獲得救贖。如果會感到痛苦，那就是自作自受。

「兇人如掘兩墳，真不好受。」

京極堂說。

「怎麼了？我可沒聽過有這麼多老百姓在場的偵訊咧。讓上頭知道了問題可大囉，這麼做真的好嗎？木場老弟。」

與內藤擦身而過，里村紘市帶著與當場氣氛不搭的開朗進入房間。

里村搔著額頭上些許後退的頭髮與變得稀薄的後腦杓，臉上湛滿笑容。雖說這個人老是在笑，對他的印象總是一樣。

「要你管，輪不到醫生多嘴。快給我報告完回去剁其他屍體吧，你這變態醫生。」

木場心情不好時的毒嘴實在叫人難以忍受。可是里村還是閃爍著和藹可親的眼神，向榎木津、京極堂，以及中禪寺敦子與我打招呼。

「那麼我就開始報告這世上最美麗的遺體的解剖成果。被害者——就算再怎麼少算，至少也是一年六個月以前就死了。」

「一年半前？一點也不像嘛。」

「沒錯。由目前已知的前後經過研判，幾乎可以斷定被害者是在失蹤的當天——昭和二十六年一月九日凌晨死亡的。附帶一提，死後遺體也未曾遭人移動過。」

「果然如此嗎？」

木場的表情顯得有些失望。

大概是必須接受不合常理的發展產生的失望吧。

「話說回來，這實在是非常完美的屍蠟。比我以前解剖過的出羽即身佛還要令人感動。」

屍蠟？

「原來藤牧看起來那麼新鮮是因為變成屍蠟的緣故啊！」

我失聲叫喊。木場訝異地詢問里村。

「屍蠟？屍蠟是什麼？」

「就是指屍體皂化，變成蠟像一般。我從沒見過那麼漂亮的屍蠟，皮膚跟肌肉幾乎完全化成蠟。只有肺翼像葉子般一片片枯掉，其他器官如心臟、肝臟、腎臟，連腸間膜都化作蠟了。這具屍蠟實在完美。要形成屍蠟，各方面條件都要齊備才行，真寶貴。」

「條件？有什麼條件？」

「屍蠟是因體脂肪產生化學變化造成的，所以沒辦法立刻形成。必須要皮下脂肪、內臟脂肪等一點一滴地深入身體內部，中性脂肪加水分解後，不飽和脂肪酸變化成硬脂酸跟棕櫚酸，然後……」

「別說這些講了也聽不懂的廢話，我想問的不是這個。」

「呵呵呵，我就知道。」

里村瞇起藏在眼鏡背後的大眼笑了。

「首先要保持低溫，再來是濕氣。濕氣多但溫暖的話會腐敗，可是太過乾燥的話又會變成木乃伊。所以屍蠟多出現於濕地帶，不，應該說幾乎都發現於低溫的水中。因此以日本的氣候風土考量起來，棄置於室內會形成屍蠟是很不合常理的。但那個房間的密閉性很高，這或許是原因之一，因為屍蠟也必須保持在缺乏氧氣的狀態才行。所以說，嗯，那個房間裡有股奇怪的藥味，或許在某種意外下產生了碳酸瓦斯這種比空氣還重的氣體沉澱在下方。不過化學不是我的專門，我不清楚。另外，那間房間連現在這種盛夏時分也異常低溫對吧？更何況死時是嚴冬，所以應該曾凍結過，冰河中也曾發現過凍結的屍蠟。再來就是他的血液幾乎全部流出。目前階段下我只能說，會形成這麼完美的屍蠟是因為這麼多巧合均衡地重疊在一起造成的。我只是個法醫，其他的我就不懂了。不過，雖說是偶然，這個機率也太驚人了點。」

里村以一個守望著孫兒的好爺爺般的表情說。

「那個房間，不，包括整個新館，整棟久遠寺醫院的建築可以說是最適合形成屍蠟的環境，建造者可說十分異常。從盡可能不讓室溫升高又執著於密閉性的部分，可看出建造者近乎偏執狂的工匠精神。」

京極堂補充說明。

「原來如此，那麼那個老鼠也變成屍蠟了吧。看，果然老鼠跟事件並非毫無關係！」

榎木津像個小孩子般很得意地說。中禪寺敦子似乎也回想起來，自言自語地說：

「老鼠？啊，是研究室的老鼠。這麼說來，那些老鼠應該也是在牧朗先生死後就死了吧。」

「還有老鼠的屍蠟啊？真想看看。」

里村的眼神像個孩子。

榎木津與里村在異於常人這點上或許可歸為同類。

「別管這些小事了！快點報告！」

「對對，接著，在遺體上有發現淋到福馬林的痕跡。」

「你是說防腐劑那種東西？」

「只不過光是淋上並不具防腐效果，立刻就會揮發掉，大概是什麼法術儀式吧？」

「該不會是淋上的人以為有效果吧？」

「不，那應該只是為了某種儀式。」

京極堂說。

「法術的問題就交給中禪寺老弟這個專家，我是解剖的專家。再來是死因嘛……」

「失血過多吧？這已經知道了，你可以回去了。」

「不對。」

里村平淡地說。

「死因是腦挫傷，頭蓋骨凹陷。」

「咦？」

木場與中禪寺敦子一起發出疑問聲。

「被梗子丟的東西打中了?」

「不是。」

「那，里村醫師，有沒有可能是被害者側腹被刺逃進書庫，結果摔倒撞到頭呢?」

「那也不可能。被害者的腹部這樣被刺後肯定很痛，而且還大量失血，意識也朦朧起來。所以他應該是像這樣倒在地上縮成一團來減輕疼痛。」

里村實地表演給我們看。

他抱著側腹躺在地上的姿勢宛如胎兒。

「凶器插在這邊，所以姿勢應該是這樣。然後被害者應該沒有力氣再站起來了。接著有人拿了什麼沉重的鈍器從保持這種姿勢的被害者頭上丟下去。砰地一擊，這就是死因。」

大家大概是都在腦中描繪著當時的情景吧，人人保持著沉默。一如往常，率先打破沉默的是中禪寺敦子。

「咦?這麼說……等等，這個傷不是死後才受到的?」

「對。」

「被害者被刺之後，如果沒作急救處理，自然失血而死要多久時間?」

「地點很糟，大概是十五分到三十分以內吧。」

「那不就表示藤牧先生被刺之後到死亡之間的十五分至三十分之間，**有人進入密室並給予致命一擊嗎!**」

「推測起來確實如此。」

「喂，等等，里村，沒這回事吧，這絕對不可能吧!」

「可不可能我可不知道，這不是醫生該胡亂猜測的問題。」

「哈哈哈哈哈!」

在這種狀況下榎木津居然笑了起來。

他看著啞口無言的眾人說：

「這下可好，這麼一來總算變成**普通的密室**

殺人事件了！」

接下來是院長夫婦兩人一起接受偵訊。我沒接受警察偵訊過所以不清楚，不過聽說通常這種情形是單獨偵訊的，木場與部下之間為此發生了一點小爭執。但由於這是京極堂的提議，加上事件的展開也十分異常，最後還是視為特例接受了。

兩人坐在木場面前。

木場沉思了相當久的時間，似乎不再迷惘，猛然抬起頭來，

「究竟是怎麼一回事！」

他問。

「你們真的不知道那裡有具屍體？」

「真的不知道。我一直深信牧朗還活著。至於那間房間……我覺得很可怕，從來沒接近過。」

事務長有氣無力地回答。

「可怕？這倒奇怪了，有誰會一年半載都不去女兒養病的房間探望！那你又是怎樣！」

「我……嗯，你說的沒錯，我算是個不合格的父親吧。若問我是不是知道會有這種情況發生，只能說我曾猜想過會是如此。那邊那個祈禱師也說過，我的確猜想過了，之前不是誰也曾說過嗎，一加一永遠等於二，所以說根本不可能發生不開門卻能離開房間的這種事。所以答案很明白了，不是打開門離開就是還在裡面。這兩種結果都不值得高興，因為不是女兒就是女婿犯罪，所以……」

「所以你就裝作沒看見？可是，久遠寺醫生啊，那你又以為能隱瞞這件事多久？那麼隨便的藏屍體方法可是犯罪史上少見的咧！」

「所以說嘛……」

老人噘起嘴唇。

「所以說，既然是這麼隨便的事件，只要放著不管總有一天會曝光的，沒必要主動去解決。

我長久以來支撐這塊久遠寺的招牌已經累了，這種動力早在十年前就消失殆盡了。」

木場失去了更進一步發問的氣力。

接替他發問的是京極堂。

「木場刑警，我想問這兩人的問題堆積如山。雖無法判斷是否與這次的事件有直接相關，但如果你已經無話可問的話，能否由我來問話？當然前提是我這個老百姓能被允許在這種場合下向關係人詢問。」

「還問什麼允不允許，你想問就問吧，我投降了。」

木場真的舉手做出投降的姿勢。

京極堂轉而面對老夫婦。

「那麼，我想先向夫人請教一下。我明白地說，事到如今您就算想隱瞞也沒用了。久遠寺家是附身家系，至少在您故鄉讚岐貴家族是被如此看待的，這件事是否為事實？」

「是的，你或許覺得很愚昧吧。久遠寺家族確確實實因為你所說的理由而長期受到迫害，我與母親都是在這裡成長所以比較沒感覺，但聽說祖母她們還在讚岐的時候，曾受過很多委屈。」

「原來如此，但我有件事十分不解，由久遠寺這個姓氏看來，貴家族應該已有相當久遠的歷史。是否真是如此？」

「這個嘛……」

「平安時代的中央政權裡，權勢最顯赫的最新科學原理就是陰陽道。陰陽道後來被公開禁止，經雲遊四方的宗教家傳播到地方，與各地原有的民間宗教結合變形後流傳至今。但陰陽道中一種極為古老的形式不知為何還保存在四國。我認為久遠寺家應該就是傳承與古陰陽道相通的信仰之家族。夫人您昨晚對我唱誦的密宗類與神道類的加持、真言、咒語都沒反應。但是我一唸四國古陰陽道某一流派的祭文時立刻有明顯的反應。不出我所料，相信夫人您應該是曾聽過吧？」

「是的，我想應該與家中傳承的咒語完全相同。是母親教我的，只不過她交代我絕不可使用。」

「果然如此，看來可以肯定久遠寺家的確是傳承古陰陽道的古老家族。容我再向您請教一個問題，夫人可曾聽過疏髮童子這種妖怪？」

「疏髮童子嗎？記得小時候曾聽母親說過，不過我並不熟悉。」

「木場刑警！關口！聽到夫人剛剛的話了吧！久遠寺家果然不是疏髮童子的附身家系！」

京極堂以非常興奮的語氣說完，愉快地看著我。

「果然在我意料之中！說什麼疏髮童子會附身，根本不合理。」

「為啥？當地警察說村裡的耆老是這麼說的咧。」

「耆老也不可能活上五百年一千年，頂多知道七、八十年前的事罷了。」

「話雖如此，自古流傳的傳說也這麼說啊，跟耆老活多久沒關係吧。說是久遠寺家殺小孩操控嬰靈。」

「這個傳說本身就有問題。嬰靈作祟的觀念是近來進入昭和時代後才普遍化的，是一種很新的概念。江戶時代七歲前死去的孩子並沒被當作人類供奉，所以才會連那個以惡法聞名的生類憐憫令（註）裡頭還明文規定不可拋棄小孩。」

「生類憐憫令？保護動物的那個嗎？」

「這就表示當時的小孩被視為與貓狗同類。」

「可是京極堂，你之前不是還說過《好色一代女》裡嬰靈作祟的故事？」

他的確說過。

「那不是嬰靈而是產女。那也不是作祟，而是死於產褥的概念具體形象化。現代社會姑且不論，過去的民俗社會裡並沒有夭折小孩作祟的觀念。疏髮童子與死胎並無關連。」

「那疏髮童子又是什麼？」

「疏髮童子是四國部分地區傳說中的留著西瓜皮頭的兒童型妖怪。詳細我不清楚，只知與座敷童子或倉妖之類的相類似。你們聽過座敷童子吧？」

青木戰戰兢兢地發言：

「我是東北出身，聽說過座敷童子。據說外型像個紅臉的小孩，他住下的家庭會變得很富有，要是他離開了，那家就會沒落。」

「真是完美，你的說明交代得清清楚楚。正如同他所說的，座敷童子的概念也是**說明**家運盛衰及財富集中的機能，與附身妖怪的機能完全相同。只不過該注意的是，座敷童子的性質很特別，在家中時只會感覺到他的存在而不見其影，離開時才會被人目擊到。目擊者通常是家人以外的外人，當座敷童子離開家時，就是該家庭滅亡時。亦即，座敷童子本來就是用來說明繁榮的家庭——通常是外來的暴發戶之所以沒落的理由。同時這個理由也溯及既往成為說明該家庭繁榮的理由。也就是說，世人認為該戶累積至今的財富是由座敷童子所搬來。當這種概念逐漸普及，大家開始認為富有的家庭是因為有童子在的關係——現在進行式的童子於焉誕生。由此可知座敷童子原本要藉著**離開**才會產生與附身妖怪相同作用的民俗裝置。」

因此——京極堂說了這句後，暫時停頓一下環顧在場的眾人。

「因此，如果我們把疏髮童子定義為具有相同機能的妖怪，說這是會附身他人的妖怪的話，實在令人難以認同，因為這樣會變成把自己財富

註：生類憐憫令指江戶時期元祿年間（西元一六八八～一七〇四年）公布的種種法令，意在勸誡殺生。法令主要禁止殺狗、虐待狗（當時的將軍生於狗年，養了一百隻狗），但也及於魚貝鳥類等。會被稱為惡法的主因是為了防止動物的虐待殺生，設立了獎金制度，獎勵密告，使得原本屬宣導性的法令變質成促進監視型社會的擾民法令。

分送給人，況且使喚這種藉著離開才能產生作用的妖怪去附身，根本沒有意義。」

「那怎麼又會有這些傳聞？」

「所以說我懷疑耆老說的久遠寺家傳說是近期才捏造出來的故事。」

「等等，京極堂，我們從澤田富子女士那聽來的久遠寺家的傳說中也曾提到童子神，難道你認為這也是捏造的？」

「嗯，你說殺害遊方和尚的傳說嘛。那個應該是很古老的傳說。夫人，順便問您一下，您繼承的久遠寺流咒法中役使的是什麼？」

「有很多種。例如式王子或護法童子、不動明王眷屬的童子等等。」

「我想也是。被役使的神靈多採童子的形象，據說『童』這個字原意是指身分低下的人或小廝之類的人。後來才轉變成用來指孩童。我猜在這過程之中應該產生過某種混亂。」

京極堂說座敷童子會是童子型，其遠因大概來自於此。

「因此富子女士提到的童子神並非疏髮童子或嬰靈，而是完全如字面意義所示，是童子型的役使神。總而言之，與嬰靈無關。木場刑警！」

木場冷不防被人叫到，嚇得打直了腰桿。

「什、什麼？」

「基於上述理由，已可判斷『久遠寺家為疏髮童子的附身家系，代代殺嬰』之傳聞乃是流言蜚語。今後捨棄這個先入為主的觀念吧。」

原來如此，京極堂說了這麼多聽似無關的民俗學考察原來是想說這個，這名男子總是如此。

的確，那時澤田富子只說是童子神，一句疏髮童子也沒提到。由於青蛙與墮胎之類的可怕要素與之太相符，我們，不，我才會擅自聯想在一起。這正是京極堂所說應捨棄的先入為主觀念。因為……這與歧視意識是同源的。

「接著，我們來思考一下久遠寺家為何會被當成是附身家系吧。當然，原本身為陰陽道的大夫這點是有影響。不過據我推測，聚集大量財富應是更重要的原因。這點由富子女士所說的殺害遊方和尚的傳說亦可窺知一二。」

京極堂再次正對著事務長。

「殺害遊方和尚可說是民間傳說中的一種典型。通常具有以下形式：某戶人家藉由殺害並奪取外來者的財產而獲得財富，但是也因此代代受到詛咒。正好與富子女士所說的傳說完全相同。但這並非是單純的誹謗中傷，無憑無據的傳聞無法流傳下來變成民間傳說。要長期流傳下來，需要符合共同體內部的邏輯才具備說服力。民俗社會中殺害遊方和尚——外來者的典型故事與附身妖怪或座敷童子相同，具有說明財富集中的機能。因此，我們便可推論富子女士所說的殺害遊方和尚的傳說乃是發生於久遠寺家發跡時期的古老過去。亦即，這個傳說發生的時期，必定曾發生過什麼相對應的事件。」

「相對應的事件是？」

「我想應該就是久遠寺家變成御殿醫而獲得權力與財富的事件吧。亦即，共同體中產生了財富集中現象。我想，富子女士所說的古老傳說反映的即是此一事實，且故事中也提到密傳卷軸作為解釋。後來這個殺害外來者的傳說經長期流傳後變質成附身家系的傳聞。四國除了陰陽道以外也很盛行附身妖怪信仰，有許多例如犬神或土瓶蛇等等的附身妖怪。另一方面久遠寺家代代都是陰陽道的大夫，照理說與其說是附身家系更接近與之敵對的驅魔師，其扮演的角色卻在不知不覺間逆轉了，這就是久遠寺家悲慘歷史的開端。但如果我的推論沒錯，這些應該是相當久遠以前的故事了，我不認為當時就流傳著久遠寺家為疏髮童子的附身家系——役使嬰靈的家系之說法。」

「我從母親那裡並沒有很具體地聽說過我們家是什麼妖怪的附身家系。只知道我們家被人說是黑的……」

「黑是用來表示附身家系的黑話。一般人是

白，而與附身家系結婚生下的孩子是灰。由夫人剛剛所言也可知道，很有可能關於久遠寺家役使什麼妖怪的說法還沒被確定。不過現在故鄉耆老將之確定為疏髮童子，而另一方面久遠寺家的人卻不知此事。我們可以由此推理，在殺害遊方和尚的古傳說之後，第二個傳說——疏髮童子家系的說法是在久遠寺家離開讚岐當時或其後被捏造出來的，是非常新的傳說。」

「傳說裡出現嬰靈的設定也應證了這點，對吧。」

中禪寺敦子說。

「沒錯。不過新歸新，第二傳說在作為對象的久遠寺家離開後也流傳了好幾十年。由第一個傳說的例子也可知，我們可推測第二個傳說形成之際肯定也發生過什麼事件。」

「發生過什麼？」

「久遠寺家前進帝都的事件或可作為提示。這個時期大概是僅次於古老過去久遠寺家成為大名御用醫師時期的繁榮時期，亦即，一樣產生了財富集中現象。」

「我們上東京來……聽說是明治三年。」

「原來如此，那麼這個傳說果然形成於明治維新前後。我聯想到某個事件，起因果然還是……殺害外來者。」

京極堂凝視著事務長說。

「當然，相信您或許沒有直接得知此事。據說時藏先生的祖母是個行腳人，半途倒下時受到久遠寺家祖先——也就是您的祖父母所救。」

老婦臉上浮出幽幽一笑，一副不管發生什麼都無所謂的表情。

「沒想到這件事也給你打聽到了。底下我將說出口的事如今只剩我一人知道。時藏的祖母叫做露子，我母親曾告訴過我，她身上帶的錢拯救了久遠寺家。」

「果然如此。附身妖怪的家系、外來者的殺害、疏髮童子，這些傳說錯綜複雜，被人刻意組合起來，才會產生久遠寺家是疏髮童子家系這種著實怪異的第二傳說。但我認為這絕非是只基於村民對捨棄村落前進中央的久遠寺家的嫉妒而來的傳說，而是反映了某個不能公諸於世的事件。」

「事件……你是指？」

「您的祖母，應該做過您和您女兒都曾做過的事吧？」

事務長睜大了雙眼，發出不成聲的慘叫。

「喂，京極，這句話是什麼意思？」

「關於這點已沒有證據所以無法證明，這只是我的推測。我猜時藏先生的祖母露子女士並非半途倒下後生下孩子，而是追著被抱走的孩子追到久遠寺家，在那裡筋疲力盡而亡的。」

「嗚嗚──」

事務長發出呻吟。

「我想您的祖母應該**與你們同樣**失去了孩子，在此打擊下才會抱走露子女士的孩子吧。因為很難相信有已經臨月還在行腳的人，如果是正在授乳的行腳人則有聽過例子。我想露子女士應該是追著孩子追到久遠寺，在那裡死去。只留下了孩子與她身上帶的大筆金錢；雖說金錢只是出自我的想像。這筆錢後來成為久遠寺家前進東京資金的一部分。那麼這不正可說是第二的殺害外來者嗎？而且這筆錢也可說是由嬰兒來的財富。這就是第二傳說的真實面貌。我相信您的祖母和你們都不是出自於惡意，所以才會忍受不了誹謗中傷而離開鄉里的吧？為了斬斷這段惡因緣。」

「但因緣卻未能斬斷……」

「不，是不去斬斷。」

「喂！我又混亂起來了，講更明白點啦。」

京極堂帶著困惑的表情瞥了木場一眼，

「歷史會重演。真是討厭的一句話。」

他說。

「您的祖母懷著贖罪與感謝的心情，雖說是

當成傭人，也還是將時藏父親養育成人了。但您卻連這點也做不到。」

「喂京極，剛剛就在問了，你到底在指什麼？」

「我在說內藤的事哪。」

「你說什麼！」

「夫人，內藤的母親會去世，原因乃是您**抱走剛出生的內藤**對吧？」

「啊啊！那位女士……的心臟不好，我不知道這點。不，那時我根本連意識也不清楚……」

「喂，原來妳真的抱走了人家小孩！原來如此，所以妳才會幫內藤出養育費跟學費。原來是想贖罪啊。」

事務長露出難以言喻的複雜表情。

「其實，我原本想親手養大他，因為他的雙親是我害死的。可是我做不到，畢竟有失體面，母親……不，這個久遠寺家不允許我這麼做。所以才想，至少讓他入贅當女婿，為此不能沒有學問，所以才會想讓他上學……我是這麼想的。」

「院長，你知道這件事？」

「要問我是不是知道，其實我知道，但她並沒告訴我那個孩子後來怎麼了。當她帶內藤來時，我大致上就猜到了。只是看她似乎想隱瞞一切，所以我裝不知道。反正就算我大鬧一場也沒用。只是，如果內藤是個多少能信任的男人，就算他當不了醫生我也會讓他跟女兒結婚。就算不繼承這家醫院也成；即使醫院在我這一代倒了，我也覺得無關緊要。」

院長的臉部表情因悔恨的心情而變得扭曲。

木場接著問：

「這部分我懂了，可是又為什麼會做出這種事？京極，你剛剛好像說到她失去過孩子還是啥鬼的？」

京極堂靜靜地望著老夫婦倆，靜靜地說：

「夫人，您生下的那個孩子絕非帶著詛咒或作祟出生。緊閉不語、將之隱蔽於黑暗的彼岸之中，這才是真正的詛咒。因此，夫人，能請您說說這件事嗎？」

「你……連那孩子的事也知道了嗎？」

京極堂緩緩點頭，接著將視線移到院長身上。

「院長先生，很可惜我對醫學並不熟悉，因此想向您請教。與您最初的孩子相同的案例，被生下的機率是多少？而這種在同一家族中反覆出現的現象，在遺傳學上是否有可能發生？」

院長深深皺起眉頭，用指頭抓著眉間的皺紋。沉思了一會兒後，斷斷續續地回答京極堂的問題：

「站在宏觀的角度來觀察，這並不算是很稀有的病例，但換算成機率卻是低得可怕。可是在我短短的一生中，卻碰上過兩次這種病例，整整兩次。所以我只能說，你想說的事情大體上正確。」

京極堂聽完回答後，再度轉頭面對事務長。

原本威風堂堂的武人之妻，如今看起來是如此渺小。她在京極堂的注目下，輕輕地點了頭。

「夫人最初的……於三十年前生下的孩子，是無頭兒吧？」

無頭兒！

原來如此，蛙臉、榎木津幻視到的嬰兒、傳說中受到青蛙詛咒的嬰兒、三十年前澤田富子見到的……孩子，原來就是無頭兒——先天性欠缺腦部與頭蓋骨的嬰兒啊！

我曾在大學研究室裡見過這種悲慘嬰兒的照片，完全缺少頭部的上半身，兩顆眼珠子恰似……青蛙一樣。

我猛然覺得想吐，連忙摀住嘴。

「久遠寺家……是生出無頭兒的機率很高的家系。雖說我不知這裡用家系來形容不知是否正確。原因我不清楚，但這肯定不是作祟或詛咒而來的現象，這是醫學上的問題，是與生病、受傷同等層次的問題。原本既不需感到羞恥，也不需隱瞞。但在這個國家的土地上卻不允許如此，不只無頭兒，只要是先天異常的孩子，通通都沒受過**正常**的對待。這是很令人悲傷的事實，而且就算到了今日，這種情況也沒什麼改變。」

京極堂稍作停頓，觀察老婦人的神色。

可憐的母親，仍靠著僅存的堅毅性格忍耐著。

「民俗社會中的畸形兒或障礙兒有時會被當作招福之子受到歡迎，有時則是被當作鬼子慘遭殺害。久遠寺家的情形是後者。久遠寺家每當生下無頭兒便將之埋葬於黑暗之中，這種習慣代代相傳至今未變，連綿而久遠。但我們卻不該指責他們，因為這在民俗社會中是理所當然的。可是，今日並不同，至少您的母親有權選擇不接受規矩，而您，也一樣。」

久遠寺菊乃的忍耐達到極限，嚎啕大哭起來。坐在旁邊的丈夫以憐憫的眼神望著妻子，慢慢地開口：

「我生來最討厭這種迷信了。入贅這裡前的確也聽過不少關於她們不好的傳聞，那時我是半帶著挑戰這種陋習的心情過來的。我心裡想，這種可笑至極的陳腐陋習，就由我來打破吧。可是阻礙的牆壁太厚了，一開始我還充滿幹勁地與之相抗……第一個孩子即將出生時，岳母把我叫過去，對我說要是男孩子就把他殺了，要我做好心理準備。聽她這麼說，我大大激憤。可是，生下的是無頭兒，是我親手接生的，我真的受到很大的打擊。岳母一見到那個孩子，便突然……」

「別再說了！」

哭泣的老母親發出小姑娘般的慘叫聲。

「殺掉了？」

木場問。

「如果殺掉了，那就是殺人，是犯罪。就算

那是你岳母的孫子，就算那是一出生就帶有殘障的孩子，殺了就算殺人！你居然乖乖旁觀！」

「刑警先生！雖然你這麼說，可是無頭兒活著生下的機率非常低啊。就算生下了，也活不了幾分鐘，因為無頭兒天生沒有腦，那時……有可能是死胎啊，只不過沒時間確認而已！」

「可是……」

京極堂勸諫激動的木場。

「木場刑警，不管結果如何，這對夫婦都必須親眼看著自己的孩子在眼前死去，他們已經受到足夠的懲罰，別再斥責他們了。至少目前的醫學水準在孩子生下前連是男是女都無法判別，更何況是否具有先天性障礙了。況且，如果一個生下障礙兒的機率很高的家系因此而不再生子，家系本身就會斷絕了。久遠寺家所能採取的方式就只是依循民俗社會的通例，如果是殘障兒就殺死；反正不殺也是死。此外別無他法。」

菊乃掩面哭泣。

京極堂望著老婦人一段時間，又開口問：

「此外，我還想知道那個孩子的祖母——也就是您的母親是怎麼處理的。對您而言，要回答這個問題勢必很難受，我原本也不忍心問，但一想到或許會有重要的關鍵隱藏在這裡，情非得已……」

院長代替掩面哭泣的妻子回答。

「岳母她……拿了石、石頭過來。嬰兒沒哭，岳母從我手中把臍帶還連著的嬰兒搶過去放在地上，邊唸著咒語邊用石頭敲打，那孩子原本就不見得活著，所以很快就……」

「聽說用石頭敲打……是代代相傳的規矩。」

事務長含著淚說：

「母親是個很嚴厲的人，我不敢違逆母親。可是女人的身體真的很不可思議，小孩明明死了，一聽到嬰兒的哭聲乳房又腫脹起來。我那兩、三天一直茫茫然的，第三天時意識已變得模模糊糊的，等到恢復意識，才發現我正抱著嬰兒

餵乳。如果這裡不是婦產科醫院，如果附近剛好沒嬰兒，我或許就不會做出那種事來吧。母親立刻從我手中搶走嬰兒——內藤，但為時已晚，小孩的母親死了。考慮到面子問題，母親暫時把嬰兒藏了起來，悲傷的父親卻因此……」

「久遠寺家上東京時應該已捨棄過去的一切。但名譽、家系、家風這些東西與詛咒、因緣是表裡一體的，無法只將其中一方切分出來。」

京極堂教誨般地說：

「地方的民俗社會中有其規則，詛咒要成立也有一定法則，無意義的毀謗中傷是無法成立的。民俗社會中詛咒者與被詛咒者之間締結了一種心照不宣的契約，咒術便是在其契約上成立的溝通手段，但是現在社會中已經失去了該契約的條款。同時，共同體內部也安排好詛咒的救濟措施，努力的成果雖然會被當作是附身妖怪所為，但自己的失敗也能推託於座敷童子。都市中並沒有這種救濟措施，所具有的就只是披著自由、平等、民主主義面具的陰險的歧視主義罷了。被帶進現代都市中的詛咒與惡口雜言罵詈讒謗、毀謗中傷之類毫無差別，不具更多的機能。因此……無法斬斷因習的你們，終於創造出第三個傳說。」

「就是這次的事件嘛。」

中禪寺敦子代替低頭聆聽、仔細咀嚼語意的婦人確認。

「沒錯。口耳相傳的故事雖限定於某地區但卻能長期傳誦，但都市傳說則不同。都市傳說的壽命雖短，卻能瞬間傳播至極廣的範圍。除了文化的同一化，報章雜誌等資訊傳達媒體也助長了這種趨勢。」

「糟粕雜誌嗎……」

「沒錯。消失於密室中的入贅女婿、久孕不生的孕婦、一個接一個消失的新生兒，不好的傳言正是都市傳說，而第三傳說的主角就是……涼子女士。」

「喂，可是梗子說她不知道有這回事咧，這次的悲劇就是因此發端的吧！」

「沒錯，情書的確沒送到梗子手裡。」

「等等，京極堂，我、我的確送到她手裡了，還為此留下痛苦的回憶……」

「關口，我當然知道，可是你送達的對象**其實是涼子女士**。」

怎麼可能有這種事！那麼一來、那麼一來我、我**那時**……

那、那個少女……

「騙、騙人！我給她看了信封，也說過只交給本人。難道涼子小姐謊報身分收下妹妹的情書嗎？怎麼可能有這種事？」

「起初她應該沒有謊報的意思。關口，那封信的信封上，我想毫無疑問地是寫作如此吧……」

京極堂從文具袋中拿出筆，在懷紙上迅速寫

是……涼子女士？

「咦？不是梗子嗎？」

木場替我發問。

「梗子女士只不過是可憐的配角，這個故事的真正主角是涼子女士。我說的沒錯吧？夫人，院長先生。」

沒有回應。

「怎麼一回事？快給我說明清楚。」

「一切都是從情書開始的。」

京極堂以極為悲傷的眼神看著我，連木場也，不，房間中的所有人也一起……看著我。

「十二年前，藤野牧朗這位非常認真的學生沉浸在有生以來最激烈的戀愛裡，對象是當時十五歲的久遠寺梗子。他將滿腔熱情表達在情書裡，託付給那位關口先生遞送。」

下幾個字讓我看。

——久遠寺京子（註）小姐

「你還記得藤牧日記的內容？這就是他上面所說的『雖為小事，長期不知己之謬誤』的真相。桔梗的梗很少用在名字上，且聽到『kyouko』自然會想到京都的京。此外不只讀音，京子與涼子在字形上也極為近似。」

「就算你又想玩弄那些詭辯來誆騙我也沒用的。就算字寫錯了，同發音的字也多如繁星啊！我才不信你的說法！」

「我就知道你會這麼說，早就調查過了。院長，聽說您一家人最後出門旅行是在中日戰爭時。」

「確實沒錯。」

「關口，你拜訪這裡的那一天，昭和十五年九月十六日——也就是你憂鬱症發作的那天，正好是久遠寺家最後的家族旅行的日子。我向箱根仙石樓詢問的結果，住宿登記簿上也確實登記著久遠寺嘉親、菊乃、梗子三位的住宿紀錄。那天留在這裡的只有時藏夫婦與……涼子女士。」

「怎麼可能？怎麼可能？那樣一來……」

我凌辱的少女原來是涼子。

全身肌肉鬆弛，關節失去了作用，我成了一具木偶人。

對我而言，涼子是比藤牧、比其他任何一切都更強大的禁忌，恐怕在榎木津事務所相逢時就知道這點了。擁抱她的感覺不像是前世的感觸，我的每一顆細胞都記得這連我的腦都不記得的記憶。

「我……我……」

京極堂以眼神暗示我別再多說。

「看，我早就說你們曾見過。」

榎木津說。沒錯，果然如此。木場高亢的聲

音聽起來很遙遠。

「喂，如果這是事實，收下情書，與藤野牧朗多次幽會，最後懷下孩子的女人不就是……」

「應該是涼子小姐吧。」

「這、這是真的嗎！啊啊！原來**那時**涼子的對象是牧朗啊！」

院長萬分愕然。

他面如土色，厚厚的嘴唇不住地顫抖。

院長第一次呼喚妻子的名字。

「菊、菊乃……」

「妳、妳知道這、這件事嗎？」

老母親睜大充血的雙眼。

「一開始……並不知情。」

「一、一開始？什麼意思？」

「嗯……大概是九月多的時候吧，聽富子說梗子夫婦倆的感情似乎有問題，我就去看看情況。途中見到研究室的門開著，探頭一看，牧朗不在裡面。桌上擺著一封舊信件。我、我原本並沒打算偷看，可是……」

「上頭寫了什麼？」

京極堂靜靜地問。

「那是一封內容說自己可能已經懷孕的信，日期是昭和十五年的除夕，是的，是涼子的字跡。我無法忘懷，是通知**那時懷孕**的信。我……混亂了。費了十年的功夫總算娶到梗子的牧朗，居然跟妻子的姊姊私通過？而且如果牧朗就是那時的男人，第一次來求婚時不就跟涼子有過關係了？左思右想，我……開始認為涼子與牧朗聯手共謀，要來對這個久遠寺家復仇。」

「仇？」

「替兩人的孩子……報仇。一想到此，我……真的害怕得不得了，實在無法靜下心來。而且

註：「京子」與「梗子」的發音相同，都唸作「kyouko」。

如果這麼可怕的猜測是事實，梗子未免也太可憐了。跟那孩子一點關係也沒有，**要恨就該恨我**。我偷偷叫梗子過來，問她是否看到牧朗與涼子密會。當然，過去的事情我說不出口，但梗子她……似乎什麼也不知道。」

「原來如此，難怪梗子會懷疑他們兩人的關係。事務長，可惜妳的擔心卻成了大悲劇的導火線。」

聽木場如此說，菊乃露出悽慘的面容。院長恍惚地看著桌上的茶杯，說：

「為什麼沒跟我說，為什麼一句話也沒跟我說……」

「你自己說包括嬰兒消失的事情，什麼事都別去煩你的，所以我……才會不顧一切，拚命地……」

「話是沒錯，話是沒錯，可是……」

「事務長，妳果然隱瞞了相關事件。」

在木場的大喝之下，夫妻間的爭吵暫時落幕，取而代之的是難堪的沉默。

打破沉默的，是京極堂的低沉嗓音。

「請告訴我關於涼子女士的事，有幾件事我還不明白。」

「陰陽師先生，你不是……已經看透一切了嗎？」

「當然不是，我僅是將散落的事實重新組合起來罷了。只要還有欠缺的部分就無法看到事情全貌。」

菊乃幽幽一笑，第一次顯露出溫和的表情開始說：

「我最初的孩子在不幸的形式下死亡，而且那之後還發生我抱走別人孩子的事件，令我難以振作。幸好在外子的扶持下總算好轉起來，兩年後又懷了第二個孩子。一想到或許會再度生下與第一個孩子相同的無頭兒，便不安得快要瘋狂，懷孕的十個月間宛如好幾年般漫長。幸好平安無事地生下涼子。但那孩子身子虛弱，老是生病。

比起涼子，年底出生的梗子恰好相反，健康得不得了。涼子發育很慢，兩人並排在一起完全分不出誰是姊姊。此外，隨著逐漸成長，涼子身上……開始出現了可憎的久遠寺之女的徵兆。」

可憎的久遠寺之女？

「出現了徵兆？」

「是，有一天，她突然變得**恍神**，也就是……變得分不清事物，失去了自我的意識。」

「那就是久遠寺之女的徵兆？」

木場瞇起眼睛。

「我跟母親很幸運地少有這種症狀，但聽說祖母就經常出現這種情形。就像是神明附身的感覺，當**恍神**的狀態來臨，祖母會聽見非人類的說話聲，會說出理應誰也不知道的事。我從小聽這些故事長大，所以看到涼子也出現這種情形時，一方面覺得她很可憐，另一方面也覺得很可怕。就算沒有這種情形，由於她被病魔纏身，沒辦法好好上學，不能出外玩，也沒有朋友——實在是個很可憐的孩子。」

姊妹之間的感情好嗎，京極堂問。

「梗子是個很活潑的孩子，涼子的性格則是格外老成、達觀。梗子很體貼體弱多病的姊姊，所以我想姊妹倆的感情應該不至於不好。我們這個家庭雖稱不上順遂，但是在那件事情——涼子懷孕之事爆發前，我想我們應該還算過得十分幸福。」

「妳……之前都沒發現女兒跟男人幽會嗎？」

木場問。刑警的表情顯得有些不忍。

「涼子是個連外出都有困難的孩子，那時她的月事也還沒來。畢竟，連梗子都比她還早……而且日常生活上與之前相比也沒有異常變化，所以沒發現。」

赭紅的。

赭紅的。

一絲的。

也就是說……那是初潮？

我搖搖頭。

木場更進一步詢問：

「院長，那你呢？有感覺到女兒……那個……」

「不知道。牧朗來求親時，我才第一次發覺到女兒們長大了。」

「就算說藤牧——牧朗真的弄錯姊妹，你看到他來求婚難道也不覺得奇怪嗎？」

「不覺得。如果發現涼子懷孕比較早的話，或許會懷疑他了吧。可是發現時已是牧朗來過的一個月後，那時涼子已經懷孕六個月了。」

「這就是所謂的——先入為主觀念吧，人一旦深信某種觀念就很難擺脫。明明她肚子很大了，卻不覺得那是懷孕，本人似乎也沒有自覺。可是一旦知道是懷孕時，她整個人都變了。當然，我要她把孩子處理掉。問她父親是誰，她堅持不說，可是無父生子……當時的社會風氣又不允許。結果，涼子變得凶暴得難以控制，對，就像野獸上身一樣。我不知被涼子打過、踢過多少次，滿身創痍。面對突然降臨的家庭慘事我實在不知該如何是好，只知道絕不能讓梗子知道此事。所以就謊稱要她去學習禮儀，先讓梗子到熟人家住半年，在這段期間試圖說服涼子。」

「可是，怪得很。你剛說涼子對自己懷孕沒有自覺，但涼子寫信給藤牧是在前年除夕，肯定有所自覺吧。」

「是的，所以我才會在看過那封信後對她產生了不信任感，覺得那個孩子欺騙我們。總之對我而言，那個時期就像是活在地獄裡。有時也會想，乾脆讓她生下算了。」

「無頭兒是嗎？」

院長接著京極堂的話說：

「對，涼子十分可能會生下無頭兒。可是比起這點，她天生的虛弱體質光生孩子都會有危險，以醫生的立場看來實在不建議生下。但當時已接近七個月大了，要墮胎恐怕更危險，可說是兩頭難。」

「涼子的凶暴程度與日遽增——最後終於把自己關在那個小兒科醫院的用具放置室，書庫旁的小房間裡。」

「關在裡面？怎麼進去的？」

「當時還能進出，只不過她從外面上鎖後，帶著鑰匙從裡面的門進去，再從內部拴上的話，外面就無計可施了。」

「鑰匙聽說是小兒科醫師——菅野先生所保管，涼子是怎麼拿到鑰匙的？」

「這個嘛，菅野先生那時……」

「他那時不在了，稍早之前就不見人影——失蹤了。所以小兒科也因此無法營業，那時就關了。所以鑰匙……應該是放在母屋吧？」

「喂等等，關口，你不是說過保管鑰匙的菅野醫師遭到空襲死亡，那之後就再也沒打開過了？」

「涼、涼子小姐……對我如此說明的。」

我早就失去情感的起伏，只能像個笨拙的演員平板地念台詞。

「菅野遭空襲死掉？我沒聽過這種事。他是毫無預兆地消失了，之後再也沒見過他。記得是……對了，是牧朗來求婚後不久吧。當時只好先把就診的病患先診療完畢，後來因為人手實在不夠，加上又有涼子的問題，所以那間建築物在春天左右就關閉了。」

「那就是涼子說謊了？」

「接著呢？把自己關起來的涼子後來怎了？」

京極堂將話題拉回正題。

「那個房間……門一關就聽不清聲音，只聽到她在裡面哭喊著，不讓她生下就不出來，我整整三天在門前哭著要她出來，到了第四天，我大聲對涼子說願意讓她生下孩子。涼子出來時憔悴得跟現在的梗子差不多，但卻像個孩子一樣興奮得不得了，之前如野獸般的凶暴彷彿假的一樣。涼子之後就住在那間小兒科醫院待產。安置在那裡主要雖是防人耳目，但對涼子而言似乎也比較安心。只是，我一想到有可能生下無頭兒便心情很複雜。我有丈夫扶持我，但涼子卻沒有能扶持她的……能當孩子父親的對象。」

外頭似乎在下雨，遙遠的雨聲使得不經意到來的寂靜變得近乎無聲。

「果然……在與現在差不多的季節——也是夏天剛開始的時候，涼子在那個房間——現在的書庫……生下無頭兒。」

那個房間……

「我與我母親一樣……用同一顆石頭……將那個孩子……打死了。」

打死了……

「涼子再度陷入精神錯亂，體力的消耗也很嚴重，在生死之間徬徨不定……但是那孩子明明很虛弱了，卻又變得像頭猛獸……」

「擄走他人孩子，是吧？」

一直沉默的京極堂開口，菊乃點頭。

「是的，而且還是在生產的當天。如果是我那時，三天都還起不了身。我趕緊將嬰兒搶回來還給母親，不希望女兒犯與我相同的過錯。涼子抵抗，硬是把孩子搶回來，她變得比以前更凶暴，加上又是產後，如果讓她這樣鬧下去肯定會死掉，我跟先生兩人合力將大鬧特鬧的涼子綁在床上。」

「不只如此吧？」

「還把殺死的……嬰兒——無頭兒……浸泡在福馬林中，放在……她枕旁。」

「太殘酷了！」

中禪寺敦子大聲說。

「我希望她能確實瞭解自己孩子已經死了的事實，否則那孩子會不斷不斷擄走別人家的孩子。那孩子的心情……我是最瞭解的！要讓她接受事實，只有這個方法了。同時，我也希望她能瞭解，不負責任生下小孩是多麼罪惡的事。一時興起的放蕩，會生下如此悲哀的孩子！我希望她能瞭解不得不死的孩子的心情！我的確是個……像鬼一般過分的母親，你們要怎麼罵我都可以，只是希望你們能諒解我的心情。」

「小孩，並非不得不死，而是**您殺掉的**。這種說法聽起來或許殘酷，但卻是事實。我能理解大義名分的重要性，但您想過您所做的懲罰對涼子具有什麼意義嗎？您只是將過去受過的傷害加諸於女兒身上罷了。您只是將自古至今一脈相承的可笑詛咒原原本本地拋在女兒身上罷了。」

京極堂以嚴厲的語氣說。

「我、我……」

「您的行為錯了。您需要的是母親充滿慈愛的諒解與包容力，以及斬斷古老因襲的勇氣與現代性。這些要素，您通通缺乏。如果能以這些去對待涼子，至少那之後就能避開這些不祥事件了。實在令人再三感到遺憾。」

京極堂以更嚴厲的語氣說完後，靜靜地站起來。

但是，接下來的詢問卻出自於非常溫柔的語氣。

「接著呢，涼子之後怎麼了？」

「確實……如你所言，我有許多缺乏的部分。或許是因為我自己並未接受過母愛的關懷，我真的不知道……該如何扮好母親角色投注愛情在女兒身上。涼子在鎮靜劑產生作用前，不分晝夜哭叫了三天三夜，我則是一直在她枕邊滔滔不絕說著如修身教科書般的事情。那之後持續了一個星期，不，應該有十天之多吧。某日早上涼子突然變得溫順起來，承認自己的過錯，鄭重向我謝罪，我才把她的繩子解開，將之解放。之後，涼子再也沒有像頭野獸般的發狂行為，我也總算安下一顆心。」

「但那之後也還是發生過嬰兒消失事件吧？」

「是的，同一年的九月與十一月……兩次左

右。」

這次果然不是第一次，木場說。

「以前也發生過嬰兒失蹤事件嘛？那這次也是涼子幹的好事對吧！」

「請等等，刑警先生……」

老母親向憤怒的刑警拼命地解釋。

「不是的，過去的確發生過嬰兒失蹤事件，但不能肯定是涼子做的。我們當然懷疑過她，可是找不到她偷偷扶養或處理掉的痕跡，涼子的樣子也與平時毫無二致。所以……我認為犯人並不是涼子，當時我猜想或許是涼子過去的男人故意來找麻煩，但那時在一片混亂之中戰爭開始了，就這樣不了了之地平息下來。」

「那這次如何？妳砸錢遮口，為了掩蓋事實四處張羅過吧？」

「夏天……第一個嬰兒不見時，真的嚇一跳。那時還沒懷疑涼子，畢竟她的事已經是過去了。可是九月看到那封信後，我的想法改變了。牧朗如果是涼子那時的對象，那就是我當初懷疑過的犯人……」

「找麻煩的……」

「……是的。九月、十一月連續又有嬰兒消失，我對涼子與牧朗的懷疑也越來越深。但如果兩人真的是犯人，一個是親生女兒，另一個是女婿，事情要是公開了，會受到最大傷害的是梗子。可是在我猶疑不定時，最害怕的事情——警察的搜查開始了。所以我趕緊到被害者家中，盡可能地……當然就是用金錢來解決，總之就是拜託他們把控訴撤銷。錢是從牧朗的聘金拿的，雖說此外我們也沒幾個錢了。」

「不只這樣吧，妳們沒讓孕婦服用會讓腦子混亂的怪藥嗎？」

「我、我們沒做過這種事情。只騙她們是死胎，要她們放棄而已……」

「妳以為說這種立刻會拆穿的謊話能瞞得過人？」

「這……」

「這個嘛，回想起來，那幾個孕婦的樣子都怪怪的……嗯，好像是吃了安眠藥的模樣。的確，如果是普通情況下說這種謊會立刻拆穿——說怪倒也很怪，只是絕對不是我讓她們吃的，我可沒下這種指示。」

「哼，哪有那麼巧的，你們讓護士辭職也是為了遮口？」

「不……那是，他們覺得可怕所以主動辭職的。」

「那又為什麼在辭職時給她們那麼大筆錢？連以後的去路都安排好？」

「錢是妻子……不、事務長給的，幫她們安排去路則是出自於好心。」

「我是……想作為道歉，因為大家都是很用心工作的好護士。」

「哼，道歉。」

木場似乎無法接受。

但到這種地步也很難相信兩人還想作偽證。

「那戶田澄江又是怎麼回事？澄江說她知道犯人是這家的女兒，你們被威脅，所以把她毒死了吧？」

「啊！澄江死了？死在富山嗎？」

「死在池袋。妳不知道？」

「我連她回到東京這件事也不知道，以為她現在還在那邊的診所工作……」

「我也不知道，真的很驚訝，那女孩原來死了啊。」

「真的不知道？她沒威脅你們？」

木場抱著頭向下，京極堂瞥了他一眼，接著問：

「澄江與涼子的交情好嗎？」

「這個嘛，澄江的個性有點古怪，我記得涼子生病時，常拜託她照顧涼子。所以說或許她們倆因此比其他護士更有交情。」

「原來如此。」

京極堂聽到回答後閉起眼，似乎在思考什麼。雖無人詢問，菊乃開始自言自語起來。

「我雖然暫時讓家屬撤銷控訴，接下來卻不知該怎麼辦，錢也很快就用光了——但又缺乏決定性證據，我們一家人之間的鴻溝也變得越來越深，這樣的情況持續到年底。新年剛過，牧朗就失蹤了，雖然其實是死了……接著是梗子懷孕了，這與十年前的情況**一模一樣**，所以我才會完完全全以為是牧朗的奸計，以為是他想讓梗子受到與涼子相同的境遇，綁架小孩不過是前奏而已。但是我又不敢詰問涼子。肚子一天天大起來的梗子，就跟十年前的涼子一模一樣。我實在不想再承受那種痛苦，也不希望她受到那種痛苦，但是……」

原來如此，木場說。

「但是涼子把妹妹跟當時的自己一樣移到那間房子了，對吧。原本那裡就是梗子的住處，也是丈夫失蹤的地方，說有理由也算有理由。」

「所以我才會害怕，不敢接近那間房子。我不知夢到多少次梗子像十年前涼子那樣大鬧以及殺死無頭兒的夢。但是，原本應該過十個月後就會有什麼結論出來……不管是好是壞。但，卻沒有結論。過久的懷孕讓我疲憊不堪，放棄向前看了，只想著要詛咒可恨的牧朗。我是多麼愚蠢的女人啊，我是多麼愚蠢的……母親……」

年老的母親久遠寺菊乃說完這些就不再發言，像是抽搐一般，發出不成聲的聲音嚎啕大哭。

一直站著沉思的京極堂等菊乃一說完便抬起頭，走到院長面前。

「事件的全貌幾乎……完全現身了。就像拼圖一般，只要再找到一片，整個圖畫畫了什麼就很清楚。院長先生，那位小兒科的菅野醫師……是個什麼樣的人？」

廢人般的眼神與不住發抖的紫色嘴唇，院長看起來像是正拼命保持著理性。

「菅、菅野嗎……上一任小兒科醫院的負責人是我學長，菅野是他的同學。一開始他是在小兒科當兼任醫師。昭和七年（西元一九三二年）學長死了，就換他接替負責人。我記得他似乎對久遠寺家保存下來的古書很有興趣，經常出入當時的書庫，那是個像是倉庫的地方。由於實在太過頻繁，最後我乾脆把倉庫的鑰匙給他了。」

「他的行為真有意思，那他的人品如何？」

「實在說不上好，所以失蹤了也沒去找。」

「敢問詳情？」

「他會對小孩——女童出手，做一些惡質的調戲，雖說這只是傳聞而已。世界這麼大，會有這種對未成年小孩有性慾、不知羞恥的傢伙並不奇怪，或許真的是事實吧。但現在……也無從確認了。」

「小兒科……涼子女士小時候的主治醫師是菅野先生嗎？」

「嗯，她還小的時候是讓我學長診療，學長死了以後就換菅野了，雖說也沒多久時間。」

「原來如此。對了夫人，富子女士說的殺害遊方和尚的傳說中提到的秘密卷軸是否真的保存下來了？」

菊乃抬起頭來，似乎覺得有點莫名其妙。

「雖、雖然不是卷軸，不過我記得曾看過秘笈的抄本。看起來很古老，我記得收在桐木箱中，內容則不大清楚。」

「那個現在還保存著嗎？」

「這個嘛，若真的還在那也是收在那個書庫裡，我不敢肯定……這麼說來，似乎戰後就沒看過了。」

「原來如此。菅野先生失蹤當時大約幾歲……不，應該問，看起來像幾歲？」

「嗯，他比我大七歲還八歲，當時應該是五十五、六歲吧。啊，不，經你這麼一提，他看起來的確比較老，大概像個超過六十歲的老人。」

京極堂一瞬發出懾人的銳利眼神後，向兩位

老夫婦點頭致意。

「感謝兩位的回答，我的問題問完了。淨問一些難以啟齒、不願想起的事情，在此鄭重向兩位表達我的歉意。木場刑警，兩位似乎也很疲累了，我想先讓他們休息比較好。當然，前提是警方沒其他的事要辦的話。」

「喂，你別突然作結啊，我連什麼是什麼都還搞不清咧。」

「那沒問題，整個事件的關鍵部分我大致上都瞭解了，待會我會再加以說明。這兩位除了剛剛說的以外應該都不知情了，繼續追問也只是形同拷問罷了。」

老人虛弱地抬起手來。

「且慢，你是叫……」

「失禮了，昨晚至今似乎尚未報上名號，我乃中禪寺秋彥。」

京極堂被院長詢問，作了過遲的自我介紹。

「中禪寺先生，你說大致上都瞭解了，那能不能也讓我們知道真相？不，應該說，有義務讓我們知道才對，對吧，菊乃。」

老妻已不再哭泣。

如今坐在那裡的，已不再是武士之妻，也不是老字號醫院的事務長，更不是背負著附身家系宿命的女人，而只是個哭累了的老母親。

「有些真相不知道會比較好。」

「但總有一天會知道。」

「對現在的您們而言，特別是對夫人……這或許過於殘酷。」

「哼，早習慣了。」

「是嗎？」

京極堂環視在場的眾人，大大嘆了一口氣後，又看了我一眼。

我不想聽。

這位朋友接下來將會一如往常般邏輯清晰地說明**她做了什麼**。

恐怕在場的所有人都知道這點吧。

「幫涼子女士送信給牧朗的人是誰，我原本到最後都想不透。」

他放棄勸阻兩人，說明起來。

「牧朗的日記上記載著送信來的是老人，我一開始以為那是時藏先生，但怎麼也說不通，當時他才四十好幾，要稱之為老人未免過早。且忠心耿耿的時藏先生知道此事卻沒告訴兩位，實在說不通。」

「的確如此，如果時藏知情的話，肯定會第一個來向我們報告。但是中禪寺先生，家中當時並無其他老人，上一代的當家早就去世。至於我更是絕無……」

「因此我認為，那個老人應該是菅野先生。」

「你說菅野？可是，菅野那時的歲數還稱不上老人……不對，嗯，不認識的人看了或許會這麼認為……可是為什麼會想到是菅野？」

「依我推測，菅野先生是本次事件的導火線。」

京極堂斷定地說。

「那你說菅野做了什麼？」

「本人早已失蹤十年以上，相信也找不到證據了，因此這些僅止於我的猜想，況且我對於菅野醫師這名人物的理解也僅有剛才聽到的極為少許的情報。但這極為少許的情報卻全部集中在同一處，指引出一個可能性，恰好也能成為我的推測的佐證。」

京極堂說著，由和服襟口伸出手來撫摸下巴。

「首先是菅野先生看起來比實際年齡更**老**。若是看起來像六十歲以上，牧朗用老人來形容也不奇怪。再來便是他有可能是以少女為對象的性偏差行為者。但並不是很稀奇的性癖好，會引人閒話相信是有過什麼事實。加上他又對古書有興趣。同時又曾是涼子的主治醫師。最後則是他在牧朗來求婚後不久就失蹤了。」

「根本沒串連起來嘛，這一個個事實之間什

麼關係也沒有啊？」

木場反問。

「我們先假定菅野先生具有上述不當的性癖好者吧。具何種性癖好並非旁人有權指責之事，但至少在現今社會的一般常識觀點下，菅野先生的性癖好恐怕會被烙印上不道德的印記吧。因為他若想滿足性的慾求就必須作出近乎犯罪的行為。」

「哼，說近乎犯罪，根本就是犯罪吧。」

「更遑論若對患者出手必定會引起軒然大波。但就算如此也還是有不好傳聞，就表示他難以遏止自己的慾求，曾作出過什麼事情。畢竟這種癖好並非忍耐就能治癒的。」

「這麼說是沒錯。」

「因此菅野先生心生一計，對象是小孩的話，不管對她做什麼，只要本人不記得就不會被發現。」

「要是不記得，管他對象是不是小孩都不會被發現吧？可是如果這種事有可能發生，那世間不就處處有強姦了？這世間到處是變態無恥之徒咧。」

「久遠寺家自古以來即擅長製作生藥，即使是現在，庭院裡仍栽培著許多藥草，提煉的方法也代代相傳，沒錯吧？」

「沒錯是沒錯，不過大半都在上一代遺失了。而我丈夫原本是外科醫師，也不喜歡這些。」

「日本的醫療要現代化，就不能和咒術迷信之類的共處。」

「所以您沒碰過倉庫裡的古書，沒錯吧？」

「我的確連翻都沒翻過，不過就算翻了我也看不懂古文，只當作有文化價值的古物收藏起來而已。」

「書本具有的價值並不只是作為歷史遺物或作為古董。只要閱讀者具有理解內容的能力，就算是百年以上的古書，也如昨日寫成般具價值。

這世上沒有沒用的書。」

「什麼意思?」

「我猜，菅野先生從久遠寺家流傳的古書中學會了秘藥的製作法。」

「秘藥?」

「一種使用曼陀羅製成的春藥。」

「你是說那種種在庭院裡的牽牛花?記得是華岡青州在日本第一次執行的外科手術中使用的通仙散的材料嘛。」

「通仙散與中國所謂的麻沸湯是同源的藥品，但是曼陀羅在歐洲的用途全是用作催淫劑。賣春戶的經營者讓純潔的少女服下曼陀羅強迫她們接客。抵死拒絕出賣肉體的清純少女，在藥效的影響下搖身一變，成了積極提供肉體的淫蕩娼妓。可是——等藥效一退，少女完全不記得有過此事。據說印度與亞洲各國也有類似的藥物，可見曼陀羅自古以來，經常被當作**男性用來單方面滿足自己淫慾**的藥物使用。久遠寺家的秘藥應該就是這類藥物吧。」

「那菅野不就……」

「同時，藥物帶來的心智失喪狀態，又與被稱為神明附體的狀態酷似。所謂的宗教狂喜當然是不需要使用藥物的，但也有很多情形是利用藥物人為創造出這種狀態的。亦即，要以人為創造出神明附體的狀態，曼陀羅這類藥物是很有用的。」

「你的意思是，這個家保存了這類處方嗎?」

「當然保存下來了吧，雖然我不確定那是什麼時代的處方。不知菅野先生是為了找這種藥方才仔細調查古書的，抑或是單純對古書有興趣偶然發現的，總之他發現了，而且他打算將之用作滿足自己慾求的道具。他從患者當中挑選犧牲品，盡可能不要引起不好的傳聞，慎重地——最後他選中的，並非普通的患者，而是個經常在身邊且非常美麗的少女。」

「……涼子!你意思是說菅野對涼子出手了

嗎！」

院長失聲大叫。

「涼子出現過好幾次的**恍神**狀態正是證據，雖說我想她天生就具有那種資質——我相信服下曼陀羅更會促進了這種效果。曼陀羅的效果久的話會持續兩、三天。假設菅野被自身的邪念所驅策，讓涼子服下曼陀羅，盡情逞其慾望……」

「等、等等京極堂！」

我忍不住出聲，夠了，我……

「別、別再胡亂猜測了。如果這不是事實就是中傷，對菅野先生與涼子小姐的名譽都會造成明顯的傷害！」

我再也、我再也不想聽了。

「冷靜一點！關口，他話還沒說完。」

木場說。

京極堂以極悲傷的眼神看著我，又繼續說下去。

「一般說來，幼年時期受到性虐待的話，通常會對後來的人格造成巨大陰影。但是涼子女士的情況似乎不太一樣，她在**平時的人格**時完全沒受過這類虐待。她只有在接近俗稱神明附體的狀態時，亦即**心智失喪**之中才受過性虐待。空虛的容器中蓄積了性偏差行為的經驗，不久空虛被填滿了——終於**形成了第二人格**。」

——來玩吧。

——呵呵。

「菅野先生恐怕很困惑吧，原本像個人偶一般任憑自己擺佈的少女卻突然產生了意志。當然，那是逐漸形成的，但有個促進形成的主要因素，那就是情書。」

——你送信來啊？

——這封信的本人就是我。

——這封信，該不會是情書吧？

——情書。

原本白色混濁的腦袋突然透明起來。

我快變得空虛了。

「收下情書的她看到了上頭的名字寫著**京子**。原本處於混沌狀態的人格，在那瞬間形成了具體的形式。沒錯，**我就是久遠寺京子啊**——少女如此認為。在這瞬間『京子』誕生了。收下情書的，與藤牧談過奔放不羈的戀愛的，最後懷孕了的，都是這位第二個的涼子，不，自稱『久遠寺京子』的另一人格少女。」

「也就是所謂的……雙重人格嘛。」

「涼子女士與一般的情況稍有不同。總之情勢逆轉，結果變成菅野受到『京子』的恐嚇。如果他所做過的事情被公諸於世，就相當於人際關係上被宣告死刑。所以菅野才會迫不得已提供那個房間當作幽會的場所，甚至還得幫忙傳遞情書。但是當『京子』與戀愛對象——牧朗的結婚夢碎的同時，菅野也失去了利用價值。」

「菅野怎樣了？該不會……」

院長哭喪著臉。

「該不會連菅野也……」

「關於這點如今已不可知了，而且也與這次的事件無直接關係，我不便多作揣測。但是當牧朗離去、菅野先生失蹤之後，那個奔放、淫蕩且危險的『京子』人格卻因碰上懷孕生產的巨大轉折而崩壞得四分五裂，變得如同野獸一般。」

一切都是……我害的吧，菊乃說。

「並不能如此斷定。但至少您模仿母親對她作的行為，變成了久遠寺家的詛咒繼承在她身上，確實對『京子』造成了巨大傷害。」

老婦人連顫抖都已經停止，只是保持著沉默。

京極堂嘆了一大口氣後整個人坐進椅子裡。

「人格是什麼？恐怕沒人能明確地定義這點。就算是同一個人，昨天與今天，白天與晚上都有細微的差異，有時甚至會有巨大的差別，僅因為我們能毫無矛盾地感覺到是連續的，所以才被認識作單一人格罷了。因此人格本非能計算成一個兩個的事物。所謂的雙重人格並非指具有兩個人格，而是指這些差異性大到不被視為或無法認定為單一人格的程度。會以為一個人只能有一個人格正是受到腦的**詐欺**。也就是說，連續的意識與具有秩序的記憶之回想正是形成所謂人格的條件。所以我們要討論人格時，不能不討論腦的功用，同時腦的那個部分正在產生意識則成了重要關鍵。通常我們會不斷與腦的各個部位連接來過社會生活，但有時這個回路中有些部分會產生接觸不良。萬一只能連接到比平時使用的腦更低一階層的腦時會如何？人格當然會變化，變得無法理解人類細膩的情緒與情感，嚴重時還會失去言語能力，只憑動物本能行動。這就是俗稱的野獸上身的狀態。」

「野獸上身——那時的涼子。」

「這就是附身妖怪的真相？」

「應該說是附身妖怪的**部分**真相。任誰都曾因勃然大怒或喝酒等理由而失去自我，但是若與平時的意識仍是連續的就不稱作附身狀態。只有斷續的，或兩個以上人格共存的狀態才叫做附身狀態。但這兩者之間僅有細微的差異罷了。」

「哈，確實有些傢伙喝起酒性格就變很多，跟野獸沒兩樣。」

「只是，所謂的附身並非只有野獸上身而已，有時也會出現比平時使用的腦更高階的頭腦發生作用的情形，這就叫神明附體。這時平時不會回想起的記憶或顯露出遠超乎一般常識的情感。亦即，會變成**連自己也不知道的事情都知道的狀態**。看見平時看不見的東西，聽見平時聽不見的聲音；聽見神的聲音，說出預言。」

「這兩者……相同嗎？」

「在此必須注意的是，上級的人格包含了下級人格。亦即神明附體狀態下仍具有平時狀態的記憶，但平時狀態卻完全不記得神明附體時的記憶。反之野獸上身時的狀態沒有平時的記憶，但恢復平時狀態時仍依稀記得野獸上身時的記憶。只不過由於此時的記憶通常**不符合**自己平時的行動原理，所以當事人無法相信這些行為是依自己意志行動的。」

「那，你想說『京子』就是野獸上身狀態的涼子嗎？」

「我想一開始並不是。原本的『京子』應該是與平時的涼子同等或比平時的涼子更上級的人格，但是她原本就很纖細的精神無法忍受急遽變化的狀態，直到嬰兒——無頭兒在眼前被殺，『京子』作為人的人格終於完全崩壞。『京子』變成只依本能生存的**野獸**。加上之後等待她的是被綁在床上，與擺放於床頭的福馬林中的孩子屍體之拷問。如果是涼子原本的人格，對她說道德倫理相信她也會懂，但受到拷問的是變成**野獸**的『京子』，這種做法當然沒用。」

事務長的心似乎崩潰了。

我能理解，我想她已經哭不出來也無法生氣了吧。

「但，真正的悲劇是在這之後發生的。持續一星期以上的拷問恰似實施絕食修行的僧侶一般，對精神，不，對腦產生了影響。她思考著要如何脫離這種痛苦，她的腦為了拯救她的心，遂**創造出了第三人格**。」

「什麼，不只雙重人格而是三重人格？還有這種事喔？」

木場像是要求證般地看著我。

「一個以上的人格交互出現的症狀稱作多重人格症。不只限於兩個，不管三個四個，要多少個都有可能。」

我回答得很隨便。

「絕食之類的苦修一般認為是種使肉體受苦的精神修養方式，但其實這是錯的。完全不攝取食物、能量，超過一段時間後，會對身體——特別是大腦產生物理性的變化。詳情就算現在說明了恐怕你們也聽不懂，總之恰好會呈現神明附體的狀態。修行者會聽見非人之聲，見到神之形體。『京子』恰巧也進入了這種狀態。在涼子女士本人不知道的地方產生的人格『京子』，在本人不知情的狀態下崩壞，又在本人不知情的狀態下產生了新的人格。」

「第三個人格是……」

「帶給她比死亡還痛苦的拷問的，是您，夫人。要打破這種狀況，就只有成為您所期望的人格，最快的方法便是**成為您**。第三個人格就是**久遠寺菊乃，您自己**。不對——是您背後的母親，以及祖母，不，是無數代繼承了詛咒至今的久遠寺家的母親們。她所該成為的，正是完美無缺的久遠寺之母。於是就這樣，久遠寺家的詛咒**終於在妳女兒身上獲得完成**。」

「那、那麼那孩子、那孩子她……」

「之後的涼子女士就在『涼子』、『京子』以及『母親』三個人格之間來來去去。」

「擄走嬰兒的是『京子』對吧。」

「沒錯。人格崩壞的『京子』變得像是野獸，在本能下四處徬徨追尋自己的孩子，找到孩子就抱回來。這是野獸的母性。但這種狀態並不持久，『京子』多半從菅野先生那裡得知曼陀羅的處方。她會調配來給自己服用。曼陀羅的藥效使得精神動搖，獸之母性轉為人之母性，在更進一步提升為魔之母性，關鍵字就是『母親』。幻覺狀態離去後出現的並非『京子』也非涼子，而是久遠寺之『母親』。」

所以說……

「所以說那又如何！」

「所以說**久遠寺之母看到孩子就會用石頭打死啊**。」

「啊啊！」

老母親發出有如氣球洩氣般的聲音，這股聲音即使已不成聲仍不斷持續，直到她全身的氣力都洩盡為止。

「那……不就變成綁架犯是『京子』、殺人犯是『母親』、而告發者是涼子……這三者全是同一人物了嗎！」

「涼子在朦朧之中記得自己在『京子』的狀態下擄走小孩，但是無法理解自己作這種事的理由與如何辦到的，只覺得彷彿夢境一般曖昧模糊。同時她也**完全不知道**這些孩子之後怎麼了，因此她大概以為是夫人您做過什麼處置吧。至於『京子』更肯定會認為把自己孩子處理掉的是『母親』，亦即認為是您殺的。知道一切的就只有『母親』狀態的她。『母親』狀態的她是在瞭解一切之下行動的。」

「被殺害的孩子怎麼了。」

「當然是被浸泡在福馬林裡陳列在某處吧，因為那是對『京子』的理所當然的懲罰。」

「那麼那些……被浸泡在福馬林裡的孩子們，應該現在也還是放在**那個房間**裡吧。」

我唐突地發言，所以全體的視線都集中在我身上。

木場問：

「那個房間？你說書庫隔壁的……那個房間？」

「我想關口說的沒錯。她把自己關進用具放置房裡是菅野先生失蹤之後，所以涼子……不，『京子』應該擁有房間鑰匙。那個房間是她的秘密寶盒，一切事件都由那間房間開端，所以在那裡……」

中禪寺敦子突然叫喊出來。

「可是、可是這種事不是人類做得出來的呀！就算涼子小姐在極限的狀態下獲得『母親』的人格，也令人難以相信會毫不猶豫地做出這麼慘無人道的行為！沒有母親做得出這麼殘酷的事的！」

「明明就有。」

榎木津說。

「這個人不就做過？她的母親也做過啊。」

雖然榎木津沒動作，但誰都知道他指的是菊乃。

「可是狀況、狀況不一樣啊！」

中禪寺敦子快哭出來了。

彷彿想拼命地維護某個不具形象的事物。

但是她的哥哥並不允許。

「沒錯，在我們的常識下或許是錯誤的行為，但我們的常識只對她三個人格之中的涼子有效。『京子』與『母親』都**不是這個社會的一分子**，可說是屬於超越人類的彼岸世界的居民。不管道德倫理還是法律對她們都沒有用，她們的行動原理……只有她們自己才能理解。」

京極堂說完再次起身。

中禪寺敦子以一副失去寶物的幼兒般的表情看著哥哥。

但京極堂仍繼續說下去，這是他的職責。

「『京子』擄走孩子，『母親』殺死孩子。這麼不幸的人格交換並非經常出現，只在產後不安定的狀態下出現兩次而已。原本應該會就這樣結束，證據就是近十年來涼子女士一直維持著涼子的人格。頂多只是如她的證言所說，生理不順的她偶爾見到經血會陷入意識不明的狀態罷了，但還不至於讓京子的人格出現。只是到了前年，很不幸地，他來到這個家裡。」

「藤野牧朗，對吧。」

「當然，涼子女士什麼也不記得，『京子』與牧朗熱戀時『京子』還不是下級人格，因此涼子女士的記憶中並沒有牧朗的存在，但身體卻記得。『京子』與涼子是同一副身體，每一顆細胞都完全相同。所以身體產生了反應，賀爾蒙的分泌失去平衡，也開始有了月經。同時長期沉眠的『京子』也覺醒了，打開久違十年的小房間，開始擄走小孩，接著也與十年前同樣地……」

「殺死小孩。」

木場的表情變得凶暴。

「那，處理善後的人，是同時也是殺人犯的處於『母親』狀態的涼子自己嗎？」

「應該沒錯。現在知道曼陀羅處方的人就只有『京子』與具有『京子』記憶的上級自我『母親』而已。『母親』殺死孩子，將之浸在福馬林裡，然後湮滅證據，處理善後，亦即，讓被擄走孩子的產婦服下曼陀羅，使她們陷入幻覺狀態，令事件隱匿於黑暗之中。因為這是**身為久遠寺之母理所當然該做的事**。當然她也知道之後的部分夫人您會接著處理，實際上您也真的如此作了，**為了保全久遠寺家的面子**。」

「我、我以為自己是依自我意志行事，原來不過是受到久遠寺家的詛咒所操縱，如此而已……」

彷彿在述說著遙遠國度的故事，老母親小聲地自言自語。

木場閉起眼，手貼著額頭，表情沉重地說：

「牧朗入贅與嬰兒失蹤事件會同時發生果然不是偶然。可是，那戶田澄江又知道些什麼？那女人與事件無關嗎？」

「這僅是我的猜想，我想她應該目擊到涼子女士讓產婦服下曼陀羅的情景。只不過戶田澄江對曼陀羅的興趣更勝於事件本身，於是她與涼子談條件，以告訴她處方為代價幫忙保守秘密，交易成立了。」

「目的是藥物嗎……」

「曼陀羅——朝鮮牽牛花並非很稀有的植物。很容易找到野生的，要栽培也不難。她因此染上嚴重的毒癮。」

「然後就……死了。」

「這應該就是真相。」

外頭不斷下著雨。太陽應該已經西斜，接近黃昏時刻。

今日是多麼、多麼漫長的一天啊。

「嬰兒的綁架與殺害，在牧朗入贅的昭和二十五年（西元一九五〇年）夏天到年底之間共發生過三次。第四次是隔年一月八日，『京子』醒來的下午。」

「牧朗死時那天……」

「沒錯。但是一月八日是年假剛過不久，那

時醫院裡應該沒有嬰兒，我沒說錯吧？」

「嗯，那陣子就算不是年假，患者也很少，多半沒有吧。」

「所以『京子』想擄走小孩也辦不到，不得已只好回到那個房間。因此——梗子與牧朗爭吵時，涼子女士就**在那裡**。門鎖打開了，能由外面自由進出，那個房間**根本不是什麼密室**。接著，慘劇發生了。」

「被刺的牧朗逃進書庫的情形……全都看在涼子女士，不，『京子』的眼裡。」

京極堂的說話聲混在雨聲之中，我聽不清楚。

「聽見隔壁的情況有異，『京子』打開門一看，映在眼裡的是渾身是血的牧朗。對『京子』而言，牧朗既是擄來的所有孩子的父親，也是最愛的丈夫。見到牧朗腹部被刺逃進房間來，她當然會趕緊上前拯救他吧。另一方面牧朗在逐漸模糊的意識之中又見到什麼？那天，涼子女士**穿著和服**，牧朗珍藏的母親相片與涼子女士那天的打扮非常相似。在即將死亡的混濁意識之中，牧朗在她身上**見到了母親**。接著他說了……」

——母親。

「這句話成了啟動開關，涼子女士由『京子』變成『母親』。在『母親』的眼裡，牧朗只是個巨大的嬰兒。所以才會一如往常**以石頭打死他，並在他身上灑上福馬林**。」

——母親。

「殺死嬰兒之後，『母親』接著該做什麼？當然是要督促行為不當的女兒反省。所以『母親』才會讓生下巨大嬰兒的女兒——梗子接受夫人您過去也做過的懲罰。亦即，**如同過去涼子女士被人如此對待一般，把床搬進那個房間裡，讓梗子與屍體共處一室**。」

「原來如此！原來是這麼一回事啊！」

「怎麼會?怎麼會……」

「『母親』的人格恐怕以這件事為契機，變得能毫無預兆地與涼子女士自由交換。『母親』也具有涼子女士的記憶，所以這種人格交換在旁人眼裡完全分不出來。相信在榎木津偵探與關口來這裡調查時也交替過好幾次。」

「京極堂，那你昨晚……」

「在我的加持之下陷入恍惚狀態的涼子女士先變成了『京子』，但『京子』對於這個事件只知道一部分而已，所以我又把『母親』呼叫出來。」

「怎麼做！」

「很簡單，我只是在她耳邊說『母親』罷了。」

——我想見的不是妳，退下。母親。

涼子那時笑了。

「涼子小姐看不到屍體嗎?」

「涼子女士為了要維持身為涼子的自我，所以她的腦沒辦法接受這麼不合常理的現實。涼子既沒有殺死牧朗的理由，也沒有棄置屍體的理由。但是做出這些事的人不是別人正是自己。沒有她，這個事件也不會發生。可是一旦認同這點，**涼子就再也不是涼子了**。所以透過涼子的眼見到屍體的是『母親』。」

得去見涼子，我……

我已經跟她約好要幫助她了。

「慢著關口！別想任意行動！」

木場銳利的聲音阻止了即將奪門而出的我。

木下站在我面前擋住去路。

「久遠寺涼子是重要參考人，偵訊應該交由警方進行。」

木場冷漠地對我說，命令青木護送涼子過來。

我的腳像是凝固了般連坐下都辦不到。同

時，背脊也微微發抖。

一時之間，房間裡充斥著寂靜，連呼吸聲與現場的氣氛相比都顯得多餘。我們所在的這個房間，至少在現在這個時刻，應該要保持完全無聲的狀態才對。

在警官兩人攙扶下，年老的母親與其丈夫正要退場之際。

臉色發青的青木粗暴地打開門進入。

「主、主任！涼、涼子不見了！」

「什麼！負責警備的員警怎麼了！」

「大概是受到毆打，正昏倒在地。房間裡空無一人！」

「糟了！」

木場站起身子。

「木場修！這棟房子裡應該沒有嬰兒吧！」

「有前天剛出生的嬰兒……不過現在應該已經暫時送到警察醫院了。喂！這件事情況如何了！」

「移送嬰兒的事……」

「怎樣啊！」

「由於雨勢太大，跟護士商量的結果，決定先暫緩一天……」

「混帳東西！快給我去看看情況！要是嬰兒出事了絕不饒你！其他人也別慢吞吞的！全體動員守住出口！連一條狗都別想逃！」

木場大聲怒吼。

眾警官跑步離開。

我混在人群之中走出房間。

涼子，

要趕緊找到涼子。

我跑下樓梯，穿過研究室門口，就像之前一樣跑向外面。

豪雨傾盆，像是天蓋被打破般下個不停。拖鞋半途不知掉到哪兒去，赤腳濺起了泥水，我不斷奔馳。宛如那一天於集中砲火猛攻下在濕地上倉皇奔逃一般，只要一回頭停下腳步就會沒命。

大大繞了小兒科醫院一圈。

經過發生慘劇的房間，不完全的密室書庫。要到那個房間去。

要比任何人更早到那個房間去。

那個雜草叢生的門，開著。

空間大小只有兩坪左右，與其說是房間，更接近置物庫。中央鋪了一張榻榻米，擺著一張書桌。桌上面有本曾看過的筆記——藤牧的日記，以及一束舊信，是藤牧寄給涼子的信。另外還有……

那時的情書。

書桌旁有一朵白色的花。是曼陀羅。

旁邊則擺著收於桐木箱中的秘傳古書。用來敲碎嬰兒頭部的石頭。

在這裡的是一切被切分開來的現實。

這個房間是可怕咒具的展示場。

牆壁整面都是櫃子，擺放著種種醫療器具，金屬的玻璃的陶瓷的，冰冷的質感。

櫃子中央放置著六個玻璃瓶，在裡面漂浮著的是……

六個嬰兒。

最左邊的嬰兒沒有頭。

蛙臉的孩子……

正中間的嬰兒額頭上有顆大黑痣。

原澤伍一的孩子。

我忍不住把胃裡的東西全吐出來了。我蹲坐在地上，不知吐了多少次。昨天雖沒吃到什麼東西，嘔吐感卻還是不斷不斷猛烈地由底下竄升上來。胸部與喉嚨熱得像是燃燒一般，胃液灼傷了食道。

但是嘔吐物在傾盆大雨之下，一點一滴地消

失了。

我扶著門搖搖晃晃起身。站在房間入口，再次探視內部。

這間房間本身就是**詛咒的實體**。

涼子站在我的背後。

背後。

瞬間，全身皮膚佈滿了雞皮疙瘩。回頭就沒事了，但……

氣息獲得形體，雨聲成了話語。

「我**原本以為那天晚上你會來找我**，以為你會來把我從那個下賤的菅野手中救出去。」

她說什麼？

一回頭，我的眼前有張少女的白皙臉孔。

涼子，不，『京子』緊緊抱著嬰兒站在雨中。

是**那**時的少女。

我**那時侵犯了這名少女**。

可是她卻說我是去救她的？

不對，在這裡的並非少女，她的眼神有如野獸。

「讓開，這裡是我的房間。我這次一定要把孩子養大。既然你那天晚上沒來，現在來了也沒用了。這個孩子的父親是**他**。快讓開。」

我的身體凝固，頭腦恍惚，發不出聲音。

言語不知消失到哪兒了。

「趕快讓開！」

「涼子！」

突然之間，突然之間從黑暗之中事務長，不，久遠寺菊乃衝了出來抱住涼子。

「把嬰兒還來，把嬰兒還來！別再做這麼可怕的事了！」

「住口！放開我！我才不會給妳！妳又要殺死這孩子了吧！」

「不是的，涼子不是的，那孩子不是妳的，快點還來！」

「我不管生幾個小孩都被妳殺了！我受不了了！放開我！惡魔！殺人鬼！」

母女拉扯著嬰兒逐漸朝我的方向接近過來。瀑布般的大雨遮蔽了視線，黑暗濺起了水花消失。這是地獄的景象。我聽見地獄裡的亡者們的叫喚。我完全動不了，只能看著這情景，聽著這聲音。

「不是我，殺的人不是我，那是……」

「少說謊了！」

附近變得一片亮白。

閃光之中我清楚地見到了。

久遠寺菊乃頸部中央深深插著一把銳利的金屬棒。

是手術用的大型手術刀，那個房間裡的咒具之一。

菊乃的喉嚨發出咻咻氣音，像是風聲。是喉嚨漏氣的聲音。

風聲化作言語。

「原諒我。」

「原諒**媽媽**。」

她的喉嚨毫不留情地被撕裂了。

夾帶著風聲，大量血液噴了出來。久遠寺菊乃朝我的方向倒下。我總算理解了情況，抱住她的身體。

喉嚨咻咻地發出聲音。

受到詛咒的久遠寺家巫女，在即將變為母親的瞬間，於我的手臂中辭世了。

我抬起臉。

涼子在笑。

「真是愚蠢的女人，久遠寺家不需要這麼愚蠢的女人。」

「涼、涼子。」

我使盡渾身力氣勉強做到的卻只是呼喊她的名字而已。

「我不知道那個大嘴巴陰陽師對你們說了什麼，但現在的我才是真正的我，真正的久遠寺涼子。如果你想阻攔我的話我不會客氣的。快讓開。」

「我、我……」

砰地一聲。

書庫那側的門被撞開，數名員警衝入禁忌的小房間。

站在他們背後的是京極堂。

「涼子！放開那孩子吧。很遺憾的，妳已經無法殺害那孩子了。要殺孩子需要這塊石頭吧？」

京極堂撥開人牆一進房間立刻拿起桌上的那顆石頭高舉頭上。

「這是久遠寺家的**規矩**。」

「**規矩**是我訂的。」

涼子說完，將吸了滿滿母親血液的大把手術刀抵在嬰兒身上。

「住手！」

又有兩、三個警官從新館方向跑過來，手上持著手槍。

「別想耍小聰明，反正你們永遠也不會懂的。」

涼子以能劇面具般的表情說，臉上帶著一抹微笑，轉身朝新館方向奔了出去。

「涼子小姐，別這樣！有警察！」

涼子以人類難以做出的熟練動作撞倒一個警官，趁另一個警官驚嚇之際在他臉上劃了幾刀。警官發出慘叫，摀住臉倒下。剩下的一個發出害怕的聲音握住手槍。

「別開槍！有小孩！」

木場大喊。

木場帶著一隊警察由內院繞了過來。

涼子撞開因木場的怒吼而分神的最後一名員

警，消失在黑暗之中。

我……

奔馳起來。

——那天晚上我一直等著你。

——請您——救我。

——現在的我才是真正的我。

真正的妳是誰？

我該怎麼辦？

我對妳做了什麼？

涼子在橫掃的雨勢之中奔馳。

懷中緊抱著嬰兒。

涼子進入新館。木場率領警官逼近我的背後，我奔跑。因雨勢看不清前方，泥濘使我腳步蹣跚。

黑暗並非**僅存於沒有光的地方**，處處存在著黑暗。證據就是我不知現在的我形象如何。全身包圍著濕暖的雨，我分不清雨和我之間的界線。

進入房子，經過過研究室。沾滿泥濘的腳濕濕滑滑的，我不知跌倒了好幾次。離開大聖堂般的大廳。宛如瀑布般的大雨發出轟然巨響由天花板上的透天大洞傾洩而入。

短短幾天前，彷彿天使降臨般的莊嚴光芒也是由同一個洞射入房間，然而如今卻簡直……

簡直是世界末日的光景。

沒錯，一切都會在今天結束。

這個近乎鬧劇的非日常生活就快要結束了，我切實感受到世界末日即將來臨。

涼子在哪兒？在上面。

我三步併一步奔上樓，如濁流般的雨不斷由洞口飛洩而入。不在。不趕緊找到就要被警察追上了。

爬上三樓。我總算看到涼子的身影。

涼子站在洞旁，站在洞對面的是……

擋住去向的榎木津。

涼子看到榎木津的身影，停下腳步，慢慢回過身來。

涼子緊抱著嬰兒，看著我的臉。

原本束起的頭髮散落。

缺乏血色的蒼白臉龐上沒有表情。

額上浮現靜脈。

白色襯衫被雨淋濕緊貼在身上，清楚地呈現出身體的曲線。

近乎半裸。

下半身被血染紅。

美麗得，

令人顫抖。

這是不屬於這世間之物。這是，

姑獲鳥。

「關口！」

京極堂呼喊著。

大批員警在我背後的樓梯上待命，木場跟京極堂站在隊伍最前頭。

「關口！站在那裡的是涼子女士，是屬於這世間的人！別嚇著了，那只是涼子女士抱著嬰兒站著而已。你只要從她手中接過嬰兒就好，這**只有你能辦到**。」

因為遞交情書的人是我。

我向前走了一步。涼子往後退。只剩一步，她身後沒退路了。

「來，給我。」

「母親。」

我總算想起這句話。不會再被人懲罰了，因為我已經、已經好好地稱呼她了。

涼子突然變回那個常見的困惑表情，張開嘴，似乎想說些什麼，

同時伸出雙手把嬰兒交給我。

姑獲鳥變成了產女。

到我手上的瞬間，嬰兒突然像著火般哭了起來。

聽見哭聲，涼子露出放心的柔和表情，輕輕一晃。

啊啊，涼子似乎說了些什麼。

接著，涼子緩緩地，

掉入無底深淵之中。

我到最後還是沒能聽清楚那時她究竟講了什麼。

涼子去世當晚，梗子也像是追隨母親與姊姊的腳步離開了人世。並非手術失敗了，據主治醫師報告，她的身體已受傷到不堪使用的地步，能活到現在反倒令人難以相信。

就這樣，久遠寺家受到詛咒的血脈在一夜之間全部斷絕。繼承附身家系血脈的女性們全部死去，綿亙至今的歷史終於劃上了休止符。

幸虧我接過來的嬰兒完全沒事，而被襲擊的母親與護士也無大礙，只是臉部被劃傷的警官受到重傷，縫了六針。

聽說木場正為這次的久遠寺家事件該如何寫成報告而傷透腦筋。

但最讓警察頭痛的還是那些嬰兒遺體，聽木場說哭著收回遺體的只有原澤，其他兩對夫婦並不願意再見到遺體。

我並不訝異。

或許他們想忘記。

也可能他們本來就無血無淚。

死於戰前的那兩個嬰兒與涼子生下的無頭兒又會如何處置呢。一想到此便覺得很寂寥，一種奇妙的心境。

那個雨夜之後又過了兩天，新聞的角落出現了這麼一則小報導：「失蹤青年醫師離奇死亡」

我看到標題，幾乎毫無感覺。

可想而知報導遑論事情的本質，連事實之間的關係、不、連大致的輪廓也完全沒有描繪出來，事實被省略、扭曲得到底是發生於何處的事件也看不出來。

涼子死於意外，梗子病死，菊乃自殺。如果說這些慘劇實際上會毫無脈絡地發生於同一晚上那才怪異。

真可笑。

我如此覺得。

從那天以來，我已經在京極堂家中住了四天。

沒心情回家。不，是不想見到妻子，不想見到女人這種生物。其實更希望所有人都不見，像那時躲入憂鬱症的硬殼裡那樣。但現實上辦不到，我不上不下地一腳踏在彼岸，又拖拖拉拉地埋沒於愚昧的日常之中。至少想在這片刻時間裡，能遠離這愚昧的日常。

這就是我現在的心情。

京極堂還是一樣，早起就到店裡看書，店門關了就回客廳裡看書，夜深了就到床上看書，晚睡早起。

我的話則是……沒什麼非辦不可的事，也沒有做到一半的事，就像個懶惰蟲的標準範本，在客廳裡一天度過一天。

事件過後的第三天是個很晴朗的熱天氣，京極堂將藤牧的研究筆記全部拿到院子裡燒了。對我來說雖無關緊要，但也覺得沒將這些貴重的研究成果發表出來就埋葬掉對醫學界而言是個損失。事件與研究成果應該分開思考才對。對於京極堂將之混為一談的行為，我反倒覺得不合他的風格。

我對京極堂表達我的想法，他說：這種技術現今的社會尚不能接受。如果這對人類而言是必要的技術，等到社會變得能接受這種技術時，自然還會有人開發出來，所以現在就算公開了也沒意義。

這麼說也沒有錯。

我又說反正要燒連日記一起燒了也好，但日記似乎被警方當作證據扣押起來了。

這四天之中，我像是受京極堂的影響，讀了三本書。

一本是討論醬菜的發酵問題的專書，另兩本則是佛教系的新興宗教教祖撰寫的教典以及關於中國魚料理的書。這三本都是要拿來賣的，也都是原本我不感興趣的類型，但是每一本都非常有趣。店主曾說過「什麼書都有趣」，或許不算錯誤吧。

我去店裡找第四本書時，發現店主不在櫃臺。櫃臺上擺了幾本書，大概是店主正在閱讀的。

《人狐辨或談》

《狐憑病新論》

事到如今還讀這個作什麼。

「那是本很有意義的書。《狐憑病新論》的作者門脇原本是巢鴨瘋人院的醫護人員，你應該聽過吧？」

店主唐突地出現。

「忘掉了，這類的知識全都忘了，所以我才會在讀這些什麼醬菜跟魚的書。話說回來你上哪兒去了？店裡沒人看顧很危險啊。幸虧還有我在，這樣根本是對人說歡迎來闖空門嘛。」

「恰巧連續來了兩通電話，沒辦法哪。一通是木場修打來的。」

「大爺打來的嗎？」

「涼子女士遺體的解剖結果出來了。」

京極堂邊說邊在櫃臺上坐下，斜眼看我。

「……是嗎。」

「聽說心臟功能已經很虛弱了。涼子女士與妹妹一樣，身體衰弱到能活著已經是奇蹟了。」

「是嗎。」

「怎麼，反應真平淡哪，前幾天明明還那麼不顧一切的，難道不想聽嗎？」

我沒回答。京極堂繼續說。

「解剖的結果，在涼子女士腦中發現了腦水腫。聽說下視丘附近有顆巨大的水腫，腦應該受到了相當大的壓迫。她的頭顱裡**幾乎都是水**，而且還是先天性的，很稀有的病例。她，可說是差點成為無頭兒的人。」

「可是她……」

「沒錯，對她的日常生活並未造成障礙。我們對腦的觀點或許需要根本性的修正。」

為什麼這個人能面不改色地說這些話。

「夠了，別再說她的事了，我不想知道更多，而且她本人不是也說過，她什麼時候死也不奇怪嗎？這種事早就知道了。」

頭腦茫然起來，我什麼也不想思考。況且，

「況且，涼子小姐早在十二年前、梗子小姐早在一年前就死了。現在還說這些早就知道的事也沒什麼意思了。」

對，沒有意思了。

「那你就是對死人付出真情，後來還為死人費盡心力東奔西走，到現在還沉浸在對死人的回憶裡嘛。」

「隨便你愛怎麼說就怎麼說。」

我說完才想起這句話好像內藤也說過。

「總之事件結束了，那個事件對我來說是非日常的舞台劇，落幕之後拍手完就結束了，而我又將回到唯唯諾諾的日常生活之中。所以說別再提了。」

「對你而言那一星期只是虛構的舞台劇嗎？事件中的你是演員，而現在的你是觀眾？」

「正是如此。現在我彷彿覺得那時的自己像是別人，不，這整個事件發生時更像是在作夢。我現在的心情正是如此。」

這是真心話。

「這不是夢，是現實。久遠寺涼子死了。」

京極堂說著，揚起單邊眉毛。

「她只是個普通人類，不是妖怪變化而成，也不是幽靈，更不是夢中人。死因是跌落造成的內臟破裂與脊髓骨折，還有腦挫傷。」

「拜託你別再說了。」

我感到暈眩。

從洞口見到的涼子屍體，像是被切割下來的風景烙印在我的網膜上。雖然在朦朧大雨中，連臉也看不清楚。

「京極堂，你總是能像是旁觀者保持沉著冷靜，但我跟你不同。不是不能理解你不耐煩的心情，但我現在誰也不想見，什麼事也不想做。如果你嫌我住在你家添麻煩我這就走。」

「我不會在意這種小事，你要待多久都隨你。只是看你原本對涼子那麼在意，如今卻絲毫不願多談。」

「因為真的沒什麼好說的。還是說你認為我像以前那樣，把她寫成不世出的殺人魔或惡魔的代言人比較滿足？我這麼做你就會覺得『啊，關口總算恢復原狀了』嗎？那個事件本來就是離我的日常生活很遙遠世界裡的故事。那個人跟我們所住的世界不同，所以想討論也沒辦法討論。」

「日常與非日常是連續的，由日常觀點所見的非日常的確很可怕，相反的，由非日常所見的日常則很愚蠢。但是那並非不同的事物，而是相同的。世界不管發生什麼事總是會繼續運行下去，只不過個人的腦依自己方便將之劃分為日常、非日常罷了。不管何時發生何事都是理所當然，而什麼也沒發生也同樣理所當然。世界只依其所可能呈現的面貌呈現，這世上沒有任何不可思議的事。」

京極堂或許是在安慰我，我知道。

但這是多麼笨拙的安慰啊。這世上沒有心能被道理治癒。

如果有，也只有眼前這位宛如理論化身的朋友的心而已。

我的心總是亂七八糟的，混濁不堪的。那實在是不能……

不能用這些正經八百的理由整理得整整齊齊的。

「你說的沒錯，但不管現在我怎麼想，她也

沒辦法成佛啊。」

「這你就錯了。人**死了就一了百了**，屍體只是物體，能不能成佛是由活著的人來決定的，亦即由你或我來決定的。」

「那你要我怎麼辦？我過去什麼也沒辦到，今後也什麼都辦不到。就如你說的，她已經死了。」

「所以說現在本人已死，繼承詛咒者就是我們這些曾有過關係的人。把她視為虛幻確實很簡單。對你來說，把這個事件從日常切離出來隔離成回憶或許比較輕鬆吧。但我認為不應該如此。她只是個**普通**的人類，就算是我們也與她完全相同。若是把她視為特別的，將之埋葬於黑暗之中，她就永遠也無法從詛咒中解放出來了。」

——解開我的詛咒吧。

即將忘卻的涼子容顏浮現腦海。

不是姑獲鳥，也不是**那時**的少女。

而是涼子的臉。

我似乎有點理解京極堂想說的話了。

「或許，真的如你所說的吧。沒錯，我總是猶豫著是否該回到日常生活。我知道的。但很遺憾，我沒辦法過得像你那麼達觀。再給我一點時間吧。」

聽我這麼說，京極堂暫時沉默不語。

我坐在櫃臺旁的椅子上看著路上往來的人群。

「不知她最後說了什麼。」

有點在意。

臨死之際，她是涼子還是「京子」？

抑或是——。

「最後的是涼子女士，她說了感謝你的話。」

像是看透了我的心，京極堂說。

「涼子小姐……為什麼會來找榎木津呢？」

「或許是想告密吧。涼子女士雖然什麼也不知道，但她的身體知道。同時涼子女士的意識是涼子的狀態時，『京子』與『母親』也非陷入沉眠，只是沒出現於意識的舞台上罷了。同樣的，進行犯罪時涼子女士也非沉睡著。所以是下級的自我去告上級的密。」

「但是我……什麼也沒辦到。」

「對她而言你的存在本身就具有意義，這次的事件沒有你是不可能發生的。如果你那時不在榎木津的事務所裡，涼子女士多半會取消委託吧。」

「為什麼？」

「因為她的眼睛與腦還記得你，記得十二年前去幫助她的你。因為有你在，她才會委託那樣的偵探調查，也因此榎木津才會看到她回憶中的年輕時代的關口巽。」

對了，我也記得。

我其實早知道那時的少女就是涼子。

所以，才會那麼做吧。

「每天在擔心之中等待著總有一天到來的破滅結局，難道不比死更痛苦嗎。不管是什麼結局，把她從地獄中拯救出來的是你。所以她才會想向你道謝，她最後說的是謝謝。」

京極堂說完笑了。

覺得有點悲傷。

「可是，我不知道……如果我們沒跟這事件扯上關係，或許破滅的結局並不會到來也說不定啊。」

眼前的這個人也說過，以錯誤方式介入會產生悲劇。

「不可能的，就算梗子能在藤牧的屍體旁永遠懷著不會誕生的孩子，同時涼子也能以姊姊身分永遠守護著她，並以母親身分對她進行永遠不會終結的拷問——或許在**某種意義**下這是幸福也說不定，但是時間並不會停下腳步。肉體會不斷累積現實的記憶，遲早，結局都會來臨。問題是以什麼形式，何時到來而已。她或許在期待著能在最後的最後不再受到現實擺佈，以自己的意志來演出結局。你已經以你的方式盡到你介入的責任了。」

——請您救我。

果然是妳啊，涼子小姐。

我放棄找書來看，回到客廳。

昨天以前還沒掛上的風鈴，現在又掛回原來位置了。天氣這麼熱，今天卻連一聲也沒響過。

還想、還想再維持現在的狀態一會兒。

我打起盹來。

醒來時發現京極堂坐在桌子對面。

「喂，京極堂，涼子小姐那時……從姑獲鳥變成產女了。」

我不知道自己為什麼會說出這種話來。

「我說過了，姑獲鳥跟產女都是一樣的。」

「不管是涼子女士、梗子女士，還是事務長……連藤牧也是產女。」

京極堂說。

叮的一聲，風鈴響了。

「好熱啊，完全是夏天了。」

我渾身是汗。

京極堂擺出常見的那副生氣表情。

「廢話，產女只會在夏天出現嘛。」

他說。

「好一個姑獲鳥的……夏天。」

「對了，剛剛千鶴子打電話來說她已經回來

了。一聽我說你在這裡，就說回來時要順便邀雪繪過來。她說帶了一堆點心、西瓜之類的禮物要送人。天氣這麼熱，你又跟小孩一樣，最喜歡吃這些點心、西瓜之類的東西，豈不剛好。」

京極堂心情很愉快地說。

我連忙起身。

「不，我這就要走了。」

「要走？你想去哪？雪繪要來這裡耶？讓她跟要回家的丈夫錯身而過豈不很怪？」

還不行，還不想見到她。

還不想回到日常生活。

就算那是連續的，我也還是需要一點時間，再給我一點時間，

繼續停留在非日常裡。

但，其實我也在心中抱持著小小期待，期待我的朋友會挽留我。

但是並沒有。

我匆匆忙忙為這幾天讓我住下一事向他道謝，尷尬地退場。

暈眩坡上飄著縷縷熱氣。

坡道上連一棵樹木之類的遮蔽物也沒有，只見整排的白褐色油土牆連綿不絕。現在的我已經知道這兩道不親切的油土牆另一頭是墳場，所以現在裡面是墳場。

受到大熱天的暑氣所侵襲，我來到坡道十分之七處感到輕微的暈眩。

差點搖搖晃晃地向前倒下，眼睛看著前方，見到熟悉花樣的和服裙襬，緩緩抬起視線，

妻子站在我的面前。

妻子伸手扶起我，說：

「辛苦了。」

站在妻子斜後方的是京極堂夫人。

我忽然覺得非常懷念。

「這裡很危險呢。你看，這條坡道上什麼也沒有，所以一瞬看來像是筆直的下坡。但實際上有時左傾有時右傾，恰好在這一帶反變成上坡。但是作為唯一路標的牆卻又筆直朝下延伸，道路狹小所以行人總會是看著牆上的瓦片走路，結果就像暈船一樣，走到這裡恰好會開始頭暈呢。」

中禪寺千鶴子說明完對我點了個頭，露出清爽的微笑。

唉，聽了理由之後原來也沒什麼奧秘，沒什麼好不可思議的嘛。

妻子也笑了。

涼子在這兒的話也會笑吧。

回頭站在坡道上的京極堂也在笑。什麼，他不也一樣嗎。

沒什麼好奇怪的。

就這樣，我跟在女士們身後，下定決心慢慢回到溫暖的日常。但這並非與涼子的訣別，我將和涼子一起回到襁褓般溫暖的日常。

抬頭一看，頭上是萬里無雲的開闊晴空，梅雨季節已經完全過去了。

而我，在坡上約十分之七處大大地嘆了一口氣。

参考文献

《鳥山石燕　画図百鬼夜行》　高田衛監修／国書刊行会

＊

〈「憑もの」と民俗社会〉
〈説明体系としての「憑もの」〉
〈「呪詛」あるいは妖術と邪術〉
〈式神と呪い〉
（以上収録於《憑霊信仰論》）　小松和彦／講談社学術文庫
〈全国妖怪語辞典　千葉幹夫編〉
（収録於《日本民俗資料集成(8)》）　谷川健一編集／三一書房
《和漢三才図会(6)》寺島良安／平凡社
《酒呑童子異聞》　佐竹昭広／岩波書店
《日本民族学全集　妖怪編》　藤沢衛彦／高橋書店
《百物語怪談集成》太刀川清校訂／国書刊行会
《江戸怪談集　下》　高田衛編・校注／岩波文庫

解說一

懷疑與破壞日常世界觀的現代推理小說

／笠井潔

刊行於一九九四年的京極夏彥出道作《姑獲鳥之夏》在本格推理界掀起了一陣褒貶不一的旋風。這位作家在《姑獲鳥之夏》後，又陸續發表了《魍魎之匣》、《狂骨之夢》、《鐵鼠之檻》、《絡新婦之理》及《塗佛之宴》，迄今共有六部作品（編按：至二〇〇六年為止，京極堂系列已刊行八部作品。），皆是以中禪寺秋彥為偵探角色的大長篇。京極堂系列獲得多數讀者的支持，為擴大現代日本的本格推理領域作出巨大的貢獻。

京極堂系列的最大魅力毫無疑問地在於眾多充滿個性的偵探角色。我們當然不會忘了超能力偵探榎木津及頑固刑警木場，但這個系列的主角毫無疑問地是舊書店京極堂的店主中禪寺秋彥。此外，中禪寺也是武藏晴明社的神主，還是個「專門幫人除鬼驅魔的祈禱師」。

就「解讀」記號這點而言，讀書與偵探行為可說具有某種類似性。不論是日本或海外，愛書家偵探與舊書店偵探的例子不勝枚舉。姑且不論神道算不算宗教，以布朗神父為首，推理史上的聖職者偵探也不少。就天主教神父的例子來論，「聆聽」罪的告白這點也與偵探的角色性相似，這或許是聖職者偵探型角色誕生的背景吧。

但是以「驅魔師」為職的陰陽師偵探角色很明顯地乃是京極夏彥的獨創。唯一的近似例子只有在都筑道夫的《七十五隻烏鴉》及《最長不倒距離》裡登場的「psychic detective，也就是所謂的心靈偵探、幽靈偵探」物部太郎。但這個偵探角色與京極堂不同，並非以「psychic detective」

來解決事件。京極堂的獨特之處在於以邏輯方式來解析事件真相的偵探行為與文化習俗上的咒術面相之間有密不可分的關係。

在《姑獲鳥之夏》的開頭部分，京極堂面對朋友關口巽帶來的孕婦懷胎二十月的「不可思議」消息，僅僅很冷淡地回應了一句「這世上沒有什麼不可思議的事」。

第一章中漫漫闡述的京極堂理論重點在於「心」與「腦」在範疇上有何區別。意識是心與腦的接點。「人內在的與外在的兩種世界」之間彼此對立，「人要活下去就必須要巧妙地調和這兩個世界才行」。外在世界的資訊以知覺的方式進入腦中接受處理，腦子把「整理好的訊息簡單易懂地上奏給心知道」。「另一方面，內在世界也會發生種種事情，也必須一一處理。但由於這邊並非道理通達的世界，要由心處理並不簡單，所以這邊也會委託腦來負責處理」。據京極堂所言，意識就像是「腦與心的交易場所」。

> 實際上不可能發生的事情或實際上不存在的事物，都能以與現實毫無差異的形式在意識上登場。這些都是從記憶產生的訊息，但是無法在記憶上與現實有所區別。夢與假想現實的差異只有一點，那就是能否透過由睡夢覺醒的行爲來與現實接軌這點而已。

見到眼前的狗尾草但心不願意承認的情況下，腦就會將之翻譯作幽靈。於是具有與現實同等真實性的幽靈就在意識中登場。相反地，當心在碰到自己無法解決的糾葛，需要幽靈來解決時，腦便會在意識上創造出幽靈。問題在於在意識的界域上，幽靈與桌上的杯子具有同等的真實性。幽靈的存在與杯子的存在之間有所矛盾，「不可思議」由此而生。但是實際上並沒有什麼不可思議的事。只不過是腦想在意識的界域上，將內界與外界之間必然發生的不協調統一成毫無矛盾的企圖心經常會帶來「不可思議」罷了，就這麼簡單。這種企圖心出自於心與腦的共犯關係。

視杯子為真實存在的科學主義將吾人意識中，與杯子具有相同真實性的幽靈的存在斥作錯覺與幻想，予以否定；相反地，一般神秘主義則根據意識之中杯子與幽靈得以共存的事實，主張不可思議與奇蹟的真實存在。在某種意義下，杯子是錯覺幽靈也是錯覺。正確地說，這些都只是腦順應心的需求，將之投射在意識平面上的映像罷了。京極堂曰：「確實有幽靈。看得見，摸得著，也聽得到聲音，但不存在」。但若說幽靈不「存在」，不論是關口手上的杯子還是眼前躺著的中禪寺秋彥也都一樣不存在，因為「圍繞在你身旁的一切世界，有如幽靈一般**虛妄**的可能性與非可能性的機率其實是完全相等的」。

京極堂身為方法論上的徹底懷疑論者，同時否定了一般的科學主義與神秘主義。據他所言，「驅魔」乃是「讓科學家也能在白天見到幽靈，讓宗教家不唱誦咒語也能除去幽靈」的行為。

如上所述，作者在《姑獲鳥之夏》的第一章中為了破壞「見得到的就是見得到」的常識與日常的世界觀而費盡筆墨。但是在偵探小說中，偵探角色見不到留在現場的足跡與指紋，甚至連被害者的屍體也「見不到」的世界真的能夠成立嗎？京極堂提出的現象學世界觀恐怕會破壞偵探小說立基的地盤吧。

作為事件舞台的久遠寺家是附身妖怪的家系。刑警木場說：「根據當地縣警的報告，故鄉的耆老說久遠寺家所驅使的怪物不是什麼狐狸之類，而是**嬰靈**」。頻頻發生於久遠寺醫院的新生兒失蹤事件以及懷胎二十月尚未誕生的嬰兒，在這些無法理解的謎背後，存在著〈疏髮童子的家系〉。「就像犬神使要養犬神，管狐使養管狐一樣，疏髮童子的家系就得養童子，也就是說，得養**死掉的孩子**」。

但是京極堂已經排除了傳統上所相信的、認為附身家系真實存在的神秘主義及非理性主義之觀點；同時他也沒有將其當作精神病理學的病例之一，使之合理化。京極堂強調過無數次，神秘主義者所主張的意義下的附身妖怪並不存在；但是他也否定科學主義者的否定，認為附身妖怪真實存在。據他所言，附身妖怪乃是共同體為了解釋貧富差距所發生的危險的新現象，為了賦予其意義所創造出來的「假想現實」。

最後，京極為了「解除久遠寺家的詛咒」，以陰陽師的身分出動。在久遠寺家舉行的驅魔儀式，正如關口或讀者們所期待的形式展開了。京極堂提著清明桔梗的燈籠，一身純黑的簡便和服與黑色和服外套及黑布襪、黑木屐等煞有介事的裝束，到現場結起印、大聲唱誦不像真言也不像祝詞的咒語。經過這些儀式之後，在關口眼中「所見的」現象是，懷胎二十月的孕婦肚子裂開，「生下」失蹤的丈夫。

作者安排這段演出，讓奇裝異服的陰陽師引發了常識中難以相信的「不可思議」現象，成功地驅走魔物。但如同京極堂所反覆指出的一般，這世界上並「沒有什麼不可思議的事」。

連續發生的新生兒綁架事件、密室裡的消失事件、懷胎二十個月的孕婦等等，這些神秘的謎團不過只是一對過度執著於孩子的男女所生出的結局。過度追求子嗣的異常觀念，其實就是妖怪產女的真相。《姑獲鳥之夏》正是一部把妖怪形象化的概念型戲劇。

《姑獲鳥之夏》中，新人作家關口巽的重要性毫無疑問地足以與京極堂匹敵。作品中的關口將事件帶給偵探角色，並將之帶到解謎現場，在這點上，可說是扮演著一種近似華生的角色。

剛才以來不知趕了多少路，風景卻一點也未改。這道牆究竟會延伸到哪裡，牆裡究竟又有什麼，我現在所見的世界是否眞是**虛妄**的？

汗如雨下，喉頭乾渴。

這世界不管發生什麼不可思議的事情也沒什麼好不可思議的。

看不見看得見的事物、反之卻能看見看不見事物的關口，或許正是被妖怪附身的最大犧牲者。我想沒有比關口離正確記載發生事件、客觀介紹事件的華生觀點更遠的角色了。但若問作者是否為了故意把消失事件之謎拖得更久一點，才起用關口作為故事的敘述者？當然不是，乃是要作為基於京極理論而成立的作品之敘述者，只有觀點曖昧朦朧，無時無刻被「強烈的暈眩」所侵襲的角色才是最恰當的緣故吧。

現代日本的本格推理小說已經逐漸從內部開始破壞「見得到的就是見得到」的這種日常世界觀。這是一種反論：只有徹底懷疑偵探小說原有的前提條件，才能創造出屬於現代的偵探小說。而正面接受了這種理論的《姑獲鳥之夏》，可說是與山口雅也的《活屍之死》、麻耶雄嵩《夏冬奏鳴曲》並列現代本格紀念碑的傑作。

作者介紹

笠井潔，一九四八年生於東京，為現役推理作家、SF作家，同時也是著名的推理小說評論家。

解說二

人心，才是妖怪真正的名字

／曲辰

在一般狀況下，你會給一本書幾次機會？

就我的經驗而言，大概在書店裡拿起來翻過，還不能吸引我決定把它買下來的話，之後除非是我很信任的朋友大力跟我推薦，否則大概此後跟那本書就要相見不如懷念了。

不過，我卻給了《姑獲鳥之夏》三次機會。

一次是在書店裡看到它被排在新書案頭（曲按：這是指一九九八年的時報版本），但拿起來翻翻覺得不是我喜歡的小說類型，就隨手擱著了；一次是大一上聽到推理同好會的學長介紹到這本書，就也好奇買來看，努力撐著眼皮看完第一章，就決定放棄這本書，原因無他，這實在是不太像當時我認知中的推理小說啊。

第三次在大一升大二的那年暑假，某個失眠的夜晚無意間抓起這本書來啃，不知哪個關節被打通了，忽然間猛烈地愛上了這本書、以及這個作者。於是隔天趕快跑到書店去把接下來的《魍魎之匣》買了下來，在第一時間讀完後並且用力的期待接下來他其他作品的中譯本。

這一盼，就盼了八年。

好漫長的過程啊，但是如今想想，《姑獲鳥之夏》之所以能給我目前體會過最為曲折的閱讀經驗，主要的原因還是在它是本並不是那麼容易「一目瞭然」的小說，儘管是個好故事，卻有著過於深刻的內涵與超乎讀者想像的世界觀，完全挑戰過往的推理小說觀念。

在我看來，《姑獲鳥之夏》似乎是京極夏彥想要用以挑戰西方推理小說價值觀的一記重砲。

當推理小說的發展史不斷跟我們強調理性、邏輯多麼的重要時，京極堂輕描淡寫的告訴我們腦是不可信的；當推理小說的規條中有著「不得出現超能力事物」時，這本小說從頭到尾都由一個妖怪貫串全場。當記憶、目擊者，變得全都不可信時，推理小說所存在的根基究竟還存在嗎？

基本上，推理小說是個不折不扣西方的產物，如果把這個類型小說與西方的思潮發展比較之後，會發現相當有趣的部分：推理小說之所以會出現主要是立基於十八世紀的啟蒙運動，其所強調的理性、人權，進入了推理小說，強化邏輯思考重要性的同時，也成就了偵探角色。之後十八世紀末到十九世紀的工業革命，不但促使城市的出現，也讓犯罪有著不同風貌的呈現，於是卻斯特頓才形容推理小說是「描述城市的詩意」。

在這種狀態下，日本推理小說家不斷的在嘗試突破過去西方立下的推理典範，從江戶川亂步、橫溝正史開始，直到社會派興起又衰敗，都創造了一番新的局面。即使近代小說家也在尋找再進化的契機，島田莊司從神話中汲取養分，希望將日本推理小說推向世界舞台；綾辻行人從日文的曖昧性中找到靈感，讓「敘事」本身便成為謎團的一部分。

而京極夏彥，則毫不猶豫的對準西方的理性與科學開槍。

他並非揚棄「理性」與「科學」，只是當現代的西方思維連帶影響全球思維，都將「科學」視為唯一信仰，不容許其他價值觀的存在時（甚至還有學者提出「意識型態的終結」，斷言科學與民主終將成為世界唯一的意識型態），日本推理小說再怎麼發展都不可能達到世界推理小說的新高峰。

為了要創造出日本獨有的推理小說，勢必不能照同一條路走，或許京極夏彥就是如此選擇了科學理性所不能及的「心靈」。

我並不確切地知道，京極夏彥是看到日本的

妖怪文化如此豐沛，因此意圖要描寫潛藏在妖怪身姿後的「心靈」，或是他想要描寫心靈，因此發現了將心靈實體象徵化的「妖怪」。不過可以確定的是，早在民俗學、人類學、語言學中，早就掌握了一個原則：妖怪，是人心召喚出來的，掌握妖怪，即掌握人心。

所以在《姑獲鳥之夏》中，從頭到尾都由「姑獲鳥」這個身分迭經更易的妖怪貫串，並不只是包裝物而已，牠是主軸、也是中心，甚至可以說，沒有姑獲鳥這種怪物，就不會有《姑獲鳥之夏》這本小說。

事實上，《姑獲鳥之夏》的故事本體，不過就是一連串因為誤會而造成的錯誤，加上密室、失蹤等等的元素，再怎麼樣也不至於太複雜，但是京極夏彥用「懷孕二十個月」這個都市傳說作為引子，並敷演上姑獲鳥的傳奇色彩，讓整個故事變得複雜不可解。而當謎底解開之後，我們忽然才發現，原來最中心的謎團，也就是「涼子」、「京子」、「母親」三位一體的悲劇（曲按：本論點由淩徹提出，在此筆者加以引申應用。），竟然早在前面，就透過姑獲鳥的傳說講給我們聽過了，從天真的「涼子」變成奪人子的「京子」，再變成殺子的「母親」，不正是姑獲鳥從奪人子的「姑獲鳥」變成照顧己子的「產女」這種演變過程的逆反嗎？

換言之，姑獲鳥是久遠寺一家的悲劇象徵，但久遠寺一家卻也是姑獲鳥的具像化來源。

而京極堂這位偵探與眾不同之處也就在這邊，一般的偵探恐怕是一一去探訪謎團外的迷障，企圖透過刪去各種的不可能而得到最後唯一的可能。但京極堂卻以一種先驗性的方式理解案件謎團的核心，對他來說，理解案情不如識破妖怪本體來的優先，因為只有瞭解妖怪本身，才能知道謎團的核心在哪裡，也才能予以擊破。真正讓偵探困擾，不在於如何揭露案情，而在於如何剝除真相之外的重重迷霧、關卡，才能讓眾人都

得以理解，並且回歸正常。用書中的話來說，就是要如何解除在人們身上的詛咒、附身物，讓生活回到常軌。

由此觀之，京極小說中特有長篇連牘的人物對話也變得可以理解了，因為在京極堂逐步剝落書中角色的附身物同時，作者京極夏彥本人，也正在剝除讀者的附身物，也就是那些被我們視為常識、常理的東西，當讀者瞭解在本書第一章所要講的東西之後，作者所呈現出的故事本體以及結局，也才能讓我們感受到徹底的震撼。所以京極堂必須博學、好辯，因為只有這樣的角色，才有可能突破常識給我們帶來的束縛，進而透視人心，理解案情。

儘管有褒有貶，《姑獲鳥之夏》的成功，讓京極夏彥展開一連串的妖怪推理書寫。

他曾經說過，他小說其實是「紙上劇場」的展演，與其放在小說的脈絡中，不如從江戶時代的戲劇作品中、甚至是更早的口傳文學找尋他的根源。同時也希望他的小說能如「怪談」般擁有與時代契合的生命力，得以延傳下去。或許，與其稱之為小說，不如稱之為日本特有的「物語」，會好一點。

對我而言，京極夏彥的小說絕不僅是推理小說而已，還扮演著近乎「除魅」的角色，讓我知道，這個世界還有很多我不能理解、但不可名之為「不可思議」的事物。

姑獲鳥，只是一個開始，在此之後，還有許多妖怪等待著透過京極的手與我見面呢。

我，衷心期待著。

作者介紹

曲辰，接觸推理小說以後，就自動分裂爲三位一體的生物，作爲一個讀者要求完整的故事、作爲一個研究者要求更深層的咀嚼、作爲一個未來的創作者要求絕對的文字宇宙。目前雖然努力整合中，但時有齟齬，希望能早日尋找到一個平衡點，不使跌蹟。

國家圖書館出版品預行編目資料

姑獲鳥之夏／京極夏彥著； 林哲逸譯. --.初版.- 臺北市；
獨步文化出版：家庭傳媒城邦分公發行， 2007〔民96〕
面； 公分.
譯自：姑獲鳥の夏
ISBN 978-986-6954-61-0
861.57 96003038

京極夏彥 作品集01

うぶめのなつ

姑獲鳥之夏

原著書名 姑獲鳥の夏
原出版社 講談社
作者 京極夏彥
翻譯 林哲逸
責任編輯 戴偉傑
發行人 凃玉雲
總經理 陳蕙慧
行銷業務部 尹子麟、林毓瑜
版權部 王淑儀
出版 獨步文化
城邦文化事業股份有限公司
台北市中正區信義路二段213號11樓
電話：(02) 2356-0933 傳真：(02) 2351-9179; 2351-6320
發行 英屬蓋曼群島商家庭傳媒股份有限公司城邦分公司
台北市中山區民生東路二段141號2樓
讀者服務專線：(02) 2500-7718; 2500-7719
24小時傳真服務：(02) 2500-1990; 2500-1991
讀者服務信箱 service@readibgclub.com.tw
劃撥帳號：19863813
戶名：書蟲股份有限公司
總經銷 大和書報圖書股份有限公司
電話：(02) 8990-2588; 8990-2568 傳真：(02) 2290-1658; 2290-1628
香港發行所 城邦（香港）出版集團有限公司
香港灣仔軒尼詩道235號3樓
電話：(852)2508-6231 傳真：(852)2578-9337
E-mail：hkcite@biznetvigator.com
馬新發行所 城邦（馬新）出版集團
Cite(M)Sdn.Bhd.(458372U)
11, Jalan 30D/146, Desa Tasik,Sungai Besi, 57000 Kuala Lumpur, Malaysia
電話：(603) 9056-3833 傳真：(603) 9056-2833
妖怪插圖 王正凱
封面設計 木子花
排版 浩翰電腦排版股份有限公司
印刷 中原造像股份有限公司
2007（民96）6月初版
2007（民96）10月11日初版10刷
定價450元 特價359元 ISBN 978-986-6954-61-0